根源へ

Shigyō Sōsyū
執行草舟

講談社

装幀　菊地信義

根源へ　目次

復活の息吹きを愛《かな》しまなければならぬ

根源へ

我々は、どこへ向かって死ぬのか

初めに死生観ありき

何が私であるのか

　現代の日本人は、「死生観」を失っています。戦後の日本は「死」を汚らわしいもの、忌むべきものとして徹底的に忌避してきました。それにともなって日本人は死生観を失っていった。それゆえ何のために生き、何のために死ぬのかを考えられなくなってしまったのです。いまの日本が抱える混迷の原因はここにあると私は思っています。この失われつつある死生観を我々は取り戻さなければなりません。

　現代の日本において、死生観が失われたもっとも大きな要因は、日本人が「垂直の歴史観」を見失ったことです。垂直の歴史観とは、物質的比較によらない、民族固有の精神史のことです。国家が、垂直の歴史観を失った結果として、我々も死生観を失ってしまった。戦争の反動のゆえか、死について考えることを厭《いと》うようになった。その結果、「どう死ぬのか」という価値観を失うとともに、その表裏としての「どう生きるのか」という生き方の目標も失ってしまったのです。残ったものは、経済的利益の追求と、自分だけの楽しみを求める生き方でした。

これだけでは文明を承け継ぐべき人間ではない。いま、我々は「人間として」どう生き、どう死ぬのかを見つめ直さなければならない時期にきていると思います。それには、現代の価値観だけにしばられるのではなく、もっと歴史的な文明の見方を身につけなければならないのです。死生観をもう一度ひき寄せるには、歴史を遡って文明の中を生きた人間のあり方を見直さなければなりません。戦後の似非《えせ》民主主義によって培われた価値観を一歩出て、考えることが大切になるのです。アメリカ化した現代の日本で、なぜかくも死生観がなくなったのか。それを知ることは、現代人にとっては「自己を知る」ことに他なりません。

まず、大きな時間軸で見ると、十七世紀のデカルト以降、つまり近代に入ってから特にヨーロッパにおいて、死生観が徐々に失われていったことから考え直したいと思います。その原因としては、宗教の衰退と科学の台頭、そして物質文明の発展などが考えられます。

そして「私とは何であるのか」と考えるようになったのが近代なのです。しかし、この問いを突き詰めていくとエゴイズムと、その結末である虚無に入っていかざるを得ません。何しろ、この問いは自分自身に無条件に価値がそなわっているという前提から出発しているのです。だから、デカルトの時代から四百年をかけて、我々はいまエゴイズムの頂点にいることに気づかなければなりません。そして新しい文明を生み出さぬ限り、虚無が目前に迫っている。

我々はデカルトによって打ち立てられた、身心を分離して考える、その二元論によってしか物事を思考できなくなっているのです。身心が分離した自己は、自然の自己ではないから、自己自身を自分が創らなければならなくなってきた。そして自己を創るために近代人は、「私とは何であるのか」を問い続けるようになったのです。つまり、ア・プリオリ（a priori: 先天的・先験的）な自己を探し求めなければならなくなったのです。

しかし、この考え方が不自然であることは誰にでもわかることでしょう。そのようなことは、天才にしかできません。我々普通の人間は、心と体が一体であることによって一人の人間となっているのです。ただ、分離した方が「科学」の発展には便利であっただけなのです。便利でも、違うものは違う。

もちろん、デカルト以前は身心は分離していませんでした。中世と、それ以前の歴史はすべてそう言えます。そして、身心がまだ分離していない「自己」であった中世の人々にとって問題だったのは、「私とは何であるのか」ではなく、「何が私であるのか」ということでした。これは、自然によって創られた自己が自分なのだと思えば、必然的に出てくる答えなのです。自分が自然の一部ならば、その一部である自己は、自然や宇宙、そして自己以前から存在する文明社会のどのような所に「生きる場所」を見つければよいかが人生の問題となるのです。

その問いが「何が私であるのか」ということなのです。つまり、自己存在の意味を見出す、社会的価値観を見つければよいだけであったのです。これは、ア・ポステリオリ（a posteriori: 後天的・経験的）な自己を認識していけばよいということです。だから誰にでもできる。そして、この考え方は西洋でも日本でも同じことなのです。

中世の人々は、この問いによって宗教、主君、国家そして人生や生活の意味について考えをめぐらし、自分が何のために生き、何のために死ななければならないかを考えていました。だから、何かの価値のために生きている自分の使命、つまり生きがいを感じやすかった。誰もが自己の死生観を知らず知らずに持つことができたのです。「何が私であるのか」を問えば、生まれた自己にそのまま価値があるのではなく、自分が価値のある「何か」を目標に生きることに繋がっていくのです。生まれる前から、世の中ですでに価値が認められている「何ものか」に自分を合わせるということです。そして、その価値を身に付け、それを体現するために努力し続ける生き方です。

死が主、生は従

デカルト以来の、「身心二元論」と呼ばれる近代思想を全面的に受け入れてしまうと、先天的な自己に捉われ、自己が生きることばかりに関心が向いてしまいます。つまり、「私とは何であるのか」と考えるようになってしまうのです。デカルト以前の中世は、ひとりの人間の人生において、生きることと死ぬことは同時に進行していたが、それ以後、この二つは別々のものとして発展を始めたのです。

デカルトの身心二元論とは、精神と肉体を別々に分け、生きることと死ぬことも、その価値観を切り離してしまったのです。そうすれば、死を考えなくなってくるのも人情と言えましょう。そして、デカルト的な思考はわかりやすいので、近代社会はその思想を取り入れることによって、科学文明の発展を見たのです。心と体を分離して考えれば、体は物体として見ることができます。だから学問の対象として扱うには便利です。そして心は、体から離れて考えられることによって、その一人歩きが始まったのです。これが後に化け物のような「心」を生み出していくのです。

この身心二元論は昼の思想であり、酸化の思想です。そして酸化の思想とは、エネルギーを使うだけの思想なのです。これは生《せい》だけの思想です。この思想によって、我々の文明は巨大なエネルギーを生み出すことを可能にもしました。一方、死は夜の思想であり、還元の思想なのです。夜はわかりにくい。これは混沌として、目に見えず、あらゆるものがうごめいている。還元の思想と言えるが、還元自体がわかりにくいのです。還元は今日でも自然にまかされていることを思えば、誰にでもその複雑さは想像がつきます。しかし、この還元こそが、自然と生命の本質を司っているのです。

私は、この還元の思想を「夜の思想」と呼んでいます。そして、この夜の思想こそが、生命の本質と死を考える思想なのです。私は、この夜の思想である還元の思想を、ふるさとへ還る思想と位置づけています。中世を覆っていたのはこの夜の思想です。中世思想を樹立した代表的人物のひとり、クレルヴォーの聖ベルナールは自分たちの生きている時代を語る多くの言葉を残しました。私はそれらの思想を「夜の精神」(L'esprit de la nuit) という言葉に集約して理解を深めてきました。「夜の精神」を象徴する言葉が「メメント・モリ」(memento mori) というラテン語です。中世のキリスト教の信仰生活を表わす言葉で、「死を想え」と訳されています。

この「死を想え」が中世の合言葉です。この言葉の真意は「生ききれ」ということにあります。キリスト教の信仰や、宗教を真に思う心があれば、その意味はわかるはずです。死を想わなければ生はない。いまの人は生に執着し過ぎているから、「死を想え」という言葉を暗い印象で捉えてしまう。エゴイズムが、すべてに勝ってしまったのです。生命の哲理から言えば、死の一部こそが生なのだと知らなければなりません。死が主であり、生は従なのです。

一般的には、デカルト以前、またはルネサンス以前は暗い時代という印象が流布していました。しかし、最近では意欲的な歴史家とその研究、たとえばヨハン・ホイジンガーの『中世の秋』や中世史の泰斗クリストファー・ドーソンの思想、そしてフェルナン・ブローデルを中心とするアナール派の歴史家たちによって中世の印象は一新されています。中世は、すごく明るい時代だった。何よりも、生が躍動していたのです。西洋においては、キリスト教信仰を中心にして死を考えながら生きていたのですから、かえってその日その日の生が輝いていたわけです。死について絶えず考えなければ本当の生はない。それが歴史的な死生観の正しい見方なのです。

戦後の日本は死を教えなくなりました。それゆえ現代の日本人は、本当の生を知らないまま生きるようになってしまった。生だけをどんなに考えても駄目なのです。考えれば考えるほどエゴイズムに陥り、生きがいのない、燃焼できない生に入っていってしまう。何でもそうですが、陰と陽が組み合わさり、交わることによって初めてものごとは回転していくのです。

特攻に散った若者の笑顔はなぜ美しいか

近代思想は、昼の思想つまり陽の部分しか考えようとしない。つまり酸化です。それが簡単であり、物質的に明解だからです。しかし、その先に何が待っているか。野垂れ死にです。物質としての終わりがあるだけです。ものごとは、酸化と還元、つまり陰と陽が混じりあって無限発展していくのです。我々はいま、あのフリードリッヒ・ニーチェがその『ツァラトゥストラかく語りき』で語った、「深い真夜中は何を語るのか。世界は深い、昼が考えたよりも深い。世界の痛みは深い。」(Was spricht die tiefe Mitternacht? Die Welt ist tief, und tiefer als der Tag gedacht. Tief ist ihr Weh.) という言葉の真意をもう一度考え直す時期にきているのです。

死を見つめなければ、生は輝きません。確かに悲劇ではあったが、戦時中に知覧で特攻に散った青年たちの残したものを見ると、まさに彼らが「死を想え」で生き、その中で自分の生を最大限に燃焼させて死んでいったことを強く感じます。特攻に出撃する前の日の写真は、誰もがものすごくいい顔をしています。あんないい顔、いまの日本人にはいません。間近に死を控えて、どうしてあんなに素晴らしい顔をしているのか、いまの人は理解できないかもしれません。

あれは死に方が決まり、自分の死に価値ができたからなのです。人間は死に方が決まれば、生き方が決まります。そして生き方が決まれば、その人が持っているもっともすばらしいものが出てくる。一方でいまの日本人が死ぬときは、もう惨めと言うか、かわいそうとしか言いようがありません。それは、死にたくないのに死ぬからです。実に哀れです。

つまり、それは死生観を持たない結果、もたらされる死なのです。生命は、どちらにしても消滅するものです。ですから、その違いは生に価値があったか、なかったか、それだけのことになるのです。自分の生き方に価値があったら幸福になり、価値がなかったら不幸になる。死生観、つまりどういう人間として、どのように生き、どこへ向かって死にたいのか。それを決めることができれば、おのずと価値のある生《せい》を生きることができる。それさえ決めることができれば、地位や財産も関係なくなる。ほかの人たちが苦しんでいるものから自由になれるのです。

生き方よりも、死に方を決めることが大切なのです。歴史に見る例で言えば、武士に生まれたのなら自分の意志で武士らしく死ぬ、その死に方です。自分自身が、すばらしい死だと思うものに向かうのです。その形に決まりはありません。人間のもつ価値を知り、そのために生きて死ねば、それでよいのです。ただし、生命は固有であり個別のものですから、死生観は他人に言ってもなかなか伝わらないと思います。死生観は、他人にわかってもらう必要などはまったくないのです。ただ自己の決めた死に向かって生きるだけです。

死生観は、何も立派なものである必要はありません。要は自分が決めればいい。たとえば、現代では病院のベッドに縛り付けられるような状態になるのであれば、さっさと決着をつけたいと考えている人に私は会ったことがありますが、それが本物なら、これも一つの死生観です。そのように自分で決意して生きていれば、それは死生観なのです。ただし、本当の決意は、自分以外の何ものかのために生きていなければ、真には持てるものではありません。

『楢山節考』にみる生《いのち》の価値

現代日本の問題は、日本人が「死というもの」を徹底的に見ないようにしてしまったために、「どう死ぬのか」をまったく考えなくなってしまったことにあります。

現代は死を悪だと考えています。だから、考えたくない。しかし死を悪とするかぎり、当然ですが自分の生には価値がないことになってしまいます。この当たり前のことに気づいていません。

ある文学によって、私はそのことに深く気づかされたのです。深沢七郎の『楢山節考《ならやまぶしこう》』です。この文学には人間の原点があります。木下恵介監督と今村昌平監督によってそれぞれ映画化もされました。両作品ともに名画です。そして原作の文学とその映画、どちらにもそれぞれの良さがある数少ない作品となっています。昔の寒村における、姥捨《うばす》て山の物語です。あれを悲惨とか惨めと見るのは大きな間違いです。

彼らは死に方を決めているから生き方も決まっていた。いまの人たちが見ると、貧乏ゆえの悲惨な風習ということになるのでしょうが、私はまったく惨めだとは思いません。素晴らしい人生です。貧しいところに生まれたひとつの生命が、激しく燃焼した人生だと思います。他者をひとり生かすために、自分がひとり死ぬ。誰にでもできることではない。しかし憧れます。あのように鷹揚な生き方と従容とした死に方をした人物は、現代ではほとんどいないでしょう。

『楢山節考』について考えるとき、ああいう姥捨て山に最後は捨てられる時代を哀れだと思ったり、嫌だと思ったりする人は、自分自身に貫くべき精神がないのです。私は、あの時代を心底うらやましいと思います。七十歳を越えたなら、子孫を生かすために、子孫の米を確保するために、自分が山に行ってそのまま餓死する。すごく幸福だったと私は思います。自己の命に本当の価値を感じられます。死生観とはそういうことなのです。

あの時代は、こけしが象徴するように、口減らしのために生まれてきた子供を殺して埋めるということすらあった。悲劇だが事実なのです。それで「子消《こけ》し」という人形が生まれたと聞いたことがあります。だから、あの人形には供養の意味がある。一種の地蔵です。そういう状況であるなら、年をとった人間が自ら家を出て山に入り、その分の食糧を子孫に与えることは、いわば当然でもあった。そこに人生の幸福が集約されていたと思います。

ああいう食糧が限定されていた時代は、逆に本当に生きがいがあったに違いありません。自分の命の価値を見定めやすかったのです。自分が食を断てば、その一食分で他の一人が生きることができる、わかりやすい姿です。これは最高の幸福論ではないでしょうか。

『楢山節考』で思い出すのが、アーネスト・ヘミングウェイの文学『老人と海』です。この本は面白い。そしてこれも昔性質《むかしかたぎ》のひとつの死生観なのです。サンチアゴという老いた漁師の物語です。私はその熱い行間から、彼は自分の体が駄目になってきたら、海に飛び込んで魚の餌になろうと決めて生きてきた人物だと思いました。そうでなければ、あのような命がけの漁に自分の意志で挑戦できるわけがない。彼の漁は、自分と魚の命のやりとりです。

物語ではせっかく格闘して獲った梶木《かじき》を鮫に食われてしまうわけですが、それでもサンチアゴはとても幸福な生涯を送った人物だと思います。なぜなら、自分の最後は魚の餌になろうと決めて漁師をしていたからです。だから、何ごとがあってもへこたれない。もともと、漁そのものに命をかけているのです。彼は「俺が生きるためにお前らは死んでくれ、そのかわり俺が死んだら、俺の体はお前らにやるぞ」という気迫で、魚と交流しながら生命を燃焼させている。サンチアゴの、死ととなり合わせの生き方の中に雄々しくも悲しい見事な死生観を感じました。

つまり、一篇の「詩」となるような、何ものか貫くものを持つことが生命を真に生かすことに繋がるのです。だから、日本の文化に深く根差していた、「辞世」を詠む文化は、死生観を持つ上で世界的な人生哲学と言ってもよいものであったのです。辞世を詠むには、句や歌になるものを持たなければなりません。それが紛う方なき「詩」を導き出すのです。

生きるために死んだ三島由紀夫

現代の日本人で、死ととなり合わせの生き方をし、そして「辞世の文学」を書き了えて死んだ人物と言えば、三島由紀夫を思い浮かべます。私は若き日に、幸運にも三島氏と何度も文学について論じ合う機会を与えられたので、その思いがひとしおなのです。そして、いま思うことは、その確固とした死生観が三島文学を創ったに違いないということです。

三島由紀夫は、自分がどう生き、どこへ向かって、どのように死ぬのかを決めていた人です。つまり死生観を持ち幸福な人生を送った人だと思っています。最期には、肉体的なもの精神的なものを含めて、文学的に、自分を曲げなくてはこれ以上は生きられないということを感じていたのだと思います。もちろん曲げて生きる道もありましたが、三島氏はそれを拒絶してあの事件を起こした。その曲げられないものとは何だったのか。それは、日本人としての当たり前の心を大切にしながら生きられるかどうかということなのです。

三島氏は、日本人としての誇りを捨てて生きることはできなかった。だから、日本人としてのもっとも激しい死に方をした。あの死は、死そのものが文学なのです。文芸批評家で仏文学者の村松剛が、この事件後すぐに、「壮絶な、みごとな最期である」と追悼したのは、そのような謂いであると私は今でも思っています。自己の命を捨てて、日本人とは何かを我々に語りかけているのです。私が知り得た三島氏はそのような人物でした。

氏がいつでも言っていたのは「日本人としての誇りを持ちながら生きたい」。これに尽きます。だから、もしあの事件を起こさなければ、三島由紀夫は生き方を変えざるを得なかったはずです。この点は、我々のような普通の人間には、三島氏の苦悩はわかりません。三島氏ほどの天才と、人々の注視を受ける高名な人間は、生き方そのものが「見られる」存在であったのです。それは、存在の本質に迫る苦悩を、氏にもたらしたはずです。まさに、英国の哲学者ジョージ・バークレーの「存在するとは、知覚されることである」(Esse est percipi.: To be is to be perceived.) という思想を、誰よりも繊細に受け止めていたのではないでしょうか。

だからこそ自己の主張と生き方を変えることはできなかったのでしょう。生き方を変えて、それを「変節」と見るか「発展」と見るかということです。戦後の日本人は、間違いなく「発展」と見るのです。それはわかっていたはずです。しかし氏は武士道に憧れ、陽明学の思想を信奉する人でしたから、それを「変節」と見た。そして「変節」に対して男として耐えられないものがあったのだと思います。つまり、氏は存在の本質を穿《うが》ちながら生き、そしてその存在を真に生きるために死んだのです。

十六歳の頃、初めて三島氏に会ったときのことが思い起こされます。そのとき氏に「戦後生まれの人間で僕の文学を肌で理解してくれた人は少ない。君の文学論はその数少ないひとつだ」と言われたのです。嬉しかった。そして氏は「いつの日も、希望とはいいものだ」と語っていました。しかし、氏は戦後日本の全体を見たときに絶望したのだと思います。

そして私の三島文学論に対して、三島氏が「君は僕の文学を頭ではなく血で読んでいる」と言っていたことが忘れられません。多分、血とは生まれや育ちなども含まれていたと思います。つまり自分の血からくる感覚で読んでいるということだったのでしょう。そのことを三島氏はすごく喜んでいました。

同じ見方で、三島氏と憲法問題についても、ずいぶんと話し合いをしました。憲法も深いところは血の問題です。要するに、いまの憲法は、日本の歴史や日本人の精神のあり方を、よく吟味して汲み取っているかどうかということです。もちろん、わたしは「いない」と思っています。現行憲法は、日本の文化から発祥したものではありません。おそらく三島氏は、戦後の人間で憲法問題について、もっとも深く洞察していたひとりであったと思います。

話を死生観に戻すと、自分の生き方と死に方ですから年齢は何も関係ないわけです。四十五歳で自決した三島由紀夫について、いい意味で「惜しい」と言う人もいますが、では何歳まで生きたら惜しくないのか、と考えてみてください。二十歳なら早いのか、四十五歳ならどうなのか、七十歳ならいいのか、百歳なら素晴らしいのか、という話になってしまいます。

私の培った生命論で言えば、生命の本質とは、燃え尽きるためにのみ存在するものです。だから、二十歳だって燃え尽きた生命は素晴らしいのです。歴史的に見てもそうです。特攻隊で散華した青年の顔もその例にもれません。彼らがどうしてあんなに素晴らしい顔をしているのかと言えば、今まさに燃え尽きようとしているからです。

死生観と呼ばれるものは、自分で創るのは大変ですが、与えてもらうこともできます。そして死生観を与えてもらえる時代が本当はもっとも幸福な時代なのです。いまは誰も与えてくれません。自分で創らなければならない。ある意味で大変な時代です。誰も命令してくれない。すべての人が、責任を回避して善人になろうとしているのです。国家も家族も、誰も生き方を命令してくれなくなった。誰もが善人に成り果ててしまったのです。悪人がいなくなった。涙を自分の肚《はら》に収めて、そのまま死ぬ人物が果たしてどれほどいるのか。

だから、私は自分なりの死生観を創るために、万巻の書物を読んできたと言っても過言ではありません。まったく、大変な時代に生まれてしまった。中世に生まれていれば、私などは剣術の修行以外は何もしなかったでしょう。

死生観をもって死んだのは、多分、高名な人では三島由紀夫が最後ではないでしょうか。ただ最近では、死生観と自殺が混同されているのでまったく困り果てます。いま、はっきりさせなければならないのは、自殺と死生観は別物だということです。死生観による死は、人生に価値をつけるためのものですが、自殺は逃げです。自殺には、死生観としての価値はない。三島由紀夫の自決は憂国のゆえであり、また自分の生命を高めるためにやったもので、逃げの自殺とは峻別しなくてはいけません。三島由紀夫の自決は、それ自体によって、日本を問い直す価値を有し、日本文学を再生する力をもっているのです。

最近では、文芸批評家の桶谷秀昭がその『昭和精神史　戦後篇』において、三島由紀夫の死で昭和精神史が終わり、その後はのっぺりとした、荒涼とした風景が広がっているという意味のことを書いていました。桶谷秀昭の思想には気高い精神の裏打ちがあります。戦前までを扱った『昭和精神史』も名著です。まさにその通りだと思います。三島由紀夫の自決は、戦後日本の、ひとつの分岐点であることに間違いありません。その後は、本当にのっぺらぼうになりました。これは三島由紀夫が予言していた通りです。昭和四十五（一九七〇）年七月七日、産経新聞夕刊に発表した「果たし得ていない約束」を思い出します。あれはいつ読んでも涙が滲む。私は、あの文章に、荒野で叫ぶ洗礼者ヨハネの姿を感ずるのです。

「自分探し」の自惚れ

いまの時代は死生観を持ちにくい風潮が蔓延《はびこ》っています。では、我々はどうしたら死生観をこの時代の中で築いていけるのでしょうか。結論を言えば、日本人の心の歴史を取り戻し、そこから学び取っていくしかない。つまり、「垂直の歴史」を志向することに尽きます。国家も家系も、文化もすべて垂直だけが自分を支えているもっとも深いものなのです。

難しいが、やろうと思えば絶対にできる。いまの日本人がなぜできないのかと言えば、横並びの水平を「善」としてしまっているからに他なりません。そのため、個別性の代表としての死を厭《いと》うようになったのです。つまり死生観などなくてもいいと思っているのです。死は水平ではない。死は、「自己」だけにくる垂直の価値観なのです。いかなる死も、自己固有のものであり、自分と自己以外のすべてのものとの「対決」なのです。

言い換えれば、死生観がなくても人生は滞りなく全うでき、きちっと死ねると思っているから死生観を求めないのです。死生観がなければ、本当の生も本当の死もないのだということを理解することがまず必要です。そのうえで日本人の歴史を学んでいけば「あの人のように生きたい」とか「あの人のように死にたい」と思えるようになってくるはずです。難しいといえば難しいけれども、決意次第です。死生観がなければ、自己の本当の生命を燃焼させることができないことに気づくべきです。そうすれば、必ずできます。

いまは、身近なところに手本がないことが確かに厳しい。昔なら家族や知り合いの中に「あの人のように生き、あの人のように死にたい」と思える人がいました。それがもっとも簡単です。職人であれば親父の職業を継いで、親父のように働いて、親父が死んだように死んでいくんだ、とどこかで感じることができました。それこそ死生観です。それですべての生き方は決まります。

昔の人の生き方は、もともとが今風の生き方から生み出された「自己」ではないのです。どこかで歴史や文化とつながっていた。だから承け継ぐことができたのです。しかし、いまは秀れた人も「自分流」であって、まねることができません。それこそ、他人の「自分流」などをまねれば、もっとも惨めなロボット人間になってしまいます。

いま、日本人のほとんどが感じている空虚感は結局、死生観のないところからくるものです。近年わが国で流行っている「自分探し」は、死生観がないために起こることに間違いありません。「自分探し」なんて無駄なことです。探せば探すほどエゴイズムに深く入り込むだけです。

冒頭で触れたように、近代の考え方の間違いは、「私は何であるのか」ということを考えるところにあります。いまは日本中がそれに覆われています。そうではなく、いまこそ中世の考えを取り入れるべきでしょう。中世のほうがはるかに人間的なのです。日本もそうだったし、ヨーロッパもそうだった。中世の思想を言い換えれば、それこそ人間中心主義です。つまり、「何が私であるのか」です。これが承け継いでいける人生観なのです。文化を重んずる人間の生き方なのです。

現代においては、この当たり前の考え方がわかりにくくなっています。一般的にはまったく逆のように言われています。ルネサンスとそれ以降こそが人間中心主義だと言っているのです。

しかし、中世が暗黒でルネサンスが人間中心主義であったという捉え方は間違いであったことが明らかになっています。ルネサンスは物質主義の始まりです。実は、暗黒時代と言われている中世の封建社会こそが人間中心主義だったのです。封建社会は、人間と人間の絆だけを基盤として成り立っている社会です。人間同士の信頼関係がすべてのものに優先する思想でした。法律などは、人間の信頼の絆の付随物だった。そして、それが正しいのです。

ヨーロッパ史で見ると、ローマ帝国が崩れて中世が出現します。ローマ帝国は物質文明の頂点を極め、いまの民主主義のような政治状況になって崩壊した。そこで現われたのが、人間と人間の絆だけを信頼に足るものとしてでき上がった中世社会です。中世は人間中心主義の新しい時代だった。それを精神的に支えたのがキリスト教です。ローマ帝国が崩壊する時に、まっとうな人間はキリスト教徒だけだったのです。つまりヨーロッパ中世は宗教的な人間主義だと言えるでしょう。

多くの歴史家が、ローマ帝国の崩壊はキリスト教を受け入れたことが決定的要因であったと指摘しています。つまりキリスト教の不寛容さが崩壊をもたらしたと言っているのです。結果論としては、これも正しいと思います。しかし、私が言いたいのは、なぜローマ帝国がキリスト教を受け入れたのかということです。それはローマ帝国の中にキリスト教徒以外、道徳的な人間がいなくなってしまったからなのです。私はそこを重んじたい。キリスト教の道徳を取り入れないとまともな社会を営めなくなってしまった。この見方の方が歴史の真実にせまっていると思います。

つまり、「パンとサーカス」の社会となってしまっていたのです。ローマの支配者は市民をパンとサーカスでたぶらかして、なんとか社会を保っていたのが末期の現実でした。現代流に言えば、社会保障とスポーツ、そして芸能です。日本も戦後の似非民主主義をこのまま野放しにしておけば、宗教に深く帰依した人でないと言葉も行動も信用はできないという社会になるでしょう。つまり、末期のローマ帝国ではキリスト教徒がいなければ、すべてが機能しなかったのです。いつの時代でも、人々は信じられる何かを求めているのです。キリスト教がローマ帝国を崩壊させたのは事実でしょうが、ローマ帝国はキリスト教を取り入れざるをえない国になっていたわけです。それほど堕落していた。

乃木大将は死生観の鑑

日本人の死生観を知るうえでは、乃木希典《まれすけ》の生き方を知る必要があります。乃木将軍は死生観の鑑《かがみ》です。将軍は、武士道を尊ぶ日本の歴史が生み出した精華だと私は思っています。西南戦争で軍旗を奪われる失態を演じ、乃木希典は死のうとした。ところが明治帝から、自分に命を預けるように命じられ死を思いとどまった。この時点で乃木希典は、明治帝が亡くなられたら自分は殉死すると決めて生き始めました。それまでは普通の人だったのです。普通に欲望もあり、長州の藩閥に乗って出世もしたがっていた。ところが、明治帝に命を預けた時点から歴史に残る乃木希典が始まる。死生観ができ上がったわけです。日本の歴史の真髄に、自己の生命が直結したのです。つまり、垂直を志向する生き方になったということです。

死生観を立てるのは難しいと言えば難しいし、簡単と言えば簡単なのです。その気になれば誰だってできる。乃木希典は歴史に残る死生観を立てましたが、死生観に貴賤はありません。畳の上で家族に看取られて死にたいとか、親父と同じように死にたいというのも立派な死生観なのです。もちろん、それぞれの家族や親父の生き方が、文化に根差していることがその前提になります。そして、それを決めただけで自分の生き方が決まるのです。

死生観を立てられる人間になれるかなれないかの違いは、詰まるところ「私は何であるのか」を考えながら生きている人なのか、「何が私であるのか」を考える中世的な人間なのかの違いなのです。中世のように「何が私であるのか」と考えれば、必ず死生観は立てられるのです。逆に「私は何であるのか」と問い始めたら永遠にさまよいます。

「何が私であるのか」と考え続けて生きていた乃木希典は、「明治帝の真心と命が私である」と決めるに至ったのです。自分の生命の対象がはっきりすれば、必ず死生観は立てられるのです。

不合理を仰ぎ見なければならない

不合理の精神

「海ゆかば」は民族の誓い

人生とは、不合理の極みを生き切ることです。これが、生命の哲理から導き出される人生哲学なのです。不合理を受け入れることが、人間の生命を躍動させている。もともと日本人は、不合理を美学と成した民族と言えるのです。これを知るためには、我々はまず『万葉集』の精神を代表する大伴家持と、鎌倉時代以降の日本的心性を導き出した西行の生き方を見なければなりません。

大伴家持によって、『万葉集』に取り入れられた「海ゆかば」は日本人の魂と言えるものです。だから、我々の死生観の根源のひとつがそこにあるのです。そこでは、日本民族の「不合理の精神」の出発が、「詩」として謳い上げられています。ただし、「海ゆかば」は家持が作った歌ではありません。それは、家持が作った長歌の中に挿入された父祖伝来の歌なのです。もとは大伴氏の言立《ことだ》てです。言立てとは、神や祖先に対して、自己のまごころから出る「誓いの言葉」を言います。「海ゆかば」は、大伴氏と呼ばれた恋闕《れんけつ》の家系の人々の生き方を謳い上げた言立てであり、一族の誓いと言ってもよいでしょう。言い換えると家訓です。大伴氏は天皇の側近で、古代日本国家における近衛兵のような存在でした。その兵たちは、「久米《くめ》の軍団」とも呼ばれていたのです。

大伴氏は、天孫降臨の先兵を務めた天忍日命《あめのおしひのみこと》を、その父祖として仰ぐ大和朝廷きっての名門です。「海ゆかば」はその天忍日命が、天孫降臨の際に謳った歌だと言われています。これがその子孫の道臣命《みちのおみのみこと》に伝承され、道臣命からそのまた子孫である家持まで伝承されてきた。その言立てを、家持は自己の長歌の中に取り入れて謳っているのです。だから、「海ゆかば」は自分の長歌の一部分なのです。そして家持は、この言立てを日本の魂として後世に残すために『万葉集』に自分の長歌ごと入れたのです。このように歴史をたどって見ただけでも、「海ゆかば」は日本民族の血に沁み込んでいるもっとも深い死生観を表わしているのです。

このことは、保田與重郎の『万葉集の精神』に詳しく書かれています。この書物は、『万葉集』の思想を表わしたものとしては、歴史上もっとも秀れたものだと思います。「海ゆかば」という歌が日本の建国以来、もっとも古い歌として歌い継がれてきたことが日本人の本質を示しているのです。先の大戦で、この歌が軍部によって悪利用されたので、いま我々は悪い印象を植えつけられてしまっています。しかし「海ゆかば」は、決してそのようなものではなく、日本人の大切にしていた生き方が謳い上げられたものなのです。

『万葉集』の歌を子細に研究すれば、この歌集が編まれた時代には、もう完全に大家族制度が確立していたことがよくわかります。氏族社会がすでに爛熟し切っていた。その中心が天皇家、つまり大君《おおきみ》です。大君とは国王ではありません。いまで言えば大家族の宗家のような存在です。日本人すべての宗家だった。そして天皇家を仰ぎ見る形で、いろいろな「家」が存在していたわけです。

要するに、天皇という存在はすべての日本人にとって親なのです。だから、天皇を否定すること自体が、自分の家、自分の祖先、自分の親を否定することに繋がるのです。昔から天皇を否定する人々はいましたが、それは自分の「家」、つまりは一族と家系のすべての否定につながります。「家」を否定すれば、すべての人間存在と人間関係の基盤が崩れ去り、最後に残るものは「自分」だけしかありません。

建築家であった黒川紀章氏にすすめられて、学生時代に羽仁五郎の『都市の論理』という本を読んだことがあります。そこには、新しい時代には「宗教」や「家」が否定され、子供は社会が育てるというようなことが書かれていました。寒けがしました。羽仁五郎は頭脳で人生が作れると思っているようでした。多分、フランス啓蒙主義の系譜、つまりルソーやサン＝シモン、またはオーギュスト・コントあたりの亜流なのでしょう。

家族という価値観を捨てれば、一時的には楽になれます。価値観とは、束縛のことでもあるのです。しかし日本人から家族という価値観を取ったら何が残るのか。日本の家族主義はヨーロッパのキリスト教と同じ意味を持ちます。つまり、天皇を頂点とする大家族主義こそがすべての考え方の中心であり、道徳もそこに基盤を持つ。ところが、戦後教育はこれを無視して家族を解体する方向を目指したため、いまではほとんどの日本人が日本人本来のあり方を見失ってしまった。

もちろん私の言う家族とは、祖先や一族をもち、歴史や地域と直結する大家族のことです。いま流の「家庭」のことではありません。現代では大家族の意味を取り違える人も多い。現代の日本では、「家族」と「家庭」の違いについて、その存在理由（raison d'être: レゾン・デートル）を歴史的に見直す必要があると感じています。

動力学的ダイナミズムの胎動

「海ゆかば」は、『万葉集』において家持の謳った長歌の中で謳われており、祖先から伝えられてきた大伴の言立てであることは先程述べました。「海ゆかば　水漬《みづ》く屍《かばね》　山ゆかば　草生《む》す屍　大君の辺《べ》にこそ死なめ　かへり見はせじ」が、その言立てです。これが長歌の中で謳われているのです。この歌の通り、大君のために死ぬのを最高として、「家」のため、親のために死ぬことに人生のすべての価値があったのです。古代の日本人にとって、これ以外の死は価値がなかった。

なぜ家のために死ぬことに価値があったのか。日本では、それだけがエゴイズムに陥らない道だったからです。それは日本人の宗教心に通じていた。そして、歴史的には、この大家族制が日本人の道徳を確立した「武士道」そのものを生み出す原動力となっていったのです。このような考え方は、いまの日本人が見ると不合理に感じるかもしれません。しかし神道が支配していた家持の時代までは、理屈を乗り越えた清冽な野蛮性が横溢していました。

不合理を乗り越えるには野性が必要です。つまり純粋性です。潔《いさぎよ》さと言ってもいい。「何ものか」のために死ぬ「死」以外の死は価値の低いものだったのです。死は崇高なものであった。この考え方は純粋でなければ生まれません。だから、純粋から生まれた野蛮性の中にだけ高貴性が存在していたのです。「家」のために死ぬことだけが、高貴な日本人の「死」であった。そして、それが後に武士道を生んだ。私はこの歴史過程に、日本人として強い誇りを感じているのです。

そこに仏教が入ってきて、世界史的に見て非常に面白い国が生まれてくる。神道と仏教の衝突による「動力学的ダイナミズム」(Der Kinetische Dynamismus)の胎動が日本の歴史に生じてくるのです。この動力学的ダイナミズムという概念は二十世紀に至って、ロシアの哲学者ニコライ・ベルジャーエフがキリスト教の中に息づく「優しさ」と「野蛮性」の対立が生み出す弁証法的概念として見出したものです。もちろん、ベルジャーエフはそれをキリスト教独特のものと思っていた。そして、西洋の発展の根源と思っていたのです。しかし、それとまったく同じ歴史形態が日本にもあった。日本の場合は、仏教が「優しさ」、神道が潔い「野蛮性」です。

このダイナミズムを象徴するものとして、日本の場合にもっともわかりやすいのは織田信長と徳川家康の違いでしょう。信長は神道を、家康は仏教を代表しています。その違いは、実際の二人の家系の違いにも由来していることが歴史的にわかっています。この二人がもつ性格の違いや思想の違いそのものが、神道と仏教の違いなのです。また二人の生き方が、日本人全体の生き方の異なる代表となっているのも、ゆえないことではなかったのです。

他に室町初期の南北朝の対立がそのダイナミズムを示しています。『神皇正統記』を書いた北畠《きたばたけ》親《ちか》房《ふさ》や南朝の忠臣である楠木正成《くすのきまさしげ》は神道を、幕府を樹立した足利尊氏《あしかがたかうじ》は仏教を代表しています。ここにおいても、日本の歴史に精通する人ならば、神道と仏教がどのような違いを人間にもたらすかがわかると思います。つまり日本では仏教伝来以来、この二つの価値観の対立抗争によって歴史が創られてきたのです。

当初は単に神道と仏教という二つの柱として対立するだけで、そこにダイナミズムは発生しませんでした。しかし、この二つが融合するにつれてダイナミズムが発生するようになったのです。それぞれが、価値観の違いを担って交叉（chiasma：キアスマ）し、陰陽に入り乱れ、無限回転の活動エネルギーに変化していったのです。

これらの事象を生み出した、いまに繋がる日本人が生まれたのが平安末期から鎌倉初期のことです。この頃になると、日本人の心の中に仏教が定着し、神道的な血と仏教的な考え方が入り混じっていろいろな事が起きる。歴史そのものが、動力学的ダイナミズムによって突き動かされたのはキリスト教ヨーロッパと中世の日本だけなのです。

それ以外の宗教や思想を持った国や地域では、「優しさ」か「野蛮性」の一方に偏りすぎて動力学的ダイナミズムは生まれませんでした。日本の場合、融合の象徴が仏教の僧にして『山家集』でも名高い歌人、西行だったのです。この西行が若き日には、北面の武士として秀れた業績を残していたことも面白い事実です。西行を生み出した土壌が、「日本らしさ」の始まりと考えてよいでしょう。そして、ここから日本の歴史は極めてダイナミックに展開していくことになるのです。

小林秀雄と西行

この見方との出会いは、文芸評論家・小林秀雄氏によってもたらされました。昭和四十五年か六年のことです。その当時、音楽を通じて小林氏と親しくさせていただいていました。いつものごとく、レコードを通しての音楽論をひとしきりした後に、ひょんなことで日本人論になったのです。その時に小林秀雄氏は忘れ得ぬ言葉を語ったのです。それが西行でした。

小林氏は二十歳の私にこう言いました。「西行こそが、いまの日本人が理解できる最初の日本人と言えるだろう。西行が鎌倉時代を導き出したのだ。そして、鎌倉時代がなければ、日本の歴史はごくつまらないものになっていただろう」と。そして、「歴史とは、つまりは思い出なんだ。私はそのことを西行の歌から知ったように思う」と言っていたのです。

私は西行の歌が、いかに深く日本人の知性を捉えていたのかを、このことによって知ったのです。そして、知性は不合理によって支えられてこそ本物となるのだと感じたことを覚えているのです。後に司馬遼太郎が『街道をゆく』の「三浦半島記」で「鎌倉幕府がなければ日本は二流の国で終わっていただろう」と書いています。私はそこに小林秀雄の強い影響を感じました。

この思想は、小林秀雄の重大な考え方と思っています。宗教を見ても本当の日本人の宗教が生まれたのは鎌倉時代からです。それまでは中国の借り物と、日本に古くからあるものとは各々に分離していた。それらが融合し、日本独自のものを創り出していったのは、間違いなく鎌倉時代です。その時代精神を導き出した人物のひとりが西行なのです。だから、今に至る日本人の心性とその死生観も、始まりは西行と言えるのです。

西行の中で、神道と仏教がどう融合していたかを見ていきたいと思います。西行の辞世、つまり死生観を表わす歌「願わくは　花の下にて　春死なむ　その如月《きさらぎ》の　望月《もちづき》のころ」には、神道と仏教の両方が入っています。

西行は僧です。だから、ここには当然仏教的な諦念が入っていますが、その底流には家持の「大君の辺にこそ死なめ」という神道的な感覚も強く流れている。諦念と清冽が入り乱れ、交叉して放散していく姿がこの歌なのです。散りゆく花は神道とその現世的姿である武士道を表わしています。この二つの哲学が見事に融和しているからこそ、名歌中の名歌として日本人の心に残っているのではないでしょうか。歌の芸術性の根源には仏教が横たわり、その深層を流れる清らかな精神に洗われながら、野蛮的な神道が屹立《きつりつ》しているのです。それが「垂直の悲しみ」を形創っている潔さは武士道そのものと言えるでしょう。

神道と仏教の融合が、日本人の心性に変化を与え続けたのです。大君や「家」のためにだけ死ぬというのが神道的な心性であり死生観です。その根本は動かぬまま、仏教との融合によって、いろいろな価値観のために生き、そして死ぬことを認めるようになった。それが日本独自の禅的な思想と生き方を築き上げたのです。それによって、いろいろな死に方も出てきたわけです。それまで単純明快だった日本的心性に哲学的な深みが加わり、文化として非常に厚みのあるものができてきました。禅的な武士道の死生観が生まれてきたのです。

神道と仏教の融合によって、源頼朝に始まる新しい武士道、つまりそれ以後の日本の歴史を貫く禅的な裏打ちをもつ武士道が生まれたと私は考えています。それまでは親のため「家」のため、ひいては天皇のために死ぬことにしか価値がなかったところに、主君の御恩に報いて死ぬという価値観が生じた。これは血の繋がりのない他者のために死ぬという、価値観の革命であったのです。融合までには伝来から六百年の時間が必要だったのです。

だから後に、『葉隠』を著わした山本常朝を生み出したのも西行であると捉えることができるわけです。間違いなく、西行的なものが常朝の生き方を創り上げたのです。常朝の言葉の中の多くに西行の辞世と全く同じ思想がある。神道的な潔さと仏教的な諦念。この二つの思想がもつエネルギーは動力学的ダイナミズムを構築し、近世の武士道を創り上げていったのです。武士道において、死生観の中心に殿様を置き、そこに日本人としての心性を集約するにはそれだけの思想と歴史の裏打ちが必要だったということです。この武士道の成立によって、初めて死生観が日本的心性として、人生にとってなくてはならないものになったのです。

地政学を捨てよ

日本の武士道は、キリスト教と非常に近い思想を含んでいるのです。その根源は、両者に共通する動力学的ダイナミズムの躍動でしょう。どちらも「優しさ」と「野蛮性」が無限回転エネルギーとして、その活動を支えています。武士道で言う殿様を神様に置き換えれば、武士道はそのままキリスト教になるのです。明治最大のキリスト者であった内村鑑三は、札幌農学校で初めてキリスト教に触れ、その後プロテスタントのアマースト大学で学び優等で卒業しました。そして、初めて接した時から、留学中も含めて、キリスト教に全く違和感を覚えなかったと言っています。

なぜなら、高崎藩士の子であった内村は、親から教えられた武士道の生き方をすればよかったからです。殿様を神様に置き換えればそれでよかった。そう内村は広言してはばからなかった。もちろん、それにはそれだけの体感があったからに違いありません。つまり、日本は非常にキリスト教文明圏と近いのです。

だから「日本はアジアの一国」という発想はどうかと思います。私は日本はアジアだと思っていません。日本は日本だけです。地理的には小さくとも、日本は日本だけでひとつの文明圏を形創っているのです。そして日本に一番近い文明圏はヨーロッパなのです。ともに一千年にわたる封建時代を経験するなど歴史過程が酷似しています。両文明圏の歴史のもつダイナミズムが一緒だということが、この二つの文明圏を結び付ける上で決定的となるのです。

アメリカの政治学者・歴史家サミュエル・ハンチントンは、その『文明の衝突』の中で、日本が独立したひとつの文明圏であることを正確に分析しています。これは、私が二十世紀最大の歴史家と思う英国のアーノルド・トインビーの影響下において構築された理論なので、実に説得力があります。民族は歴史にこそ根差しているのです。そして、歴史は「地理学」ではない。それは「精神そのもの」です。アジアの一国という考え方は日本の歴史を歪めます。日本はアジアの他の国々とはまったく異なる独立した文明を創り上げた国なのです。そこを日本人は強く認識しないと、まともな外交はできません。英米人の歴史家の方が、それをわかっていて、当の日本人がわからないことに、問題の深さを感じざるを得ません。

その日本文明がもつ、他の文明ともっとも異なるものは何か。それが不合理を許容する心なのです。つまり、不幸を受け入れ、悲しみを抱き締める。これがもっとも大切な文明の要素なのです。動力学的ダイナミズムとは、つまるところ不合理から生ずるダイナミズムということなのです。キリスト教の矛盾は世界中の宗教の中でもっとも激しいものです。また武士道の矛盾も、その歴史を見れば、世界に類例のないものとなっています。つまり、まったく異なる要素が混じっているから強い。いろいろな人物を輩出し、いろいろな意見が飛び出してくる。それが日本とヨーロッパの強さなのです。不合理の内容は違うが、日本とヨーロッパは中世の封建制を通過することによって、共に「不合理の文明」を築き上げたのです。

動力学的ダイナミズムは、ヘーゲルの言う「止揚」(aufheben: アウフヘーベン) に近いものです。しかし、動力学的ダイナミズムの思想の方がずっと深い。ヘーゲルの「止揚」という思想そのものが、このダイナミズムの母体から生まれたものなのです。つまり、ヘーゲルの弁証法哲学は、動力学的ダイナミズムの歴史が生み出した哲学だと言えます。「正、反、合」という回転エネルギーをもつ、あの弁証法。あの回転が動力学です。だから、動力学的ダイナミズムの国にして初めて弁証法哲学が生み出されたのです。

もともと弁証法とは、理論にならぬものを、理論化しようとした苦悩から生み出されたものなのです。だから、声高にその合理性をがなり立てる。しかし、その本質には不合理が横たわっている。そして弁証法のすばらしさは、実はそこに存在しているのです。その苦しみの中から、尊い一滴の涙が絞り出されるのです。

そして、日本にも弁証法哲学があることを、当の日本人が知らない。日本の弁証法哲学が武士道の思想とそれを支えている日本的な禅の思想なのです。私は西行の『山家集』や山本常朝の『葉隠』には弁証法哲学が書かれていると思っています。それらを貫く日本的心性を削っていくと、その背骨を支えている思想が、弁証法哲学なのです。つまり不合理を仰ぎ見る精神です。

動力学的ダイナミズムとは、実に面白いものです。カント、ヘーゲルそして山本常朝も西行も、その底辺には不合理を許容する心があります。私はヘーゲルの『精神現象学』と『美学』を読んでいるときに、特にそれを強く思いました。ヘーゲルは、わかろうとしたら絶対にわからない。ヘーゲルがわかる人は絶対にいません。「わからない」ということがヘーゲルの本質なのです。わかるには死ぬしかない。

私はカール・マルクスの『資本論』を読んだ時に、これはヘーゲルの影響下にある哲学だと思いました。ヘーゲル哲学の物質主義版というところでしょうか。だから、マルクスが最後に「革命＝狂気」を導き出すというのは何となくわかります。極端かもしれませんが、ヘーゲルやマルクスと同じ弁証法で組立てられているのが山本常朝の『葉隠』と西行の『山家集』なのだと私は思っているのです。つまり、それらの深奥には、不合理極まりない革命と狂気の熱情がある。武士道とは、革命の哲学なのです。そして情熱の思想です。つまり、日本的心性そのものなのです。それらは狂気によって支えられている。狂気の中に、詩的ロマンティシズムを見出しているのです。だからこそ、そこには崇高がそびえ立っているのです。

不合理ゆえにわれ信ず

ギボンの『ローマ帝国衰亡史』は、題名のごとくローマ帝国衰亡の四百年を描いています。ローマ建国以来の神話が崩れ、それに代わってキリスト教が入ってくる。日本で言う神道的なローマの建国神話とキリスト教の二項対立は、日本の神道と仏教の二項対立とまったく同じ形をとっています。そしてベルジャーエフの言う動力学的ダイナミズムを生み出す封建時代へと突入していくのです。そのローマ帝国末期に登場したのがテルトゥリアヌスという哲学者です。彼は「Credo, quia absurdum.」（クレド・キア・アブスルドゥム）という言葉を残しました。「不合理ゆえにわれ信ず」です。作家の埴谷雄高が一番好きだった言葉で、自分の本の題名にも使った。埴谷は若き日にマルクス主義者だった人ですが、マルクス主義にかぶれただけあって心底では不合理が好きなのです。

その埴谷を私は愛読しています。私は共産主義が大嫌いですが、埴谷は好きです。なぜなら、埴谷は「不合理ゆえにわれ信ず」がわかる人間だからです。埴谷の『死霊』は私の愛読書の一つです。その内容は共産主義の革命家の話で、私のもっとも嫌いな世界です。それでも愛読書なのです。もう一つ、ドストエフスキーの『悪霊』も愛読書です。これも革命家の話です。嫌な奴ばかりが登場します。しかし、愛読書なのです。どうして共産主義を一番嫌いな私が『死霊』と『悪霊』にそんなに共感するのか。詰まるところ、主人公が不合理に命を懸けるところだと私は思います。

山本常朝が説く武士道も、不合理に命を懸ける狂気に貫かれています。不合理に命を懸ける狂気とは、人間の本質そのものです。「武士道と云ふは死ぬ事と見付けたり」だけが武士道の本質なのです。そして「忍ぶ恋」です。もちろん不合理極まりないことですが、それを取り沙汰する人間は駄目だということです。私は、不合理を許容できない人間に、もっとも軽薄な人間性を感じます。

多分、いまの日本人は「冗談じゃない」という受け止め方しかできないでしょう。しかし明治維新は、尊王攘夷の狂気の武士団がいたからこそ成就したのです。正気《しょうき》な人間ばかりであった他のアジア諸国は、みな西洋の植民地にされました。正気とは、不甲斐なさの別名とも言えるのです。つまり、不合理からしか真の価値観や文明は生まれないのです。それは人間のもつ夢や憧れ、そして歴史の発展そのものが不合理の中から生まれ出てきたものだからです。我々人間は、合理性や科学だけでは、決して生きることも死ぬこともできないのです。

私が尊敬してやまぬルーマニアの哲学者エミール・シオランは、その『涙と聖者』において「一民族の凋落《ちょうらく》は、集団の正気が頂点に達したときに一致する」(Le déclin d'un peuple coïncide avec un maximum de lucidité collective.) と語っています。そして、その理由として、正気が野蛮性を失わせ、理想の衰退を招くからだと続けているのです。若き日の私は、この不合理を、まさに宜《むべ》なるかなと思い、強く記憶するものとなりました。

さて、テルトゥリアヌスのすぐ後に登場するのが聖アウグスティヌスです。テルトゥリアヌスを尊敬していた彼は『神の国』を著わし、カトリック教会の礎を築きました。彼はテルトゥリアヌスの「不合理ゆえにわれ信ず」という言葉によって、真実の死に方を見つけたのだと思います。真実の死に方を見つけられれば、真実の生き方がわかる。つまり、不合理を仰ぎ見て生きるということです。彼はそれを許容できた。それができたのは、彼がすでに動力学的ダイナミズムの歴史に突入していた国に生まれ育ったからに違いありません。

かつての日本も、不合理のために死ぬことを許容することができましたが、戦後は似非《えせ》民主主義におかされ、不合理を許容する心を喪失してしまった。みなが、あまりにも「利口」になったのです。自分たちを平和主義で、民主的で、科学的な善人だと信じて疑いません。「正気」な人たちばかりです。だから、損なことなどできるはずがありません。

何でも計算ずく。一足す一は絶対二になると信じている。AがAでなければならない。この考え方は、ギリシャの哲学者で合理主義の祖と呼ばれるパルメニデスの自同律と言います。埴谷は「自同律の不快」ということを言っています。自同律に対する反抗が人間の生きるための情熱を育むのです。だからこそ、それが実存哲学を生み、生《せい》の哲学を生み出したという事実を思い出すべきでしょう。

なぜ、戦後の日本では、薄っぺらで幼稚なものにばかり魅力を感ずるのでしょうか。その理由は、現代の社会に不合理とそこから生じる懊悩が少ないからです。先の大戦をめぐって、「戦前の日本人は負けるとわかっている戦争をなぜしたんだ」と言う人がいますが、その人たちは損得勘定しかしていないのです。そして、戦争の不合理性を知らない。まず絶対に負けるとは決まってなどいません。また、何よりも先の大戦は、日本が武士道を重んずる国であり、不合理を許容する思想を持った国だから立ち上がったのだと思います。勝敗や自己の命よりも、国の名誉を重んじた。損得だけの国があの戦争に立ち上がるわけがありません。

いまの日本がまさにそうです。いまの日本なら、あの当時の状況になっても戦争などするはずがありません。「利口」ですから。英米にぺこぺこして、得を取ったはずです。実名は挙げませんが、「英米に追従しているのが一番得なんだ。それがわからない人間は馬鹿だ」と広言してはばからない人がいます。事実そのとおりだと思います。しかし、そのような生き方は情けない。損得勘定だけではないですか。正義はどうしたのか。名誉はどこへ行ってしまったのか。そんな不合理なものは、もう必要ないと思っているとしか考えられない。そうであるなら、もう国家ではなく、また文明ですらありません。

死は文明である

先の大戦でも、本土決戦をすべきだったという考えがあります。私もやるべきだったと思います。やれば、国は荒廃したでしょうが、歴史的な日本の精神は残ったに違いありません。日本の場合にはやはり武士道です。家族のため、親のため、ひいては天皇のため、さらには国体を守り、日本の歴史を守るために戦うべきでした。戦法としてはゲリラ戦法になるでしょう。日清日露で日本が勝てたのは、不合理の代表である武士が司令官だったからです。司令官が士官学校出になってから、日本の戦い方は西洋の真似になってしまいました。真似では「先生」に勝てるはずもありません。敗戦の理由はそこに帰すると思います。いまだから言えることなのかもしれませんが、日本は武士道精神をもってゲリラ戦法で本土決戦をすればよかったのです。中国も最近、軍事的にも英米の真似ばかりしだしましたから、きっと弱い国になるでしょう。

自分が合理主義者か、それとも不合理を認める人間かを識別したければ、乃木将軍の評価で決めるとわかりやすいです。戦後の合理主義精神を代表する司馬遼太郎は乃木希典大将について、愚将という評価をしています。司馬のような合理主義者から見れば、乃木大将はそう見えるのです。司馬には、乃木大将の一番秀れた資質を見る力がないのです。つまり、乃木大将のもつ器量と清廉がわからない。

それらは不合理から生まれる「力」です。そして人格の中心であり統率の要にもなるものなのです。あの旅順における、日本人の本当の底力は不合理の中から生まれたのです。それを生み出す力をもつ者が、乃木希典だったのです。これはもう文化ということです。武士道の血が日本人の体内を貫いているのです。だから、日本人が力を発揮するのは、その根底に不合理があるときなのです。日露戦争に勝ったのは、乃木大将という不合理を許容して呑み込んだ人が軍司令官にいたからです。そのような人物を軍司令官にすえる時代精神があったからなのです。

乃木大将のもつ不合理の極みがあの殉死です。不合理を許容することは一種の美意識です。だから、乃木大将は旅順要塞司令官だったステッセルとの会見で帯剣も許した。歌にまで歌われた、あの有名な水師営の会見です。もしステッセルが逆恨みする人間なら、乃木大将は刺された可能性もあったわけです。そして、この武士道的行為が、世界中の賞讃をあびることになったのです。そのような人だからこそ、殉死ができた。不合理を受け入れなければ真の生き方は生まれず、死生観も持てません。すべては「不合理ゆえにわれ信ず」です。

この言葉を一番好きだったのは先ほども話した聖アウグスティヌスです。そしてその精神は山本常朝の『葉隠』を貫き、ポルトガルの航海王エンリケをも貫通しています。エンリケの精神と葉隠の精神は同じものです。エンリケは不合理に生き、不合理に死にました。その精神がポルトガルの国是となったのです。エンリケは常々、「航海をすることが必要なのだ。生きることは必要ではない」(Navigare necesse est, vivere non est necesse.) と言っていました。この不合理。これが世界に雄飛したポルトガルを創ったのです。この不合理の精神ゆえに、あの時代のポルトガルの猛者《もさ》たちは自らの命を懸け、国の命運を懸けて未知の航海に乗り出すことができたのです。

死生観とは不合理を許容する心なのです。いまの人は合理的になろうとするから死生観も持てず、また生き方も定まらないのです。合理的な生き方や死生観はあり得ません。不合理を許容する心だけが死生観を打ち立て、人生を拓くことができるのです。

最近観た、ウィリアム・ボイド監督の『ザ・トレンチ』(塹壕) という映画は、実によくそのことが描かれていました。第一次世界大戦の時に、ヨーロッパでは塹壕戦が行なわれました。その当時、文明国の代表であったフランスとイギリス、そしてドイツが三つ巴で、それぞれへとへとになるまで戦い抜いたのです。どちらも、機関銃に向かって突撃を繰り返し、二〇メートル進むのに二万人が死んだこともあるほどの、不合理極まりない戦いを四年半続けました。その戦いを描いたのがこの映画です。結局、あのような戦いができるのは、ヨーロッパ人か日本人のような動力学的ダイナミズムの歴史をもつ文明人しかいません。

不合理を受け入れる思想がなければ、あのような「狂気」に基づく行動はできないのです。何と言っても、機関銃の掃射をしている相手に向かって突撃するのです。考えてみれば不合理極まりない野蛮性です。しかし、それは文明国と文明人にしかできないのです。そこに人類の文明史がもつ深淵なる秘密があると言っても過言ではありません。つまり、人類を支える神秘です。野蛮人には、あのような整然とした「死の突撃」はできないのです。あれをやらせた原動力が文明なのです。野蛮人は、逃げまどうことしかできません。

これは考えてみれば旅順攻略と同じです。命令一下、機関銃を掃射しているところに向かって突撃ができる民族というのは、日本人のほかにはドイツ人、フランス人、英米人くらいでしょう。こういう国民は、動力学的ダイナミズムの歴史からしか生まれないのです。端的に言えば、真の文明とは、不合理を許容する生き方だけが生み出す精神そのものなのです。

科学のもつ時代的使命を知る

科学を考える

時代が生んだ相対性理論

二〇一一年九月二十四日付、朝日新聞において、ひとつの時代精神が流動していることを示す記事が眼に入った。それは、スイスにある欧州合同原子核研究機関（ＣＥＲＮ）が行なった「Ｏｐｅｒａ実験」で驚くべき結果が出たと発表された記事のことです。一万五千個以上の素粒子ニュートリノを、粒子加速器で七三〇キロ離れたイタリアのグランサッソ研究所に飛ばしたところ、これが光より速かった。光より速いものは無いとするアインシュタインの相対性理論を覆す結果であり、現代物理学の根底を揺るがす可能性があるというものです。

この記事を読んで、私はその実験結果と迅速な新聞発表そのものに、時代の趨勢を感じました。近代を形創ってきた時代精神に、軋《きし》みが現われてきたのです。時代は変わりつつあります。そして、それは我々の科学を見る眼に、変容をもたらすでしょう。この時代精神から掘り起こして、科学が果たした近代の意義を考えたいと思います。

一九〇五年にアルベルト・アインシュタインは特殊相対性理論を、一九一五年にその「慣性系」を変えて一般化した一般相対性理論を発表しました。そして一九一八年、第一次世界大戦が終わったときに、英国の日食観測隊が光の歪みを観測して、アインシュタインの理論が正しいことを「証明」した。二十世紀初頭というのは、アインシュタインの相対性理論を何が何でも正しいと認めたい風潮があった。「科学の世紀」を築くためには、科学が神に近づかなければならなかったのです。つまり、近代を創り上げてきた原動力であった科学が、その頂点に近づきつつあった。人々は、科学による理想の実現を信じて疑わなかったのです。

そして二十一世紀初頭になり、実験によってその理論が間違っている可能性が出てきた。現在は相対性理論を否定したい人が支配的になりつつある時代なのです。科学とは、実は時代精神を応援するものであり、真実とはまた違うものなのです。人間は、実験によって立証されていく科学を「科学的」だと思い込まされています。しかし、実は実験をしている人間そのものが、その時代時代を生きる個別の個性を持った生身の人間なのだということを知らないのです。

現代の科学は、中世における宗教の代替品であることを考えの根底に置いておかなければなりません。現代の科学は、実は宗教と等しい。だから深いところでは、あっているのか間違っているのかではない。もともと科学の実験とは何かということについて、科学実験の天才と言われたフランスのルイ・パスツールが面白いことを言っています。「実験とは、それを行なう人間の思い通りの結果がくるのだ」と。つまり、実験結果は個人の意志と時代精神に支配されているのです。もちろん、それが悪いことだと言っているのではありません。科学とは、そういうものだと知る必要があると言っているのです。そして、人間生活のために善用していくものが科学なのです。

二十世紀の初頭は、西洋的価値観によって、全世界の秩序と思想がまとめられるという夢を人々が持っていた時代です。その「合法的武器」が西洋科学であったわけです。ところが、いまは心の深い部分で、地域社会によって思想や文化は違うことをみんなが認め始めている時代なのです。「西洋科学だけで、この世界のすべてを理解することは果たして正しいのだろうか」と人々は思い始めている。だから、今回の新聞発表に至った実験結果が出たのです。

報道によると、著名な物理学者の多くが、あの結果を否定していました。それも当然と思います。著名な科学者は西洋科学の訓練をたっぷりと受けた秀才ですから、否定したい気持ちはよくわかります。しかし、物理学や数学をきちんと勉強していない一般大衆は、相対性理論をなんとなく否定したい気分になっている。つまり、精神的に西洋支配から抜け出ようとする兆候です。だから人気とりもあり、あの実験結果をマスコミは受け入れ、大々的に発表したわけです。「人気とり」としては、二十世紀的な科学思想の否定につながるものは、充分な力をもつ時代になってきたということです。

しかし、あの結果がそのまま通るかどうかは、いまのところ私は大いに疑問に思っています。その理由は、現実社会はまだまだ二十世紀的な価値観を否定されては困ることになる多くの事情があるからです。特に国家を中心とする権力側はそうです。巻き返しが何回かくると思います。実験そのものの「やり直し」によって、また違う結果を導き出して安心したい人間も、世界中にはいくらでもいるのです。

もし五十年前、六十年前にこんな実験結果を出した学者がいたら、間違いなく葬られます。現代では、少なくとも葬られることはありません。それはそれとして「そこそこ」認められはする。しかし、二十世紀的な価値観を守ろうとする勢力や権威もまだまだ多いわけですから、今後の動きはどうなるかわかりません。この、実験そのものが間違いだったということになるかもしれない。なぜそう思うかと言えば、先ほども言ったようにその方が権力側にとってまだまだ都合がよいからです。

最近で言えば、二十世紀的な価値観が否定されたら、即刻「原子力問題」が人類悪として浮上してしまいます。「原発問題」も二十世紀的な西洋科学絶対の信仰の上にだけ成立しているものなのです。だから、一方的に否定し去る風潮はまだまだ権威筋が許しません。

原子力とは、四百年に及ぶ西洋科学の発展の頂点に位置するものなのです。そして、その安全性は「科学」による「神話」によって「保障」されているのです。だから、まだ科学信仰にひびが入ってはならない。ただ、原子力が科学の頂点だということは、それがすでに人間の手を離れたことを意味しているのです。近い将来、上がれば下る放物線の法則によって、その安全性の基準を保障する科学信仰は音を立てて崩れ去っていくでしょう。つまり、自己溶解に突入するのです。

アインシュタインの相対性理論が世界を席捲した頃、日本は大正デモクラシーの自由に乱舞していました。そこにアインシュタインが来日した。歓迎の熱狂は神がかり的でした。科学とデモクラシーによって、夢の未来が約束されたように錯覚していたのでしょう。西洋科学と、その兄弟分であるデモクラシーの手法で全世界の思想がまとめられるのではないかという夢を、日本だけではなく世界中の人々が持っていた。その時流に乗ってすさまじい成功を収めた科学理論がアインシュタインの相対性理論だったのです。

私は宇宙論や生命論が好きなので、個人的にはこの相対性理論を偉大な業績だと思っています。ただ、一般的な科学論で言えば、科学的方法論を使ってやってはいけない領域に踏み込んでいます。まさに相対性理論が、その先鞭をつけたのです。科学を一応「真実」として受け入れても支障がない分野は、実際には地球表面の人間生活の物質面にかかわるものしかありません。それを逸脱すれば、科学に名を借りた「迷妄」になってしまうのです。科学が悪いのではなく、扱ってはならないものに挑戦しているのです。

目で見える人間生活を離れた分野は、本来は、東洋哲学やまたはギリシャ哲学によって説明されなければ、その真実の姿に近づくことはできません。東洋哲学とは、その根源にある「陰陽五行思想」のことを言っています。つまり、一切の万物は陰と陽の二気に属して無限回転を行ない、木火土金水に分かれる五行の消長との関係によって宇宙現象のすべてを説明する思想です。そしてギリシャ哲学は、プラトン以前の古代ギリシャの科学思想がすこぶる大切になってきます。相対性理論は、本来なら、東洋哲学や古代ギリシャ哲学から導き出された「科学精神」によって説明すべきことを、ニュートンとデカルトによって樹立された西洋科学の手法を使って説明したものなのです。

陰陽五行思想や古代ギリシャ思想を古いと思ってはいけません。そう思っていること自体が、現代人が近代の西洋科学思想に洗脳されている証拠なのです。目に見えない分野は、この二つの文化が人類の頂点なのだと言っても過言ではありません。それによって「想像力」をふくらませなければならないのです。この古代哲学から生まれる想像力によって、樹立される新しい「科学」こそが人類にとってかけがえのない真の科学になると私は思っています。現代では、哲学や文学の分野において実によくそれがなされています。

さて、アインシュタインの特殊相対性理論は「慣性系」と言って、ニュートン力学を基礎にした座標軸を使います。そしてそれを、ニュートン力学以外の座標軸にも適用したものが一般相対性理論です。人口に膾炙《かいしゃ》していることで言えば「空間が歪む」、「重力場の働きで光が屈折する」、「光よりも速いものはないけれども、もし速いものがあった場合には〈負〉のエネルギーを持って時間が逆戻りする」といった理論です。昔に遡ることができると言っているのです。何か夢があります。ロマンチックです。

つまり、アインシュタインの相対性理論は西洋科学思想では変わっている理論なのです。もともとが詩的で文学的な理論です。それまでは、西洋では東洋的なものやギリシャ的なものを表現する手段は、ユダヤ系の哲学者や文学者が表わした存在論や認識論、そして何よりも文学作品であった。相対性理論とは、まさにドイツ系ユダヤ人の哲学者マルチン・ブーバーの言う「我と汝の問題」、つまり「関係性の哲学」の西洋科学的展開なのです。

一方、ニュートン力学やデカルトの方法論から主流派として発展したものが量子力学です。こちらはマックス・プーランク、ニールス・ボーア、ウェルナー・ハイゼンベルクを始めとして、偉大な学者たちが陸続と出ていますが、相対性理論の方は後継者が数えるほどしかいません。大物では、「波動方程式」で有名なエルヴィン・シュレディンガーぐらいのものでしょう。つまり、これには特殊な才能が必要なのです。その才能をアインシュタインが持っていた。彼はユダヤ人です。確かシュレディンガーもそうです。

相対性理論は、陰陽五行思想や、古代ギリシャ思想に近いユダヤ教の伝統に基づく神秘思想であるカバラ思想と、ニュートン力学的な近代科学思想が合一して生まれたと私は考えています。これにへルメス思想が加わります。ヘルメス思想とは、古代エジプトに起源を持つ秘教的思想に端を発したもので、西洋中世には占星術や錬金術などの基盤となった考え方です。この思想の創始者ヘルメス・トリスメギストスが刻んだと言われる碑文には、ヘルメス思想の基本原理である「下のものは上のもの、上のものは下のもの」という言葉があります。簡単に言えば、これを物理学的に科学的方法論を駆使して証明しようとした結果が相対性理論だったのです。

「負」のエネルギーとは

ところが、これは行き詰まるに決まっています。なぜなら、先ほども言ったように物理学で扱ってはならない領域に入っていくからです。相対性理論は、もともとが、逆説と矛盾に対する西洋科学の挑戦なのです。私はその部分に惹かれます。科学で扱えないものとは、「負」のエネルギーです。現実的には、我々の生命エネルギーなどもその一種です。それは、見ることも触ることも、計量することもできません。宇宙的に存在しているが、いまの我々には「詩的」にしか捉えられない。デカルト的方法の西洋科学など問題外です。分野が違うのです。アインシュタインが導き出した質量とエネルギー等価性の関係式である$E=mc^2$に照らしてみると、Eのエネルギーが「負」の値となるには、質量であるmが「負」でなければなりません。cの光速は二乗されるので「正」であろうと「負」であろうと「正」の値になるわけですから。

ここで、「負」のエネルギーについて、少し説明したいと思います。「負」のエネルギーは、生命エネルギーの本質的部分と、そこから生ずる想念波、つまりは「人間の精神」がその代表的なものとなります。熱量ではないエネルギーです。あるとはわかっているが説明はできません。私は「正」の熱エネルギーを支えるものだと思っています。だから物質の科学である西洋科学では扱えないのです。文学では、正確に捉えられています。今回の実験でニュートリノが光速を超えたということで、タイムマシンの可能性が取りざたされています。つまり、質量をもつ物質（m）が光速を超えれば、物質が「負」のエネルギーを持つことになり、現実的存在ではなくなってしまうということです。しかし、よく考えれば我々は想念波によって、もともと、いつでも過去に行きまた戻って来ることができます。それが心の奥深くから本気でできれば、それはそのままタイムマシンなのです。

「負」のエネルギーのひとつである想念波では、我々も現実生活で、いくらでもタイムマシン的なことは行なっているわけです。想念波に関しては私が以前に出した詩歌随想集である『友よ』でも取り上げた栄西の詩が見事に表現しています。

「大なるかな　心や　天の高き　極むべからず　而《しか》るに心は　天の上に出づ　地の厚き　測るべからず　而るに心は　地の下に出づ　日月の光　踰《こ》ゆべからず　而るに心は　日月の光明の　表《そと》に出づ　天地　我を待ちて　覆載《ふうさい》し　日月　我を待ちて　運行す　四時《しじ》　我を待ちて　変化し　万物我を待ちて　発生す　大なるかな　心や」

これが「負」のエネルギーをもっともわかりやすく説いた言葉です。

想念波は、たとえば二二〇万光年もかかるアンドロメダ星雲まで、いっぺんに飛ぶことができます。そして瞬時に戻って来る。これが「負」のエネルギーなのです。光速よりも速いものは現実に存在しているわけです。ただ、物質ではないので西洋科学では絶対に扱えません。西洋科学は、物質だけを扱う学問なのだともう一度、我々は再認識しなければならないのです。

この再認識に関しては、人生論としての前著『生くる』を参照してもらえれば有難いと思います。その中で科学について「科学の中には真実は一つもない。科学とは、一つの決められた考え方によって、段階的に考えていく過程を示す言葉に過ぎない。なおかつ、物質に起因するもの以外には、まったく適用不可能な方法論なのだ。科学が方法論として絶対的な価値を持つ領域は、純粋な理論物理学だけであると言っても過言ではない」と書きました。この考え方が、西洋科学の根本概念だと思っています。私はその結論を、下村寅太郎とトーマス・クーンの「科学史」に関する著作、そしてアンリ・ポアンカレやクロード・ベルナールの諸著作の研究から得ました。

現代人は科学を神と錯覚しています。それは十九世紀までの西洋物理学の成功があまりにも大きかったからでしょう。その結果として、二十世紀の人々はアインシュタインの相対性理論をあたかも神のように受け止めましたが、実は一試論に過ぎないのです。もちろん試論として、相対性理論はすばらしいものなのです。それは確かです。しかし、もともと西洋科学は物質にだけしか適用できません。そして科学とは本来、否定されるために提出される試論なのです。試論の積み上げの価値なのです。もし「これが真理だ」と主張すれば、それは科学ではなく宗教になってしまいます。

科学とは、現段階の学問的積み上げをもっとも正しく解釈していると考えられる理屈なのです。そして、それが実験で裏打ちされれば申し分ないというだけのことなのです。しかし、そこに人間の解釈が入りますから時代精神が大きく左右するわけです。実験の精度が高くなったり、時代精神が変わったりすれば、必ず覆されるのです。科学とはそういうものです。また、それでいい。

ですから、相対性理論もいずれ必ず覆されます。それがいつかは、私にはわかりません。ただ、今回の「Ｏｐｅｒａ実験」ではないような気がします。その理由としては、この実験には、欧州とアメリカの政治経済的かけ引きがその裏側に強く感ぜられるからです。そう思っている人間は、多分、私だけではないと思います。そして、まだまだ時代精神が、現実の政治力を覆すところまではいってないと思うからです。まだまだ、「うねり」に過ぎないのです。

どちらにしても相対性理論によって行なわれた西洋と東洋の融合は高く評価すべきです。日本で人気が高いのはその部分があるからでしょう。ただ繰り返しになりますが、それで「負」のエネルギーを西洋科学的に説明しようとしたのは間違いでした。それは少なくとも、十九〜二十世紀を覆った西洋的思い上がりだったと言えます。西洋科学が出発したときのガリレオやニュートンは、強く科学的思考を物質に限定しなければならないことを言っています。それが、徐々にあやしくなってくるのがデカルト以後だと知っておくべきだと思います。

科学は人間の精神の領域にまで踏み込むべきではないという議論があります。しかし真実は、「踏み込むべきではない」のではなく、「踏み込めない」のです。科学はその生成の初めから、物質を扱ったときにのみ力を発揮する方法論なのです。それが肥大化してあらゆるものに適用されるところに、現代社会の大きな歪みの一つがあります。この危険は、先ほどの例にもあるように科学文明の初期から多くの識者によって指摘されていました。道具には、「使い方」があるのです。

科学の思い上がり

十七世紀英国の詩人であるジョン・ダンの「この世の解剖」という詩は、科学が宗教に取って代わろうとする時代の苦悩を表わしています。この詩は『友よ』でも取り上げました。この詩によって、我々はその時代の精神を知ることができます。

「そして懐疑が、新しき哲学によってあまねく行きわたり、その故に、火と呼ばれし根源智はこの世を去りぬ。我らがうちより太陽も大地も消え去り、如何なる英智をしても、誰もそれらを何処《いずこ》に見出すべきか解かりはせぬ。」(And new Philosophy calls all in doubt, The Element of fire is quite put out; The Sun is lost, and th'earth, and no mans wit Can well direct him where to looke for it.)

この詩は、もともと長編詩「一周忌の歌」から私が抜粋したもので、「この世の解剖」(An Anatomie of the World.)という題はその副題です。一千年にわたる中世の価値観が崩壊を始め、近代科学思想という物質至上主義の価値観が台頭を始めた時代の苦悩をしたためた詩です。「新しき哲学」とは科学を表わしています。「根源智」とは二千年にわたり信じられてきた総合的物質観である「地水風火」の思想です。地と水と風は素材であって、それらをそれらたらしめている力が火なのです。それゆえ火が宇宙の根源と考えられていました。

火の概念は、「酸化」と「還元」のエネルギーに分かれます。つまり「陽」と「陰」です。そして「還元」のエネルギーの中枢を占める本体とも言うべきものが、「負」のエネルギーの本質なのです。そして、「酸化」を底辺で支えているエネルギーでもあります。火は素材ではなくエネルギーそのものなのです。だから、固定されることはありません。人間を人間たらしめているもの、太陽を太陽たらしめているもの、地球を地球たらしめているものが火です。それにもかかわらず、火は次々と物質を変化させるため、やっかいな代物として捨てられてしまった。その結果、太陽も地球も人間も物質の固まりでしかなくなった。西洋では、生きている火の概念を捨て去った代償として物質科学が発展したのです。ダンは、その苦悩を詩となしているのです。

そして世界は、ダンの危惧した通りになっていくのです。科学は化け物になり、人間社会までも科学的に作り上げることができると考えるようになってしまった。それが十九世紀の科学的社会主義に通ずるものとなったのです。そのような考え方が、十八世紀後半に出てきました。それは、啓蒙思想から始まりフランス革命の原動力にもなった。

フランスでは革命期にエコール・ポリテクニーク（École Polytechnique）という学校が創られました。国立高等理工科学校です。ディドロやダランベールに代表される「百科全書派」の牙城となり、フランス革命の核心と言っても過言ではない。サン＝シモンやオーギュスト・コントといった、人間社会を科学的に作り上げられると考えた思想家の多くが、エコール・ポリテクニークの出身者であり、または関係者です。

ここの出身者の多くが、そのままルソーの弟子筋となっていきます。それらの人々の影響の下に十九世紀には、社会についてはカール・マルクスが登場し、精神の方では、あの精神病理学のジグムント・フロイトが出てくるわけです。人間社会と人間精神を科学的に作り上げられると真剣に信じていた。そんな思い上がった思想が世界に広まった時代の頂点の時期にアインシュタインが相対性理論を発表し、世界中のすべての思想を西洋科学に包含できるという夢を人々に与えたのです。

これを特に喜んだのは、まさに西洋礼讃の強い大正デモクラシーの日本人でした。その当時の日本人にしてみれば、西洋科学に取り込まれれば自分たちの思想にも価値が出る、または西洋科学を勉強すれば自分たちのもつ日本的心性もわかると思ったに違いありません。まさに相対性理論は時代が生み、時代の要求に合致していたのです。人々がそれを望んでいたということです。

ところが、二十一世紀に入って徐々に地域社会が重視されるようになってきました。いい意味で、それぞれが勝手に暮らし、いろいろな文化が花開く時代に向かうでしょう。その兆候が今回の相対性理論を否定する実験結果なのです。それを発表すれば、現代の大衆の人気を得られる。

合一から分離へ

現代社会は、いま現在、アメリカ型グローバリズムと、地域社会のせめぎ合いとなっています。そしてグローバリズムを否定しようとする精神が、相対性理論をも否定しようとしているのです。おそらく今後の日本では、武士道や禅の精神を西洋の方法論で説明しようとした西田幾多郎の哲学も否定されることになっていくでしょう。これからは合一ではなく分離に向かう時代です。そのうち「西田幾多郎は嘘つきだった」といった本が出版されるかもしれません。それは、時代が持つ夢の違い、なのです。

西田哲学の「絶対矛盾的自己同一」とアインシュタインの「相対性理論」は、まったく同じ思想に基づいていることに気づくべきです。繰り返しますが、彼らの業績はすばらしいのです。しかし、これからは分離に向かっていく時代なのです。だから近々、否定されるときがくる。二十世紀初頭は、西洋と東洋の合一でした。しかし、二十一世紀の趨勢は分離です。これに抵抗しているのがアメリカです。

グローバリズムを唱え、必死にこの流れを止めようとしています。つまり、十九世紀の欧米帝国主義的な思想の残滓《ざんし》です。TPP（環太平洋戦略的経済連携協定）もそうですが、必死になってまとめにかかろうとしています。グローバリズムを強引に押し進めていること自体が、実はアメリカの潜在的力が内部的に崩壊を始めた証拠なのです。

二〇〇一年の「9・11」が、その分岐点となりました。あれが象徴的な事件です。それと呼応するように四百年間世界を覆っていた西洋科学思想が否定され始めた。少なくとも、そうしたい衝動が出てきたのです。そして良くも悪くも、二十世紀はアインシュタインとハイゼンベルク、そしてマルクスとフロイトの世紀です。マルクスはもうすでに否定されています。フロイトも間違いなく否定されます。いや、それだけではなく、二十世紀初頭に脚光を浴びた思想は全部否定される方向に向かいます。二十世紀初頭は、西洋文明と科学思想ですべてが解決できるという夢を人類が抱いた時代でした。エコール・ポリテクニークから発した理想が花開いた。あの頃の人間のもつ理想はすごかったと思います。

いま、世界が分離に向かっていることは、いろいろなところに見ることができます。たとえば、日本の国内でも、お祭りを復活するなど地域社会の伝統の見直しが始まっています。道州制導入の動きなどもその一つです。自分たちの身近な文化を見直し大切にしていこうとする動きは日本のみならず世界各地で見られます。文化の衝突による小ぜり合いも、以前とは桁違いに多くなっています。そうした動きがちょうどいま、アメリカのグローバリズムとせめぎ合っているわけです。アメリカのグローバリズム自体が、その世界の動きの封じ込めを目的とするものなのです。欧米帝国主義の、最後の牙城であるアメリカの内部疲弊が、外面的な強圧となって現われているのです。

あのＥＵも、実は統合ではないのです。あれはアメリカの経済的グローバリズムに対抗しようとする試みです。私の解釈では、ＥＵを作ろうとする力そのものが「統一された価値観」の分裂なのです。フランスはフランス、ドイツはドイツ、イタリアはイタリアで、他国との違いを認めたうえで自分たちの流儀を大切にすることを決めた。だからかえって協力できるのです。統合は内実としては分裂であるという逆説になるわけです。

二十世紀が大規模な戦争の世紀だったのは、同一の価値観を持たなければならないと思っていたからなのです。近親憎悪です。「違ってもいい」と思えば、喧嘩もなくなる。なにしろ、あのフランスとドイツがわりあいと上手くつきあっているのですから驚きます。

グローバリズムではないですが、自分の考えが正しくて、それが世界中を覆う真理であると思っているから戦争が絶えないのです。フランスもドイツもやっとそのことがわかってきた。

よく言われますが、ローマ帝国ぐらい周辺に自己の価値観を押しつけない国はありませんでした。税金を払い反抗の企てをしなければ、各民族は各々の文化を持ったまま暮らしてかまわなかった。EUが目指しているのはそういうことだと思います。EUになったから価値観が統一されたと思ったら大間違いで、実は価値観の分裂を認め始めたということなのです。

だから、EUの敵がアメリカのグローバリズムになるのです。EUは、アメリカの経済的グローバリズムに呑み込まれないためにやっている。「Ｏｐｅｒａ実験」の裏にも、それが見え隠れしています。EUとアメリカを比較してみたならば、次に我が日本はどうなのか、となります。ヨーロッパ諸国は周辺に手をつなぐ国々があります。さて日本はどうすればよいのか。

日本は日本だけです。それ自身が、一つの文明圏を形創っているのです。歴史的に見ても、よその国の真似をした時代は必ず失敗しています。「日本は日本」と腹を決めた時代が一番平和で繁栄しています。今後も間違いなくそうです。現在有力な「アメリカに追随していれば大丈夫」という女々しい考えは、遠からず否定されるでしょう。また日本は「アジアの一国」でもありません。日本は日本。自分たちの垂直の歴史から生まれる、ひとつの文明を貫くだけです。

終焉に向かう近代

かつて、正義の基準は宗教にありました。科学がそれに取って代わることによって近代となったのです。それ以降、「科学」という言葉を付ければ何事も正しく感じられるようになりました。科学的社会主義がその最たるものですが、社会科学という言葉もあり得ないと私は思います。歴史にしても経済にしても決して科学ではありません。人文科学になると、もう化け物の域です。

もともと近代科学の根源はニュートン力学です。だから、物理学に還元できないものは近代科学にはなり得ない。このニュートン力学の威力があまりにも大きかったため、世界が幻惑され続けてきたわけです。その辺のいきさつは『生くる』の「科学的の幻惑」に詳しく書きました。幻惑され続けた結果、歴史にも、経済にも、料理にも、生活にも、そしてこともあろうに芸術にまで科学を導入してしまった。それが原因でさまざまな間違いが起きています。医学もそうです。医学も科学を突き詰めたためにおかしくなっています。癌細胞はやっつけたけれど、副作用で患者は死んだということが平気で起こっている。医学の本質が科学思想によって見失われています。

医学の聖人と言われる古代ギリシャのヒポクラテスは、医者としての一番の資質は何かと問われたとき、治すべき病気、治してはならない病気、治らない病気を見分ける目を養うことだと答えています。それが医学の本質だと思いますが、現在の医学は科学によってまったく違う方向に向かってしまったのです。治してはならない病気というものもあるのです。これがわからなければ、実は科学の弊害については理解できません。

つまり、主客転倒が起きてしまっているのです。科学をめぐって一番大きな問題は、権力者や学者が自分を正しく見せるために、科学的に見せようとすることです。歴史を例に取ると、社会に認められたい歴史家は歴史を人間の魂の系譜とはとらえず、科学的に説明します。戦後の日本ではそういう歴史家しか認められません。平泉澄や保田與重郎のような日本の魂を扱った歴史家や評論家は、その実力に比して極めて軽く扱われています。

現代は、自分を科学的に見せれば得をする時代なのです。同様に西洋の中世社会では宗教、つまりキリスト教を悪利用する人が多かったのです。信仰心が篤いことを装えば、誰もが秀れた人物と見られたのです。妙な話ですが、中世よりも現在の方が純粋な信者がずっと多いと私は思います。なぜなら、西洋中世社会では得をするためにキリスト教を信じる人が多かったからです。しかし現在は、信仰そのものに対して物質的な見返りは何もありません。

現代は、科学は正義であり、神に近い扱いを受けていますが、それが少しずつ変化しつつある。その兆候のひとつが今回の相対性理論の否定に繋がるような実験結果の大々的発表なのです。あれは、マスメディアによる「発表」に意味があるのです。ただ、宗教、科学ときて、次に何が出てくるか怖いところがあります。次の時代精神を創るであろう「マスメディア」には、精神や思想がありません。つまり、守るべき魂がないのです。要は、人気を取れればそれでいい。

いつの時代も、人間には仰ぎ見るものが必要です。一番いいのは人間の絆とその道義に主体が置かれることだと考えます。それは封建社会に近いものだと思っています。私はずっと人類史が好きで、その研究をしてきましたが、すべての文化圏で一番長く続き、一番いい時代は間違いなくヨーロッパと日本の封建社会です。人間同士の信頼関係が、すべての価値観の中心に置かれるような社会を目指すべきだと私は思います。封建社会は、もちろん過去のものです。言いたいのは、その本質を承け継ぐ社会ということです。先ほど挙げたブーバーの「我と汝の問題」を扱う哲学などは、それを考えるための必須の哲学だと思っています。私が読んだのは『孤独と愛――我と汝の問題』という本ですが、今は違う訳で岩波文庫からも『我と汝・対話』として出ています。

「Ｏｐｅｒａ実験」から導き出される結論を言えば、「いよいよ二十一世紀が出発した」ということです。今回の実験は小手調べだと思いますが、何回かの揺れ戻しを経て、遠からずアインシュタインの相対性理論は否定されることになるでしょう。そうしたら日本でも挫折する学者がたくさん出るはずです。これは仕方がない。彼らが西洋一辺倒できた結果です。

しかし、これをきっかけに、日本には日本の科学思想が必要なのだということに気づいてくれることを期待したいのです。戦前に、東京帝国大学の生理学教授で、第一高等学校の校長でもあった橋田邦彦が提唱したような「日本的科学」の樹立に向かわなければなりません。橋田邦彦の偉大な科学思想は、先の敗戦によって政治的に挫折させられました。しかし、その思想は『碧潭集《へきたんしゅう》』『空月集』『行《ぎょう》としての科学』などの一般向け随筆集に残されています。

これからの科学者は橋田邦彦の学問的態度を参考にしてほしいと心から願っています。そして私は、「日本的科学」の樹立が、今後の日本のあり方にもっとも大切なことなのだとつくづくと思っているのです。もちろん、それが行き過ぎて偏狭な国粋主義に結びつかないように、我々が注意を怠ってはならないことは言うまでもありません。

言葉が、　生命に力を与えているのだ

言葉の働き

言葉とは、神と人間をつなぐもの

現代人は、言葉のもつ重みを失いつつあります。それは、現代文明が言葉に込められた人間の魂の力を軽視しているからに他なりません。ヨーロッパで産業革命が始まり、民主主義と機械文明が進展すると共に、そのことが顕著になってきたのです。このことについて、我々は考えを革《あらた》める時期にきているのではないでしょうか。それを知るためにも、言葉とは何かを考え直してみたいのです。

人間は死者を弔うことを知り、その結果、神という概念を導き出すことによって宗教を生み出し、文明を築くことができました。現代では、考古学によってネアンデルタール人の遺跡にまで、その痕跡が認められています。その神と人間をつなぐものが言葉だったのです。さらに言えば、神の分身が人間の魂であると古代人は考えた。あらゆる言語は神と人間をつなぐものとして誕生したのです。つまり、目に見えぬものを大切にするようになったことにより、言葉が発達した。

それは、目に見えないことを説明するために、物事を抽象化して理解する必要が生じたからです。言語能力だけが、秀でた人間の人間たる証だったのです。この事実を後世に伝えているのが『聖書』の「ヨハネ伝」にある「初めに言葉があった。言葉は神と共にあった。言葉は神であった。——」です。だから文字の出現においても、メソポタミア、エジプト、殷、すべての文明で神に捧げる「祝詞」や「碑文」がその出発になっています。

そして人間は文明を次々と発展させていったのです。ところが、そのありがたさが当たり前になってしまうと、おのずと文明の中の欠点に目を向けるようになる。欠点とは、文明を築くための厳しさとも言い換えることができます。余裕ができれば、不平や不満が生まれてくるのです。そこから民主主義的な考え方が生まれてきます。文明の中で生まれた思想は、必ず最後は民主主義的な考え方にたどり着いて崩壊に向かうのです。

たとえば、人間の魂は本来、神に少しでも近づこうとして秀れた芸術を志向します。しかし、誰もが才能を持っているわけではない。当然つまらないものもたくさん出てきます。文明の発展期にはそれは問題にもされませんが、文明が爛熟し、その恩恵が当たり前になってくると、つまらないものにもそれなりに価値があるのではないかという考えが出てきます。その考え方が民主主義を生み出すわけです。

そして平等という綺麗事がくる。平等とは、つまり秀れたものを許さぬ思想です。厳しい垂直の価値観を否定し、なまぬるい水平の中にも価値があると理屈をつける。つまり「優しさ」です。そして、それさえ持ち出せば、現代ではすべてのものがまかり通ってしまいます。したがって、秀れたものを創り、神に近づこうとする人間の魂の対極にあるのが民主主義的な考えなのです。

機械文明も同じです。人間はどれほど素晴らしいものを作れるか、という挑戦が文明を築いてきました。この挑戦は苦労も多いし、心身をすり減らします。そのうちに楽をしていいものを作りたいと考える人間が出てくる。そこから生まれるのが道具を濫用する思想です。この思想は次第に進展して、人間の代わりに機械に仕事をさせればいいというロボット思想に行き着きます。これは人間を否定し、人間を蔑む思想です。このことは機械文明の先進国である英国においては、十九世紀にすでに哲学者トーマス・カーライル、二十世紀に至ってからは歴史家のアーノルド・トインビー、作家のオルダス・ハクスリーなどによって深く指摘されています。

そもそも、人間の価値とは個別の魂を持っているところにあるのですが、ロボット思想はその価値を否定します。人間は、その魂に映ずる秀れた想像性を、自らの手と頭で再現することによって進歩してきたのです。つまり、想像力を直接に実現できることにその価値がある。ところが、ロボット思想が生まれ、それが産業革命を招来した。そして産業革命が可能とした大量生産は、戦争にきわめて有効に機能したため、人間の想像力を減退させるものであるにもかかわらず、世界中を席捲した。現在の世界は機械文明とその欲望によって覆われてしまったのです。

要するに、民主主義と機械文明は人間の魂を否定する思想なのです。個別の価値を否定しようとする。しかし、言葉は個別の魂によって発せられることによって、その重みを有するのです。だから、民主主義と機械文明が猖獗《しょうけつ》をきわめる現代において、言葉が衰退していくのは当然の帰結なのです。言葉は人間の魂そのものと言えましょう。つまり言霊《ことだま》です。古代人は、それを神と交わるために創りました。だから言葉は、自己の魂と、宇宙や生命との対話のために編み出された「個性」の根源そのものを形創るものなのです。

古代を引きずる生き物

だから、この言葉の衰退に歯止めをかけることが、現代の我々に課された、一つの文明的使命と私は考えているのです。そのためには、我々は何を為さなければならないのか。言葉の真の価値を呼び戻すには、我々の中にある野蛮性、つまり野性を取り戻さなくてはならないのです。このことは、民俗学者である折口信夫《おりくちしのぶ》の詩と古代学、そして文化人類学者クロード・レヴィ＝ストロースの『野性の思考』とその関連著作などによって明らかです。

言葉は、その発祥からして、核心に非常に野蛮なものを持っています。それは命がけのもの、つまり血に浸み込んでいるものから絞り出された涙のようなものです。我々はまったく気づきませんが、実は古代から引きずっている唯一の「生き物」が言葉なのです。そこにどっぷりと理屈抜きに浸ることが必要です。それが野性を取り戻し、言葉を取り戻す道なのです。

私の場合は、『万葉集』以外では、小学生のころから折口信夫の詩を毎日読むことで、古代人と心を通わせてきました。わからない言葉があっても決して辞書は引きません。魂で受け止めるのです。わからなくてもそのまま。わからないまま五十歳を越し、誤解したまま五十五歳になって、折口信夫が書いた言葉の意味がやっとわかるという経験が大切な体験となったのです。この「体験」とは、マルチン・ブーバーの言うエアレーベン（Erleben）のことで、体得に近い考え方です。つまり、言葉と私が「我と汝」になった。わかった瞬間に、折口を通して古代人の魂と私の魂が直接に触れ合ったのです。真の「出会い」です。簡単に辞書を引いたらこの出会いはありません。

本当に言葉を自分のものとしようと思ったら、時間がかかります。民主主義と機械文明の生み出した合理主義では、古代人の魂とは触れ合うことはできないのです。『万葉集』の歌にあるような古代の言葉も、日本語である限り必ず自己の体験と照らしてわかる日がきます。それを待たなければ、古代人と苦しみを共にしなければ、魂を交わすことはできません。そして自分なりに、古代人の魂が把握できた時に摑んだその爽々《すがすが》しさは、とても言語には写せません。ただただ涙が滴《したた》るのみでした。それはある詩を、倦《う》むことなく読み続けてきたから感じられたのです。辞書を使って手早く理解しようとしたら魂を摑むことはできませんでした。

その結果、私は近代歴史学の父と呼ばれる歴史家レオポルト・フォン・ランケが、その著『世界史の流れ』の中で言っていた、「おのおのの時代は、どれも神に直接つながっている」(Jede Epoche ist unmittelbar zu Gott.) ということの意味が、肚の奥深くに定着したのです。人類は言葉の発生以来、自らの生命の燃焼と、生命と宇宙との交流を言葉を介して行なってきた。それが歴史を創ってきた。だから、いまの我々の感覚で過去を見ることは間違っているのです。過去の人が語った言葉の断片を、古典文献としてそのまま我々は吟味しなければなりません。

現代の言葉に対する姿勢では、言葉が単なる道具のようにしか理解できなくなってしまいます。言葉は、単なる道具ではありません。私は自分なりの方法で『万葉集』の理解度も飛躍的に上がったのです。それによって、言葉はそういうものだと実感したのです。魂そのものと言ってもよい。効率を気にせず、日本語にどっぷりと浸ってみることが必要なのです。そして日本人は日本語に浸らないかぎり外国語もできません。今では小学校から英語教育が始まっていますが、あんなことをしたら日本人はますます軽薄になります。欧米の旧植民地にいたような、口先が達者なだけのキャビンボーイのような人間では、国家枢要の役には立ちません。

国語の力がその人物の品格

外国語教育に関しては、スペインの哲学者であり、言語学者のミゲル・デ・ウナムーノが「外国語は十五歳以前には絶対やってはならない」と言っています。ウナムーノ自身は、古代語を含めて二十ヵ国語以上を自由に操れた人ですが、古典を別にして、自分の子どもも十五歳まで一切の外国語に触れさせなかったと言っています。それはなぜかというと、母国語によって、その人独自の思考の軸線を創り上げなければならないからです。そうしなければ自己の思考軸が乱されてしまう。

だから外国語教育は、「自分」を創り上げてから始めるべきなのです。中学校で英語を始めるのも早過ぎるかもしれません。ウナムーノのような世界的な言語学者が十五歳と言うからには、それなりの根拠があるはずです。また、彼はスペインの中でも少数民族であるバスク人の出身ですから、祖国の中においてもそれなりの実体験を多く持っているのでしょう。

特に日本語の場合には、言語構造がヨーロッパ語と大きく違っていますから脳の思考回路が乱されます。我々は日本語によって思考しているわけですが、子どもの頃にまったく違う構造を持った言語を押し付けられてしまうと、日本語で深く考えることが困難になる可能性が出てきます。言葉は人間の魂ですから、十五歳以前に外国語教育をすることは人間の魂をもてあそぶに等しいのです。まずは、思考の根幹を創る国語の教育が徹底されなければなりません。最近の日本では、心に響く言葉をもった人物がほとんどいなくなりました。これは、戦後日本の国語教育がもつ技術面だけではなく、精神面も含めた失敗だと思っています。

小賢しい知識を持った人は掃いて捨てるほどいますが、重みのある言葉をもった人物は少なくなりました。重みのある言葉とは、つまり魂から発せられた言葉です。もちろん本人の生き方に拠るでしょうが、やはり教育の影響は大きいのです。言葉の教育でもっとも大切なことは、言葉のもつ「重み」を物心両面にわたって教えることなのです。今は、どちらかと言えば、教育が言葉を軽いものにしていっています。

言葉の習得は、まずは家庭にあります。その家庭に最近は問題が生じているような気がしてなりません。言葉というのは魂ですが、その内部を分解すると知性の部分と、詩と音楽の部分に分けられるのです。知性の部分は文章語的で、詩と音楽の部分は口語的です。これが合体することによって魂を表現できる本当の言葉が成り立つのです。つまり価値のある言葉です。だから、詩や音楽だけでも十分ではなく、知性だけでも十分ではありません。

家庭では、母親と周囲の人間関係は音楽の部分、口語の部分を受け持ちます。人間性の核心を担う情感の部分です。父親と本来の学校は知性、文章語を担当します。社会活動の基盤となる知性です。知性とは秩序であり、秩序を教えるのは父親の役割です。こうして父と母の言葉が合体して本当に重みのある言葉が生まれるわけです。

その秩序ある家庭が崩れつつあるのです。戦後の似非民主主義による男女平等思想によって、父母の役割が曖昧となり、それが子供の言語能力にも影響を与えています。ルーマニアの哲学者エミール・シオランは「国語は涙に由来する。国語の真の力がその人物の品格であり、愛国心の程度となる」と言っています。涙とは、血の通った歴史と、そこに生きそこに死んだ一つ一つの人生を言っているのです。つまり、その国の歴史と、その歴史を背負う垂直の家系が人間形成にいかに大切かということです。

またフランスの哲学者、ミシェル・フーコーの『言葉と物』の中に面白い言葉があります。「言葉というのは歴史的な知の枠組みを作っているのだ。一つの時代における知とは言葉による物の秩序づけなのだ」。このフーコーの言葉について、学生時代に哲学者の森有正氏と議論したことがありました。氏が言った「秩序をもたらしてくれるものが古代人にとっては神だった。だから、秩序をもたらす力をもつ言葉の中に古代人は神を見ていた。つまり言葉は神に通じるゆえに愛を育むものだった」という重厚な言葉を今も覚えています。シオランは言葉の由来を説き、フーコーは言葉の働きの部分を語りました。そして、キリスト教徒の森有正氏は、言葉に含まれている愛と音楽の部分をまるで聖書の中の福音記者（Evangelist）ヨハネのように神に託して語ったわけです。

「祖国とは国語である」

言葉のもつ深さを表わす意味で、エミール・シオランが発した「祖国とは国語である」（Une patrie, c'est une langue.）という言葉は名言中の名言です。著書『告白と呪詛』の中にあり、国語とは何かを考える端緒を与えてくれます。二十世紀最高の至言の一つと言ってよい。しかし、この言葉の真の意味が日本では正しく受け止められていないように思います。島国で、言葉を奪われたことのない我々日本人には理解しづらいのかもしれません。シオランはルーマニア人で、フランスに亡命してフランス語で著作も書いた人です。苦労したに違いありません。だから余計にそう感じるのでしょう。

現代において「祖国とは国語である」という思想を実践したのがディアスポラ、つまり離散民族としてのユダヤ人です。離散から二千年経ってイスラエルを建国するさい、ユダヤ人は旧約聖書のヘブライ語をイスラエルの国語として復活しました。ヘブライ語は二千年間にわたり、日常言語としては使われていなかった言葉です。だから、彼らの苦労は尋常ではなかった。現代でも使える言葉にするため、いかなる努力も惜しまなかったはずです。

それはユダヤ人が、何よりも自分たちの本当の「家」がほしかったからに他なりません。安心してくつろげる居場所です。その願いがヘブライ語という父祖の言葉を選択させたのでしょう。私はこのことを考えるとき、いつでもシオランの思想と共に、ドイツの哲学者マルチン・ハイデッガーが言った「言葉は、存在の住まいである」(Die Sprache ist das Haus des Seins.)という思想を思い出しながら、イスラエル建国に思いを馳せるのです。言葉とは自らの存在を包み込むものなのです。言葉を重んずれば、我々の存在は温かいものによって包み込まれるのです。

一九四八年のイスラエル建国当時、移住したのは主にロシアを含む東欧とドイツそして英米圏のユダヤ人が大半でした。英語圏の人たちが上層に多かった。損得勘定で言えば、英語を国語にしたほうがはるかに得で便利だった。何よりも英語圏の国々の支援を受けて独立を達成していたのです。特に英国には、その委任統治との関係で、助けてもらわなくては存立できなかったのです。そして、独立の資金の多くを米国のユダヤ系の人々に頼っていました。また、独立の経緯を読むとわかるのですが、英語を国語にすればイスラエルは英連邦の一員になれたかもしれなかったのです。

ところが、彼らは古代ヘブライ語を選択した。そのために彼らが政治的にどのくらいの損害を被ったかは想像を絶するものがあります。子供のころから英語を習わせる日本人には絶対に理解できないと思います。私は中学生のころにこの話を知りましたが、やはり最初はよくわかりませんでした。それがパレスチナ問題を研究し始めた高校生の頃から少しわかりだしてきた。イスラエルは周囲をアラブに囲まれた小さな国です。ああいう環境の中で、戦い続け存続するエネルギーの源泉はヘブライ語にあるのです。

日本は「孤独」でなければならない

日本は、イスラエルという国の生き方をきちんと学ぶべきだと私は思っています。日本は、文明的にも地政学的にも、東アジアで孤立しています。それは、日本が歴史的に独自の文明を育んできた国である以上、当然のことなのです。問題は、我々の自覚にあります。日本は孤立しているのです。それを良い意味に変えなければなりません。つまり、孤立を孤独に変換するのです。この回転こそが、国民の精神的自覚と、その覚悟に委ねられているのです。日本が単独の国として立ち上がるために、イスラエルの「思想」は実に参考になります。

そのような観点によって、私は高校生の時に、イスラエル大使館にあった日本イスラエル親善協会の人達と交流し、さまざまな活動に取り組みました。イスラエルを建国したユダヤ人たちの喜びと苦しみは、日本が一番参考にすべきものと、当時から確信を抱いていたからです。そのころ仏文学者で文芸批評家でもあった村松剛氏の知遇を得て、パレスチナ問題の世界史的重要性を本当の意味で認識させてもらいました。村松氏との交流と活動は私の青春の一頁になっています。そして、もちろん、恩人でもあるのです。

その活動の中で、独立自尊の大切さと、そのための基礎を作る国語の大切さを痛感したのです。繰り返しますが、日本は小さいけれども一つの文明圏です。これは、何度でも言わなければならぬ大切なことなのです。日本は、独自の文化によって裏打ちされたひとつの文明圏なのです。その認識をしなければ、日本の将来はない。その点において、イスラエルと同じなのです。まったく異質な国々の中に厳と存在している。彼らが背負った苦しみは日本と同じなのです。このことが、実は、日本人にとってのパレスチナ問題の最重要課題なのです。

ところが日本とイスラエルの生き方はまったく違います。周りと合わせよう合わせようとするのが日本の流れです。特に戦後です。それは合わせたほうが楽に決まっているからです。今や総理大臣を筆頭に「東アジアの一国」だと表明しているくらいです。東アジアというのは中国文明圏のことです。日本は独自の文明圏なのです。あくまでも日本は日本であり、「東アジアの一国」ではない。それがわかっていないのです。

摩擦を起こさないことを第一に考える日本の外交方針は正しいのです。しかし、内容がまったく逆なのです。摩擦を起こさないようにすることは、媚びへつらうことではありません。独立自尊を守ることなのです。誰にも頼らず、自己固有の生存を貫くということです。つまり、「孤独なる国家」を目指さなければならないのです。

もともと、外交の裏には形を変えた戦争があることを知るべきです。日本の政治家は、クラウゼヴイッツの『戦争論』を読む必要があります。あれは政治の根本哲学です。私がイスラエルに惹かれるのは、覚悟を持って自らを貫こうとするところです。その決意の現われとして、国語をヘブライ語にしたのです。そのために彼らが失ったものは大きい。

あの時、イスラエルに集まったユダヤ人は、西欧先進国の知的な層が多かった。その人たちが、自ら一番得をする言語を捨てた。今は二代目、三代目の世代になり、英語、ドイツ語、フランス語もそれぞれ、それなりに操ることはできるが、建国時の人々に比べれば随分と劣ってきてしまったはずです。つまり彼らは子供たちの世代の損得も捨てたわけです。そこまでして、国語は死守しなければならないのです。しかし、それがイスラエルの強さにつながっている。

中東戦争にしても、ダヤン将軍の頃から四、五回やっていますが、全部勝っています。イスラエルは、現実に強い。イスラエルの機甲部隊というのは、第二次世界大戦におけるハインツ・グーデリアンのドイツ軍機甲部隊をしのぐものがあります。イスラエル軍のセンチュリオン戦車と、ダッソー・ミラージュの戦闘機は、まさに「電光石火」の作戦能力を持っており、電撃戦の経験に劣るアラブ諸国の軍隊を粉砕し続けたのです。

やせ我慢が道を拓く

また、外国語の学習に関しては、国語がしっかりとなければ外国語もないのです。外国語などは、国語力あっての話です。国語は民族の魂であり、それを支えるものだと知らなければなりません。また、しっかりとした民族の魂をもっていなければ、真の国際性を身につけることはできません。自分の根源がない国際性などは奴隷と同じです。

そもそも日本文明圏では、外国語が話せる必要などありません。外国語を話したいと思うこと自体が、私に言わせれば自主独立をさまたげる欲なのです。要は、外国語を使って得をしたり楽しんだりしたいとしか思えません。江戸時代に、鎖国した時の日本人の偉大さが現代人はわかっていないのです。鎖国は、如何なることでも乗り越える覚悟と、武力を中心とした実力がなければできません。そして何よりも欲を捨てなくてはできないのです。いまの日本人は、父祖たちの高貴性をまったく理解していません。

欲のせいで、すべてが見えなくなっているのが現実と言えるのではないか。鎖国をしたら、日本は破滅すると多くの人が言っていますが、そんなことは絶対にありません。覚悟さえあれば、かえって豊かになると思います。日本が四苦八苦しているのは、英米主導のくだらない消費文明を受け入れて、楽をして得をしようとしているからです。もともと、エネルギーの無限消費による物質文明は、英米主導のものなのです。そんなものは捨て去ればいい。

ミゲル・デ・ウナムーノは、「自動車や飛行機などという、あんなものは英米人に作らせておけばよい。我々スペイン人は魂の問題を考えているのだ。つまり、彼らとは格が違うのである」と言っていました。スペインでは、いまでも確実にその伝統は承け継がれています。国産自動車会社も一社だけです。走っている車の大半はフランスやドイツのものです。それでいて、スペイン人の多くは、日本人よりも自国の歴史に深い誇りを持っています。ウナムーノに言わせれば、魂の問題を考えている自分たちの方が格が上なのです。私はここに、ひとつの崇高な魂を感ずるのです。

ウナムーノはこの発言を、米西戦争の意味を振り返りつつ行なっています。ウナムーノは、スペインで一般的に言われる九十八年世代です。だから米西戦争でアメリカに物質的に負けた悔しさもあって出てきた言葉だとは思いますが、私は日本人にもウナムーノの言葉を噛みしめてほしいのです。つまり、やせ我慢の大切さです。いまの日本人は、やせ我慢が本当にできなくなりました。武士は食わねど高楊枝《たかようじ》という言葉も忘れてしまったのではないでしょうか。

極端な考えだと思われるかもしれませんが、そんなことはありません。英米のやり方以外では、暮らせないと思い込まされているから極端だと感じるのです。日本は日本、ベトナムはベトナムのやり方でやったほうが、はるかに幸せになります。物質的に「量」が豊かになるとは言いませんが、確実に「質」は豊かになります。またそれぞれの人が自分らしい人生を送れるようになれます。つまり、一人一人が「個性的」になれるのです。真の独立自尊というものは、一人一人の人生が民族の垂直の歴史に結びついたときに、初めて輝きだすからにほかなりません。

漢文と歴史的仮名遣いの意味

言葉の問題に戻れば、最近の日本語が衰退している原因のひとつに、漢文的素養が失われてしまったことが挙げられます。なぜこうなったのでしょうか。それは、「漢文とは何か」を我々が誤解しているからなのです。まず、我々が認識しなければならないことは、中国の古典は日本の古典だと知ることなのです。その中でも、特に漢文化されているものはすべてが日本の古典です。中国の古典を中国のものだと思っているのは、外国コンプレックスの日本人だけです。欧米人はどの国の人々も、ギリシャやローマの古典は自分たちのものだと思っています。それがヨーロッパ文明の基礎を成しているものだからです。それと同じことで、四書五経を中心とした古典は日本人の古典なのです。古代中国の学問が、日本文明の基礎のひとつであることは間違いありません。しかし、それは完全に日本化されているのです。だから、『詩経』と『万葉集』は私にとっては同列なのです。

つまり、西洋におけるリベラルアーツがギリシャ語とギリシャ文明でありラテン語とローマ文明であるのと同様に、日本人にとって中国の古典は『古事記』『万葉集』と並ぶリベラルアーツなのです。詩に関しては、『詩経』と『万葉集』は共に日本人にとって魂の古典です。ただし『詩経』を中国語の発音で読むなら話はまったく違います。ベトナムや朝鮮は、中国語のまま取り入れた。だから歴史上、中国の衛星国になってしまったのです。ところが、日本は文明を取り入れたときに、書物だけを取り入れて音声は取り入れず、これを訓み下して日本語化した。つまり漢文です。

古代中国文明を、自分の文明にできた国は日本だけなのです。現代の中国もできてはいません。現代の中国は、学問や芸術が花開いていた古代中国の面影はみじんもありません。かえって日本の方が、古代中国的なものが生きています。あのレ点とか一・二点というのは素晴らしい発明だったのです。言葉では表現できませんが、素晴らしいどころではなく、文明の根幹にかかわる問題だったのです。

だから私は、英語も明治の漢文調英語派なのです。明治時代の日本人が英文学の研究で素晴らしい業績を上げたのは、漢文的にやっていたからです。現在の英語教育は日本を英米の属国にするものです。もちろん、このやり方では「会話」は上手くはなれません。しかし、それでいいのです。私の英語などは、ほとんど通じません。そして、それでいいのです。ただし、英米の書物は原語で英米人よりも圧倒的に読んでいます。その結果、一般の英米人などと話したいと思ったこともありません。欧米の文明や学問を知らない欧米人など、まったく話す気にもなりません。

今の教育は、発音を重要視するあまり英米人の亜流をつくることに一所懸命です。外国人とのつき合いで、「得」をえたい旧植民地的なキャビンボーイ程度の人間ができるだけです。外国語教育は中国古典を訓読した先人に倣うべきだと私は考えます。戦後、日本人はこの英知を失っていきました。私は日本人が武士道を失ったからだと理解しています。武士道精神は、すべてのものを日本化する力があるのです。漢文をきちんとやらなくなってから、日本人の書く文章は弱々しく平板になっています。漢文は文章語の骨組みなのです。

言葉は文章語と口語に分けられます。文章語は漢文的であり、口語は大和言葉的なのです。日本人の知性と歌の部分をそれぞれ担っているのです。だから、日本人であるかぎり両方できなくてはなりません。歌だけでも駄目だし、漢文だけでもいけません。漢文は父であり、大和言葉は母なのです。また、現代の日本人の国語力の低下の原因のひとつに、戦後、歴史的仮名遣いをやめてしまったことが挙げられます。これは、日本の歴史と国語についてては、大変な間違いであり、いまなお損失が尾を引いていると言えます。しかし、敗戦後のアメリカ・コンプレックスの塊であった当時の日本では、歴史的仮名遣いどころか漢字をすべてなくして、日本語をすべて仮名表記にしようという案も強く、危うく国会を通るところだったのです。とにかく仮名表記にならなかっただけでも助かったと思うしかありません。もし日本語が平仮名と片仮名だけになってしまったら、我々の思考は幼稚で平板なものになったに違いありません。

歴史的仮名遣いというのは文章語から発達したものですから、きちんと学ばないとできないのです。戦後、何も勉強しない人でもできるようにしたのが現代仮名遣いです。まさに似非民主主義です。音声を単純化して、聞こえる音のとおり書けばいいということですが、現代仮名遣いのために日本語の微妙な表現力が消滅してしまいました。微妙な違い、つまり情感を失ったのです。

歴史的仮名遣いについては、作家であり演出家でもあった福田恆存の『私の国語教室』を読み、自己の国語に対する考え方を養うとよいと思います。福田恆存の思想は大いに学ぶべきです。国語というものの基礎が把握されており、実に骨太です。私も彼の著作から多くを学び、心の糧としてきました。福田恆存の思想や文学については、若き日にシェークスピア俳優の芥川比呂志氏と何度も激論をたたかわせたなつかしい思い出があります。文学論の思い出ほど、青春を感ずるものはありません。

戦後の日本では、多くの馬鹿げたことが民主主義の名のもとに実行されました。この仮名遣いの変更もそのひとつであることは間違いありません。本来、自分できちんと勉強しなくては知識など身につくはずがないのに、便利と平等を合い言葉に学ばなくてもできる方法を開発しようとした。馬鹿げたことです。このままでは文化が劣化していくだけです。文化というのは、本来が良い意味の差別化なのです。切磋琢磨です。似非民主主義に毒された人びとはそこがまったくわかっていません。弱者を軽蔑するような差別は論外ですが、良いものを育て大切にしていく差別化は捨て去ってはいけません。

ここに、ひとつの生き方がある

自死の誇り

死の中に自由を見た三島由紀夫

私は、若き日に作家の三島由紀夫と度々、会う機会に恵まれました。それは、三島文学を愛していた私にとって、幸運と呼ぶ以外の何ものでもなかったと言えます。三島氏とたたかわせた文学論は、私の青春そのものでもあったのです。しかし、それはまた同時に、私の身体の奥深くに、自死の悲哀を打ち込んだものともなりました。三島氏の自死は、そのまま私に、日本人のもつ「自死の文化」を考えさせるきっかけともなったのです。

高校生という多感な時期であったことが、また熱く激しいものを私の魂に注ぎ込んだのだろうと思っています。いま、私は還暦を越える年齢ともなりました。そして、部屋に掲げられている四十五年前に三島氏にいただいた「憂國」の書を見ながら、過ぎし日のことどもに思いを馳せているのです。

昭和四十一年が、三島由紀夫氏との最初の出会いでした。私が十六歳のときです。その頃、母の知人を介して三島由紀夫氏の知遇を得たのです。私は書がもともと好きでしたから、最初の出会いの数日後にいま部屋に掲げてある「憂國」の、この書をいただいたのです。そして、三島氏が亡くなるまでに直筆の書を七枚もいただくことになりました。ここにある「憂國」が最初であり、最後が四年後の「真夏」でした。

いま考えれば、十六歳の少年だった私が「憂國」という書をいただいたことは、自分の中では強い誇りとなっています。それは、三島氏との会話の内容がほとんど、憂国論だったからなのです。三島文学について、私の考えを三島氏にぶつけていたのですが、それが憂国論になっていたのです。三島文学を語ることは、そのまま憂国を論ずることになっていました。恋愛小説として有名なあの『潮騒』ですら、私から見れば憂国の思想が貫かれています。

あれも憂国論なのだというところに、三島文学の深層を流れる「何ものか」があるのです。『潮騒』はイザナギ、イザナミノミコトの「産《む》すび」と「穢《けが》れ」の思想、そして古代ギリシャの「生成」と「滅亡」の思想を対比させながら、素の日本人の悲劇を描こうとしている。『金閣寺』、『鏡子の家』そして『美しい星』にしても、憂国論だと思って読めばすごくわかりやすくなる。絶筆となった『豊饒の海』も、あれはあの世とこの世を往還する憂国の「魂」なのです。つまり、七生報国の「詩」と呼ぶにふさわしいのではないでしょうか。

三島氏と最後に会ったのは、死の一年三、四ヵ月前だったと記憶しています。私は十九歳でした。三島氏から電話をもらったのです。「会いたい」と言われたので、急拠、目白にあった自宅に来ていただきました。これが、直接会って話した最後になりました。その日、会うなり三島氏は「このごろ自分はランボーの言葉、〈私とは一個の他者なのだ〉(JE est un autre…)という言葉に込められたランボーの悲しみがつくづくとわかるようになった」と言いました。そして、自分は日本の戦後社会を苦悩とともに生き、もう日本人ですらなくなってしまうことを感じていると語ったのです。

私は、アデンにおけるランボーの苦しみを理解できる日本人は、たぶん三島さんただ一人でしょうと言いました。ランボーを解するには、燃ゆる生に自らを投げ込む「狂気」を愛さなければならない。つまり、自らの運命を愛する。それができるのは三島氏だけだという意味で言ったのです。そして、もちろん私もそのような生き方をしたいという自分自身の希望を語りました。

三島氏は、自分の青春はレイモン・ラディゲの文学思想の中にあったとも語っていました。特に『ドルジェル伯の舞踏会』の言葉は、自分の最期を飾る言葉にふさわしいのではないかという不吉なことをさかんに話していた。それは「清澄な心が行なう無意識の操作は、ふしだらな心が行なうたくらみよりも、もっと奇怪なものに見えるのではないか」というものです。

たぶん三島氏は、志ある人間は他人にどう思われようと、それを行なわなければならないと言いたかったのでしょう。私はそれに対して、その決意をもてる人物は、アルベール・カミュの『裏と表』の言葉を使って表現すれば、「生きることへの絶望なくして、生きることへの愛はない」(Il n'y a pas d'amour de vivre sans désespoir de vivre.)ということを真にわかる人にして、初めてそのような生き方ができるのではないかと応じたのです。

三島氏は思いがけず大いに喜んでくださり、「君は私の生き方を心から理解してくれている。君は自死ということの本質が血でわかっているのだ。それはまた芸術、すなわち文学の魂を摑み取ることにつながるだろう」ということを言ってくれたのです。

そして話はモンテーニュの『随想録』、そして『葉隠』におよびました。私が、『随想録』の中で以前から意味を計りかねていた「哲学を学ぶことは、死を学ぶことである」(Que philosopher, c'est apprendre à mourir.) という言葉をぶつけると、三島氏は「死は、生きることの目的である」と答えました。次いで氏はモンテーニュの言葉を引用して「死をあらかじめ考えることは、自由を求めることである」(La préméditation de la mort est préméditation de la liberté.) と言ったのです。

私は三島氏の「死の中に自由を見る」その見方に、深い日本的心性と西欧的知性を感じました。最後に三島氏は「死を文学的に語り合える者は、君の他にはいない」と言ったのです。いま思えば、このときすでに三島氏は「自死そのもの」を自己の中では決めていたと私は信じています。もちろん、これは今だから言えることです。三島氏は、死をその雰囲気にすら出していませんでした。だから、若い私などには想像もできなかったのです。これが直接会って話した最後でした。

運命としての自死

その後、何回か電話では話す機会がありました。最後の会話は死の三、四ヵ月前だったと思います。私は二十歳になっていました。自宅に電話があり、「そのうちゆっくり会って文学論がしたい」と言っていたので、それが最後になるとは想像だにしませんでした。文学論については、安部公房の『砂の女』や『燃えつきた地図』、そして安部のもつ前衛の文学的意味について語ろうではないかと話し合っていたのです。そして安部公房について、将来の日本を背負う作家であることは間違いないと言っていたのです。だから、その後すぐにあの事件となったことは、今でもまったく信じられません。

その日の会話の最後に、三島氏は「君は実存主義の哲学が好きだったね。特にカミュは君の生き方に合っていると思う。カミュの『シジフォスの神話』に僕が最近惚れ込んだ言葉がある。シジフォスは、過酷な運命の代表としてあげられるが、カミュが書いた最後の言葉に僕はしびれているんだ。その言葉とは何が起ころうと、つまりは〈幸福なシジフォスを思い描かねばならぬ〉(Il faut imaginer Sisyphe heureux.)というものだ。僕に何かあったときにはそれを思い起こしてほしい」と言いました。

後に思えば、それが私に対する別れの言葉だったのでしょう。若かった私は生意気にも、同じカミュの小説『異邦人』の主人公のムルソーは死刑執行の当日でさえ、「僕は幸福だったし、今もそうだ」(…j'ai senti que j'avais été heureux, et que je l'étais encore.)と言い放っているが、そのような生き方と死に様こそが、武士道的な実存主義の人生ではないかというようなことを言ってしまった。

三島氏の死から四十年も経ち、私はムルソーの叫びこそが『シジフォスの神話』の本質であり、三島氏の別れの言葉の意味であったと信じるようになりました。『シジフォスの神話』は、カミュがその不条理の哲学を表わした哲学書です。不条理の結論として、カミュが言ったその締めくくりの言葉は、やはりその哲学の結論となるものでしょう。私は、不条理とその「現象」としての「悲哀」について、カミュと三島由紀夫の中に非常に近いものを現在でも感じています。

三島事件は、私の人生にとってひとつの節目を創ったと言えます。事件当日のことは、いまでも昨日のことのようによく覚えています。私が事件を知ったのは夜でした。深夜、私はただ悲しく、ただただ涙が溢れ出るだけでした。それが何であったのか、言葉に表わすことは難しい。生の哲学者ウィルヘルム・ディルタイが叫んだ「生のきわめがたさ」(Unergründlichkeit des Lebens) にただ呆然としていたのでしょう。「生きるとは何か」、「死するとは何か」ということの激しい問いかけです。そして、魂の犠牲の上に立つ繁栄に向かう「国家」に対して、激しい憤りを覚えました。

胸を去来する事柄は、三島氏の中にあっためらめらと燃える「何ものか」だと思います。氏のもつ預言者性と魔人性がついに噴出したのだろうとの思いでした。当時、私は三島氏の中にオスカー・ワイルドが、その『サロメ』の中に描く「洗礼者ヨハネ」の面影を見ていました。三島氏が常々、私に「戦後教育によって、日本の文学は必ず滅びる」と言っていたことの帰結であったのではないか。だから将来、顧みられることもなくなる文学を捨て、それ以外の方法で日本人の記憶に何ものかを打ちこんだに違いない。そう漠然と思いました。

そして、三島氏といつの日か議論した、埴谷雄高の『死霊』の思想と言葉だけが心の奥で繰り返し鳴り響きました。後に「Ich《イッヒ》＋Ich＝Ich　Ich－Ich＝Dämon《デーモン》」と、埴谷自身によって表現された、自死に至る埴谷的弁証法の思想です。埴谷雄高が、革命に生きる人間の潜在意識として洞察した考え方です。私はその式に至る思考過程を特に好んでいましたが、それを好む私に三島氏は大変な好感をもってくれていました。三島氏はその思想を、ドストエフスキーがその文学の中で不条理を表わすために用いた、「ヘーゲル的無限弁証法の循環的零《ゼロ》」と同じことを意味する埴谷独特の表現だと言っていたのです。

埴谷は言いました。宇宙の本質は「満たされざる魂」であり、それは「未出発の弁証法」を生む。

つまり論理と詩歌の婚姻である。その時、人間は生命に根差す、本源的な悲哀のゆえに「自死に感応するのだ」と。埴谷は「俺は人間でありたいとは欲しない、何か謎でありたい」と表出していました。その思想は私の魂をゆさぶり、その魂を三島氏は言祝《ことほ》いでくれたのです。この『死霊』の思想は、「自死の形而上学」として、私の心を占め続けたのです。

『死霊』の形而上学から見れば、三島氏の自死は必然であったと言わざるを得ません。三島由紀夫とは、ひとつの革命なのです。その魂そのものと言えましょう。東大に入る前の学習院高等科時代の作文、そして処女作の『花ざかりの森』にも自死の匂いがします。ただ、それは三島氏が自決に至る死の匂いではありません。芸術家として、死に向かって歩む、普通の意味の自死の匂いです。憂国の自死ではありません。芥川龍之介や川端康成と同じ匂いです。日本の歴史を深層から捉える鋭敏な感性を持っている人が、みな感じる武士道的な欲望です。そのことを文学論の折、私が指摘したときにも、三島氏は否定しませんでした。

大学に入ってから、いろいろとしゃべるのを楽しみにしていました。だから、そういう意味の残念さは強い。そうでありながら、三島氏は死ぬのが遅かったように感じます。四十五歳では、遅すぎたのかもしれません。三島氏はもっと早く死ぬべき人間だったと思います。芥川龍之介は三十五歳でした。ただ「ぼんやりとした不安」に襲われた自死ですから、三島氏とは違うかもしれません。しかし、芥川と三島の二人の自死に私は共通性を見出します。それは、個人的葛藤ゆえの自死ではなく、芸術のための自死であったということです。二人は、その方法論の違いがあっただけだと私は思っています。

芥川龍之介の、あの「ぼんやりとした不安」とは、芸術の至高性に対する不安であって、一般の自殺に至る不安ではありません。したがって、芥川は自死なのです。つまり武士です。芥川も日本の芸術家に課された運命を愛するがゆえに、自死に向かった。事実、芥川の死は、日本の芸術家の生き方を決定するひとつの大きな要因となっていました。三島氏も、あの事件以後の日本のあり方に影響を与えています。つまり、二人の死は一般の死ではないのです。

　また、私は覚悟と意志をもって、自己の自然死に臨んだ人物たちの死も、自死だと思っています。覚悟の自然死として名高い人物に空海がいます。空海は自己の死期を悟るや食を断って、後世まで語り継がれる美しく荘厳な「祈り」を唱えながら、身の浄化を計りつつ死に果てました。見事なる自死と言えましょう。この自死に至る生き方を支えている思想が武士道の文化です。空海の死は、仏教的な死ではありません。つまり、そこには日本の歴史を育んできた、光と闇の行き交う弁証法哲学がはっきりと見えているのです。その死は、今日の日本人の死生観にまでその影響を及ぼしています。

聖性と魔性の交錯

　三島由紀夫への批判のひとつに、自己陶酔としてのナルシズムが挙げられます。特に聖セバスチャンを好きだったことが、いろいろと憶測を呼びました。この見方に対して、私の見解を述べておきたいと思います。

　まず、ナルシズムに関してです。ナルシズムについては、もちろんあったと思います。しかし、芸術家でナルシズムのない人が果たしているでしょうか。もともと、芸術とは、ナルシズムの発露とも言えるのです。自己を卑下する者に、生命の雄叫びである芸術など生み出せるわけがありません。芸術はナルシズムの歴史の上に輝いてきたのです。

私は氏のもつ繊細なナルシズムが、そのあくまでも美学的な芸術を創り出してきたのだと確信しています。氏のもつ愛情や友情、そして何よりも歴史への崇敬からくる愛国心が、そのナルシズムを支えていたと思っています。

そして、聖セバスチャンの問題です。氏は聖セバスチャンの殉教に至る、その聖性と魔性の交叉《こうさ》(キアスマ)を愛していたのです。氏は、現代人が何から感化を受けるかを知っていました。だから、自ら聖セバスチャンを演じ、確か篠山紀信氏に写真を撮らせていたのです。つまり、それは氏のもつ社会的演技であり、芸術家としてまったくおかしなことではありません。

聖セバスチャンとは、もともと聖性と魔性の伝説なのです。だからこそ、多くの芸術家の注目を集めてきたと言えるでしょう。そのような意味合いで、聖セバスチャンの殉教に強く惹かれていたのです。つまり、信仰的な「憧れ」とそれがもたらす「懊悩」のゆえに「殉教」という「自死」に至る、その生き方に惹かれていたのです。氏のもつ「愛国心」は「信仰」であり、その「武士道」は「憧れ」でした。その価値のゆえに自死に至る生き方をしていた三島氏にとって、聖セバスチャンはまさに歴史的な先達なのです。

私は、これらの考え方を、ただ推測で行なっているのではありません。氏との聖セバスチャンの殉教に関する多くの語らいの中から強く確信しているのです。三島氏との会話において、聖セバスチャンの話は何度も出ました。そして、そのすべてが、その「殉教に至る精神」の話であり、また、聖セバスチャンを題材とした過去の多くの芸術についての話だったのです。

三島氏は、聖セバスチャンの聖性と魔性の交叉に関して、クロード・ドビュッシーの作曲による音楽劇「聖セバスチャンの殉教」を高く評価していました。あのガブリエル・ダヌンツィオの台本による神秘劇です。聖性と魔性の交叉を、ドビュッシーが「音の色彩」に写し取ったその芸術性に深くうたれていたのです。

また氏は、殉教する聖セバスチャンを描いた、多くの絵画の中に、信仰による「自死」の崇高さを感じ取っていたのです。氏のもつギリシャ的な美意識と武士道的な憧れが、聖セバスチャンの殉教の中に自らの思想を見出していたのです。いくつもの名画について、氏と語り合いました。私はソドマの絵画が好きでしたが、氏はグイド・レーニの絵を好んでいました。氏は、聖セバスチャンの殉教の中に三島文学を確立した「美学」の原点を見出していたのです。つまりギリシャ精神と日本的心性の婚姻です。

また、氏は聖セバスチャンの死に、「運命への愛」(amor fati: アモール・ファーティー)を感じていたのです。聖セバスチャンの殉教を描いた芸術の中に、それを感じ、それが殉教という「自死」を生み出したのだと語っていました。自ら聖セバスチャンを演じ、自死へと向かったのは、その「運命への愛」に共振し、それを受け入れたからなのです。

「死＝悪」ではない

フランスの哲学者モーリス・パンゲが、その『自死の日本史』に描いていることですが、「運命への愛」を受け入れた人間にして、初めて自死に至ることができるのです。パンゲは、日本の武士道を貫くものを「運命への愛」という言葉で捉えたのです。私は、その把握の方法論にフランス的エスプリの魅力を感じます。その「運命への愛」とは、古代ローマ皇帝、マルクス・アウレリウスの『自省録』に源を発する言葉です。特に近代になって、あの『ツァラトゥストラかく語りき』のフリードリッヒ・ニーチェが、自らの「永遠回帰」の思想を実現しようとする生き方を表わす言葉として多用していました。

運命を愛するとは、宿命を受け入れることを言うのです。そして宿命をすべて受け入れれば、自死を許容する心が芽生えるのです。自死とは、つまり美しい何ものかのために、自らの人生を捧げ尽くすことの結果なのです。日本では武士道精神によって、それは発露された。西洋では四世紀にキリスト教が「自由なる死」を神への冒瀆だとして禁じました。そのために自ら手を下さない自死、つまり死ぬために生きる生き方「死を想え」(memento mori)の西欧的伝統が築き上げられたのです。ダンテの『神曲』を待つまでもなく、死と生は並存していたのです。西洋でも、キリスト教以前はカトーやセネカの例を挙げるまでもなく、自死は普通のことでした。ギリシャ、ローマでは、「哲学」が自死に至る高貴性を人びとに与えていた。日本では、古代からそのまま自死の伝統が引き継がれています。自死とは、ついこの間まで、世界中で高貴な匂いを放っていたのです。

しかし、現代では自死と自殺の違いすらわからなくなっています。三島氏の自死を自殺と表現して平然としています。そうすると武士の切腹もすべて自殺になってしまう。自死とは、自己の生き方と信念に基づく、理性と熟慮から滴る意志決定による死のことです。弱さからくる単なる逃避としての自殺とは根本的に違います。自死は、自決とも自刃とも表わされるもので、自殺とははっきり違うのです。自殺は、自らを殺すことであるが、自死は自らを生かすためのものなのです。人間とは、真に生きるために、自分の意志で死ぬ自由がある、という感覚が歴史的に重んぜられてきたのです。

現代の日本は、自死の価値をまったくわからなくしてしまいました。それは、戦後の似非民主主義社会が、「死＝悪」という思想を徹底させようとしてるからに他なりません。なぜ、ここまで徹底しなくてはならないのか。それは消費文明を推進するためには、死を悪としなければならないからです。つまり、死を忘れさせることによって人々の欲望を駆り立て、それを経済成長に結び付けようとするわけです。また、エゴイズムからくる悪い自殺が多いからとも言えましょう。悪い自殺が増えた理由は日本人が「運命への愛」をなくしたからです。

武士道を重んじて生きていた時代には、みごとな死が多かった。忠義のゆえに死んだ楠木正成を思い起こしてほしい。負けると決まっている湊川《みなとがわ》の戦いに、忠義のゆえに出陣した正成も、あれは自死なのです。いつの日も、湊川への道は、忠義に生きる日本人の憧れであることを知らなければなりません。北畠親房の『神皇正統記』を読めば、正成が自死したのだという意味はよくわかります。

また、日本の魂を失いつつあった明治新政府に反旗を翻し、城山に戦死した西郷隆盛も、あれは自死に違いありません。『大西郷遺訓』を繙《ひもと》けば、西郷が自死に向かって生きていたこともよくわかるのです。自死は、信念の発露のひとつの方法なのです。

みごとな死が多ければ、「死＝悪」などという単純な思想には染まりません。大東亜戦争を見ても、阿南惟幾《あなみこれちか》や大西瀧治郎のように、敗戦の責任を取って切腹した人物に、悪い感情を持つ日本人はいないでしょう。責任を回避し続けた人間たちと、自決した人物ではまったく印象が違います。自死は、自分の存在に誇りをもつ人だけが行ない得るものです。大西中将は介錯を拒み、長時間にわたって苦しんだ末に亡くなりました。また、阿南大将も介錯を拒み、切腹後、自分で頸動脈を切りました。覚悟がそれを為さしめたのです。

死ぬために体を鍛える美学

三島由紀夫は、ボディビルで自分の体を鍛えていました。これもナルシズムとして有名になってしまいました。しかし、それは間違いです。実際には、切腹するにあたっての、体をつくっておきたい欲求によるものなのです。氏は切腹について、『葉隠』を通してずいぶん研究していました。横紋筋を支配する体性運動神経系が鍛えられていないと、切腹した時に気を失ってしまい、絶対に最後まで切れないということを深く知っていました。そこで筋力を鍛えることを始めた。決して、自惚れや見た目のためではありませんでした。

三島氏は、死ぬために体をつくり上げていったのです。そもそも、死ぬために鍛えるのが武士道なのです。特攻隊にしても、途中で気を失うことなく、最後の最後まで敵艦を目指して突っ込むために、その肉体と精神を徹底的に鍛えたのです。二五〇キロ爆弾を抱いての急降下、そのときにかかるG（重力）はものすごいもので、よっぽどの筋力がないと血が頭に上がってしまうそうです。彼らはみごとに死ねるよう、日夜訓練をしていた。本当に死のうと思ったら、体を鍛えるのは当たり前のことなのです。死ぬにあたって、無様な姿はさらしたくないという美意識が、人生にとっては重要なのです。

戦後の日本人から失われた最大のものは美意識だと思います。美意識において、三島由紀夫は古の武士道と結び付いていた。だから、現代の日本社会を許せないことはよくわかります。氏の絶筆となった『豊饒の海』の第二巻にあたる『奔馬』は、美意識の塊です。『奔馬』の最後はみごとな大文章でした。主人公の飯沼勲が切腹する場面です。「正に刀を腹へ突き立てた瞬間、日輪は瞼《まぶた》の裏に赫奕《かくやく》と昇った」。三島由紀夫にしか描けない圧倒的な場面です。

その一方で、氏は、近代的自我がすこぶる強い人物でもありました。そこに三島氏の行動様式の秘密があると私は考えます。近代人ゆえ、真面目くさった武士道に抵抗感を持っていた。ヨーロッパ的な近代的自我という代物は、日本的なものを恥ずかしがるのです。ある種の照れです。かえって、中途半端な人間に限って大仰に武士道だ、何だと声高に叫びます。ましてや、三島氏は普通の人間とは桁違いに繊細な人です。だから、よけいに照れが強いと思うのです。そのため行動を様式化して照れを隠した。平気で、何でも口に出せるようになった、今の日本人にはわからないかもしれません。

そのような意味では、荘重に生き、粛々と死んだ乃木大将は三島氏に比べて幸せだった。殉死まで堂々とできました。それを「よし」としてくれる世間が、まだ日本にはあったのです。だから、素直に自身の信念にしたがえばいいわけで、照れ隠しの派手な行動をする必要はなかった。乃木大将は荘厳さをそのまま実行できた。しかし、三島氏の世代になると荘厳さを茶化さないではいられない。それを受け入れてくれる世間がすでになかったのです。

伝説の中に生きたい

三島氏の行動が激しかったのは、自己のもつ信念と世間のあり方との落差だと思います。思いが深ければ深いほど、派手な行為も激しくなってしまう。そして、もっとも激しい行動が昭和四十五年（一九七〇）十一月二十五日の「自死に至る行動」であった。私が残念でならないのは、ほとんどの人が三島氏の派手な行為に目を奪われて、その本質に目が向かないことです。もちろん三島氏自身が、それを楽しんでいたところもありました。照れを楽しんでいたのかもしれません。しかし、声を大にして言いたいのは、三島氏は文学者であるということです。それにもかかわらず、その文学を語る人はあまりにも少ない。

語られるのは状況論ばかりです。三島氏の昭和四十五年のあの行動について、どう評価するのかという話だけが中心になっています。三島氏がどうしてあんな派手な行動を取ったかと言えば、自分の文学をわかってくれる日本人が出てほしいからです。だから「楯の会」にとらわれては駄目なのです。三島氏は決して直接行動を取ることを本領とする人ではありません。モーリス・パンゲも『自死の日本史』の中で、三島氏がテロリズムを否定していたと書いています。直接行動だけが目立ち、まるで三島氏のすべてであるように思われています。しかし氏は、あくまでも芸術家であって文学者なのです。

最後に、あの究極の行動様式を実行したのは、自分を伝説化し、作品に永遠の生命を与えたいという気持ちがあったと私は考えます。しかしそれは、文学を甦らせることによって、日本の柱を立てようとしたためなのです。そして、それこそが三島氏の真の「憂国」の思想なのです。三島氏と同時代の作家で、今なお影響力がある作家はほとんどいないでしょう。三島氏はああいう死に方をしたから、今なお文学的にも生き続けています。三島氏の、日本の文学は滅びるという信念はすこぶる強かった。そして文学が滅びれば、国が滅びると信じていたのです。

あの死に方がなかったら、三島氏だってこれだけ文学離れした今の日本からは忘れられてしまったでしょう。ノーベル賞を受賞した川端康成でさえも、最近では話題になることがあまりありません。

それに比べて三島由紀夫は絶えず話題にのぼります。憂国の思いと、自分の作品を永遠化したいという芸術家としての思いが渾然一体となって実行した、あの行動が功を奏したと言えるでしょう。信念によって自決するわけですから、自分の死によって日本人の心に何かの影響を残したいと願うのは当然です。

私は三島氏こそ、知性と実行力を持ち合わせ、芸術を通して真に国の将来を憂えた大人物だったと思っています。戦後の日本のあり方を、三島氏ほど真剣に憂えた人は今日までいません。三島批判は、それ自体の内に、戦後日本社会の歪みを孕んでいます。知性は憂国の思想に結びついて、初めて生命をもつとされた、旧い日本人の生き方をそのままに生きた人物が三島由紀夫その人なのです。

三島事件を、三島由紀夫個人の「狂気」として片付ける、現代の日本人の考え方には憤りさえ覚えます。もともと現代の民主主義と科学文明は、燃ゆる生の一側面であった「狂気」という人間に備わった属性を認めないことによって、その非人格的合理主義を推進してきました。現代の問題に鋭くメスを入れた、フランスの哲学者ミシェル・フーコーはその『狂気の歴史』において、「人間のもつ狂気は十七世紀の啓蒙思想による理性の完全優位によって、病気として我々の社会から追われた」と述べています。

つまり、情熱としての「狂気」を、もともと病気として存在していた狂気と同列に扱うようになったのです。そして「理性の輝きとともに狂気は監禁されたのだ」とフーコーは断言します。その情熱としての「狂気」こそが、実は人間の文化を発展させてきたということを忘れてはならないと結んでいます。自死とは、つまりは「狂気」を受け入れる真の人間文化が持つ、ひとつの美学なのです。

無益なる生き方を見つめよ

名誉心を問う

逆境を誇れ

戦後の日本人にとって、一番遠くわかりにくいものが名誉心ではないかと私は思っています。それは、名誉心が戦う精神の中から生まれ出ずるものだからです。我々は、幻想の平和に浸りながら戦う精神を失い、その結果、自己の名誉心を失いつつあるのです。戦後の日本というのは、平和憲法と日米安全保障条約の下に、戦いをアメリカに頼って発展してきました。わかりやすく言えば、親分であるアメリカの武力の下で、「うまい汁だけを吸ってきた」ということです。だから綺麗事が言える。つまり平和国家の幻想です。

そこから、戦後の日本においては「戦いは悪である」という構図が生まれてきました。もちろん私は「戦いは善である」と言っているのではありません。しかし最後に、つまり「いざ」というときに戦う覚悟のない国家や個人には、文明がもたらす価値観はほほえみかけてくれません。戦いを厭えば、人間が生きるうえでもっとも大切な名誉心を育むことができないのです。名誉心こそが、文明の精華と言っても過言ではないことが忘れられてしまった。私はそのことを問題にしているのです。

そもそも名誉心は、戦いの中から生まれてきました。それを記録した書物の堆積が、歴史そのものと言ってもいいでしょう。それらは、古代文明では、メソポタミアの『ギルガメッシュ叙事詩』やインドの『ヴェーダ讃歌』などが挙げられます。ギリシャのホメーロスが叙した『イリアス』『オデュッセイア』に至っては、まさに「名誉心の芸術」とも言えるものではないでしょうか。後に下っても名誉心は、日本では『古事記』、西洋では『ローランの歌』などの古典に謳われている事柄によって確認できます。

名誉心がなければ、人は戦うことができません。おそらく現代人も、自分は名誉心を持っていると思っているはずです。しかし、その理解は心許ない。まず第一に、名誉心は善悪や幸・不幸とは関係ないということを理解しなければならないのです。それを理解しない名誉心らしきものは、ほとんどの場合、自惚れか驕りでしかありません。名誉心が善悪や幸・不幸と関係ないことが、現代人には心底からわからないのです。それは、名誉心を「良い」ことや「安全」なことだけに限定して考えているからです。平和思想に侵された日本人は、価値の基準を善と幸福にしか置けなくなっています。ところが、名誉心は善悪や幸・不幸は関係ない。悪をなすためにも名誉心は必要なのです。また名誉心のゆえに不幸を招くことも多々あります。それゆえに起こる戦いも多いのです。

ダンテは、その『神曲』において「地獄には地獄の名誉がある」という言葉を吐いています。地獄に墜ちるのは悪いことばかりをしてきた人間です。彼らには名誉などないように思いますが、実は、彼らには彼らなりの名誉がある。そういうことをダンテは、地獄の住人に叫ばせている。現代の日本人には理解できない世界です。しかし、名誉心というのは優等生のものでもなく、また綺麗事でもなく美しいものでもない。名誉心は善悪と幸・不幸に関係がないだけではなく、本来、状況も関係ない。つまり、状況が自分にとって良いから持てるわけではありません。逆に状況が悪いときにこそ名誉心は生じてくることが多いのです。

反骨心を奪われた日本人

第二次世界大戦のとき、ナチス・ドイツへのレジスタンス運動に身を投じていたフランスの哲学者ジャン＝ポール・サルトルは戦後、「我々は、ドイツ占領下にあったときほど、自由であったことはなかった」(Jamais nous n'avons été plus libres que sous l'occupation allemande.) と『沈黙の共和国』の中で述べ、その理由として、自らの心に名誉心が発動していたことを挙げています。他国に占領されたときに名誉心を持つなど、常識では逆のように思えます。しかし、名誉心とはそういうものなのです。それは、成功したから持つものでもなく、偉いから持つものでもない。あえて表現するなら、「何くそ」という状況において生じてくる。生命の燃焼がそれをもたらすとも言えましょう。

その根源は、先人たちがここまで繋いできた歴史の中にあるのです。それが自己の生《せい》に共振する。それによって、先人たちの魂を自分の中に注ぎ込むことで名誉心は生まれるのです。したがって、魂を摑むための原動力が名誉心だと思えば間違いありません。だから、名誉心がなければ、自己固有の魂は摑み取れないと言うこともできるのです。名誉心は自分らしい個性のある人生を送ろうと思ったら絶対に必要なものなのです。つまり名誉心は、文明の中からのみ生まれ、その文明を推進する力そのものなのです。

フランスと異なり、敗戦後、連合国に占領された日本ではレジスタンス運動は起こりませんでした。もしあの時代に、大規模なレジスタンス運動が起こっていれば、国内は混乱し、経済的復興も遅れたかもしれません。しかし、日本人は確実に名誉心を持つことができたと私は思っています。闘争心に根差す名誉心は、あの時にレジスタンスがなかったから、日本人の中で朽ち果ててしまったのです。

結局、アメリカのやり方がうまかったというしかありません。アメリカは日本を表面的にはいじめませんでした。つまり、日本人の反骨心を奪ってしまったのです。植民地支配に慣れている西欧文明というのは、飴と鞭の使い分けが巧みなのです。特に英米はそうです。これは、宗教上の争いで苦労をしてきた結果、身についた知恵だと思います。多分、帝国主義的な植民地支配も、その結果うまくなっていったのでしょう。彼らが使う鞭は戦争です。そして戦争で勝ったらすぐに相手に物資を与える。あくまで表面上のことですが、そういう戦略に日本はすっかり絡め取られてしまった。

フランシス・コッポラ監督の映画に、ベトナム戦争を画いた『地獄の黙示録』があります。その中で主人公のアメリカ軍大尉が「相手を機関銃で撃ちまくった挙句に、あとからバンド・エイドをくれてやる。それがベトナムでのアメリカのやり方だ」と語るシーンがあります。それが英米のやり方の象徴として思い出されるのです。日本は島国で、その歴史のほとんどを平和に過ごしてきたため、英米の狡猾さが見抜けなかった。もちろん敗戦後の虚脱感も大きかったのでしょう。

私は日本人が名誉心を持ち続けるには、ソ連に占領されたほうが良かったと考えています。それは理不尽な目に遭わされるからです。いじめられたら絶対に日本人は立ち上がります。だから、「歴史にもしはない」という理屈を無視して言えば、日本は本土決戦をすべきだったのです。本土決戦となれば、アメリカの本音、つまり残虐さが出てくる。目の前でそれを見せつけられたなら、日本人は戦後こうも簡単にアメリカに丸め込まれることはなかったと思います。

現実は本土決戦を避けて無条件降服したため、アメリカの見せかけの優しさに騙されてしまったのです。英米は狡猾さでは役者が上なのです。悪知恵では、確かに日本人は「子供」なのです。まさに、連合国軍最高司令官ダグラス・マッカーサーの言う通り、「十二歳」の我々では太刀打ちできません。

日本国憲法の平和主義は狡猾な思想

敗戦後、日本人としてもっとも名誉心の強かったと思われている吉田茂が、軽軍備経済重視の平和路線を敷きました。さすがの吉田も、軽軍備・平和主義によって未来の日本人から名誉心が失われていくことは想像できなかったようです。しかし、それは仕方のないことかもしれません。まさか、六十年以上にわたって、戦後の応急処置を日本人自身が守り通すと思うことはできなかったのでしょう。

吉田茂は、まずなすべきことは経済的に日本を立ち直らせることだと考え、軽軍備路線を敷きましたが、将来的には憲法を改正して普通の独立国になるべきだと考えていました。あの時点ではアメリ力に頼ることが利口だった。一定期間アメリカに守ってもらい、その間に立ち直り、憲法を改正する。現実的な考えだとは思います。しかし、利口な人間が陥る落とし穴があるのです。

吉田茂は、憲法改正に立ちはだかるであろう民衆の力を軽視していたのです。彼は根っからのエリートです。だから、大衆の力を軽んじてしまった。まさか、大衆が政治に力を発揮できる時代がくるなどとは想像もしなかったに違いありません。事実、憲法は改正されないまま今日に至ってしまったのです。

本当は日本の歴史に対して、もっと愚直な人間が総理大臣をやった方が良かったのです。愚直なら、どんなに苦しくても、あの時点でアメリカを利用できるなどとは考えなかったでしょう。敗戦国として、自らの責任における「苦しみの道」を歩んだと思うのです。名著として名高い袖井林二郎の『マッカーサーの二千日』という本には、この占領憲法の作成過程が、実に見事に書かれています。それを読んでわかることは、ＧＨＱ（連合国軍総司令部）は占領が終われば日本人が自ら改正するに決まっていると考え、日本国憲法を作成していたのだということです。だから、改正しないことに彼らが驚いているという、信じられない結果を歴史に刻むことになったのです。

押しつけられた憲法を、独立回復後も後生大事に守っている国は歴史上存在しません。まさに人類の歴史において初めてのことです。それは良く言えば日本人の人の良さ、悪く言えば島国根性、国際情勢音痴に起因するものでしょう。なかでも日本国憲法の平和主義は狡猾な思想です。日本人が本当の平和主義を望むのであればそれはそれでいい。ただ、本当の平和主義を貫こうとすれば、相当の覚悟が要求されます。まず自分の欲を捨てるところから始めなければなりません。ところが、日本人は軍事的にアメリカに守ってもらい、何の覚悟もなく平和主義だと言っている。自分が、米軍の一翼だとわかっていない。

そこに大きな矛盾があることに、戦後の日本人はあまり気がついていません。私は日本国民ですから、何の欲も持たない良寛上人のような生き方を「日本国」がするというなら従います。外国がどんな理不尽な要求をしてきてもそれをすべて呑《の》む。日本人がそういう生き方を望むのであればそれは仕方がありません。もちろん「国家」は滅びます。しかし宗教的には価値があることです。

ところが、今の日本はもっとも汚い生き方をしていると私は思います。平和主義だ、平和主義だと言いながら、いざというときのことはアメリカに任せて、うまい汁だけ吸おうとしている。竹島と尖閣諸島をめぐる領土問題については、私は韓国と中国が主張していることは腹立たしいが、理解はできます。相手方に理があるのです。この問題に対する日本の姿勢は最低です。つまり、ずるいのです。

日本のものだと言うのなら、最後は血を流す覚悟を固めなければ解決はありません。竹島は韓国が六十年も実質的に占領しています。自衛隊が近づくには近づくが、韓国軍がスクランブルしたら逃げてくる。日本は「竹島は法律上日本の領土である」と口で主張するだけです。私はこういう国家というものは信じられません。韓国の味方をしているわけではありませんが、韓国が腹を立てるのは当たり前です。尖閣諸島も同じです。歴史的にはどこの国だって、領土は「腕ずく」で摑み取ったものです。「領土」は、法律問題ではありません。

そして、こともあろうに、尖閣については、「日米安全保障条約の適用対象」というアメリカの言質をもらって喜ぶという体たらくです。名誉心がないから、「恥」を知らないのです。自らは戦う気がない。日本領だと主張するのであれば、法律論ではなく、戦いは辞さないという姿勢を鮮明に示すべきです。それが嫌なら諦めることです。

東シナ海のガス田にしてもそうです。あれだって私は日本のほうが汚いと思っています。東シナ海は暴風圏で有名です。四十年以上も前から日本の会社がガス田の開発を申請していたのですが、日本政府は許可しませんでした。理由は「危険だから」ということです。ガス田があることはわかっていても、人命を惜しんで採掘作業をしなかったわけですから日本に権利はありません。

それを中国がやったら、そこが日中の国境線の近くだということで、日本の資源が横取りされていると言い出した。危険は負わないで、利益が上がった時に分け前を要求している。想像に過ぎませんが、中国ではガス田採掘で多くの犠牲者が出ていると思います。資源は人命を顧みずに獲《と》った国のものなのです。どこの国だってそうやって獲ってきたわけです。資源は、危険を承知で冒険的にやった人間や国に獲る権利がある。学問的に知っていても、冒険をしなかった人間や国に権利はありません。それほど人命が大事なら、利益は放棄すべきです。

いま語っていることは、すべて名誉心の中核問題なのです。名誉心を持っている人なら、私と同じ意見のはずです。名誉心がないと、私がいま言った意見は全部おかしいと感じるでしょう。竹島も尖閣も名誉心の問題なのです。韓国と中国が騒ぐのは、それが名誉心の問題だからです。日本だけが法律論をしている。そして、何か問題が起こるとすぐに国連主義を採ろうとする。つまり、自分だけで戦う覚悟がない。一言で言えば、卑怯。平和を唱えるが、国連が国連軍という武力集団によってその権威を担保されていることを知らない。ましてや、国連とは英米の利益の代理機関なのです。

日本は憲法で武力行使が禁止されていますから、私は領土問題で武力を行使せよと言っているわけではありません。平和主義に徹して武力を絶対に使わないというのであれば、利益を捨てるしかないと言っているのです。それが名誉ある国や人間の生き方です。そして本当に平和が、それほど大切なら良寛上人のような生き方をしろと言っているのです。良寛上人は、泥棒がきたときに渡すものがないので自分の布団を渡しました。そういう姿勢で生きるのなら、私は尊敬します。しかし、利益がほしいのであれば絶対に戦わなければ駄目です。

戦うことができない人間や国は、利益を諦めるしかありません。それが道理というものです。そして、文明社会における道理を守る覚悟の中に、名誉心の核が存在しているのです。文明とは、正義を貫こうとする意志から生まれるのです。その正義の断行を支えている精神が、名誉心に他なりません。

資本主義は信仰である

名誉心とは、主体を持って生きようとする国家や個人にとっては、命よりも大切なものです。それに関してウィリアム・シェークスピアは『リチャード二世』の中で、ノーフォーク公モーブレーの口を通して「私の名誉は私の命であり、両者は一体である。私から名誉を取れば、命はその場で終わる」(Mine honour is my life, both grow in one, Take honour from me, and my life is done.)と言わしめています。名誉心とは、自己の名誉を命よりも大切だと思う心なのです。名誉心とは、個性を持った人間として生きようとする者にとっては命そのものです。つまり魂です。

日本とヨーロッパは、長い封建時代を共に経験し、そこから近世を経て資本主義の時代へと入っていきました。そういう意味で、日本と欧米の名誉心には非常に近いものがあるのです。文明的に見て、そう言えるのです。自然発生的な本当の名誉心を持つには、騎士道や武士道を生み出した封建社会が必要だったというのが私の見解です。さらに言うなら、名誉心が資本主義を生み出したとも言えるのです。

武士道と同じように、プロテスタンティズムも名誉心そのものです。その理論を築いたのは言うまでもなく『プロテスタンティズムの倫理と資本主義の精神』を著わしたドイツの社会学者マックス・ウェーバーです。だから、名誉心を持たないままの経済発展は資本主義の本来の精神から大きく逸脱してしまいます。中国やインドでは経済が発展しても大金持ちしか生まれません。

本来の資本主義は、成功した人が自分の財産をすべて再生産のために投げだすことによって成立するのです。そこに、名誉を感ずる人々が多くいなければならないのです。中国やインドでは桁違いの大金持ちが生まれるだけで終わってしまう可能性が強い。中国やインドは、人間と人間の絆だけに価値がある長い封建社会を経験していないため、人のため、社会のために自分のお金を使おうとする者が少ないのです。つまり、自己の信ずる将来の文明のためにお金を投下しない。

再生産とは、文明に対する寄与であり、その結果、他人のためになっていくことです。これを最初に文明の中に見出し、歴史を文明論として捉えた二十世紀の歴史家が、『ヨーロッパの形成』で知られるクリストファー・ドーソンと、今に至る文明論の枠組を確定した『歴史の研究』で名高いアーノルド・トインビーです。この二人の英国人歴史家の著作は、人間の歴史を摑むための最大の遺産だと思っています。

成功した日本人や欧米人が普通に行なう事業的投資、そして寄付行為や基金の創設は名誉心から生まれると考えていいでしょう。それがなかったら、過去から枚挙にいとまのない贅沢三昧に耽る大金持ちのぶざまな姿しかありません。しかし残念ながら、欧米や日本においても資本主義本来の精神は近年、歪んでしまったように思います。つまり、資本主義がもつ本来の精神に名誉心を感ずる人々が減ってきたのです。

ここに、日本を中心とする現代社会の深い病根があるのです。近年、人々は大欲を忘れ小欲に支配されるようになってしまった。大欲こそが名誉心に支えられていたものなのです。こともあろうに、日本では大欲を国が否定しようとしている。大欲は戦争に繋がる可能性があるからです。大欲の代表のひとつが昔からの愛国心だからです。そうなると、人々が大欲ではなくエゴイズムから生じる小欲に支配されるようになるのは当然です。そして、資本主義の発展による、豊かなくらしに慣れ過ぎてしまった気の緩みもあるでしょう。

共産主義が人々に幻想を与えていた時代には、「資本主義は悪である」という構図がありました。資本主義は、その精神を失えば、いつでも物質主義と金銭至上主義に流れる危険を孕んでいます。しかし真の資本主義は封建社会が生んだ騎士道、武士道、そしてプロテスタンティズムという人類最高の倫理、つまり名誉心が生み出したものなのです。人類にとって資本主義の精神は宝と言っても過言ではありません。

マックス・ウェーバーも言っていますが、資本主義は歴史上一回しか生まれません。単に金銭を儲けるための経済構造は何度も登場するでしょうが、真の資本主義は長い封建社会を経験した日本とヨーロッパに歴史上一回だけしか生まれなかったのです。真の資本主義が、歴史上、どのくらいの奇跡とも呼べる出来事が重なって生まれたかを知らなければなりません。それを知れば、資本主義がひとつの崇高な精神であることがわかります。そして、この名誉心から生じた精神を、歴史と文明が流した涙と思って見つめ、人間が生きるための糧として抱きしめなければならないのです。

国益とは「義」を守ることである

名誉心がなければ、愛国心も生まれません。名誉心が国に対して発動した姿が愛国心となるのです。名誉心は人間の魂の核ですから、それがないと、文明的な正義に関わる事柄は何も始まらない。だから、名誉心を持って生きている人は、国家の危難に際しても、命を捨てる覚悟を持って行動することができるのです。そういう人をパトリオット、つまり愛国者と言うのです。このことを今の日本人は理解できない。

今の日本人は、経済的な利益を守ることが国益であり、愛国心の発露だと考えています。利益などは愛国心のほんの一部です。本当の愛国心とは国のために死ぬ覚悟のことです。国家に自己の人生を捧げることです。その愛国心が、こともあろうに日本では危険視されます。それに引き換え、国益を守るという言葉はずいぶんともてはやされています。国益の第一は国家の名誉を守ることなのですが、今の日本の政治家の言う国益とは経済的利益だけを意味しているように見受けられます。だから、国益という言葉が好きなのでしょう。政治家の本来の仕事とは、国家の「義」を守ることなのですが、そのことを忘れている。ギリシャ、ローマの時代から政治家の仕事とは国家の名誉を守ることだったのです。次いで第二、第三と徐々に物質的なものに下りてくる。

「ノブレス・オブリージュ」という言葉を最近よく耳にします。「上流階級の人の義務」と理解している人が多いようですが、「ノブレス・オブリージュ」に上流も何もありません。国の危難に際して自分の命を捧げることを「ノブレス・オブリージュ」と言うのです。そして、そこに名誉を感ずる。その際には身分の高い人間ほど先に行かなければならないということなのです。

第一次世界大戦では、ケンブリッジとオクスフォード両大学の卒業生は率先して戦争に身を投じ、そのほとんどが戦死しています。そのため英国は二十年遅れたと言われています。自分を名誉心ある人物だと思うなら、戦争になった時は死地に赴かなければならないのです。英国ではその伝統はいまも承け継がれています。ついこの間の、フォークランド紛争の時にも、王子が戦闘ヘリに乗って行きました。エリザベス女王が「誇りに思う」と語っていました。確か honour という言葉を使っていました。ついでに言うと、honour は人間的な名誉を表わし、それが信仰心と結びつくと glory と言います。

また、アメリカにおいても、アイビーリーグの八大学については「ノブレス・オブリージュ」の精神が色濃く残っていました。多くの日本人は、アイビーリーグを名門校としてしか理解していません。しかし、元はプロテスタント教会の諸派がプロテスタンティズムの倫理を遂行するために、秀れたキリスト教精神を身につけた人間、つまり神に通じる名誉心を持った人間を育てるために建てたものなのです。その結果、秀れた人材が多く輩出され、名門校になっていった。それもキリスト教紳士として秀れていたということです。

その伝統が濃かった時代、たとえば南北戦争ではアイビーリーグの卒業生はその多くが戦死しました。日本のようにエリートは温存するという考えはありませんでした。それこそが「ノブレス・オブリージュ」です。しかし、今では創立当初の精神は薄まり、頭がずば抜けて良いだけの学校になっています。プロテスタンティズムの精神は失われつつあり、強欲資本主義を担う人材が多く輩出されるようになってきました。つまり、科学的な傲慢さが、名誉あるフロンティア精神を駆逐したのです。

一瞬の輝きを生ききる

名誉心がわからない人間には、愛国心はわからないのです。つくづく思うのは、今の時代に名誉心を持つのは難しいということです。歴史を見れば、戦いを通して人間は名誉心を理解し身につけてきました。戦いを悪と捉えている限り、名誉心を正しく理解することは無理だと思います。特に、日本人は戦後民主主義と戦後平和主義にどっぷりと浸っていますから難しいです。

戦後の日本人は、自分が生まれながらに素晴らしい存在であり、それにふさわしい人生が、待ち受けていると勘違いしている節があります。それゆえ、ぬるま湯に浸ったまま、名誉心とは無縁の人生を送っている。しかし、元々「人間とは」、ジャン＝ポール・サルトルの言葉を借りれば「一つの無益な受難」(L'homme est une passion inutile.) なのです。ヨーロッパの知識人は、神の前で人間が卑小でつまらない存在であることを知っています。だからこそ、永遠に比すれば一瞬ともいえる自分の人生に輝きをもたせたいと強く望み、それが名誉心を呼び込むのです。名誉心とは、自己固有の生き方を貫くためにのみ必要なものなのです。そして、その固有なものが永遠の宇宙と結び付き、死をもって吸い込まれていくのだという宇宙的信念です。

戦後教育によって、日本人は一人ひとりに、それぞれ大いなる価値があると教え込まれています。そこに問題がある。名誉心を養うには、人間が卑小な存在であるという認識を徹底的に叩き込むべきなのです。つまらない自分だが、何か意味のあることができないか、と考えることが名誉心を呼び込むのです。若い頃、札付きの不良だった私の場合は、そのような状態から立ち上がって聖人となったアウグスティヌスに憧れ、少しでも近づけないかと考え始めたのがきっかけで、少しは名誉心を持てるようになったと自分では思っています。

自分の外部にある価値に感応し、それを自分に呼び込むのです。これを難しいことだと思ってはいけません。それ以外には、名誉心を掴み醸成する方法はありません。その名誉心が、また魂そのものを養っていくのです。そして名誉心は先ほども言ったように、歴史や芸術、尊敬する人物の心と感応することでしか生まれません。だから価値あるものとの「真の出会い」がきわめて大切になります。

禅を極めた道元は『正法眼蔵』の「有時」にこう書いています。「我、人に逢うなり。人、人に逢うなり。我、我に逢うなり」と。これが出会いのすべてだと私は思っています。この思想とまったく同じことを、ドイツの哲学者マルチン・ブーバーはその『孤独と愛――我と汝の問題』において語っています。この出会いが名誉心を生み出すのです。「我、人に逢うなり」と道元は言っていますが、その「人」が「文学」でもいいし「物」でもいい。価値のある何ものかと一体になるのです。

これは先ほどのブーバーのほかにもヨーロッパ哲学で議論され続けています。カントやヘーゲルもそれを言い、その思想をサルトルは『存在と無』の中で「即自対自存在」(l'être-pour-soi-en-soi)という言葉にまとめました。これはサルトルが作った一単語の哲学用語で、レートル・プルソワ・アンソワと読み、逆から即自対自存在と訳されています。つまり、他者の存在と一体となることによって、初めて自己存在が生まれるということです。他者と真に対することは即刻、自己と対することになり、そのような生を持つことによって、初めて人間として生きるということになる。物に対するのと人に対するのとは、どちらも同じです。

つまり何かに対しているのは、即刻自分に対している。そして逆もまた真なりです。自分と相手との関係は、相手と自分との関係でもあるのです。それが本当にわかると、人間の存在というものが神に通じる一つの霊性を帯びることになる。そういう関係です。それが即自対自存在と表現されたのです。『存在と無』の中心課題です。つまり、価値のある何ものかと一体になることによって、初めて自己存在が生まれ、そこに名誉心が芽生えてくるということです。

簡単に言うと、出会いの感動によって自分と他者が一体となり、そこに自己の生き方という名誉心が芽生えてくるのです。そしてそれが魂を養っていく。魂が育まれれば、自己固有の個性が輝き出すのです。ここで言う感動とは、感動した対象のためにはいつ自分が死んでもかまわないという心の働きです。

私が出会った、もっとも感動した言葉の例を挙げれば、山本常朝の『葉隠』にある「武士道と云ふは死ぬ事と見付けたり」と、南朝の正統性を書いた北畠親房の『神皇正統記』の冒頭に置かれた「大日本は神国なり」です。この二つの言葉は、書いた人そのものが、名誉心を抱き締め続けた激しい人生を生きたことを感じさせてくれたのです。名誉心とは、自分の思想や信条などのために死ぬ覚悟を持つことなのです。

「大日本は神国なり」は、自分が日本のために命を懸けていなければ、決して書ける言葉ではありません。北畠親房はそれを冒頭に書く。冒頭だということが重大なのです。命がけの武士道を生きようとした人にして、初めて言えた言葉だと私は思います。名誉心とはそういうものなのです。

名誉心を育むには出会いが大切であるからこそ、秀れたものとの出会いを求めなければならないのです。出会いに悪平等の「民主主義」は通用しません。真の出会いが名誉心を生み、その名誉心が魂を育んで、個性ある生き方を創るのです。そして、それは国家も個人も同じなのです。

私とは、葛藤の堆積にほかならない

個性を語る

民族の精神を見つめる

「個性」について考えたいと思っています。現代は、個という字に惑わされて、我《が》の強い人を「個性的」と思っている嫌いがあります。おそらく現代人がもっとも勘違いしてしまっている考え方ではないでしょうか。まず、我々は、「個性」が何であるのかを明らめなければなりません。そのためには、個性という考え方が生まれてきた歴史を知らなければならないのです。

「個性」は、人類文化の強靭な歴史と人間の葛藤の中から生まれ、近代に至ってヨーロッパ人によってその思想が確立されました。我々が「西欧個人主義」と呼んでいるものがそれです。これは人間精神を表わす、もっとも崇高で尊い思想です。それは、ヨーロッパの血と汗と涙の歴史の中から、立ち上がってきた人間精神のひとつなのです。戦後の日本は、それほどのものを、民主主義の名の下に、安易に無条件に与えられてしまった。その結果、この価値観は逆に、現代に至る戦後の日本人を堕落させた考え方のひとつとなってしまったのです。

近代の思想を確立した哲学者の一人であるヘーゲルは、その『哲学史』において「民族の精神こそが真の個性である」と述べています。ヘーゲルは、カントと並び哲学において近代ヨーロッパ思想を創り上げた双璧のひとりです。その人物が、ヨーロッパ的個性について、このように論じているのです。

つまり個性とは、個人の自我にあるのではなく、民族の精神に立脚した生き方の中に存在するものなのです。初めて、この思想に触れたとき、私は不思議に思いました。それは、西欧的な個性とは、もっと理性的なものではないかと思っていたからです。民族の精神とは、ひとつの民族に課された歴史的必然であり、その民族に属するすべての者が否応なく接している情感と言えるでしょう。その情感が個性を創り上げる中枢にあると言っているのです。日本人にとっては嬉しい思想です。そしてその情感と自我とが織りなす、無限の葛藤からくる苦悩が生み出す「何ものか」が個性ということになるのです。この理解は後に、日本の武士道と西欧個人主義の個性とが、私の中で溶け合っていく出発ともなったのです。

民族の精神が個性を創ると知ったとき、私の中ですぐにひらめいた人物はバッハでした。音楽の父と呼ばれたあのヨハン・セバスチャン・バッハです。バッハは「個性的」な作曲家でした。なぜバッハが「個性的」たり得たのかと言えば、バッハ以前の西洋の一千年にわたる中世音楽を集大成したからです。もちろん、中世音楽はグレゴリオ聖歌を中心としたキリスト教音楽です。そして、キリスト教がもつ彼岸への憧れと日々の生活に根差す民衆の哀歓が葛藤し、その中から生まれ出た芸術と言えるでしょう。

中世音楽は、キリスト教の信仰（Credo）から滴り落ちた涙（Lacrimosa）です。その中には、まさに民族の精神が躍動していたのです。それは、バッハの故郷においては、ドイツの精神でありゲルマン民族の魂と言えるものでした。バッハはその歴史を愛した。そして愛すればこそ、それと格闘する一生を送ったのです。

極端に言えば、バッハは何かを新たに生み出したわけではなく、まとめ役に徹したにすぎません。そのまとめられた音楽にバッハの生命力が注入されている。そしてそれが以後の偉大な西洋音楽の基となった。だからこそ、バッハは「個性的」だったと言われているのです。まさに、民族の精神が、バッハの偉大な個性を創り上げたことは間違いありません。

だから、個性とは、歴史と自己との関係から出てくるものなのです。歴史との関係性から出てこないものはすべて自我であり、わがままにすぎません。近代科学の創始者としてニュートンと並び称せられるライプニッツは、その著『モナドロジー（単子論）』の中でこう言っています。「個性とは普遍性が個別の中に宿ったものである」と。つまり、人類に共通して存する何らかの価値観が、個人の心と融合して生まれたものということです。ヘーゲルに限りなく近い思想です。

我々はすべて、特定の歴史的時期に、特定の国と場所に生まれてきますから、普遍性というのは「民族の精神」に近いものです。つまりそれは常識とも言えるし、歴史とも言えるし、また文明とも言えます。この普遍性が個人の中に宿ると、誰でも激しい葛藤が起こる。それは自分の中に、生まれたときから自我として存する動物的なものと、民族の精神に代表される歴史的な文化とのせめぎ合いと考えられます。

そして、その葛藤の中から生まれた混沌としたものをゲーテは「デーモン」(魔性のもの)と称していた。「人間の中にはデーモンが棲んでいる」と、ゲーテは生涯にわたり語り続けたのです。まさにデーモンとは、ヘーゲル流に表現すれば、民族の精神と本能から出てくるわがままである個人の自我とが、葛藤している状態と言い換えることができます。そしてこのデーモンこそが個性の中枢をなすものなのです。デーモンがなければ、秀れた個性も育ちません。

ペルソナの尊厳

日本の禅で尊重される公案集『碧巌録』の中に「銀椀裏《ぎんわんり》に雪を盛る」という言葉があります。銀のお椀の裏に雪を盛る。要するに、これはそれぞれが持つ個別の価値観が、その相対性の中にあることを表わした言葉なのです。つまり、それらの個別の価値が溶け合って、痕跡もないほどに消滅し一体となったときに、もっとも価値がある「何ものか」が生まれてくることを表わしています。

人間の精神に適用すれば、それこそが個性と言えます。つまり、「銀椀裏に雪を盛る」状態が個性を生むのです。この言葉が一般化すると「清濁併せ呑む」という言葉に繋がる。だから個性とは、美しいものであり、また汚いものでもあるのです。両方がなければならない。そうでなければ強い個性は生まれ育たないのです。個性は頭で考えた綺麗事ではないのです。それは、伝統と自己との葛藤からしか生まれないのです。

つまり個性とは、いつでも動的な状態にあるのです。しかしながら、ここでも個性という言葉の

「個」という字に日本人は引っかかってしまって、本来は普遍性に根差したものであることが見えづらくなっているのです。だからもう一歩、個性を生み出したヨーロッパの思想と歴史に、踏み込まなければなりません。

古代インドのバラモン思想から発展してきた禅の真髄を除けば、個性とはそのすべてが西洋文明からきた思想です。だから、この言葉を振り回すなら、それを生み出した西洋の歴史を勉強しなくてはならないのです。キリスト教や西洋の歴史を勉強したくないのなら、西洋の思想は振り回してはいけません。

個性を正しく理解したいと思うなら、「ペルソナ」(Persona) という考え方について理解する必要があるのです。なぜならば、それが個性の基となっている「西欧個人主義」の淵源となっているものだからです。この思想は、中世のキリスト教信仰とその哲学から生まれました。俗に言うスコラ哲学です。聖トマス・アクィナスやドゥンス・スコトゥスといった有名な中世のスコラ哲学者たちは、個性を生み出す元となった考え方をラテン語で「ペルソナ」と言ったのです。

ペルソナは、日本においては一般的に「仮面」のことを意味しています。しかし、それはペルソナのごく一部の側面なのです。聖トマス・アクィナスは『神学大全』の中で、ペルソナは顔であり役割であり仮面であると言っています。そして、それらの自存した関係性の中に存在するものであると述べているのです。つまり、ひとりの人間の一人格の中に存する諸種の面は、それぞれに単独のものとして孤独の中に存在し、それらが時と場合によって出会い交わりつつ、ひとつの人格として現われてくる、ということです。

聖トマスは、ペルソナを持つ者のみが「尊厳のある者」だと言っています。またもっとも重要なことは、ペルソナがキリスト教から出てきた言葉で、その「三位一体説」を理論づけるための言葉だということです。つまり、キリスト教では神がいて、その神が役割に応じて子なる神と聖霊なる神に分かれていると考えます。それゆえ厳しい神が、ある時は哀れみの顔を持ち、またある時は恩恵をほどこしてくれる場合もある。そのような考えから生まれてきた言葉がペルソナなのです。つまり、人格の多重性の公認です。

これは中世のカトリシズム、つまり宗教的な必要性から生まれた考え方です。しかし、その考え方のおかげで、西洋では重層的な人格を築き上げることが可能となったのです。そこから、人間にとって多重的で多面的な人格は尊く、そして貴重なのだという思想が生まれたのです。

そしてヘーゲル以降、近代的な個人を形成するための基礎に据えるために援用した考え方がこの「ペルソナ」という思想なのです。つまり、人間存在には顔、役割、仮面が必要だということです。素顔だけで仮面がない人はただの馬鹿です。人間は、役割に応じて必ず仮面をかぶって生きなくてはならない。苦しみつつも、自己の中でいつでも新しい自己と出会い、またペルソナを持つ真の他者との出会いが人間の「個性」を創り上げるのです。これはある意味では、「真の大人」の思想とも言えます。

そして、ペルソナに与えられた「尊厳を持つ者」という意味が、「西欧個人主義」と呼ばれる「近代的個性」に発展していきます。尊厳を持つものは自存し、そのゆえに他のペルソナを持つ真の他者と出会うことができるのです。

ペルソナによる出会いは、道元の『正法眼蔵』に書かれている「出会い」とまったく同じです。禅者道元は、それをキリスト教思想のない場所で単独に悟った、世界でも例外的な人物だと私は思っています。道元の『正法眼蔵』(有時)にある「我、人に逢うなり。人、人に逢うなり。我、我に逢うなり」は、私の人生を貫く根本思想です。それは、孤独な自己を生ききることによって、初めて人間は自己と他者に真に出会うことができることを表わしています。つまり、紛う方なき「個性」を表わす言葉です。日本の歴史は実に屹立《きつりつ》しています。ただ、この宗教思想を「哲学化」することは日本ではできなかった。それは日本人の怠惰のなせるわざだと私は思っています。

能の現わす情念

「個性」を導き出す哲学は、確かに難解です。しかし、それを知らなければ正しい理解はできないのです。ただ、一般的に言って個性は常識の中から生まれます。それはその通りなのです。では、常識とは何でしょうか。それを正しく摑むために、我々は歴史とその思想を知らなければならないのです。常識とは、歴史の中で徐々に確立されていった倫理なのです。

常識つまり英国人の言う「コモンセンス」(common sense)とは、歴史に他なりません。英国では法律もそうなっています。成文法(statute law)ではなく慣習法(common law)です。昔の人がどう判断したか、その積み重ねが法律なのです。つまり、歴史そのものです。明治に「コモンセンス」を哲学者であった井上哲次郎が「常識」と訳したとされている。ただ、そこに歴史意識があったかどうかははっきりしません。そして現代では「常識」という言葉に歴史性を感じる日本人はあまりいないと思います。

本来、常識とは歴史であり民族の精神です。私流に言えば神話です。歴史の原点は神話なのです。

だから、個性は神話に根差した民族の歴史と、自我との葛藤の中から生まれるものなのです。日本やギリシャ、そしてゲルマンの神話は、個性を生み出す運命的な物語の宝庫です。その中にはすでに、「ペルソナ」の源流がいくつも見出せます。ただ、それらはキリスト教の中世哲学をまたなければ、「哲学化」されなかったというだけのことです。

ペルソナとは、文明が創り出した人間のあり方という言い方もできます。あの有名な米国大統領リンカーンは、それを一言で表わしています。「人は四十歳を越えたなら、自分の顔に責任を持たなければならない」(Every man over forty is responsible for his face.) というものが伝えられています。まさに、それがペルソナの現代的定義なのです。その顔そのものがペルソナなのです。つまり、努力の結果、創り上げられたものです。

それは、生まれたままの肉体の顔ではありません。だから顔は個性そのものを表わしていると言われているのです。個性を生むためには、責任が必要と考えていただければわかりやすいと思います。責任が、ペルソナを持つ真の大人を築き上げていくのです。リンカーンも熱烈なキリスト教徒だけあって、やはりヨーロッパの人間存在と個性の捉え方の伝統を引きついでいるのです。

ペルソナは、日本の文化では能の思想によく表わされています。能楽師は能面をつけることによって個性が輝き出すことはよく知られています。個性を生かすために、面をつけるのだとはっきり言っています。

「能面をつけたら個性が消えるじゃないか」と言う人間には「個性」は理解できません。能とは、面をつけることによって、日常では垣間見ることもできぬような、深い人間の心の情念を表現しているのです。

つまり、ペルソナです。そこに真実の人間の個性があるから、そうしているのです。面をつけることによって「非日常」であるデーモンの本体が出現してくるのです。能楽師の個性は、能面をつけたときに初めて現われる。そう考えると、ペルソナを理解しやすくなります。

能面は、日本民族の情念のすべてがそこに集約されています。その民族の情念と、演者の自我との葛藤から生ずる芸術が能にほかなりません。能面は普遍性を表わし、それが現実の人間の肉体と葛藤するのです。それゆえ能面をつけることによって個性が出現するのです。そこにペルソナを持つ人格が出現するのだと言えます。まさに能面はペルソナの一面である「仮面」そのものといってもよいでしょう。

かたちを守る

能面といえば、思い出すことがあります。それは「能面は生きている。そもそも能面は、笑うでも泣くでもない中間表情をしています。仰向けて照らせば微笑み、俯けて曇らせれば寂しげな表情となる。理屈としては解かるが、名人がつけた能面はそんな理屈を超えて千変万化し、人間が持つあらゆる感情を表現する」と二〇〇〇年十月号の月刊誌「正論」に書かれていた記事です。宝生流の能面師、橋岡一路氏の紹介文でした。この記事は、産経新聞社が出している「正論」の記者をされていた桑原聡《さとし》氏が書かれたもので、じつに奥行きがあり味わい深いものでした。後日、編集長となられた桑原氏と知り合いとなり、この話になったとき、橋岡氏の言葉にはつづきがあると聞きました。それは「能は型を守ることが一番大切です。創作をしたがる人は大勢いますが、私は考えたこともありません」というものだったそうです。私はこの話に大変興味を惹かれ記憶しているのです。つまり、能面にあらゆる感情を込めるには、型を守る以外に道はないということです。そこに伝統と自我との激しい葛藤が起こるのではないでしょうか。

橋岡氏は実に「個性」豊かな人物に違いないと思います。また面白いことに、桑原氏以外にも、もともとの私の芸術上の知人が橋岡氏の直弟子なのです。そのようなわけで私は橋岡氏を前々から間接的に存じ上げているのです。だから、その芸術家としての人となりを、陰ながら尊敬してきました。その能面は静かなたたずまいの中に、奔流のようにほとばしる熱情の息吹が押し込められ、それが厳しく隠されている名品です。多分、その熱さが歴史の重みなのではないでしょうか。

橋岡氏の言葉は、私が語っている「個性」そのものです。つまり橋岡氏もペルソナを持っている。そして、その創る能面は、演者のペルソナを引き出すことができるのです。だから橋岡氏の能面を舞台で真に活かせれば、その能楽師も個性の豊かな人間となるのです。せっかくの名品をつけたとしても、能楽師が自我を消し去ることなく、型を守らなければ、そこに個性は生まれてきません。

世阿弥がはっきり言っているのは、能面をつけることによって、より個性が滲み出てこなければならないということです。世阿弥は「個性」という言葉は使っていませんが、要は個性のことなのです。そういう考え方が、「ペルソナ」の思想なのです。自我の中には個性はありません。人間が何かの役割を担おうと決心し、伝統や歴史を背負うことによって個性が出現してくるのです。

以前、『友よ』の中で、中村錦之助（後の萬屋錦之介）の舞う「敦盛」に感激したときのことを書いたことがあります。あの感動はまさに、舞の中に強く個性を感じたからに他なりません。あれは映画『徳川家康』の中で中村錦之助が織田信長に扮して舞った幸若舞「敦盛」でした。まさに深い個性をそこに感じた思い出があるのです。

世阿弥の『風姿花伝』に「秘すれば花なり。秘せずば花なるべからず」という言葉があります。この「花」こそが個性なのです。世阿弥は、その祖母が私の尊敬してやまぬ楠木正成の妹に当たります。つまり正成の子孫であり武士の出身でした。そして禅を好み、伝統的な猿楽の中に禅を持ち込んだのです。だから、この言葉は禅に裏打ちされた武士道から出てきた言葉だと私は考えます。日本人はキリスト教という一神教がないにもかかわらず、「ペルソナ」と同じものを創り出したのです。

これは、「武士道とキリスト教は同じもの」と言っていた明治のキリスト者、内村鑑三の思想の正しさを裏づける証左となるかもしれません。そして能を確立した世阿弥が、南朝の忠臣の家系だったという事実も興味深い。能のもつ深み、つまりその暗さや情念の淵源は、忠義とその敗北からくる悲哀に由来しているものが多いのではないでしょうか。世阿弥の出身を考えたとき、私は日本人の精神に根差す、深く激しい熱情を考えずにはいられないのです。

ピカソと戸嶋

「ペルソナ」の思想を最も深く表現した現代の芸術家は、スペインの画家パブロ・ピカソだと私は思っています。個性について考えるとき、ピカソの生き方とその芸術に照らし合わせると非常に理解しやすいものがあります。十代で古典的な技法を完璧に会得したピカソは、そこに留まることなく、矢継ぎ早やに次々と変化していきました。それは、ピカソが歴史と対峙して格闘してきた軌跡であり、その変化こそがピカソの個性を築き上げているのです。

ピカソの作品は、キリスト教の精神と、ギリシャ・ローマの知性、そしてその巨大な生命力からくる魔性を中心とする本能的自我がせめぎあっています。彼は特別に魔性が強い人だと思います。そして、その内実である名声欲や性欲を崇高な芸術を支える力へと変化させているのです。ピカソの中では、魔性と人類愛が坩堝《るつぼ》の中で溶け合い、めらめらとしたデーモンの魅力を放っています。それがピカソの貪欲な個性を輝かせているのです。

強烈な魔性を持った自己が、歴史と猛烈な葛藤をしている。その葛藤があの絵画の変化と変容を生んでいったのです。ピカソは古典的で端正な画風から出発しましたが、それを容赦なく壊していった。その破壊のエネルギーは並大抵ではありません。ピカソは、この破壊のエネルギーを創造のエネルギーに転換できた希なる芸術家なのです。

ピカソの研究家として名高い、ローランド・ペンローズは『ピカソ――その生涯と作品』の中で、ピカソの言葉として「私の芸術は、破壊の歴史である」(My works are a summary of destruction.)というものを引用していました。私はこの思想をピカソの本質として、深く記憶に刻んだのです。抽象画は具象を壊した「後」に生まれます。つまり、踏み台があって、それから後に次の作品ができるのです。しかしピカソの場合、壊したものがそのまま新しい創造につながっている。普通は、そこに立て直しの段階があるのです。

私の見方では、ピカソの抽象画は抽象を超えた「抽象の具象」になっているように思います。抽象の具象とは、抽象であるが、心の中だけでそれができるのではなく、画家の眼でその対象を確実に「見て」描かれている絵画を私はそう呼んでいるのです。それがピカソの「個性」です。そして、「抽象の具象」を支えている感性は光線の揺らぎを捉えるその捉え方にあります。その揺らぎの捉え方に個性の輝きを見出す人物は、真の苦悩を耐え抜いた者しかいません。

ピカソのような偉大な画家の個性に触れたなら、私はすぐに思い出すことがあるのです。それは光線の揺らぎの捉え方において、まさにピカソに比肩し得る力量を持っていた画家と親しく接していた思い出です。それも日本の画家で、そのような輝かしい個性を持った画家が、つい数年前まで現存していたのです。戸嶋靖昌《としまやすまさ》です。

その絵画の持つ印象は、ピカソとは当然に違うのですが、この「抽象の具象」という芸術を生み出し続け、七十二歳で病を得て凄絶な最期を遂げたのです。戸嶋は光線の揺らぎを自家薬籠中のものとして、「抽象の具象」とその対をなす「具象の抽象」という作品を多く手がけました。この具象の抽象とは、まさに対象の中に、そのまま抽象画のもつ多面的な屈曲エネルギーを描き込むというものです。

まさに強烈な個性そのものの人物でした。この描き方は、知性と本能が命がけのせめぎ合いをすることによって、激しく入り乱れなければできないことだと思います。つまり、フランスの詩人ポール・ヴァレリーが自らの「痛み」をデカルト的正確さで客観視して言った「苦痛の幾何学」（Cette géométrie de ma souffrance.）と同じ概念を体得していなければできないのです。あらゆる「面」を同時に表出する光線の屈曲を、揺らぎとして把握する力は、激しい苦痛を通してしか会得することはできないものだと私は思います。

そして戸嶋は、ピカソの如くに、自己の中のデーモンによって光線の揺らぎを独自に捉えていたのです。形象のあらゆる「面」を、自己の精神の中で溶融し、それをキャンバスにたたきつけているのです。その捉え方は伝統を重んじ、それを突き破って前衛に至り、その前衛が再び自己独自の伝統に回帰している。戸嶋靖昌が、その死に至る最期の三年間、私は画伯のかたわらにいて、その制作の苦悩を見続け、共に涙を滴らせたのです。

この時、私は個性とは何かを、煮え滾る血潮と共に自己の確信としたのではないかと思っています。すごい個性でした。まさに聖性を持つ人であり、また同時に魔性の人であった。つまり、「ペルソナ」を持っていたのです。真の個性とは、まったくこのように実に恐ろしいものかと心胆を冷やしたことが度々ありました。その死に至るときまで、戸嶋靖昌は芸術と格闘していたのです。

私は画伯を偲ぶとき、いつも真の個性について、そのペルソナと共に考えさせられるのです。その作品を見るたびに、個性が生み出す血の奔流を感じずにはいられません。そして、ただ思い浮かべるのは英国の文豪サマセット・モームの文学『月と六ペンス』のチャールズ・ストリクランドの壮烈な生き方と、凄絶な死に様のみしかありません。

相克が生む気高さ

ピカソと戸嶋は、その聖性と魔性の葛藤が、独自の芸術を生み出しました。その聖性と魔性が創りだす「個性」を考えるとき、私は必ず中世キリスト教の聖人である聖フランシスコを連想するのです。聖フランシスコには聖人になるまでに、自己に内在する聖性と激烈な魔性との葛藤がありました。純心で無垢な信仰と、性欲そして名声欲の葛藤です。だから、ピカソはキリスト教文明が生み出した現代の聖フランシスコであり、戸嶋靖昌は縄文から続く原初の日本文明が生み出した現代のそれであるというのが私の見解です。

余談になりますが、ピカソと戸嶋の絵画を見ていて私は強く感ずることがあるのです。それは自分の生命力の極みを消尽して、へとへとになったときの「ものの見え方」と彼らが捉えた光線は同質ではないかということです。つまり、死を見たときの「光」です。これは経験した者でなければわからないと思いますが、生命力を消尽しつくすと光線は揺らぎ曲がるのです。

そして、先ほど言ったヴァレリーの「苦痛の幾何学」が眼前に出現してくる。表と裏、面と面が交叉し、それは新しい生命を持った対象を生み出してくるのです。物は揺らぎを生じ、彼らが見た通りになる。それは重力の作用かもしれません。つまり、生命と拮抗する重力が、真の芸術を生み出しているのではないかと私は思っているのです。

ここで、歴史的事実として押さえておきたいのは、強い個性は、性欲や名声欲などの強い魔性を中心とした強烈な生命力を持った人間が、歴史と猛烈に葛藤することによって生まれていることです。西洋ではピカソや聖フランシスコ、日本では道元や親鸞、そして私がそれを目撃した戸嶋の個性がそうでした。私がピカソと戸嶋に感ずるものは、若き日のある思い出から導き出されているのです。

私は若き日に、哲学者の森有正氏とジョルジュ・ルオーの絵画について議論したことがありました。ルオーの作品は宗教性の強い絵画とされていますが、森氏と私は、神を失った現代人が到達し得る新しい「ペルソナ」なのではないかということで意見の一致をみていたのです。それについて氏は、パスカルの言葉を引用して、「〈自己の自己に対する同意（Consentement de soi à soi.）〉が、完璧な形でその魂の中で行なわれている画がルオーと言えるのではないか」と言っていました。その言葉に私も強く共感し感動したので、四十年後の今日まで覚えているのです。

この自己の自己に対する同意の強さ、つまり絵画に対する芸術的な自己確信が、苦悩と共に宗教性にまで高められたとき、その人物の中に強烈な「ペルソナ」が生まれ、その透徹した眼が光線の歪曲と揺らぎを摑み取るのではないか。それをヴァレリーは、自己の肉体との相互性にもとづいて、「苦痛の幾何学」と呼んだのではないかと思うのです。そして、それは気高い宗教性を湛えている。私はルオーで体験したことを、ピカソの中にも見出し、また戸嶋の中にも感ずるのです。

教育と個性の背反

個性ある芸術家の生涯を見れば、教育によって個性を創ることはできないことがわかります。教育でできることは、我《が》を抑える方法論の究明と知識を詰め込むことだけなのです。それが教育の根本です。教育は、子供が間違ったときに叩くことが基本なのです。だから昔の先生は鞭を持っていました。西洋も同じです。教育とは子供が間違いを犯したときには叩くこと、それ以上でもそれ以下でもありません。そして、間違いか間違いでないかの境目を決めるのが親であり教師なのです。だから、親や教師にめぐまれない人は気の毒としか言いようがありません。知識については、高貴で崇高な事柄を詰め込むことがもっとも重要です。それ以上のことは教育ではできません。人格は、それを基にして、後に本人が創り上げるものなのです。要するに教育は、知識を教え、善悪のけじめを体得させることだけです。

時には体罰もありますが、これも仕方がないことです。また、体に打ち込まなければならないものも多くあるのです。その場合、体罰はむしろ必要となります。教育で人格を陶冶するとか創造性を育む、または個性を創るなど、そんな馬鹿なことを言い出してから教育が崩壊したのです。

教師も、似非民主主義の理想によって自惚れていたのだと思います。子供の人間性を変える力が自分にあると思っていた嫌いがある。子供の人間性を変える力は、外力としての他人にはありません。ただ、親や教師は先人として、子供が間違った場合、教えまた叩くことはできる。そして自分の生き方を通じて感化を与えることもできる。孔子・孟子の時代から教育とはそういうものでした。やりたいことや人格は本人の中からしか生まれてきません。だから、「あれをやれ、これをやれ」と他人が言っても無理なのです。いまの教育論は傲慢以外の何ものでもありません。

教育で、「個性」を育むなどとは傲慢の極みです。教育にできるのは、やってはならないことを教え、文化をたたき込み、知識を詰め込むことだけです。それをどう捉え、どう活用するのかは本人にまかせるしかありません。誰にも強要はできないのです。そして、すべては本人の責任なのです。どうなろうと、他人は見守ることしかできない。個人はすべて直接に「永遠なるもの」「無限なるもの」と繋がっているのです。だからこそ人間は尊い。人間はペットや家畜ではないのです。

戦後の日本の教育は、無理なことを追求し続けてきたということです。だから屋台骨から腐ってしまった。そもそも教育で創造性や個性が育めたら、いくらでも天才や大人物を創れることになってしまう。教育でできることは、法治国家の国民として、最低限の道徳と、生きるための知識を身につけさせるのが限度なのです。つまり、教育の限界を知ることが大切です。

繰り返しますが、一人の人間に対して他人ができるのは躾をたたき込み知識を詰め込むことだけです。にもかかわらず、教師は創造教育だ、個性教育だと言って本来の仕事をしなくなった。戦前の教師は鞭を持って大変な思いをして生徒にものを覚えさせました。戦後の教師は私に言わせたら何もやってないに等しい。最初からできないことに挑戦しているのですからそうなるのです。

個性に話を戻すと、他人が云々できないから個性なのです。他人の力によって与えられるものなら個性とは言えません。個性とは民族の精神と自我との葛藤によって初めて生まれるものなのです。それは苦しみに満ちた体験です。現代日本では、個性とは素晴らしいものだと多くの人が思っているようですが、実は素晴らしいとは限りません。この葛藤の中から殺人犯が生まれることもあり、その一方で聖人が生まれることもある。何もかもすべて自己責任なのです。

このように考えると現代の問題は、自我が対峙すべき民族の精神、つまり日本の歴史や文化を知らないということが浮き上がってきます。対象を知らなければ対峙しようがなく、葛藤のしようもない。さらに知ったとしても、葛藤の苦しみを引き受けることができるのか、それも疑問です。正しさだけと優しさ重視では、真の葛藤はできません。なぜなら、葛藤は「苦痛の幾何学」だからです。

こう考えてくると、確かに安易な希望は持てません。しかし、日本は万世一系という他の国にはない価値を命懸けで守ってきた国です。神代からつながっている皇室を、その民族の鑑《かがみ》として戴く国は他にはありません。日本だけが守り通してきました。だからこそ、この皇室を戴く日本独自の伝統こそが、日本人の「個性」を生み出す中核となるものと言えるのではないでしょうか。つまり、垂直の歴史と自己との葛藤です。

我々は、国家として「個性的」な国に生きていることをまず自覚しなければなりません。皇室の伝統を見た場合、日本は間違いなく、他に類例を見ない個性の国なのです。そこに生まれたということは、我々も、世界的な個性を育むことが必ずできるのです。日本の伝統を、我々が「個性」とすることができるのか、「特異なる重荷」としてしまうのかは、実に我々次第なのです。

生命は、未知なるものに挑戦する

運命を生きる

宿命をすべて受け入れよ

人生とは、自己固有の運命を生き切ることに他なりません。

運命は、自分が自分自身と出会うことによって発現するのです。自己の認識を持たぬ者に、自己固有の運命は発動しないと知らなければなりません。運命は、この世にただ一つしかない自己固有のものですから、他との比較を絶するものなのです。運命を引き寄せるには勇気がいる。その勇気は、自己の宿命を受け入れることによって生まれます。だから、自己固有の運命を本当に生きたければ、まず宿命を受け入れなければなりません。初めに宿命を明らめ、その上で、運命を語りたいと思っているのです。

簡単に言えば、「宿命」というのは今の自分よりも過去に存在し、固定して動かせないものを言うのです。個人で言えば、生まれた時代とそれまでの歴史のすべて、国、家、性別など何から何までが宿命です。さらに、いまこの瞬間までの、すでに過ぎ去って動かせぬその人の人生も自己固有の宿命になるのです。

また、「運命」とは「運ばれる命」あるいは「命が運動する」と書きます。「命」とは「宿命」の「命」のことです。そして「運」は、ある生命が持つ、独自の動かすことができる事柄を言います。この二つが合体し、「運命」が生まれる。つまり動かざる「命」を軸にして、その周りを「運」が回転する。その生命の運動を「運命」と理解すればいいと思います。

宇宙では、動かざるものが中心となり、その周囲を動くものが回ることに決まっています。これは、大宇宙から極小の物質に至るまでを貫く法則です。また、それらを貫徹するエネルギーの法則とも言えましょう。つまり、相似象《そうじしょう》という宇宙現象です。それが宇宙の一環としての生命を持つ我々の場合、自分自身の中では宿命と運命の関係となります。そして、宇宙と自分との関係では、自己固有の屹立《きつりつ》した自己の生命が、宇宙や環境から独立していなければならないのです。

言葉を換えて言えば、運命とは、その人自身が自覚して、自己の人生に挑戦する姿勢をもって、初めて姿を現わすものと言えるでしょう。だから、まず軸が定まらなければ生命は動くこともなければ躍動することもありません。つまり、その人独自の運命が生まれてこないのです。

その、軸を定める行為が、宿命と向き合い、それを受け入れるということなのです。結論を言えば、自分の宿命と向き合い、すべてを受け入れればそれでいいのです。宿命には良いものも悪いものもありますが、それらをすべて受け入れるのです。そのうえで現在を懸命に生きる。実存哲学で言う

「Hic et nunc《ヒック・エト・ヌンク》」つまり、「いま、ここで」（日本語的に、逆からの訳になっている）ということです。そうすれば運命は回り始めます。そして自己固有の運命と対峙することで、さらなる運命を切り拓《ひら》く自分独自の「魂」が醸成されていくのです。つまり、宿命の中にはすでに、自分独自の魂を創り上げるための萌芽がすべて入っているのです。

自分独自の魂を育まなければ、運命は回転を始めません。魂について、フランスの哲学者アランは「魂とは、肉体を拒絶する何ものかである」（L'âme c'est ce qui refuse le corps.）と言っています。つまり、本能的欲望を制御したいという何ものか、それが魂であるとアランは言っているのです。逃げ出したいときに、逃げることを拒絶する何ものか。自分が自分の命よりも大切だと思えるような何ものか。そのようなものでしょう。

私自身は「魂とは、自己の肉体の外部にある人類の文化と、自身の心が融合したもの」と理解しています。それも、崇高な文化がいい。「崇高なるもの」と自身の心が融合しなければ、私は魂とは呼びたくないのです。その文化を自己が取り入れ同化すれば、それが自己を規制し、それと自我との戦いが魂を育む。そして、その魂が運命を生み出していくのです。

さて宿命に戻れば、人間は誰でも、他人には知られたくない過去や受け入れ難い事柄のいくつかはあるものです。これをすべて受け入れるのは、辛いことに決まっています。しかし、それらの自己固有の宿命を嫌えば、その嫌った宿命に、逆に自分自身が囚われて身動きが取れなくなってしまうのです。すべてを受け入れれば、宿命の中に己れを活かすべきものが見えてくるのです。

宿命が動かざる軸になれば、運が回転を始める。そうすれば、自己固有の運命が躍動を開始するのです。運命を生きるとはそういうことです。人間がその努力によってできるのはそれだけです。ところが、現代の人間は運命の先にある未来までも自分で制御できると勘違いしています。未来のことは誰にもわかりません。

未来は、信仰の問題であって、人間が自らの「力」で考えるべきものではないのです。わかりもしない未来を考えていること以上の遊びはありません。いまの日本人は自分の未来のことばかり気にしています。また百歩譲っても、国家や世界の将来のことばかり心配している。そのことによって、いま使うべきエネルギーを浪費しています。いま使うべきエネルギーとは、確定した過去を学ぶことと、今日の人生に真正面からぶつかることです。

率直に言うと、いまの日本人は自己固有の運命を生きていない。運命を生きなければ魂に成長と変容はありません。運命を生きない人間はただの動物です。戦後の平等思想と社会保障の発想が、運命を生きない人間を生み出してきたと言えるでしょう。自己固有の運命は、誰とも違っているのが当然なのです。だから、平等などはあり得ない。また平等でなく、自己固有であるからこそ、我々の生命には価値があるのです。

また運命と呼ばれるものに「保障」などあるはずがありません。我々は動物園の動物ではないのです。自己の魂にもとづき好きな人生を生きる。つまり、我々はロジェ・カイヨワが言うような「聖性」をもつと同時に、クロード・レヴィ＝ストロースが指摘した「野性」をもっている「存在」なのです。

もちろん、運命を生きても幸福な未来があると決まってはいません。運命を生きることで野垂れ死にするかもしれない。しかし、それは仕方がない。それを許容しなければならないのです。むしろ、それが人生の面白みであり、また醍醐味と言えましょう。大切なことは、自己固有の運命を懸命に生きること、人間の価値はそこにこそあるのです。そうしなければ、一生にわたって、他人や流行に操られて漂うだけの人生になる。そして他者の運命を羨《うらや》むだけの結果になるのです。

これは厳しい考えかもしれません。しかし、これが固有の運命をもった人間の、真実の人生の姿なのです。戦後の日本人は、平和主義や消費文明推進の考え方によって、安全第一と設計主義に侵されています。つまり、運命とは無縁の人生を送ろうとしているのです。それもよいのではないか、という意見もありますが、文明的な人間としては失格です。そうなると動物と大差ありません。魂のない動物は、生きるために適した「環境」さえあればそれでいいかもしれません。人間以外の動物は、種として、みんな一緒であればいいのです。そして環境の中を生きるだけです。

しかし、人間は違う。人間は、たとえそれが、どういうものであれ、自己固有の人生、つまりその運命を生きなければ人生の意味がないのです。生きがいがない。いかなるものにでも頼る心があれば、真の人間としての人生を生きることはできません。

許容と反発

私は昔、多くの偉大な人々が、自己の運命に反発をして生きている事実の意味を計りかねていたことがありました。その頃は、歴史的な人々の本当の価値がわかっていなかったように思います。その価値が、腑に落ちた時期があるのです。その時期とは、運命に対する反発が、実はその運命を受け入れることによって生ずるのだということが、自分なりに納得できたときなのです。多くの人が誤解していますが、運命に対する反発はそれを受け入れているから起こるのです。

宿命を受け入れ、自己固有の運命を抱きしめなければ、反発は起きません。現代の多くの人々は、宿命を受け入れ、運命を抱きしめるどころか直視しようともしない。それでは反発も起きません。だから、反発の大きい者ほど、自己固有の運命を生きようとしているとも言えるのです。現代人は苦しみや反発を遺棄している。この問題が、現代人の無気力の問題と通じているのではないかと私は考えています。

日本の「家」制度に対する許容と反発の弁証法が、あの偉大な森鷗外の人生を創り上げたことは、あまりにも有名です。鷗外は宿命を受け入れ、自己の運命を抱きしめることによって、自己固有の人生を創り上げたのです。「家」の重圧が強かった時代、人々はそこからの自由を得ようとして戦いました。その結果が、日本の近代を創り上げる原動力になったと言っても過言ではないでしょう。

ドイツの哲学者フリードリッヒ・ニーチェは「神は死んだ」(Gott ist tot.)と言いました。その言葉も実は、自己固有の宿命を受け入れたために出たものなのです。苦しみの中から、その結論を得て、ニーチェの運命が回転を始めたのです。ニーチェはルター派の牧師の家系に生まれ、強い信仰心を持っていました。その人間が「神は死んだ」と言うには、反発と同時に猛烈な苦しみがあったはずです。ここが日本人にはわかりづらい。日本人には一神教の強烈な神など最初からないのですから、「殺す」必要はありません。ニーチェは、神を涙と共に殺した。それは神を信じていたからこそなのです。ニーチェのあの狂気に至る苦しみを、我々は理解しなければなりません。

ニーチェと鷗外は一例ですが、このような苦しみを生きた人間が歴史に名を刻み、そして芸術を生み出してきたのです。つまり、偉大な人物たちや、歴史的な芸術家というのは、宿命を受け入れたうえで「冗談じゃない」という反発心を持って自己固有の運命を生きた人間だったと言えるでしょう。

フランスの文化大臣も務めた文学者であるアンドレ・マルローに「ラール・エタン・アンティ・デスタン」（L'art est un anti-destin.）という言葉があります。『沈黙の声』という本に出てくる言葉で「芸術とは、反運命である」と訳されています。そのものずばりです。芸術というものは反運命なのです。反運命そのものが、実は運命を生きるということなのです。

そして、我々が運命を生きることを恐れるのは、そのように生きた人々の人生の多くが敗北に終わったと思っているからです。しかし、その考え方が間違いなのです。自己固有の人生を生きない人の人生は、もともとがすべて失敗なのだということがわからなければなりません。もとのないものは、失敗すらできないのです。運命を生きれば真の生きがいを掴めることもあり、また掴めないこともあり得るということです。そして、たとえ掴めなくても、自己固有の人生を生きた人物が経験した人生は、失敗ではないのです。

もともと人生とは、未知の何ものかに挑戦する生命の躍動なのです。運命を生きた人物が敗北しても、その偉大さはいささかも減ずることはありません。芥川龍之介は自殺する前に「人生は一行のボオドレエルにも若《し》かない」という言葉を遺しました。実にロマンチックです。これは、ひとつのリアリズムが生み出す、真のロマンティシズムなのです。私の魂は、この言葉に震撼します。ボードレールの文学に涙を滴らせば、芥川の人生、その運命との戦いに血の底からの共感を抱かずにはいられません。つまり、たとえ負けたとしても、芥川の人生はロマンチックで魅惑的な価値をもって終わるという運命だったのです。

左翼系の政治家でもあった文学者の宮本顕治は、芥川の文学を『「敗北」の文学』として否定的に捉えましたが、私はまったく同意できません。ロマンに満ちた人生は、人間にとって、もっとも魅力ある人生ではないですか。生命が躍動しているのです。芥川の人生は、致死量のヴェロナールを呷ることによって終わりました。しかし、その人生と芸術は歴史に残ったのです。宮本顕治の見方は、唯物論に傾いています。物質主義を乗り越えなければ、人間の生命がもつ真の価値はわかりません。

また、中国戦国時代の詩人であり政治家だった屈原《くつげん》は、祖国である楚の将来に絶望し、石を抱いて「汨羅《べきら》の淵《ふち》」に身を沈めました。この故事は二・二六事件のときに「昭和維新の歌」として歌われています。「汨羅の淵に波騒ぎ　巫山《ふざん》の雲は乱れ飛ぶ　混濁の世に我れ立てば　義憤に燃えて血潮湧く……」と歌われた、あの涙の歌のことです。私にとって、これは青春の歌でした。国を憂えるとき、私は、いつでもこの歌と共に血を滾らせていたのです。この歌は屈原の挫折した生涯を歌っている。しかし屈原は、「汨羅の鬼」つまり憂国の士として歴史にその名を留めているのです。

自己固有の運命を生きれば、敗北しても歴史に残る偉大な生き方ができる可能性、つまり夢があるのです。私はひとえに「人生とは、ただ憧れに生きることである」と言いたいのです。私が他者《ひと》に言い得ることは、それ以外には何もありません。私にとっては、遠い憧れである武士道の思想が、まさに自己固有の運命を生み出し続けてくれています。

運命という言葉に強く惹きつけられたのは、ベートーヴェンの音楽によってです。交響曲第五番です。それは「運命はこのように扉を叩く」と言われた音で始まります。ベートーヴェンが運命を認識していたことを、私は強く感ずるのです。あのハ短調の響きは「運命」そのものです。そして、冒頭の「フェルマータ」に運命の深淵が刻みつけられているのです。

小学校五年の時から、大学卒業まで、ブルーノ・ワルター指揮のレコードで、本当にそれこそ毎日聴き続け、飽くことを知りませんでした。ワルターの指揮する「運命」の、その「フェルマータ」

は、私にとって神の呻《うめ》きであったのです。あの、永遠に向かって限りなく伸びていく、悠久の時間。時間でない時間。つまり、生きながらに死する、その深淵です。自己の生命の奥深くに、限りなく沈潜していく下降エネルギーがそれです。この世界を文章と成せる者は、多分、T・S・エリオットを措いて他にはいないでしょう。

ベートーヴェンの人生は、現代の日本人から見れば不幸に見えるかもしれません。しかし、間違いなく偉大な人生です。不幸を厭《いと》うような人間には、運命の女神はほほえみません。女神は勇気ある生き方に惚れるのです。楽聖が第九にまで到達したのは、宿命を受け入れ、運命と懸命に戦ったからです。この戦いの中に運命を生きる生き方があるのです。そして、ベートーヴェンは自己固有の運命を生きたのです。その涙の痕跡は、どちらかと言えば、交響曲よりも弦楽四重奏に深く刻まれています。交響曲は人生の節目における、楽聖の雄叫びと私は捉えています。

運命は人間のためにある

ベートーヴェンの第五に明らかに示されるように、運命は回り始めると止まりません。だから、運命が回り始めると人生は怖い。怖くなければ人生ではないとも言い換えられます。シェークスピアはその『リア王』の中で「運命の車輪は回転する」(The wheel is come full circle.) と書いていますが、まさにその通りです。運命は車輪として回転し出し、回り始めたら、もう誰も止められない。車輪は、西洋の中世において「運命」を表わす比喩に使われた概念のひとつです。それを、シェークスピアがここで使用しているのです。そして、運命は何と言っても、宇宙で唯一つの、自己固有のエネルギーなのです。どうなるかは、誰にもわからない。

だからこそ、運命を生かすには勇気を持つしかないのです。ドイツの詩人ヘルダーリンは「運命とは、いずこにも安らぎえぬことである」（Doch uns ist gegeben, Auf keiner stätte zu ruhen.）と言っています。ひとたび回転が始まったら、死ぬまで止まることはない。安らぐことはできないのです。自分でもどうなるかわからない。だから勇気のない人間は、種としての動物のように生きるしかなくなってしまうのです。その結果、個性を圧殺して群れたがる。そして、安心を得ようとします。

つまり、運命とは勇気を持った人間だけが享受できるもので、動物には運命はありません。繰り返しますが動物にあるものは環境だけなのです。そう言えば、「環境」という言葉が最近多く使われるようになりました。これは人間が動物化している証拠なのではないでしょうか。魂よりも環境が大事になっている。魂にとっては、環境などどうでもいい話です。魂は、永遠を志向しているのです。

人間は、その運命を生きることによって、環境を破壊してしまうこともあり得るのです。ゲーテの「プロメテウス」という詩の中で、ゼウスから火を盗んだプロメテウスが、ゼウスに向かって「わたしを男として鍛え上げたのは、全能の時間と永遠の運命ではないか」（Hat nicht mich zum Manne geschmiedet, Die allmächtige Zeit und das ewige Schicksal…?）という言葉を吐いています。そして、運命を生きたプロメテウスは破壊の神になってしまう。そういう破壊に向かうようなエネルギーが、運命というものの根源にあることは認識しておいたほうがいいでしょう。ですから、環境を破壊したくない、または何がなんでも平和に暮らしたいのなら、我々は運命を捨てて、つまり「人間」をやめて「環境に生きる動物」になるしかないということです。

しかし、そもそも運命論と環境論は一緒に論じられるものではないのです。もともと、運命論は人間論であり、環境論は生物論なのです。その混同が現代では行なわれていると私は思います。特に原子力問題で混同によるごまかしが多いと思います。ここでは詳しくは触れませんが、原子力というのは人間存在の運命にかかわる生命倫理問題であり、環境問題ではないのです。それを環境問題に格下げして、あたかも安全であるかのように装い、人々を錯覚させようとしています。

それにつけても運命というものは予測不能で、非常に怖いものですが、人間に生まれたからには最も魅力あるものと言えるでしょう。そして、人間には破滅を選択する自由もある。だから、覚悟がいるのです。歴史上に見る宗教、文学、哲学、芸術の最大の問題とは何かを調べてみるといいでしょう。それは運命です。

露刃剣を抜かなければならない

禅においても、それは言えるのです。禅の言葉で、私の好きな「露刃剣《ろじんけん》」という言葉も運命に向かう代表的な思想です。そう露刃剣です。『無門関』という禅の公案集の最初に、「無とは何か」という問いに始まる公案が載っています。

その答えの一つとして、「無を理解したければ、露刃剣を抜かなければならない」という五祖禅師の逸話があるのです。そこでは、中国の趙州《じょうしゅう》という禅の大家の話を持ち出し「趙州露刃剣　寒霜光焰然　纔擬是如何　分身成両断」（趙州の露刃剣　寒霜《かんそう》、光焰然《ひかりえんねん》　わずかに是《こ》れ如何《いかん》と擬《ぎ》すれば　身を分って両断と成す）という言葉で「無」を語っています。また、この言葉と同じ意味のものが、湊《みなと》川の合戦に赴く直前に楠木正成が明極楚俊《みんきそしゅん》禅師と交わした、あの有名な「両頭《りょうとう》ともに截断《せつだん》せば、一剣《いっけん》天に倚《よ》って寒《すさま》じ」という言葉でもあるのです。

この二つの禅語は、私の人生の「憧れ」そのものです。どちらも、勇気を振り絞って突進しなければ、道は拓かないことを表わしています。そうしなければ、我が生命は無意味となり、そして生命の実存もなくなるということなのです。我々は、自らの生命を生かすために、死に向かって突進しなければなりません。何があろうと、そうしなければならないのです。悲しみは、捨て去らねばなりません。

自己の体内に「露刃剣」を有することが、運命を生きる人間には絶対に必要なことなのです。それを育てなければなりません。もちろん露刃剣とは、自分にしかわからない、自己の命を賭した絶対的な覚悟とでも言えるものです。自己の弱さを両断する、自分だけの剣です。欲望を切り捨て、悲哀を振り切る剣です。自分の身のうちに露刃剣を持っていない人間には、自己固有の運命は生きられない。

明治の世に、乃木将軍が師事したことでも知られる怪僧に、南天棒という禅師がいました。松島の瑞巌寺でも禅師をしていたことがありました。その時のことです。丁度、乃木将軍が仙台の師団長をしていたときに当たっています。そのとき、南天棒は「乃木さん、あなたは一生かかってでも、この露刃剣の意味を考えるべきである」と将軍に言ったのです。そして、将軍はこれを考え続け、日露戦争で旅順に行く前に「こういうことではないか」と南天棒に問うたのです。

南天棒というのは、誰が何を言っても南天の棒で引っぱたくため、この名前があるのですが、乃木将軍は初めて引っぱたかれず印可状をもらった。将軍はその印可状を携えて旅順に向かったのです。そして、あの不退転の決意が生まれた。だからこそ、その後の激戦によって二児を失ったが微動だもしなかったのです。誰にも真似のできないことです。自己の運命を知る人にしかできないことなのです。

「露刃剣」の解《かい》が立つと、我が行く道に立ちはだかるものがあれば「仏に逢《あ》えば仏を殺し、祖《おや》に逢えば祖を殺す」人間になると五祖禅師は言っています。現代人は字義通りに捉え、「とんでもない」と感じるかもしれませんが、要は絶対に変わらない覚悟を持った人間になると言っているのです。つまり、不退転の決意がこの世に現成《げんじょう》するということです。

乃木将軍は苦しみ抜いて「露刃剣」の解を自分なりに摑み、南天棒から認められた状態で旅順に赴いたのです。旅順のあのような戦いは普通の人間にできるものではありません。それを戦えたのは、自分の運命に対して不退転の決意で立ち向かう覚悟が将軍の中に芽生えていたからです。これが、歴史を支える生命の真実なのです。

乃木将軍の赤い涙は、露となって滴り、刃のもとに砕け散ったに違いありません。自分の悲しみを切断する、魂の神剣を将軍はその身の内に持っていたのです。まさに、神に限りなく近い人間になっていた。旅順における、乃木将軍の姿が「不退転の決意」そのものを現わしているのです。それがわかれば、この「不退転の決意」という言葉を軽々しく使うことはできません。

禅の公案は確かに難しいです。しかし、それは現代人がすぐに答えを求めるからなのです。妙な言い方になりますが、禅の公案は、もともと相手を苦しませるために在るのです。だから苦しまなくては駄目なのです。一生をかけて苦しみながら考え続ける。難しいのは当然です。こういう公案を考え続けることが、真の人生を築き上げるため、つまり運命を生きるためには必要なのです。真の運命は、厳しいものに決まっています。

未来を考えるな

さて、個人にとってこれほど大切な運命について考えていると、果たして民族や国家にもそれがあるのだろうかという考えが湧いてきます。私は、その観点から文明と歴史を眺めてきたと言ってもよいでしょう。そして、自分なりに得た結論は、民族や国家にも宿命や運命はあるということです。よく考えれば、もともと宿命とは大きく言えば、民族の歴史であり、運命とは民族の魂なのです。もっと遡れば、宇宙と生命の対決と交流です。

それが文化として我々の中で生き、自己固有の運命を創る働きをしてきたのです。それが「文学」そして「学問」や「芸術」を生み、運命に立ち向かって生きる者を育てたのです。日露戦争も大東亜戦争も日本民族の運命であり、日本民族は宿命にのっとって決断し、懸命にその運命を戦いました。これがわからない輩が「なんであんな馬鹿な戦争をしたんだ」という、それこそ本当に馬鹿な発言をする。もちろん大東亜戦争で反省すべきことは多々ありますが、日本民族がその運命と懸命に戦ったということは間違いありません。それは誇るべきことなのです。一歩も引かなかった。勝敗など論外です。

しかし、その大東亜戦争の後が悪かった。敗北に終わったあと、日本民族はとても運命を生きている民族には思えません。あの敗戦で、魂を抜かれたのです。その代わり、間《ま》の悪いことに魂以外は、すべて与えられた。その結果、種として生きるただの動物に成り下がっています。ＧＨＱの洗脳が巧みだったのは確かで、欧米に対して二度と牙を剝かないように手なずけられてしまいました。

柔道や剣道などの武道、敵討ちを是とする歌舞伎や映画も禁じられ、その結果、「環境」さえあればいいという動物になってしまったのです。つまり、魂を持つことに恐れを抱くようになってしまったのです。戦後の日本人は生存に適した穏やかな環境だけを欲している。マスコミの低俗な旗振りの通りに行動し、食べ物の話と肉体の話しかしない。あとは旅行ぐらいですか。自己固有の運命を自覚する生き方からは、ほど遠いところに安住している。そして、その自覚もない。

平和や優しさを希求する自分を、さも善良な人間であると勘違いしています。それも全面的に、アメリカという物質文明の強国に、へつらい頼りながら言っているだけです。要するに卑怯で弱虫なのです。文芸批評家の桶谷秀昭がその『昭和精神史 戦後篇』において、昭和の精神史を三島由紀夫の自決で終えたのは象徴的です。

確かに、昭和四十五年（一九七〇）ぐらいまでは、魂を持った日本人はいましたが、あれ以降、日本民族全体が雪崩をうつように種として生きる動物のようになっていきました。そうなってしまえば、仕方のないことなのでしょうが、日本人は三島の自決の意味を軽く見すぎています。三島の自決は、日本民族の運命を憂えたものです。「文学」を失った国家に、三島は芸術家の直観として、運命の崩壊を感じたのでしょう。三島が危惧したものは、それこそが日本の運命です。戦後日本最高の知性の人が、この民族の運命に対して抗議したのです。だから、それを真摯に受け止めるのは当たり前ではないでしょうか。

この先、日本民族はどこへ向かっていくのか。運命ですからそれはわかりません。わからないから、自分たちの力で創り上げるしかないのです。それが、三島の死を受け止めることだと私は思っています。この民族の行く手は、我々の努力した通りにしかなりません。だから、どうなるのかと問う前に、どうしたいのか考えるのが運命論なのです。そのためには、宿命を知り、現在の問題に全身全霊を傾けるしかないのです。未来は考えたり問うたりするものではなく、覚悟をもって創るものなのです。そして、何よりも「憧れる」ものです。

一人は万人と対峙するのだ

実は現代の民主主義とは、人間から宿命と運命を取り上げるものなのです。つまり、人間を飼い慣らそうとしている。民主主義の万人平等の思想に侵されてしまうと、人間は他人との比較でしか自分の価値を認識できなくなってしまいます。そして、自分固有の宿命を認識できなくなってしまうのです。宿命を認識できなければ運命を生きることはできません。さらに、他人に対する尊敬心も持てません。尊敬とは、もともと、相手の宿命や運命に対して抱くものなのです。それ以外、たとえば相手の人間性などに対する「尊敬もどき」のものは、すべて自己都合から出てきたものしかありません。つまり、自分にとって都合のよい人間を尊敬していると思い込んでいるだけなのです。そして実は自己利用している。良く見ても、好き嫌いだけです。また平等思想から生まれてくるものは、羨《うらや》みと妬《ねた》みだけです。

現代人は絶対的なものを失い、相対的にしかものを見られなくなってしまったのです。それが平等主義の悪影響のうちでも、もっとも大きいものでしょう。互いに足を引っ張り合うだけの卑小な民族になっていくようにしか見えません。そして、こうなってしまった日本民族の運命は、神のみぞ知るというところです。わが民族は、自己の運命を築き上げようとは、もう真剣には思っていないように私には見えます。つまり、涙を流し、労苦を厭わず、断固として戦う意志を持っていない。

私は、ひとりの日本人として、確かに日本の行く末を憂えています。しかし、我々一人一人に「生命」があるように、民族にも「生命」があるのです。その生命は、燃え尽きる生き方だけを求める「存在」なのです。そして生命の哲理は、「ひとりの価値」と「大多数の価値」は、まったく同等なのです。だから、運命論から見れば、ひとつの生命としての日本民族は、ひとりの日本人の生命が本当に「生き切れ」ば、それだけでも、この民族の歴史は価値を持ったことになるのです。一人の命は万人の命に等しく、万人の命は一人の命に収斂《しゅうれん》するのです。これが、私の生命論の根幹です。運命を生き切り、燃え尽きる日本人がひとりでもいれば、我が民族の歴史は輝きを放つのです。

そして、運命の終着点は死です。死は、実は肉体ではなく、自己固有の運命に訪れるものなのです。そして、運命による死は偉大であり、肉体だけによって生きる者の死は腐り果てるだけなのです。もちろん、これは個人にも民族にも言えるのです。現代人の多くは死を悪と捉えています。しかし、それはまったくの誤りです。自己固有の運命に生きれば、死は高貴で崇高な未来となるのです。人間は宿命から来て宿命に還る。その狭間に運命がある。この「人間」を、「人類」と言い換えても、「民族」と言っても同じことです。私は死を故郷に還ることだと考えています。そして、すべての価値観にも、それぞれ故郷と呼ぶべきものがあるのです。死という還るべき故郷があるからこそ、ひとりの人間も民族も、自己の運命を徹底的に生きることができるのです。

進化は無限に属し、進歩は有限に存する

進化と進歩

意志の敗北

進化と進歩、それぞれについて考えてみたいと思っています。まず初めに知らなければならないのは、進化と進歩を混同すれば、文明は凶器と化することです。そして、進化と進歩は根本的に違うということなのです。現代人が、古代人や中世人よりも高等になっているという思い上がりも、すべてはその違いがわからないことに起因しているのです。その違いを比較しつつ、進化と進歩について考察していきたいと思っています。

進化とは、英語で言うevolutionのことです。だから一般に進化論は英語では、The theory of evolutionとなります。進歩は英語ではprogressです。これから語る進化はevolutionのことであり、進歩という場合はprogressのことだと思ってください。日本では、この二つの概念、つまり進化と進歩がいつでも混同して使われていますが、物事を正しく考えていく場合、しっかりと仕分けをしなくてはなりません。そして、進化は非常に精神的・哲学的・宗教的な概念であり、進歩は物質的・文明的・歴史的な概念であるということを最初に言っておきたいと思います。

まず初めに、進化とは何か、そして進歩との違いについて、非常に面白い哲学的洞察があるので、それを引用しつつ考えを進めます。アランです。アランは「モラリスト」と呼ばれるフランス独自の哲学者のひとりであり、モンテーニュ以来の伝統を引き継いでいます。その言説は、ヨーロッパ文明の根源から生まれる英知であり、我々日本人に、日本とは何かを逆に考えさせる力を持っている思索家なのです。

アランは、日常の些細な事柄を深く掘り下げていきます。そして、生活のすべてを歴史と哲学から解き明かしていくのです。つまり、思索そのものが文明の淵源への旅であることを痛感させられる哲学者なのです。現代人に、もっともっと読んでもらいたい代表的な哲学者のひとりです。もちろん、私はアランの信奉者であることを、いつの日も誇りとしてきました。

進化と進歩の違いが、その『定義集』にあります。私は、仏文学者で哲学者の森有正氏の翻訳したみすず書房版の本と、原書としては一九五三年に出版されたガリマール版を使用しています。アランはその中で、まず進化（Évolution）について、「それは外の状況に対する意志の完全な敗北である」(Et qui consacre la défaite de la volonté devant la situation extérieure.) と言い、「進化はそれゆえに進歩（Progrès）の反対である」（L'évolution est donc le contraire du progrès.）と言っているのです。これは私が重要と判断して抜粋したものですが、もちろん文脈の間違いはないと確信しています。

それにしてもいやはや、この定義に出会った時は驚きました。まるで禅の公案を突き付けられたようでした。まず、進化が意志の敗北などとは、まさに青天の霹靂でした。そして、進歩の反対とくれば、脳髄の破壊に近いものがあったのです。この体験が、その違いを思索する大いなる端緒となったのです。私は大学生でしたが、当時はまだ翻訳書は出ておらず、森氏から直接話を聞いたのです。だから、私なりに何とか理解できたのでしょう。

次に進歩（Progrés）です。ここも長くなるので私の判断で抜粋します。ここでアランは、進歩について「外部の力に対する意志の勝利を確立する変化。あらゆる進歩は自由に発するものである」（Et qui consacre une victoire de la volonté contre les forces extérieures. Tout progrès est de liberté.）と言っています。また進化との比較のため、先ほどの進化の項とは言葉を変えて、「我々を多少とも非人間的な力に屈従させることによって、知らず知らずのうちに我々を我々の立派な計画から遠ざけるような変化を、人は進化（évolution）と呼ぶ」（On nomme évolution le changement qui nous soumet un peu plus aux forces inhumaines en nous détournant insensiblement de nos beaux projets.）と表現しています。

このアランの思想は、進化と進歩の本質と違いを考える上で、大変に重要なものと言えます。この考え方を覚えておけば、自分の中に確固たる判断力が積み上げられていきます。もちろん私もそのようにして自らの思想を消化・発展させてきたのです。非常に面白い定義です。少し難しいですが、物事を自分なりに正確に判別しようとすれば、これくらいの努力は何でもないものです。またそう考えなければ、ある程度の判断力を身につけることはできません。

アランは、文章構成が特殊なので、慣れるのに時間がかかります。しかし、それを凌駕するすばらしさがあるのです。確かに、アランはわかりにくい。それはアランという人が考えながら、ごつごつと書く人だからなのです。わかりやすさが、何よりも重んじられるアメリカ型社会の対極にいる人間です。ヨーロッパの伝統を背負う、「西欧の知性」そのものがアランなのです。

だから読み慣れなければ、その行間を埋めることができません。アランは、読む人間に「苦痛」(la souffrance) を要求するのです。それが人間成長にとって決定的に重要なことだと深く知っているからです。「苦痛」のない読書は、読書ではありません。読書とは、ひとつの挑戦なのです。もしも、「苦痛」を伴わないならば、それは遊びにすぎない。自己の魂が、何かに挑戦していないのです。

日本の哲学者では西田幾多郎がアランに似ています。西田も読者のことは考えていません。書きながら、その思索を深めているのです。だから我々は、西田の考えの中に沈潜して、一緒に考えなければ読めないのです。それが逆に読む人間を鍛えることに繋がっていく。アランや西田は、その思想と本人の生き方が一体になっているので、一緒に考えなければわからないのです。

つまり、知識として頭だけで理解できる哲学者ではない。読書を通して、共に生きなければ理解できない哲学者なのです。いのちの共感を要求する真の哲学者と言ってもいい。西田では、特に『善の研究』、『自覚に於ける直観と反省』においてそれを強く感じました。アランについては、自分なりに正確に読解できるようになるのに、その著作を十冊以上読んで、それからようやく読み込めるようになりました。

要するに進化というのは、「意志の敗北」なのです。つまり、人間社会とその文明を離れた宇宙的な事柄なのです。宇宙と人間の生命との関係と言い換えてもいいでしょう。また魂の問題とも言えます。だから非人間的な力に服従させる変化、と定義されているのです。そして、進化は進歩の反対なのです。ここが重要です。進歩は「意志の勝利」なのです。この正反対の存在が混同されれば、それこそ思考の混乱を招き、またごまかしが蔓延《はびこ》るのを許すことにもなるのです。日本では、特にそれが激しい。いまの日本では、国家そのものが進化と進歩の違いをわかっていません。

進歩は錯覚の上に成り立つ

アランを出発点として、構築されてきた私の進化についての考え方は、大雑把に言えば、我々人間の進化は、無限に生成発展する宇宙の進化の一環に組み込まれているのだということです。だから進化は非常に宗教的で、それゆえに精神的なものなのです。無限な力を秘めたものであって、魂を形成しているもの、そして人間を人間たらしめている内的な力です。

それは、人間としての生命力の本源と言うべきものかもしれません。我々の存在のすべてを覆う全体的なものです。つまり、我々のもつ生命力の本源であると同時に、またその転回発展を司ることになるものと思っています。アランに導かれて、私はフランスの哲学者アンリ・ベルグソンの進化論を現代に至る最上の進化論と思うようになったのです。何と言ってもベルグソンの進化論は生命存在を宇宙の一環として捉えた壮大な大系です。

そして、ベルグソン哲学に内在する宗教性の部分に対して、科学の裏打ちをとりながら、それを克明に発展させたものが、テイヤール・ド・シャルダンの哲学を形創っていくのです。あの有名な『現象としての人間』です。その中で展開される、人間の進化の行き着く先としての「オメガ点」について考えるとき、私はいつでも、限りないロマンティシズムの霧の中をさまよいます。そして、「宇宙に浮かぶ、美しい一つの碧い涙」としての地球の存在を思い浮かべるのです。

またベルグソンの哲学は、その影響下に多くの思想や芸術を生み出しました。その一つの例が、人間のもつ意識の進化と時間の問題を扱ったマルセル・プルーストの文学『失われた時を求めて』です。プルーストは、ベルグソンの哲学を深く理解し、それを芸術として展開することができた天才だと私は思っています。これによってベルグソン哲学は芸術的に結晶化されていき、世界文学に革命をもたらしたのです。ベルグソンによって文学は、その内部に革命の生命力を与えられたとも言えましょう。この内的革命、つまり魂の革命が進化そのものなのです。

さて、次に進歩について考えたいと思います。アランは「外部の力に対する意志の勝利を確立する変化」と言っています。つまり、人間の意志が勝利を収めるものが進歩だということです。だから、進歩は有限的なものであり、人間が頭で考えてできる事柄なのです。しかし、人間の考えることや行なうことは、必ず間違いがあります。だから、進歩は間違いと錯覚の上に成り立っているものであると認識していなければならないのです。これは物質的であり、また文明的なものでもあります。そして、歴史的な人類の外面的歩みそのものなのです。

現代の人間は、近代以来、進歩思想が大好きです。それは、「あらゆる進歩は、自由に発する」からです。我々の進歩は、有限の中だから自由なのです。つまりやって良いことと悪いことは、すでに宇宙的な原理と生命の法則の枠組みによって決められているのです。それを忘れないことが、本当は人類の英知のはずでした。それを無限的で宗教的な進化と混同することによって、「無限の進歩」という誤った概念を創り上げたまま、我々は現代に突入したのです。無限は、進化について言えることです。それも、変容変転と展開のことを言っているのです。

現代の行きづまりは、無限に止まることを知らぬ「宇宙と生命の進化」の思想を、文明の中に持ち込み、無限に物質的豊かさを発展させていくことが正しいと、誤って信じてしまった十九世紀以降の科学主義と民主主義がもたらしています。アランと共にベルグソンは、進化と進歩の混同を強くいましめています。自らなし遂げた進歩の重圧によって、「人類は呻吟している」(L'humanité gémit.: リュマニテ・ジェミ) という有名な言葉がベルグソンによって残されました。

また、日本の文学者、埴谷雄高がその『死霊』の中において、この文明社会に生きる我々の持つ「自同律の不快」という命題を取り上げているのもこの問題だと思っています。自同律とは、古代ギリシャのパルメニデスに始まり、そのまま現代文明の基礎ともなった思想と言ってもよいでしょう。それは、「AはAである」というとき、このAとAが同一である、つまりそのAとAの自己同一性を認める思想を言います。

我々の知るアリストテレス的同一原理です。埴谷は、それを不快だと言う。そして埴谷は、宇宙と生命の本質について、ベルグソンの進化論の如く、無限変転をしながら進化するものとして「満たされざる魂」という言葉で宇宙の本質を表わし、その支配を受ける我々の生命の悲哀を論じながら、その文学を展開しているのです。無限変転の進化には、満たされることは永遠にないのです。あるものは、ただ悲哀だけです。我々が文明を生きる人間である限り、宇宙的、生命的なものは、ただ悲哀と映るのです。だから、悲哀を知ることが、文明を正しく制御する唯一の力となり得るのです。

崇高な進化思想を悪利用することによって、ダーウィンの進化論が生まれました。それは、科学思想と民主主義的自由という近代思想から生まれ、それが現代に通じる狂信的進化思想を創り上げてしまったのです。アランも定義したように「あらゆる進歩は自由に発するもの」なのです。自由が謳歌されれば、進歩思想は勢いづきます。その先兵の一つが、進歩や発展を進化としてしまったダーウィンの進化論なのです。

しかし、それは「生命の本質」ではありません。本質を扱うのは、宗教と哲学に属する進化思想なのです。そして、本質でないものを、さも本質のように扱うようになってしまった。だから十九世紀という、物質文明と西洋科学を中心とする西洋の価値観の確立する時代にダーウィンが現われたのです。

ダーウィンの思想は一言で言えば、宗教的で神聖であった進化の思想に、本当は進歩思想である科学思想の衣を着せたのです。そして辻褄の合わないところはすべて「突然変異」や「自然淘汰」というあいまいな言葉で逃げたのです。しかし、帝国主義的白人優位の当時のヨーロッパの時代風潮にはうまく乗っかった。そして、まるで学問的裏付けのある科学のように扱われて世界中に広まったのです。

それにしても、このダーウィンの理論は、当時のヨーロッパ人にとっては便利な思想だった。実は、ダーウィンの思想というのは、間違った低次元の「宗教」なのです。科学思想に過ぎない進歩思想を、まるで宗教的真理であるかのようにしてしまった。あれを科学と思っている人々は、科学教の狂信者なのです。始めから何でも突然変異であり、自然淘汰です。これでいくと、いつでも現代が最高で、過去はすべて低く遅れていることになります。

もちろん、人間は猿から発展してきたそうですから、鼻は低いほど猿に近く程度が低い、そして鼻がもっとも高い白人がもっとも秀れていることになります。そして猿は色も黒いですから、黒から離れるほど高級だということになってしまう。突然変異などと、こんなことを普通の人がいま言えば、宗教家どころか易者にもなれません。自然淘汰は、もちろんありますが、これは生物学者のラマルクなどによって言われていた「用不用説」に近いものです。つまり「環境適応」と「生き残り」の問題で、進化とも進歩とも関係ありません。

しかし、とにかくダーウィン思想は当時の白人には便利だった。何しろ自分たちが「進化」の頂点になるのです。あとのアジア人や黒人は動物なみであり、支配してあげることが「愛」なのだという理論になってしまう。白人ならともかく、今どきダーウィンなどを真の科学として信じている日本人は「知性」に問題があります。いや知性だけではなく、もっと人間的なもの、多分、「勇気」の欠如があるのではないでしょうか。

ダーウィン以前にも、もちろん人種的差別はありました。好き嫌いの差別や、宗教の違いによる差別、そして貧富の違いによる差別でした。そして当たり前ですが、それらは当然「科学的」などではあり得なかった。あくまでも人間の好みや文化の違いの問題だったのです。しかし、その差別が「科学」になってしまった。

進化思想を利用することによって、自分たちに都合のよい進歩思想が「正義」となり、「科学的真実」にすり換えられたのです。科学教という宗教的狂信の思想になってしまった。宗教的に真理とされていたものを、時代風潮に乗ってうまく利用したと言えます。もともと進化とは、宇宙に生存する我々が宇宙と一体になって無限に変転していく「魂の問題」であり、進歩とは、進化の枠組の中に入っている、その一部である肉体の便利さを追いかけるものでしかなかったのです。

つまり、進化は無限ですが、その一部である進歩は有限であり、肉体を損傷しない範囲で「循環の思想」に従わなければならないものなのです。そのためには、進化と進歩を混同してはならないということです。ここが大切です。進化は無限でいいが、進歩は有限で循環しなければ破滅するのです。この混同を許してはならない。しかし、自分だけに都合のよい無制限な進歩を行なうには、それらを混同したほうが逆に他者を騙しやすいのです。だから、その違いをよく知らなければならないのです。

魂と肉体の行方

まず宇宙は無限に生成発展しています。そしてその行き着く先を知っている人は誰もいません。しかし確かに無限に変転して、どこかへ向かっている。そのことが、宗教家や哲学者が頭脳をしぼってきた「進化」の問題なのです。この宇宙の生成発展に乗っかって無限に生成発展しているのが人間の魂なのです。魂は宇宙と共に呼吸している。私はそう思っています。

だから、進化は魂だけの問題なのです。その宇宙に遍満する魂がいま、地球上の「人間」と称される動物の心の中に宿り、それを生かしめて自らの「精神」と成している。我々が魂と言うときは、この融合された精神を指している場合が多い。文明を築き上げてきた人間の精神とは、宇宙的進化を司る「魂」と、人間の「心」とが合体したものなのです。現代を生きる我々は、それを実感として摑まなければなりません。

「魂」は宇宙を覆っているのです。そしてそれは創造と破壊を繰り返す自己犠牲のエネルギー、つまり愛と破壊のエネルギーの弁証法的な無限発展なのです。星々は、破滅によって自己を滅却し、また新たなる星の誕生を促しているのです。そのエネルギーの本体が、我々の生命エネルギーの根源なのです。それがわからなければなりません。このことに対して、ベルグソンがもっとも説得力のある思想を展開していると私は思っているのです。

大宇宙の星々は、宇宙的進化を続けていますが、現在の地球上ではすでに、人間の肉体を含めて、すべての動植物は宇宙的進化の袋小路に入っています。生命は固定され、物質化したとき、もうすでに進化の袋小路に入りつつあるのです。「人間の魂」以外は進化の残骸となっていく。物質化された後は、それらは「環境」によって生かされているだけなのです。科学者であり哲学者でもあるルコント・デュ・ヌイは、「魂以外のあらゆるものは進化から取り残され、袋小路に入っている」とその『人間の運命』の中で言っています。

その理由としてデュ・ヌイは、宇宙的な真の魂以外のものは本源的な「自由」をやめたからだと言っているのです。その意味は、宇宙の無限生成発展に自らの運命をゆだねる魂だけが「真の自由」を有するということがわかれば理解できます。生きている生命の中に宿る、人間の魂だけが活動を続けているのです。つまり、破滅の危険を背負いながらも愛に促され、神と永遠そして崇高を志向し続けているのです。まさにアランによる魂の定義、「魂とは、肉体を拒絶する何ものかである」(L'âme c'est ce qui refuse le corps.) という言葉を思い出します。

「魂」は、西洋思想の根本です。その魂を持つのは人間だけなのです。つまり宇宙と人間は、肉体を除いて一体なのです。だから魂は神を志向して無限に生成発展するのです。この神を永遠という名に変えてもいいでしょう。その永遠に向かって生きる生き方を進化と言うのです。だから難しいと言えば難しい。「無限の生成発展」ですから、「懊悩する魂」が人間の正しい生き方なのです。悩み、悲しみ、難しいことに挑戦するのが人間の魂なのです。埴谷雄高の言う「満たされざる魂」です。その中に真の自由がある。

だから、真の自由を持たぬ肉体は自然の循環にまかせて、適当にやっていくのが一番正しいのです。肉体は進化から取り残された動植物と何ら変わりません。ここに「循環思想」の重要性があります。しかし、本当は「懊悩」が人間のすべてなのです。この無限の進化の一部分として、肉体を含めた我々の文明としての進歩の思想があるのです。それを忘れると破滅しかありません。一部分でしかないものは、その分をわきまえなければならないのです。

要は均衡です。先ほど言ったように、その壁を突き破ったのが、ダーウィンを中心とする擬似科学思想です。進化がもつ無限の発展という真の「自由」の一部を分け与えられているのが我々人間の自由なのです。あくまでも分け与えられているだけなのだと気づかねばなりません。現代人は、そのわきまえを捨てたのです。そこに現代が抱える根本的な問題があります。たとえ解決の方法が見つからなくても、現代が、そのようなごまかしによる進歩の破滅的展開をしていると知ることは重大なのです。知っているだけでも、何がしかの歯止めはかかるのです。

文明は人間のなまけ心から始まった

つまり、文明そのものは進歩でしかないのです。我々は文明のもつ宿命を深く悟らなければなりません。もともと農業文明が、現代に至る人類の文明の始まりですが、それは人間にとって有用な動植物の取捨選択の考え方から生まれました。その結果、人口の増加と物質的豊かさの方向に向かったわけです。しかし、あくまでも文明とは「崇高な人間存在」の一部分でしかないということを深く知らなければなりません。

一部分のものは、それだけのものであって、無限発展する宇宙そのものになれることは、絶対にない。わきまえだけが進歩にとっては必要な考え方となるのです。考えてみれば、農業文明が始まって約五千年くらい経った紀元前後に世界中で、今につながる偉大な宗教家が出現しました。これも偶然ではありません。農業文明の進歩の歪みが積み上がった時期だったと思います。

キリスト教で言う「原罪」とは、人間が文明を持ち、進歩の世界に入ったときに、自らが背負った反宇宙的な罪と解することができます。「エデンの園」を追われ、人間は文明という過酷な進歩の世界に突入したのです。だから宗教家は進歩をいましめ、魂の尊さを説いています。つまり宇宙の進化と歩を一にする人間の魂、そして進化から取り残された肉体や物質とを混同するなということを言っているのです。人間の存在理由のすべては、我々の魂にあります。だから肉体と物質的な進歩は、その命令の下になければならないのです。

本当は、紀元前後の大宗教家の教えを信じて守っていれば、人類は今のような破滅の危機に至ることはなかったはずです。宗教の教えとは、私に言わせれば、文明と生命との均衡のとり方とも言えるのです。しかし、我々はもう信心深い宗教心を持つ人間には戻れるはずがない。私も含めて、すでに進歩の旨みを我々は知り過ぎてしまったのです。

それでも「知性」によって均衡をとることはできます。それが進化と進歩の本質を哲学的・科学的に自ら把握することなのです。そして進歩の欲望に対して自ら枠をはめるのです。進歩というのは、とにかく、人間の欲となまけ心から出てくるものですから、この二つをいましめなければなりません。進歩とは、すばらしいものでも何でもなく、その本質は人間のなまけ心なのです。それを深く摑まなければなりません。

文明そのものが実は、人間のなまけ心から出てきたものなのです。農業の生産方式や権力構造もすべて、人間のなまけ心に由来しています。文明とは、楽をして効率良く、そして安全に暮らそうとして生まれたものです。まさにそれが「原罪」なのです。要はそれを深く知り、均衡をとることが重要なのです。進歩を是とする文明について、あのボードレールは「進歩への信仰は、なまけ者どもの教義だ。それは自分の仕事について、隣人たちをあてにしている」(La croyance au progrès est une doctrine de paresseux. C'est l'individu qui compte sur ses voisins pour faire sa besogne.) と述べています。まさに至言だと私は思います。

そしてベルグソンの帰結が、「進歩は破滅をもたらす」というものです。私もそう感じています。進歩は人間が動物としての肉体を持ち、それに対して楽をさせるために発展してきたものです。つまり欲望の産物です。欲望の野放しは破滅を招くのです。だから進歩は必ず分をわきまえた「循環思想」を持たなければならないのです。正しい進歩とは、循環思想に基づく「質の向上」です。決して、量の多寡ではないことを肝に銘じなければなりません。

ベルグソンが説くエラン・ヴィタール

さて、ここで私の進化と進歩の根本思想を創っている、ベルグソンの哲学について少し述べたいと思います。ベルグソンの主著は、何と言っても『創造的進化』です。それに『時間と自由』、『物質と記憶』、『道徳と宗教の二源泉』を読めば、ベルグソンの壮大な進化論のすべてはわかります。特に『創造的進化』において、ベルグソンは、全宇宙の「持続」した生成発展のすべてを、「進化の過程」として捉える見方を展開しています。この捉え方はベルグソンの独創です。この壮大な進化の中に、人間の生命の進化も含まれるものとしたのです。宇宙全体の動きと一緒なのですから、当然、魂のことです。

その宇宙と一体の魂が、知性と本能の発生を促すことになる。そして、その生命は宇宙全体の持続した発展の積みあげの中で、決して後戻りのできない存在となる。つまり宇宙と生命は、不可逆性の歴史の宿命をもつものとなるのです。この「持続」は連続しているがゆえに、スパイラル、つまり渦巻き状の動きを示し、その動きによって常に新しいものを生み出します。このときのエネルギーが生命の根源にある「超意識」に作用したとき、生命にとっての進化が起こるのです。これを表わす言葉が、ベルグソンの名を不朽のものにしています。つまりエラン・ヴィタール（élan vital）――生の飛躍――。

この有名な言葉が、ベルグソン哲学を支える背骨です。まさに進化に、この詩的な概念を持ち込んだところに、ベルグソンの真骨頂があるのです。そこには、この哲学者の憧れがあり夢がある。つまり、ロマンティシズムです。これによって私はベルグソンを信用し、尊敬するのです。「不合理ゆえにわれ信ず」（Credo, quia absurdum）です。詩のない学問は嘘のものです。

エラン・ヴィタールは進化というものに含まれる、あらゆる憧れを内包しているのです。生の飛躍、生命の躍動とも訳され、また生の跳躍とも訳されています。エラン・ヴィタールの考え方によって、私はベルグソンの魂と同一になれたのです。このエラン・ヴィタールという、生命の奥深くの不可思議によって、人間の進化が行なわれるのです。それが「連続」と「非連続」、「日常」と「非日常」を詩としてつなぐのです。詩が生命を動かす。我々は憧れに生きる生命であるということを実感できる哲学です。

私はベルグソンに初めて出会ったとき、「火を噴く今」に生き続けた道元を思いました。その『正法眼蔵』（有時）にある「我、人に逢うなり。人、人に逢うなり。我、我に逢うなり」が深く深く腑に落ちていきました。エラン・ヴィタールの無限進化に道元は生きたのでしょう。飛躍は生命の雄叫びそのものです。生きることの本質的な意味なのです。

そして、あの禅の公案『無門関』第四十六則です。「百尺の竿頭《かんとう》に立ちて、すべからく歩を一歩進むべし」です。そこに展開されるエラン・ヴィタールは、私の魂を震撼させました。ベルグソンによって、私はその公案を摑んだのです。その結果、公案が私の魂を両断するときがやってきました。私は竿頭、つまりもの干しざおの先端から、跳躍する何ものかを自己の魂の中に芽生えさせることができたのです。

注意深く、もの干しざおの先端まで行き、さてその先をどうするか。あなたは跳ばなければなりません。進化とは、この跳躍を断行することでもあるのです。『葉隠』の「死に狂ひ」を思い起こします。私は、ベルグソンのエラン・ヴィタールの思想によって、大宇宙の「生成発展」と自己の魂が同一のものであると信ずることができるようになりました。ベルグソンの哲学は、哲学を通り越したものとも言えましょう。

進化とは、死の跳躍である

そうです、哲学でしかない哲学などは無価値です。生きている人間の「魂」を両断する神剣を有する哲学だけが、真の哲学です。「両頭ともに截断《せつだん》せば、一剣《いっけん》天に倚《よ》って寒《すさま》じ」です。この偈によって、我々日本人の永遠のロマンである湊川の「詩」が生まれたのです。哲学は、その中に詩と文学、そして何よりも剣を持たなくてはならないのです。

小林秀雄が晩年、本居宣長の研究をライフワークとなし、また日本最高の名著のひとつとして北畠親房の『神皇正統記』を挙げているのは、それがわかっていればこそなのです。これらは単なる哲学としての思想ではありません。その中に「肉と骨の人間」（ミゲル・デ・ウナムーノ）の慟哭から生まれた詩が充溢しているのです。

またわかりやすいところでは、エラン・ヴィタールの「魂」が、W・H・オーデンに「見る前に跳べ」（Leap Before You Look）の詩を創らせました。「あなたは跳ばなければならない」（You will have to leap.）とオーデンは叫び続けました。魂が無限の進化に感応していたのです。私はその感動を詩歌随想集『友よ』に書いたことがあります。

そうです、私はあの詩こそエラン・ヴィタールの宇宙的息吹きと、それを吹き込まれた人間の魂を深く謳い上げたものだと思っています。私は自分自身が、進化の道を曲がりなりにも歩めることを、非常に幸運だと思っています。ここで、ベルグソンが、進化の原動力としたエラン・ヴィタールを、国家としてなし遂げた歴史的事実を知っていただきたいと思います。進歩ではなく、確実に進化した国家の歴史です。それは、日本の明治維新です。

明治維新は、進歩の代表と目されていますが、実は進化なのです。それは、国家がエラン・ヴィタールをなし遂げたからです。それがわからないと、維新の本質はわかりません。単なる損得の進歩ではなかった。維新は、紛う方なき「革命」ですが、明らかにフランス革命やロシア革命などとは違います。それらは進歩としての「物質的自由」や「豊かさ」を求める革命でしたが、維新は「魂の問題」だったのです。

それは進歩どころか、実は「復古」でした。正しくは、「復古」に憧れた「魂」が、その実現のために西洋の技術を導入しただけだったのです。それを証明するのが、あの有名なエルヴィン・ベルツ教授の『日記』に認《したた》められている言葉です。ご存じのようにベルツ博士は明治の東京帝国大学教授であり、医者、科学者、そしてドイツでも指折りの教養人でした。その人物が、明治維新をなし遂げた日本のことを、その日記において、「死の跳躍」をなした国と言っているのです。

維新を、失敗すれば頸骨を折らねばならない決死的挑戦と表現した。「死の跳躍」をラテン語でサルト・モルターレ（salto mortale）と言っていたのです。これがエラン・ヴィタールにほかなりません。ベルツは、民族の運命をかけてエラン・ヴィタールをなし遂げた国家として日本を挙げているのです。明治の日本の中に、古い日本の甦りを感じていた。「死の跳躍」という詩的表現を用いたこと自体に、その気持ちが込められているのです。明治維新は、我が国の歴史が、その底辺を詩の心によって支えられていたことを示しているのです。我々は、この勇気ある真の進化をなし遂げた祖国を、強く誇りに思わねばなりません。

魂の永久革命を慕い続けよ

宗教心のあり方

民主主義は宗教の綺麗事

現代を覆う物質万能主義の大本《おおもと》には、宗教心の衰えが大きく作用していると私は考えています。そして、正しい宗教心は、文明を導くともしびであるとも信じているのです。だから、ここで歴史に根差した宗教心のあり方について語りたいと思うのです。

まず初めに、人類史とは、宗教史であったことを知らなければなりません。歴史を生きた人々の心が何であったのかがわからなければ、我々は物事を正しく判断することができないのです。宗教心の衰退が、いま我々を限りなく物質的な思考に陥らせ、また矮小化させています。宗教心がわからなければ、我々は人類史から何ものも学び取れない。だからこそ、我々は宗教心を、呼び醒まさなければならないのです。それを妨げているものが「科学に支えられた民主主義思想」です。したがって、我々はまずその民主主義思想の本質を知らなければならないのです。

歴史を振り返ってみると、世界三大宗教と呼ばれるキリスト教、イスラム教、仏教は、厳しい戒律を持った古代宗教の中で起こった、一種の民主化運動と理解することができます。英国の歴史家アーノルド・トインビーは、その『歴史の研究』の中で、戒律が厳しいユダヤ教を中心とした厳格な古代宗教を奉じていた文明圏を「シリア文明」と名付けました。トインビーからわかることは、その文明の世界を生きた人々に対して、厳しさを少し緩め、「赦し」と「情愛」の部分を大幅に拡大した「教え」を宣べた人が、キリストでありマホメットであったということです。またバラモン教の厳しい身分差別と、階層社会の中で暮らす人々に対して、自由・平等・博愛の精神の必要性を説いたのが釈迦です。まさに、フランス革命のごときものと言ってもよいでしょう。

したがって、三大宗教はその出自からして民主主義的な思想を含んでいるのです。つまり、それらの宗教が生まれる必然性があった時代は、厳しい道徳的なものが社会において、人々の日常を身動きできないほどに覆っていた。だからこそ、人間が何とか生きるためには、確かに三大宗教的なものが必要だったことはよくわかるのです。しかし、ここが肝心なところですが、現代の民主主義思想はその三大宗教の本質にある厳しさを見ず、その「赦し」と「情愛」の部分だけを思想化したものなのです。いわば、放縦に偏った欠陥思想であると言ってもいいでしょう。このことは、ミルチア・エリアーデの『世界宗教史』やマックス・ウェーバーの『宗教社会学』などの理論を持ち出すまでもなく、宗教を少し研究すればすぐにわかることです。民主主義に内在する「たちの悪さ」はここに起因しています。

民主主義にあるのは赦しと情愛だけです。だから、たちが悪いのです。それが目指すものは限りない自我の拡大と放縦でしかありません。なぜなら、宗教が神の名の下に命じていた「犠牲」や「献身」がないからです。または、それらがあったとしても、人生の中で、優先順位はかなり下位の概念となっていると考えられます。

このことは、世界の宗教史を繙《ひもと》けば、誰が考えてもわかります。二十世紀最大の神学者カール・バルトも、また文明論の創始者として知られるアーノルド・トインビーも、いま述べた考えに近い思想に基づいて、その学問を樹立していったと思います。バルトは、そう感じたからこそ、「原歴史」(die Urgeschichte) という言葉で彼が表わした、厳しい掟をもつ神の国へ戻らなければならないのだと言っているのです。神を再び見出さねばならぬとは、そのような謂《い》いなのです。

またトインビーも、宗教のもつ本源的価値に戻らぬ限り、文明世界に未来はないと語っています。そして、いま我々が知らなければならないことは、「犠牲」や「献身」の方こそが、宗教心の中核を担っていたことなのです。その中核があまりに厳しかったので「赦し」と「情愛」が後から付け加えられたのです。そして、それら四つの概念は一組となって三大宗教を形創る中心の思想へと発展していきました。

もちろん、それら四つは、すべてが宗教的真理ですから、一つとして否定できない。そして、重要なことは、それらは一組であって分解はできないという事実なのです。一つ一つの部分の拡大解釈もできません。四つで一つの「真理」なのです。それを部分的に取り出したものが民主主義の思想を創り上げているのです。「部分」ではあるが、宗教的真理の一部分なので、深い歴史的知識がなければ、なかなか否定できないのです。どのような思想でもそうですが、「部分」の拡大解釈はすべて破滅を招くことを知らなければなりません。

さて、三大宗教はすべて自由・平等・博愛という「赦しの宗教」です。それはその通りなのです。しかしその本質を見つめなければなりません。つまり、歴史的事実は、厳しい戒律に、その赦しの部分が付け加えられたものが三大宗教となったのです。「赦し」や「情愛」は、もちろん人間にとって必要な精神です。そして、大切であるに決まっているものなのです。だからこそ民主主義はたちが悪い。自由・平等・博愛は宗教真理であり否定できないからです。本当の宗教というのは、その上に神がいて厳しい戒律があり、人間に対してその生活の隅々に至るまで、献身や犠牲を求めていたのです。その厳しい部分を削ぎ落としたのが民主主義思想なのです。

つまり、「いいとこどり」です。厳しさだけを除いて、それでいて歴史的正統性に則った宗教的真理に根差したことを実践している気分になれる。エリアーデやロジェ・カイヨワの指摘を待つまでもなく、「聖なるもの」を顕現できるのは、厳しさと優しさの両面をもつ宗教だけだったはずなのです。しかし民主主義が、神の名の下にあった厳しさだけを、科学思想で取り除いたうえ、その「正しさ」を保証してくれた。我々が民主主義思想を捨てられないのは、宗教の厳しい戒律に縛られずに、価値のある自分を見出したいからです。民主主義が、厳しい宗教心を持たずとも、「正しく」生きられることを保証してくれたのです。もちろん、上辺だけです。これが、民主主義に内在する空虚感のもとになっています。

誰もが知っているように、人間の歴史は産業革命が起こった二百年前までは、どこの国も宗教の歴史でした。ところが産業革命以降、科学文明に支えられた民主主義思想が神に代わって主《あるじ》となった。もともとフランス革命の合言葉になった自由・平等・博愛などは、ちっとも珍しいものではなかったのです。あれは、ただの「いいとこどり」だっただけなのです。しかし「魔力」がありました。昔から、「いいとこどり」ほど魔力のあるものはありません。

産業革命以前は自由・平等・博愛の上に神がいて、厳しさと道徳の根本を人間に命じていた。ところが、科学文明によって傲慢になった人間が、神と厳しい戒律を削ぎ落として民主主義思想を創り出した。つまり「科学に支えられた民主主義思想」とは、宗教からその核心とも言える魂を抜いたものにすぎないのです。つまりは、物質主義そのものと言えましょう。

現代社会を創り上げている民主主義は、もちろん真の宗教からは、ほど遠いものです。まさに似非《えせ》宗教と言えるものです。この「科学に支えられた民主主義思想」が出てきたのが十八世紀です。そして十九世紀にカール・マルクスが現われ、科学と資本主義に支えられている民主主義の行き着く先として共産主義を予言した。共産主義というのは、唯物論に基づく物質主義の頂点です。共産主義が宗教を否定していることは周知のことですが、なぜ宗教を否定しているのかと言えば、共産主義そのものが宗教だからです。もちろん似非です。民主主義という物質主義の宗教を、とことん突き詰めた激烈な宗教が共産主義なのです。それゆえ他の宗教を排斥してしまうのです。共産主義の宗教性については、哲学者ニコライ・ベルジャーエフがその実体をよく伝えています。特に『共産主義という名の宗教』がわかりやすく感じました。

マルクスは宗教というものの本質をよく知っていて、それを自己の思想を実現するために悪利用したのです。つまり新しい「科学文明の宗教」を樹立しようとした。物質を神として仰ぐ宗教です。宗教のもつ「毒」の部分をよく熟知していた。また、その「毒」が文明を創り上げた本質であることもよく知っていた。毒とはもちろん、真の宗教的「真理」の中から単独で取り出された「赦し」や先ほどの自由・平等・博愛です。マルクスは、その『ヘーゲル法哲学批判』の中で、「宗教は、民衆にとっての阿片である」(Die Religion ist das Opium des Volkes.)と述べています。悪い方の本質をよく知っていたのです。そして自己の思想に利用した。つまり、阿片だということは、厳しさを抜きにしたために与えられる「快楽」ということなのです。

現代人は、いまさら神の下で厳しい戒律の生活などはできないと思っています。それはもちろんその通りです。しかし、宗教的「真理」の内容を理解し、今後の社会に正しく運用することはできるはずなのです。もともと人間の歴史の大半は神の下にあったのです。だから、我々はその遺伝子を持っている。つまり、「赦し」の前には「厳しさ」があり、「権利」の前に「義務」が存在していたことを認識できるのです。それを把握し直して、文明を正すことこそが、我々の使命ではないでしょうか。

人間は神を捨て、自らがこの世界の主人公となりました。そして、ひたすらに破滅の道を突き進んでいます。地球環境をゆるがす公害は言うに及ばず、原子力などの人間の英知では制御できないものの強欲的な利用まで、我々の物質文明は足を踏み入れてしまっています。また、最近では、英米中心の「グローバリズム」などと呼ばれる、没個性的な体《てい》のよい全体主義も進展しています。

神とは、人間が生み出した、文明を営むための「英知」と言い換えることができます。つまり「自浄作用」を人間に迫る魂そのものです。『旧約聖書』の「箴言」にある「主を畏《おそ》れることは、知識の始めである」という言葉の意味は、それをよく表わしています。だからこそ、宗教心を失えば、社会は物質主義に走り、その結果として全体主義を生む土壌が培われていくのです。

文明の毒を知る

三大宗教が生まれたのは、農業文明を生み出した人間が数千年を経過して、その毒に侵され始めた時期です。キリストもマホメットも釈迦も言っているのは、「もう一度、神の戒律の下で生きなさい。その代わりに赦しも与えます」ということなのです。人間は宗教心を持つことによって、文明には毒のあることを知ることができます。そこに真の「救い」があるのです。そのことを知らずに文明をありがたがってばかりいると、物質主義に陥り、その先には破滅が待ち受けています。

これは、まさに現代そのものと言えます。我々は一日も早く、物質主義から抜け出し、大量生産・大量消費の文明を善とする社会と決別し、還元的な循環思想に基づく、分《ぶん》を弁《わきま》えた暮らしをしない限り、間違いなく破滅します。キリスト教の「原罪」とは、文明に突入したときに人間が背負った罪です。自然と一緒に暮らしていたアダムとイブは文明を手に入れたために「楽園」から追放されたのです。

また仏教で言う「業《ごう》」をもたらすものも文明です。日本の神話もそうです。スサノヲも文明によって穢《けが》されました。『古事記』を精読すれば、「穢れ」の意味は、文明化していく人間の過程を表わしていることがよくわかります。そして文明が求めるものと、宗教の中にある「毒」、つまり「赦し」が同じものであることがわかるのです。

世界の神話を見ると、どれも共通するのは、文明に突入する直前を一種の「楽園」と呼んでいることです。実は、「楽園」とは、我々が神の掟の中にいたときの状態を表わす言葉なのです。そして

「楽園」という言葉を聞くと思い出す文学があるのです。マルセル・プルーストの『失われた時を求めて』です。この文学は、フランスの哲学者アンリ・ベルグソンの進化論の思想を小説化したものだと思えばわかりやすいでしょう。

具体的には、人間にとって時間とは何か、記憶とは何なのかを主題にしています。そこから、本当の楽園を見出すための人生について考えていく文学です。もちろん時間といっても物理的時間ではなく、生命時間です。その最後の章に、人間が生命時間のすべてを生きるためにはどうしたらいいのかという件《くだ》りがあります。そこには、「真の楽園とは、失われた楽園のことである」(Les vrais paradis sont les paradis qu'on a perdus.)という言葉が出てくるのです。この「失われた楽園」というのが、我々の原故郷である文明直前の世界のことなのです。ある意味では真の宗教が支配していた世界のことです。

文明直前の失われた楽園を想い浮かべ、懐しみ、悔恨することが、自分の生命時間のすべてを活かすことだと、プルーストは結論づけています。だからあの文学は、宗教心の淵源を探るものだとも言えるのです。つまり、失われた楽園を慕う心が宗教心を生み、それを将来、この地上に復活したいと思うことが真の「希望」となるのです。それこそが、生命に刻まれた記憶を遡ろうとする、プルーストの文学の意味と言えるのではないでしょうか。

だから楽園を慕えばいいのです。それこそが宗教心なのです。現代は、楽園を忘れるだけではなく、それを無かったことにしてしまうから問題なのです。それを忘れずに、自らの戒めとして、文明を正す方向に考えればいいのです。逆に楽園以前に戻らなくてはならないというのがジャン゠ジャック・ルソーですが、これは間違いです。この考え方が、必ず「新しい宗教」として全体主義に至る社会を創る考え方に帰着してしまうのです。カンボジアのポル・ポトなどがその悪の見本でしょう。あのクメール・ルージュの「革命」です。あれを革命と呼んでいる人もいたが、それでは革命が泣きます。

ポル・ポトは単細胞でした。歴史を軽んじている。文明のすべてを否定しています。まさにルソーかぶれのなれの果てです。人間は文明の毒を知り、楽園を慕いながら均衡を取った生き方をすべきなのです。つまり、文明は尊重するが、その傲慢と毒に対して、自ら戦い続ける決意が大切なのです。人間中心の理想主義は、全体主義を招くことによって終焉する場合がそのほとんどです。それは、フランス革命後のナポレオン以来と言ってもいいでしょう。

また、フランスの詩人ポール・ヴァレリーに「海辺の墓地」という詩があります。この最終句が堀辰雄の訳で有名な「風立ちぬ　いざ生きめやも」(Le vent se lève, il faut tenter de vivre.) です。まさに歴史的な名訳と言えます。失われた楽園を慕う生き方をした人間が人生の帰結として、こういう心境に立ち至る。まさに個性の屹立《きつりつ》です。文明を絶対善としている人は、こういう心境にはならないのです。失われた楽園を慕う気持ちを「聖なるもの」だと認めるのが宗教心なのです。認めることが大切なのです。認めれば、自分自身で、このヴァレリーの詩を摑めるようになる。そのことによって、真の希望が躍動してくるのです。

「恥」は日本人の原罪

日本における原罪を考えた場合、それは「恥」の概念です。「穢れ」の神話から、文明とともに発展した概念です。一言で言えば、命よりも名を惜しむということです。名が穢されることを恐れる。これは日本独自の大家族主義が生み出した考え方です。稲作信仰と祖先信仰、そして客人《まれびと》信仰が融合して武士道が生まれた。その武士道の核となる概念であり、日本人にとって宗教心の根本となる考え方です。恥についてはルース・ベネディクトの『菊と刀』やマックス・シェーラーの『羞恥と羞恥心』に、わかりやすく書かれています。

ベネディクトについては、「日本の深い部分がわかっていない」と批判する人はいますが、日本文化の核が恥の概念であると喝破したところはたいしたものだと思います。また、シェーラーは、恥を哲学的に分析した人間としては最大の存在でしょう。フッサールの現象学的手法を縦横に駆使しているので、現象学の思想を私なりに日本文化に適用するときも、実にわかりやすかったと言えます。日本人は恥の概念、すなわち宗教心を失ってしまえば、単なる物質的な存在になってしまいます。

日本人の恥の概念は、神道、仏教などの混交の中から形成されてきたと考える人もいますが、その発祥はわかりません。縄文時代にはすでに恥の概念は形成されていたと私は思います。なぜなら、縄文時代の記憶をとどめたと言える日本神話には、穢れとしての恥にまつわる物語が多いからです。縄文はすでに文明だったのです。それも、すでに大家族主義の文明であったと思います。これは最近の発掘でかなりわかってきました。私は恥の概念が、天皇を戴く大家族制社会を生み出し、その社会を守るための道徳として武士道が生まれたと考えています。

『古事記』において、スサノヲの物語は、そのすべての底流に恥を雪《そそ》ぐという主題が貫かれています。スサノヲは、弥生の農業文明以前の、縄文的土着文明の神であったろうと推察されています。国譲りにまつわる大国主と因幡の白兎の神話なども恥の概念です。また諏訪大明神の物語もそうです。

ひとりの荒ぶる神が何ゆえに諏訪明神となったのか。なぜあの地で踏んばり、立ち上がったか。すべてが恥の概念で説明できると思います。そして、これらの神々に共通しているのは、農業文明以前の神々であったということなのです。

だから、恥の概念の確立に関しては、六世紀に伝来した仏教との絡みは少ないと思います。あったとしても、恥の概念を哲学的に解析する知識として仏教が使われたということです。日本に入った仏教は宗教というより、それまでの日本人が持っていた宗教心を理論化する哲学といったほうがよいと思います。だからこそ、気楽につぎつぎと取り入れたのです。

私の理解では、恥の概念というのは、聖なるもの、崇高なるものから自分が外れたときにそれを自覚する心のことを表わしている。つまり宗教心です。宗教とは、神がいなくてはならないというものではないのです。聖なるもの、崇高なるものに憧れを抱けばいいのです。そして、それらはいつでも神に変容することができます。

人間の根源には、民族・宗教を問わず、聖なるもの崇高なるものを目指そうとする魂があります。問題はそれを自覚するかしないかです。西洋では原罪、日本では恥の概念によって、道から外れようとする人間の自覚を促そうとしているわけです。この聖なるものの顕現と、それを慕う心をエリアーデはヒエロファニー（hierophany）という言葉で表わし、その「宗教形態学」を確立しました。また、先ほども挙げたカール・バルトが、その『教会教義学』において「人間は、精神を持つことによって存在する」（Der mensch ist, indem er Geist hat.）と断定した謂われが、このことなのです。人間は聖なるものを慕う精神を持つからこそその人間なのです。聖なるもの、崇高なるものを慕う心だけが、あらゆる意味で人間そのものを創り上げてきたのです。それは原初において、シャーマン的な形で人間生活の中に活きていました。ところが、現代に繋がる農業文明が生まれたことにより、徐々に堕落が始まったのです。その堕落を自覚し、聖なるものや崇高なるものをめざす「やり方」が、いろいろな宗教と文化を生み出してきたわけです。それがユダヤ教、キリスト教では「原罪」、日本では「恥」ということなのです。

道から外れたとき、キリスト教社会では告解《こっかい》、日本では禊《みそぎ》が文化的な解決法としての方法論となりました。つい二百年前まで、産業革命以前の世界ではそれが一般的でした。罪を犯せば告解し、神に赦しを乞う。恥を感ずれば、それを雪《そそ》ぐ。『古事記』では、黄泉《よみ》の国から逃げ戻ったイザナギは阿波岐原で穢れをはらう禊を行ないます。神話における、恥の雪ぎ方の始まりです。『古事記』を読めばわかることですが、聖なるものと対立した行動があった場合、人間は穢れます。そこで穢れを水で流す。西洋では洗礼をします。洗礼者ヨハネの話は有名です。キリスト以前、ヨルダン河で人々に水をそそいで洗礼を行なっていました。

そこに込められている思想は、「文明の垢を洗い流して自然を思い出せ」ということです。この教えは東西で一致しています。ただし、自然とは現代の我々が考える「環境」ではないのです。ここが重要です。人間にとっての自然とは、聖なるもの、崇高なるもののことであったのです。それは、自己を生かしめてくれるものであり、それ自身で霊性をもつ「生きているもの」であったのです。

だから「自然を思い出せ」とは、神の下にいた「楽園」を慕えということなのです。そして、生命論として、宗教と水というのも実に面白く深い主題です。水は人間に原始を思い出させる働きがあると言われています。それは人間が、海から生まれたからなのです。

崇高を慕う精神を見よ

それで思い出す人物がいます。それは、フランスの社会学者エミール・デュルケームです。この人は宗教心について、実に深い思索をしました。日本では『自殺論』が流行りましたが、デュルケームの主著は『宗教生活の原初形態』であると私は思います。

デュルケームはその中で、「あらゆるものを聖と俗に二分する思考法が宗教心を生み出す」と書いています。また、宗教心が人間の認識のあらゆる枠組みを創ってきたと言っているのです。そしてその宗教心こそが、人間の生命の本源に触れるものであると分析しています。聖とは、崇高を慕う精神であり、そう生きようとする生き方であると言い、人間存在の真実を求める魂であると分析しました。また俗とはもちろん物質と肉体、そして本能のことだと語っています。このことを科学的に証明しようとして、二万年も同じ生活を続けていると言われるオーストラリアの先住民アボリジニの調査を行ないました。その当時、ちょうど、ヨーロッパ人がオーストラリアの先住民であるアボリジニが、二万年も同じ生活をしていたことに初めて気づいたからなのです。農業文明さえ知らぬアボリジニの中に、原初の宗教の芽生えをみつけようとしたのでしょう。

デュルケームはアボリジニのシャーマン的な「トーテミズム」を考察の対象として、宗教の起源と役割を解明していきました。何しろ太古から同じ生活を続けていた人々を研究したわけですから、考えられ得る限り、もっとも科学的な人類史の解明になりました。その研究から、デュルケームは「聖なるもの」とは何か、「俗なるもの」とは何かを定義したのです。そしてアボリジニの生活のすべての中に崇高を志向する魂を強く感じたと報告しています。

私はそれを「崇高を慕う精神」と定義しています。この精神が宗教心を生んだ。以来、人間は自らが起こした農業文明によって穢されながらも、産業革命が起きるまで、宗教心を大切にしながら生きてきた。人間は捨てたものではないのです。そして、いつまでも先人の恩を忘れない存在だった。

ところが、産業革命以降、科学文明の進展とともに人間は傲慢となり、宗教心を粗末に扱うようになってきました。しかし、まだ人間の持つ「崇高を慕う精神」は死に絶えることはありません。神学者のカール・バルトは二十世紀にもう一度、神を取り戻すための神学を確立しようとしたのです。心ある二十世紀人はそれに衝撃を受けました。というのも、神の存在は十九世紀に否定されており、二十世紀にもなって真面目に神を求める人間はよほどの変人と思われていたからです。

しかし、バルトはその膨大な『教会教義学』において、神を求める心こそが人間であることを証明してみせたのです。先ほどもバルトがそこにおいて述べた言葉を出しました。「人間は、精神を持つことによって存在する」。美しい言葉です。真の革命的ロマンティシズムを内包する人物だけが言い得ることです。もちろん、ここで言っている精神とは、神的な崇高なものを求める人間の魂を言っているのです。

ノーベル生理学・医学賞を受賞したフランスの科学者アレキシス・カレルは『人間――この未知なるもの』で名高い人物です。そのカレルが興味深いことを言っています。第一次世界大戦にカレルは従軍しているのですが、その時期は神の否定が最高潮に達していました。あの戦争は塹壕戦が中心で、カレルの目の前で数え切れぬ兵士が機関銃で撃たれ死んでいきました。

それまで無神論者を気取っていた兵士も、またプロテスタントの「神学理論」を振りかざしていた人々も、最期はカトリックの神父による「終油の秘蹟」を求めたそうです。この体験を通してカレルは神とは何か、宗教とは何かということを悟り、その後カトリックに深く帰依したと聞いています。人間の奥底には必ず宗教心が存在することの証でしょう。それも聖なるもの、崇高なるものを求める心です。だからこそ神秘の秘蹟を人間は求めるのです。死に臨んだとき、人間には文明的な理屈は一切なかったのです。

謎を謎のまま信ずる

宗教心について考えるときに、いつも思い出すのは黛《まゆずみ》敏郎氏のことです。

黛敏郎氏は、音楽家であると同時に、人間としても大きな人物であり、特に不正に対しては強い憤りを持っていました。そのためだと思いますが、チベットの独立運動を支援していました。私もその運動に首を突っ込んでいたため知己を得ることができたのです。あれはダライ・ラマ十四世が来日されたときのことでした。歓迎会が終わって、黛氏と一緒に帰ったときに聞いた言葉が強く印象に残っているのです。氏は「音楽家にとって宗教心がもっとも大切な創作活動の原動力になる」と言ったのです。その言葉がきっかけで宗教論になりました。続けて黛氏は、「宗教心とは崇高に憧れ、自らの犠牲を厭わぬ精神のことだ。それは人間に何ものかを強いることになるだろう。私の場合は、それが音楽だったのだ」と言いました。

私はそれに対して、「そのような、崇高に憧れる心を人間が持っていること自体、人間の歴史が偉大であることを示していると思う。宗教心というのは、原始に通じる人間の深い謎がそこにあるのではないか。そしてその謎を謎のまま信ずることが、人間にとってもっとも尊い心を生み出すのではないか」と言ったのです。すると黛氏は「私もそう思う」と答え、ドイツの詩人ヘルダーリンの「純粋に生じたものは、ひとつの謎なのだ」(Ein Rätsel ist Reinentsprungenes.) という生涯忘れられぬ言葉を紹介してくれました。

そして黛氏は続けてこうも言いました。「宗教心とは、その謎の中に崇高なものを感じ、それを慕うことによって生じる苦悩を受け取ることなのだ」と。私はその頃、埴谷雄高の『死霊』を読んでいたため、「革命」という言葉が好きだった時期なので、「宗教心とは、魂の永久革命なのではないか」と問いました。すると黛氏は「おそらく、その魂の永久革命ということが、宗教心の核心だろう」と言ってくれたのです。

面白い対話でした。私は今でも、その時に黛氏と問答をしたヘルダーリンの言葉が宗教心を考える基礎となっています。この対話によって黛氏の音楽について理解が深まっていきました。氏が作曲した仏教を題材にした「涅槃」交響曲や日本神話から取った歌劇「古事記」に込められた宗教的意味が自分なりに理解できるようになったのです。

そう言えば、「涅槃」の初演はレナード・バーンスタインが指揮することになっていたが、急遽、弟子の小澤征爾にやらせてしまい、黛氏が落胆したという話が伝わっていますが、それは間違いだと思います。黛氏は、あらゆる権威主義から独立した精神の持ち主でした。指揮者の格が下がることで、落胆するような人間ではありません。要するにバーンスタインは仏教を主題にした「涅槃」を理解できず、日本人である小澤に譲ったのではないかと私は思っている。仏教がわからなければ、あの音楽は演奏できません。

バーンスタインは正直なのでしょう。自分が把握できない作品を演奏するわけにはいかなかった。偉大な指揮者です。ご承知のようにバーンスタインはユダヤ人です。私の好きなブルーノ・ワルターもそうです。ユダヤ人の音楽理解力の深さは宗教心にあると思います。ユダヤ人の中流家庭以上ではヘブライ語とトーラー（律法）を子供の頃からたたき込まれ、おのずと聖なるものを慕う心、すなわち宗教心が涵養されるのだと思います。

ユダヤ人が出たので言わせてもらえば、ユダヤ人であるマルクスとユダヤ教の関係は、ニーチェとキリスト教の関係に近いと思います。これも、宗教心と現代を考える上では知っていると面白いことです。ニーチェの家系は、ドイツのエリート層であるルター派プロテスタントの牧師でした。謹厳で重厚なプロテスタントです。ニーチェはそのキリスト教の重圧に反発して、彼の思想を確立しました。

それと同じようにマルクスは両親ともに、ユダヤ教の律法学者である「ラビ」の家系でしたから、かなり厳しくユダヤ教の戒律であるトーラーをたたき込まれたはずです。それに対する反発心が、彼の原点にあったのではないでしょうか。古い宗教を骨の髄から嫌うことになった。だからこそ、新しい宗教を創らなければならなかった。そのような理由によって、マルクスは民主主義の中にある宗教の毒を利用して共産主義思想を確立していったのだと私は思います。

人類史とは宗教史である

宗教心は、人間にとってもっとも尊い心です。なぜなら、それは宇宙の真理だからです。それを神という言葉で人間は表現しました。その宗教にある、もっとも尊い思想のいくつかを「いいとこどり」して、民主主義が生まれた。厳しいものはすべて無いものにしてしまったのです。そして、科学の後押しと裏付けによって暴走しだしたのが現代に至る民主主義思想の流れです。民主主義思想の中に含まれている自由・平等・博愛は本当に阿片です。繰り返しますが、これは宗教的真理ですから否定することができません。だから私は「民主主義はたちが悪い」と表現しているのです。これこそが、民主主義の恐ろしさなのです。

そして、民主主義は自己の正義を確立するために、他の正当な宗教をことごとく否定します。その宗教心もろともにです。科学を利用するので、特に悪質です。また、宗教心を悪利用する輩が次々に立てる「新興宗教」の悪事を利用したり混同したりして、正当な人間の持つ歴史的な宗教心すら破壊してしまおうとしています。そして現代社会は、民主主義さえ信奉していれば、まるで尊い宗教心を持っているかのように錯覚する人々によって覆われています。

また現代人の抱える問題は、人類史が宗教史だということがわかっていないことです。正しい宗教心というものが何であるのか。ここを明らかにしなければ、いかなる文明や文化についても考える端緒がないに等しいのです。文明の基礎が、宗教心であることは、何度言っても言いすぎではないと思います。二十世紀を代表する英国の歴史家として、トインビーと並び称されるクリストファー・ドーソンも、その著『世界史の力学』において、「偉大な宗教は、偉大な文明を支える基礎である」(The great religions are the foundations on which the great civilizations rest.) と書いています。私はもちろん、何かの宗教を信仰しろと言っているのではありません。歴史的な宗教そのものを嫌わないようにしてほしいと言っているのです。特に現代の日本人には、そこをわかってほしいのです。そうしなければ宗教心を尊ぶことができません。そして、宗教心がわからなければ、我々は正しく人間の歴史を考えることができないのです。

もちろん歴史を逆行することなどできません。また、する必要もありません。しかし、我々がしなければならないことは、楽園を慕いながら、つまり宗教心の存在を認めつつ、現代の文明と自己との均衡を測りながら生きていくことなのです。宗教心は誰の中にも必ず存在するものです。だから、それをきちんと認めればいいだけのことなのです。そうすれば自分の中で物事が歴史的に正しく見えてくるのです。

不自由が真の自由を生む

自由への意志

自由は制約から生まれる

人間の人間たる謂《い》われは、自由への渇望と言えるのではないか。だからこそ、自由について我々は考えなければならないのです。自由を定義せよと言われたとき、これは難しい。それは生命の創造と破壊に直接に触れ合っているからです。自由という概念は、人間の生の根本、特にその魂と意志にかかわる大問題なのです。

もちろん、私が問題とする自由とは、十五世紀西欧に端を発し、今や世界的な考え方となっている自由意志（liberum arbitrium）のことであると初めに断わっておきます。私はそれをこそ、真の自由と呼びたいのです。だから、語り出すと、人間に関するすべての思想や学問、そして芸術などがかかわってきます。そこで、まずは自由の反対概念である制約を通して、自由について考えてみたいと思うのです。制約という、人間の本能を反発的に刺激する事柄を使って、自由を浮き彫りにしようとするわけです。なぜなら元来、自由とは文明的制約の中から生まれてきた考え方だからです。

自由は制約の中から生まれ、制約の中で初めて認識されてきた概念と言えるでしょう。では制約とは何か。西洋では、神との関係、次いで階層社会のヒエラルキー、そして何よりも文明社会の本質そのものが、人間に対して強いるものです。日本の場合は、文明社会全般の枠組から制約を受けることは西洋と違いませんが、キリスト教的神そして貴族的階層社会のヒエラルキーの部分が西洋とは大きく異なります。

日本においては、神話に淵源をもつ天皇家を宗家とする大家族制度から生まれた血縁や地縁的なものが、文明の枠組との間に摩擦をおこし、それが制約を強いるものとなるのです。つまり、神、ヒエラルキー、大家族制度などが内包する本質と、文明のもつ合理性が人間に強いるものとの間に葛藤が生じ、その中で初めて自由というものが浮き彫りになってくるのです。

日本では、大家族制度が文明そのものを生み出してきました。だから日本文明の中には不合理性が多く、そのため土居健郎が『甘えの構造』において分析したような、一般に言われている「甘え」が強い社会となっていると言えるのではないでしょうか。自由とは、それを阻害しようとする何らかの対象があって、はじめて発生する概念なのです。

一般的に自由とは、制約のないことだと理解されていますが、自由と制約は、文明の発生以来、不可分で「制約があって、はじめて自由がある」と言ったほうが良いかもしれません。何の制約もなく、好き勝手に生きるのは自由ではなく放縦にすぎません。この当たり前のことを、一歩掘り下げることが、現代ではことのほか大切になってきたと思います。それは、昨今の自由が、確実に放縦に流れてきているからです。『フランス革命の省察』の著者として名高い、十八世紀英国の哲学者エドマンド・バークは、その書簡に「自由であるためには、自由それ自体が制限されなければならない」(Liberty, too, must be limited in order to be possessed.) と書いています。

英国ジェントルマンを創った精神

歴史上もっとも自由な精神をもったのは、バークの伝統を承け継ぐ十九世紀英国のジェントルマンです。英国紳士は、自由という考え方が生み出した人間像の一つの典型なのです。その土台を作ったのが哲学者であり教育者であったトーマス・アーノルドです。周知のようにアーノルドは名門ラグビー校の校長であり、パブリック・スクールを近代化し、英国紳士の基礎教育を樹立した人物として有名です。その息子が英国を代表する文学者のひとりであるマシュー・アーノルドです。

アーノルドのやったことはきわめて簡単なことでした。「文明とは、自己を律することである」という根本の実践です。英国国教会のキリスト教精神とギリシャ・ローマの古典教育を根底において、学生の生活全般を厳しく制限した。それだけです。たとえば食事中の会話。アーノルドは声の音量調節を紳士の第一条件としました。食事中の会話は、話す相手にだけ聞こえるようにしなくてはならない。隣の人に聞こえたらマナー違反となる。つまり周囲の状況と自分とのかかわりに対して、厳しい制限が加えられることを紳士教育の根本としたのです。

団体スポーツを教育に取り入れたのもアーノルドです。仲間のために自分の動きを制限することを学ばせるためです。団体スポーツとは、もともと紳士教育の目的のためだけに英国で発展したものなのです。その代表がボートとラグビーです。学生は、自分の動きを自ら制限することを身にしみこませるために、団体スポーツをやらされた。こうした教育によって、もっとも自由な精神を発揮することができる英国紳士ができあがっていったのです。

十九世紀の、英国紳士がもつ魅力ほど、私のロマンティシズムを駆り立てるものは少ない。それに匹敵するものは、日本の武士道のみです。英国紳士の実例として、私の好きな人物に、サー・クロード・マクドナルドがいます。十九世紀末清国で起きた義和団の乱の時、北京駐在の英国公使でした。その争乱と、当時の列強各国の人々の生き方が描かれているのが、あの有名な『北京の55日』という映画です。あれは実話を基にしているのです。そこに登場するデヴィッド・ニーヴンが演じる英国公使の名がサー・クロードです。

外国勢力排斥を掲げ、北京に向かって攻め上ってくる義和団に怯えて、各国公使は北京から脱出しようとする。その中で、英国公使ただひとりだけが頑として動かない。その理由は、「大英帝国は脅迫では絶対に動かない」というもっとも単純明快なものでした。英国公使サー・クロードただひとりは屹立《きつりつ》しているのです。この屹立した生き方の根本を支えているのが、真の自由なる精神です。

この自由なる人物は、命がけの義務と責任を誰に言われるのでもなく、自己自身で、自分に課しているのです。彼こそが、ジェントルマンです。この気概と勇気に押されて各国公使も踏み止まり、列強各国の援軍をまって五十五日間、北京で戦ったのです。その戦いは、自由を求める者にとっては重要なものでした。真の自由は、義務と責任を自分自身で、誰が見ていなくとも、また何も言われなくとも、自らに課せる人間にだけ与えられるのです。

英国の作家バーナード・ショウは、その『人と超人』の中で「自由は責任を意味する。ほとんどの人が、自由を恐れるいわれがそこにある」(Liberty means responsibility. That is why most men dread it.) と言っています。自由とは、人間にとってもっとも重要なものであり、また得ることがもっとも困難なものの一つなのです。

自由への憧れ

さらに、自由を考えるにあたっては、アメリカが独立戦争に立ち上がったときに、パトリック・ヘンリーが発した言葉の意味を吟味することも大切です。それは有名な「自由か、しからずんば死か」(Give me liberty, or give me death.) です。アメリカ合衆国は、「自由が得られないなら死んだほうがましだ」と考える精神によって誕生しました。何と言っても独立戦争を始めたとき、独立軍は数百人でした。イギリス軍になぶり殺しにされるのを覚悟して戦いを始めたわけです。アメリカ合衆国が超大国になったのは、その精神が承け継がれていたからです。アメリカ人は自由のためなら命を投げ出すことができた。それがアメリカの高貴さであり強さだったのです。

スペイン市民戦争を主題にしたアーネスト・ヘミングウェイの『誰がために鐘は鳴る』は、まさにアメリカ的な自由思想が縦横に描かれた文学です。ゲーリー・クーパーが主演して映画化もされました。自由を考える場合、スペイン内戦は二十世紀におけるもっとも衝撃的な事件とも言えます。同じくスペイン内乱をあつかった作品としてアンドレ・マルローの『希望』も、かかせない文学です。そこでは死そのものが、自由を真に生かすものとして、いかに重要かが謳い上げられています。

また、自由を得るためには、いかに辛い裏側が存在するのかを描いた、ジョージ・オーウェルの『カタロニア讃歌』も自由を考える者の必読書です。そしてあのフェデリコ・ガルシア＝ロルカの詩。涙なくしては読むことができません。自由を求める戦いは、真に生きようとする者に希望を与えてくれるのです。中学生のときに、スペイン内乱を描いた絵画、パブロ・ピカソの『ゲルニカ』とロバート・キャパの写真に感動して以来、この内乱を考えることと自由を考えることは、私の中で軌を一にしているのです。

ウォルト・ホイットマンに代表されるように、旧いアメリカには確実に詩がありました。それがどうですか、アメリカはいまでも「自由のために」と言って、世界各地に軍隊を派遣していますが、実態は覇権体制維持のためであって、当初の純粋さは失われています。第二次世界大戦の前から、つまり、狂乱の二十年代と呼ばれたローリング・トゥウェンティーズの繁栄を経過した後のアメリカは、徐々に建国の志を忘れ覇権主義に陥っていきました。

自由について考えるとき、いつでも思い出す文学があります。それはドストエフスキーの『カラマーゾフの兄弟』です。その中に「大審問官」と名付けられた章があります。その「大審問官」で展開される物語は、中世のヨーロッパが舞台となり、架空の話として語られるのですが、そこでは甦ったキリストを大審問官が裁きます。大審問官とは、カトリック教会の司教であり、宗教裁判の権力を持つ人なのです。その大審問官がキリストに向かって、あなたは「人はパンのみによって生くるにあらず」と言ったが、これは現代の社会では迷惑千万なのだと言うのです。

「人はパンのみによって生くるにあらず」とは、要するに、人は魂の自由を求めて命懸けの人生をおくるべきであり、その先に神の国があるのだという「魂の伝言」です。人間にとって、もっとも尊いのは魂の自由なのです。肉体ではない。しかし、大審問官はこの「魂の伝言」が迷惑千万だと言う。そこには人々に餌と安心を与えることで巨大化した教会のエゴイズムがあったのです。いまここで人々が真の自由を求め始めたら、権益組織としての教会が困る。そのような本音が込められています。

「大審問官」の中で、復活したキリストの伝言は、文明によって楽に生きることを覚えた人々に対する警告だったと私は考えます。文明に侵された人間たちは、肉体的に楽に生きようとして、生命にとってもっとも尊いものを犠牲にしていたのです。つまりドストエフスキーは、文明によって、真の自由こそが、人々にとって何よりも怖いものになったと告発しているのです。

『死霊』の文学者、埴谷雄高はもっとも自由な人生を送った人物だと私は思っています。その埴谷が憧れ、魅せられていた文学がこの『カラマーゾフの兄弟』であり、その中の「大審問官」であったのも偶然とは言えないでしょう。埴谷はこの「大審問官」に匹敵する文学を書きたいという願いだけで生きていたのです。そして本人としては不満足の中で死にました。しかし、私はその人生に真の自由と憧れを見るのです。

自由とは過酷な戦いによって勝ちとるものなのです。それは生命の輝きであり、雄叫びとも言えましょう。過酷だから逃げたくなる。ドイツ系ユダヤ人の社会学者であるエーリッヒ・フロムは、その『自由からの逃走』で、自由の責任に耐えかねて全体主義に逃げ込むドイツ国民の姿を描いています。

その思想の根源は、同じドイツ系ユダヤ人であるマルチン・ブーバーが、その著『孤独と愛——我と汝の問題』で提示した、神を見失った人々の精神状態を彷彿させるものがあります。ここでブーバーは、神と自己との対話から生まれる、孤独の中で屹立する真の自由について書いているのです。その孤独に耐えられない場合、人々は全体主義に陥るのです。フロムは逃げる人々を描き、ブーバーは向かう者を書いた。

「人はパンのみによって生くるにあらず」という生き方は難儀なものかもしれません。しかし、そこには生命の煌《きら》めきがある。生命とは、もともと危険で不条理な存在なのです。だから、その価値を充分に発揮するには、勇気がいるのです。その勇気によって人間は文明を生み出しました。その安全の中で、自由を謳歌できるように考えたのです。そしてその条件となるのが、今まで述べてきたことです。

つまり責任と義務を愛し、それらに向かうような生き方をすると、自由が向こうから寄ってくる。そのような生き方は戦いの連続です。戦うことによってのみ、生命と文明の均衡がとれるのです。つまり、いい人生を創ることができる。だから自由を問題にすると、その先にあるのは戦いしかない。動物園のような平和に浸っているいまの日本人は、そこを考えなければならないのです。

残念ながらいまの日本人の大半は、「自由よりも平和がいい」と考えるでしょう。「戦いの連続なんて御免こうむる」と。それは「人はパンのみによって生くるにあらず」の真の意味がわからないからです。この言葉の中に、真の自由があるのです。

戦う覚悟をもつ平和にこそ価値がある

日本の歴史上、もっとも長く平和が続いたのは江戸時代でした。その理由は、江戸時代には西欧的な意味の真の自由がなかったからです。自由がなければ平和になるのです。だから実は、平和を謳歌する現代には自由がないことも気づかなければなりません。

逆説的に聞こえるかもしれませんが、真実です。江戸時代が平和だったのは、自由がなかったからです。明治維新以降、西洋の自由の概念を知った日本人はそれをせっせと真似するようになりました。すると何が起こったか。戦争、戦争、戦争です。自由を求めることは戦うことなのです。いまは、その戦いの可能性を他国に押しつけてごまかしているだけです。もちろん、自由を求める戦いは、覇権主義的なものでないことは言うまでもありません。

西欧個人主義から見た自由という意味では、江戸時代には本当の自由はありません。江戸時代とは、真の自由を否定することによって成立した文明なのです。だから平和を保てたのです。つまり大家族制度の枠組にがっちりと人々は入れられていた。もちろん、その良し悪しはまた別の議論になります。

ただ、江戸時代には今と違って、特有の美が存在するのは、平和を守るための戦いは断固として辞さない武士が、為政者として存在していたからなのです。戦わない国であって、戦えない国ではなかったということが、江戸時代を見るもっとも大切な見方ではないでしょうか。

江戸時代にキリシタンが迫害された理由の一端も当然そこにあるのです。為政者がその危険を直観したのです。仏教に比べると、キリスト教はずっと危険な宗教です。そもそも仏教というのは哲学、つまり学問ですから、宗教の中ではもっともおとなしいものなのです。為政者は、それに比べキリスト教が広まれば必ずや反乱が起こると直観したのでしょう。キリシタンは殉教も恐れません。

ただ、ここを理解して欲しいのですが、自由は必ず戦いを招きますが、戦いが悪いことではないのです。自由は人間にとっていちばん尊いものであり、それを獲得するために戦いは必須となる。それが生命の法則であり、生命にとってもっとも尊い価値なのです。

いまの日本の平和は、国民が国に餌付けされることで保たれていると言えるでしょう。動物園の平和はくるところまできてしまいました。日本人の大半は誤解していますが、戦争は自由を求めて起きるものなのです。自由になりたかったら、必ず戦いになります。戦いを厭えば、戦いを辞さない者の奴隷になるしかない。

「そんなことはない」と大半の日本人は反論するでしょうが、自分の国と自分自身の奴隷状態に気づいていていないから真実が見えないだけです。いまの日本は、自分たちで断固として守る平和ではなく、他者の「力」と「欲」をあてにした弱者の安穏をむさぼっているだけなのです。

そもそも戦後の平和主義は欺瞞そのものです。日米安全保障条約があるということは、世界最大の武力が日本の背後に控えていることを意味します。何が平和主義ですか。日本は虎の威を借る狐です。つまり米軍の一翼なのです。いちばんずるい生き方をしている。ずるくて楽をしているから「真実」が見えなくなったのです。

自由とは、生命の本源にかかわるものです。それを得るには戦いを辞さない覚悟が必要なのです。だから、それは辛いものです。つまり自由は、制約や責任、義務からくるものであり、戦いを辞さない生き方でしか得られない。戦いから逃げず、生涯戦い続ける気概を持った者にのみ自由は訪れるのです。

先ほども少し触れましたが、武士道の生きていた江戸時代の平和と、戦後の平和を峻別しておくべきだと思います。その違いについて簡単に説明したいと思います。江戸時代は、日本人が自分自身で創った平和です。日本文明である武士道と大家族制度の道徳を極めている。そして周知のように、戦国時代から江戸時代初期までは、日本はその当時の世界最大級の武力を保有していました。だから鎖国ができた。武力で他国を侵略するのではなく、その力を国内の維持に使ったのです。国際的に言えば、真の平和主義です。また、すべてを自己責任として捉える誇るべき歴史です。江戸時代の平和は自力で獲得した平和です。自力だから誇りが持てる。しかし現代の平和は他力本願の平和にすぎない。誰でも知るように、英米の力に頼る奴隷的平和です。だから民族の精神が腐ってしまう。日本独自の文明による自由を奪われた平和なのです。つまり、卑しいのです。

渇望が垂直を生む

日本人が自由を志向する時に、絶対に外せない人物の一人にスペインの哲学者ミゲル・デ・ウナムーノがいます。ウナムーノは、真のスペイン的な、高貴なる自由をもとめて生涯にわたり呻吟しました。その熱情と涙に強く共感して、私は自らの魂を形創ってきました。何か、日本的心性を激しく打つものがあるのです。ウナムーノは、その『生の悲劇的感情』の中で、「真の自由とは不滅性への渇望である。つまり、水平を捨て垂直に向かって生きることである」と語っています。

不滅性とは、スペイン人にとっては神のことです。日本人の私にとっては、日本の神話とその生命観であり、そこから生み出された天皇家を宗家とする大家族制度、さらに、それを守るために生まれてきた武士道になります。そして、それだけを見つめ続け、ドン・キホーテのように悲しみを抱き締めるのです。「絶対なるもの」「崇高なるもの」を仰ぎ見るのです。つまり、それが垂直の生き方です。ウナムーノの言葉は魂を震撼させます。言葉そのものが涙なのです。自由を渇望する悲哀から生まれた、ひとつの精神と言えましょう。

「自由とは何か」と問われたら、このウナムーノの言葉だけで十分です。あとは何も要りません。垂直の生き方とは、憧れに生きることです。高貴で崇高なものを求めることです。もちろん失敗して死ぬ人も多いが、それもまたよい。それが生命なのです。ウナムーノを尊敬していたフランスの哲学者モーリス・メルロ＝ポンティは自由をめぐって、口癖のように「生の未完結性」(l'inachèvement de la vie.) と言っていました。これが自由の本源に横たわるものなのです。

生命とは危険で不安定なものなのです。だから、それを持つ我々は悩み続ける。しかし、そこにこそ自由がある。「生の未完結性の中に、自由は響きわたる」とメルロ＝ポンティは言いました。そして画家、ヴィンセント・ファン・ゴッホの言葉をいつでも引用していたのです。つまり、「もっと遠くへ行きたい」。フランス語では「Je veux aller plus loin.」(ジュ・ヴォー・ザレ・プリュ・ロワン) と言います。この中に自由とは何かの問と答が入っている。

自由とは生命の屹立です。だからこそ苦悩を伴うのは当然と言えましょう。ゴッホは繊細過ぎたため自殺してしまった。しかし私はそれを悪いとは思いません。ゴッホは憧れに向かって生き、そして死んだのです。その人生が自由を得るための戦いであったことは、弟テオや友人との書簡のやり取りの多くから察することができます。ゴッホの生命は屹立しています。つまり自由だった。ゴッホの絵画には、この渇望が炎のごとく渦巻いているのです。

また、メルロ＝ポンティの名が出たついでに言うと、私は若い頃にその『知覚の現象学』や『眼と精神』を読んだ後に、ひとつの感想を書き残しました。「自由とは生命の屹立である。だからこそ苦悩と涙を伴うのだ」。自由に対する私の意見はその後四十年にわたって変わっていません。

「屹立」です。人は垂直を志向する生き方をして初めて自由を得ることができる。それには苦悩を伴いますが、それなしには自由は得られません。自由というのは、自らが求めて創り出していくものなのです。

いまの日本人の自由論には、垂直を志向する覚悟が感じられません。動物園の動物の自由論です。つまり、肉体と安全第一です。また周囲の状況ばかり見ている水平論です。飢える恐れも、他の動物に襲われる恐れもない自由論。敗戦後、ＧＨＱによって、天皇家を中心とした大家族制度は解体され、それを支えてきた武士道精神も嫌悪されました。そのことによって、日本人は動物園で飼われる動物にされてしまったのです。

自由を得ようとするには覚悟が要ります。一歩誤れば死ぬこともあり、気が狂うこともある。いまの日本人は自由を良いものだと思っているでしょうが、本来、自由とは神から人類に与えられた試金石だと私は考えます。いまの人は神を平和の象徴と考えているようですが、それは大きな間違いです。神を求めればこそ戦争も起こるし、苦悩も生ずる。神とは、生命の本源に存在する暗く深い神秘なのです。その深淵から、人間の文明は自由を求めて呻き声を上げ続けているのです。

グレン・グールドとの対話

自由と言えば、思い出す体験談があります。自由の概念と共に、私の脳裏に深く存する思い出です。あのピアニストのグレン・グールドとの対話です。

二十七歳の時に所用でアメリカに行きました。当時、私はグレン・グールドのピアノによるバッハ演奏が大好きで、フェルッチョ・ブゾーニの理論を頼りに、グールドのバッハ解釈の研究を行なっていました。そのことを知っていた作曲家の黛敏郎さんが、指揮者のレナード・バーンスタインに電話して、グールドに会えないか打診してくれたのです。すると折良くグールドがトロントからニューヨークにくることになっていた。そんな経緯で半日、グールドと話をする機会を持てたのです。

バーンスタインとグールドと言えば、これは親しい人から聞いた話ですが、ベートーヴェンのピアノ協奏曲を演奏するさい、バーンスタインが「これからお聴かせする演奏は私の解釈ではありません。この若きピアニストの解釈です」と言って演奏を始めた事件があったそうです。バーンスタインはグールドの天才を認めてはいたが、グールドの解釈には賛同できなかったようです。しかし、音楽の解釈は違っても、バーンスタインとグールドには特別に通じ合うものがあったようです。

グールドとの会話は、バッハについての話がほとんどでした。グールドは私と会う少し前に母親を亡くしており、その悲しみの経験によってバッハへの理解がものすごく深まったと言っていました。バッハの曲はすべてが鎮魂の音楽であると言っていたのです。特に強く感じたのは、現代の音楽が陥っている科学性に対してグールドが強い憤りを持っていたことです。時系列に沿って思い出すと、最初に話が弾んだのは、フランスで活躍したルーマニアの哲学者エミール・シオランの音楽観をめぐってでした。

グールドはシオランの本を全部読んでいました。私もシオランは好きでしたから話が弾みました。シオランは音楽についてこう書いています。「音楽とは、失われた楽園を追憶する人間の悔恨である」と。次いで「ゆえにすべての音楽は涙に由来する」と結論するのです。この「涙に由来する」という言葉にもっとも適合しているのがバッハだとグールドは言っていました。さらにグールドは「バッハこそが、真の自由人なのだ」とも言っていたのです。私もそう思っていたので、まったくうちとけた雰囲気が醸し出されました。

グールドは「バッハは神と直結している」とも言っていました。不滅性を求めて垂直に生きようとしたがゆえに、バッハは真の自由人になれたのでしょう。グールドはそこに惹かれたのだという意味のことを言っていたのです。

次に話題になったのは三島由紀夫です。私はグールドが三島文学を好きなことを知り本当に驚きました。そして嬉しかった。特に『金閣寺』と『春の雪』の美意識を好んでいました。まさに滅びの美学です。その美の中にグールドは自己が考えた真の自由があると語っていたのです。グールドは三島文学から、「自由への渇望」を読み取っていた。音楽も文学も、グールドの関心はいつでも自由についてでした。

また、私が三島と知り合いだったことを話すと仰天していました。私は、私自身のもつ三島文学観、「三島文学とは、霧と水蒸気を通して見たギリシャ文化である」という、三島氏も喜んでくれた考え方をグールドに伝えました。その当時、私は日本の文化を還元的水蒸気文化と呼んでいたのです。その時のグールドの喜んだ顔が今でも甦ってきます。そしてグールドは、三島文学がもつ滅びの美学から、多くの音楽的インスピレーションをもらっていると語っていたのです。

グールドは三島事件のこともよく知っていて、三島のことを「自由を愛する人」と表現していました。三島事件についての感想を聞かれた私が、一連の話の後、かつてモンテーニュをめぐって三島と交わしたやりとりを話すと、グールドもモンテーニュが好きだと言い出しました。そしてグールドは、「人間の中にある、偶然的で未完成なものを重んじたことがモンテーニュの真の価値だろう」と言ったのです。

モンテーニュが生きたのは、曖昧なものに価値を認めない古典主義の時代です。その中でモンテーニュは、偶然的で曖昧、未完成なものを重んじた。そして、メルロ＝ポンティの言う「生の未完結性」を認識して格闘し、自由を勝ち取った。グールドは、バッハはもちろんのこととして、三島とモンテーニュから、人間の生にとってもっとも大切なものを学んだと言うのです。それは自由を求める心です。私は一連の会話からグールドが、ただひたすらに自由を求めて生きている人なのだとわかりました。そこに私は強い親近感を抱いたことを覚えています。

そういった自由についての議論をいくつかした後に、グールドは眼を閉じこんな発言をしました。

「私はピアノをまだ不完全な楽器だと思っている。しかし、その不完全さが私を真の自由に導いてくれていると感ずるのだ。確かに八十八の鍵盤の制約は不自由であるが、それゆえに、そこに私は神から与えられた無限の自由を感ずるのだ」(I consider the piano to be an incomplete instrument. But I feel this very incompleteness leads me to the ultimate freedom. Definitely, limitation of 88 keys may be restrictive, but this is the reason why I sense God granted infinite freedom.)と。

私は、変人と言われながらも独自の生き方を貫くグールドの悲しみを知り、心の底から感動したのです。この言葉は彼が発することによって、生命の輝きを与えられていると思います。感動を押し殺して私は口を開いた。

「つまり、不自由の中に真の自由があるという解釈でよろしいか」(So, that means the ultimate freedom is within the restriction.)と私が聞き返すと、「その通りだ」(Exactly!)と叫ぶようにグールドは答えたのです。

制約の中で、グールドはただひとりで苦しみ抜いたのだと思います。そしてある日、鍵盤の中にそれを突き抜け、その瞬間に神と直結した。だから「神から与えられた無限の自由」とグールドは表現しているのでしょう。グールドの言葉は、私の中でいつでも自由の本質を表わすものとして響き続けているのです。

悲哀の彼方へと導け

芸術の意味

生命の悲しみとその輝き

芸術がなければ、人間は生きることができない。そう考えている人間は多いと思います。また、人間の歴史は、それを投影する万華鏡とも言えるものではないでしょうか。

私は、芸術を通して、自己の生命と対峙してきました。音楽の中に、自己のもつ涙の源泉を辿ることができます。そして、絵画や彫刻から、熱情の放射を浴び続けているのです。私にとって、文学は人生そのものであり、私は文学によって生き、そして文学によって死ぬのだと考えています。まさに、文学が放つ芸術の輝きが、私の生き方を決め死に方をも決めているのです。

つまり私は、音楽によって生命の悲しみを覚え、美術によって、その輝きを知ったのです。そして文学の力によって、自己の人生観を確立してきたと言っても過言ではありません。だからこそ、芸術について語ることは、私自身の生命哲学を語ることに繋がるのではないかといま思っているのです。芸術は人生のすべてです。だから、まったくとりとめのない話になってしまう可能性もあるのです。そこで、昨日、私の部屋でなされていたことから、実際的な芸術の話を始めたいと思っています。

昨日、私は「夜のガスパール」という音楽を聴いていたのです。そしてこのピアノ曲から、限り無い活力と、憧れへの確信を強めることができました。私を導く、この芸術の力について、あらためて考えていきたいのです。なぜ、芸術にはかくの如き力があるのかを究明したいと考えているのです。「夜のガスパール」は、フランスの作曲家モーリス・ラヴェルの代表的なピアノ曲です。この曲は、フランス的エスプリとスペイン的な悲哀の涙をあわせ持っています。ここには現代に移植されたヨーロッパ中世の「ゆらぎ」が見えるのです。この曲は、それがよく出ている。つまり、ヨーロッパ中世の精神が近代の精神と不協和音を放つのです。それが「絵画的」なゆらぎの増幅を生んでいます。

私はヨーロッパ中世の精神とそのパトスを代表する、クレルヴォーの聖ベルナールの生き方と思想を「夜の精神」と呼んでいるのですが、それを彷彿させるものがあるのです。音楽とは、いつの日も人間に「時の回帰」をもたらすものだとつくづく思います。理想と現実のせめぎ合いでしょう。そして、理想を浮き彫りにしてくれる。それが音楽のもつ最大の魅力です。

この曲の原作となっているものは、フランスの詩人アロイジウス・ベルトランの『夜のガスパール』です。これは世界最初の散文詩であり、人間の心に潜む「魔」の領域を歌い上げています。これに触発されて、あのボードレールが『パリの憂鬱』を書いたことは有名な逸話です。また、ラヴェルの音楽となったピアノ曲「夜のガスパール」は、「クープランの墓」と並んで二十世紀初頭の芸術的雰囲気に生きた人間の、ダンディズムから生ずる悲しみを感じさせてくれる力があります。この時代のヨーロッパ人は、確実に、それぞれの生き方の中に、ダンディズムを確立しようとしていたに違いありません。

音楽を聴けば、私はいつでも自己の精神を宇宙の彼方へと飛翔させることができます。そして、その過程の中で、文明の歴史や苦悩する人間の魂との対話を為すこともできるのです。このような実感によって、私は今日の疲れを休め、また明日への活力をたくわえることができるのでしょう。つまり芸術は、生命にとってなくてはならないものということになるのです。確実に、私の生命は今日まで、芸術によってその底辺を支えられてきました。このことが、昨日はたまたま、ピアノ曲である「夜のガスパール」によって、私に生起されたのだと思います。

さて、各時代それぞれに、人間は生きるために芸術を求め続けてきました。なぜ我々は芸術を必要とするのか。簡単な言い方をすると、それは人間が文明を持っているからです。我々は、文明の中で生きているから芸術を必要とする。文明がなければ芸術は要らないというのが私の考えです。

本来、我々は自然のものであり、宇宙、言い換えれば神と繋がった存在です。それが、人間の手になる文明の中で生きていると、必然的に宇宙との繋がりが希薄になってきます。だから我々は芸術によって、我々のもつ生命と、それを生かしめている宇宙、そして神との繋がりを回復しようとしているのです。我々は、自己の生命の根源が、いかようにして宇宙と繋がっているのか、それを実感しなければ生命とその核心である魂の燃焼ができないのです。

つまり、文明を手にすることによって、人間は楽園から追放されたがゆえに、我々は芸術を必要とするようになったのです。ルーマニアの哲学者エミール・シオランも言うように、我々は文明の中においては、文明以前の楽園を悔恨しなければ生きられないのです。だから、文明を活かすために芸術が必要だという言い方もできます。芸術によって文明はうまく機能してきた。だから、芸術を失えばその文明は滅びるのです。

すべての文明は、人間を自然から少しずつ遠ざけることによって秩序立て、それによって成立発展してきました。つまり、宗教的に言う、「原罪」と「穢《けが》れ」を我々は文明と共に背負ったのです。文明は人類を繁栄に導く「理性」ですが、反面、我々の生命を滞らせる働きもあるのです。人間を枠にはめ、戦争すら生み出しました。このような文明のもつ「負」の面を緩和させ、我々が本来もつ生命の躍動を取り戻すために芸術が生まれ、発展してきたのです。

我々は芸術によって、文明社会の中でも、自己の生命を真に燃焼させることができたのです。そのような意味で芸術が文明を支えてきました。芸術が生命と文明の均衡をとってきたとも言えます。芸術を失えば、文明の中に生きる人間は精気を失い、文明そのものも硬直化してついには自滅して果てるのです。

この考え方を知るためには、文明の栄枯盛衰とその本質を知ることが大切です。それが、芸術の真の価値を我々に知らしめるのです。その意味で、英国の歴史家アーノルド・トインビーの『歴史の研究』を読むことを勧めます。ここでトインビーは、「剣を取るものは剣によって滅ぶるなり」というキリスト教史観による文明論を説いています。つまり、文明を本当に維持発展させるには、それに枠をはめることがもっとも必要なのだということです。私はこの文明から滴る人間的な価値観こそを芸術と呼んでいるのです。それは、神と人間を繋ぐものです。

トインビーによって、文明の中における芸術の大切さを知ることができる。私は十九歳のときに、英国の駐日大使であったサー・ジョン・ピルチャーの強い勧めによって、六千頁もの大著を原書で読みました。その苦行は、今でも夢に見ます。その当時は完全訳の訳本がなかったのです。今は経済往来社から二十五巻本で完全翻訳が出ています。また当時も社会思想社からはサマーヴェル版という要約版が三巻本として出ていました。要約版でも十分にトインビーの考えは伝わってきます。

スイスの歴史家ヤコブ・ブルクハルトの『イタリア・ルネサンスの文化』、英国の美学者ウォルター・ペイターの『ルネサンス』もいい。フランスの歴史家なら、フランソワ・ギゾーの『ヨーロッパ文明史』そしてジョルジュ・デュビーが著わした『ヨーロッパの中世』を中心とした大伽藍の歴史も実に面白いです。これらには、ひとつの文明観と生命の躍動としての芸術の魂が述べられています。

「隠された神」の認識

さて、現代の我々が芸術と呼ぶものはいつごろ誕生したのでしょう。現代に通じる芸術の根源は中世の信仰にあります。これはヨーロッパも日本も同じです。古代の精神が、中世の信仰によって練り直されることによって、現代に通じる芸術の萌芽ができたのです。つまり、魂の深奥から生まれる人間の生命の燃焼です。

日本では鎌倉時代が中世の中心です。鎌倉時代は道元、法然、親鸞、日蓮など、数多くの宗教家を輩出しています。そして武士道の確立。それらの思想が芸術の芽となりました。思想については道元の『正法眼蔵』。信仰と芸術の関係については、西行の『山家集』や親鸞の『歎異抄』、兼好の『徒然草』や長明の『方丈記』などにその芸術的な人生観が浮き彫りにされています。

またヨーロッパにおいては信仰の証として、ノートルダムやシャルトルに見られるような、天にそびえる大伽藍が次々に造られました。そこにそそがれた人間の営為、つまりそのすべての悲しみと涙、そして何よりも清らかな愚かさが現代に通じる芸術の芽を生んだのです。それは確実に人間の生命を燃焼させ、愚かさゆえの魂の高貴さを形創ったのです。その苦悩する高貴な魂が、現代の芸術を支えているのです。

私が親しく接した哲学者の森有正氏は、「芸術とは信仰である。だから愚かで悲しいものなのだ」と言っていました。この「愚かで悲しい」というところが中世なのです。中世の信仰というのは、現代人から見れば愚かで悲しいものです。しかし、その愚かさの中に、人間の夢や憧れのすべてがあった。それは日本では「無常」の観念を生み出し、ヨーロッパでは死に至るほどの「信仰」によって、次々と大伽藍を造り出す原動力になったのです。そのエネルギーから、現代に通じる芸術が生まれ出てきたのです。中世を一言で表現すれば、日本では道元が「当観無常《とうかんむじょう》」(まさに無常を観ずべし)と言い、西洋では信仰生活の証として教会が「メメント・モリ」(死を想え)という思想を民衆に説いていたのです。

中世の人々の生活感情については、ホイジンガーの『中世の秋』を始めとして、ロダンの『フランスの聖堂』、そして先程も挙げたジョルジュ・デュビーの一連の中世史関係の著作に詳しく書かれています。現代の日本では、和辻哲郎の『日本精神史研究』と『古寺巡礼』、そして亀井勝一郎の『日本人の精神史』や『大和古寺風物誌』が秀れています。評論としては、小林秀雄の『無常といふ事』や『無私の精神』に代表される多くの著作群、そして堀田善衛の『方丈記私記』や『路上の人』、また桶谷秀昭の『中世のこころ』が秀れて中世の悲しみを伝えています。中世においては、信仰と芸術は一体のものでまだ分離してはいません。それが分離し始めるのが、あの偉大なルネサンスであり、日本では絢爛豪華な安土桃山文化なのです。

現代の常識では、ヨーロッパで特に、中世以前のギリシャ・ローマ時代にも素晴らしい芸術があると思っています。しかし、これは正確ではありません。もちろん、いま問題にしているのは、現代に通じる芸術についてです。ギリシャやローマ時代の作品は、現代的な眼から見れば実は工芸なのです。つまり、人間存在に対する芸術のもつ意味がまったく違うのです。

スペインの哲学者ホセ・オルテガ・イ・ガセットは、その『大衆の反逆』の中で「ギリシャ・ローマ的な思考は、目に見える物、もしくはそれに類したことから離れることができなかった」と述べています。この意味とまったく同じ見方で、私もギリシャ・ローマの美術は工芸であり、現代の芸術とはその本質的価値が違うと言っているのです。

私は、もちろんギリシャ・ローマの芸術を否定しているのではありません。むしろ、現代的な意味合いではない、偉大なるものを感じています。それらは、もちろん高度ですばらしい工芸なのです。ただ、あれは目に見える美を追求する精神から生まれたものです。そこには現代芸術の中心課題である「苦悩」と「悲しみ」がない。だから、工芸という言葉を使ったのです。古代芸術も生命を燃焼させたものなのですが、燃焼のさせ方が違うのです。現代に通じる芸術とは違います。

現代は、自我と運命の相克の中に、生命の燃焼があります。だから、現代の芸術は、魂のものであり、呻吟する何ものかなのです。つまり、現代の芸術は、中世の愚かで悲しい信仰の中で、生命を燃焼させた人間の魂の雄叫びが生み出したものなのです。この違いを理解しなければなりません。ヨーロッパにおいては、信仰心に基づいた大伽藍建造に生命を燃焼させることによって、パスカルの言葉を借りると「隠された神」(Deus absconditus) と、人間は初めて交流できるようになった。その交流が生み出した「何ものか」です。

だから逆に、ギリシャ・ローマ時代の作品は健康的だとも言えるのです。それに比べて現代の芸術は悲劇的な要素があります。その悲しみの昇華が、現代人にとっての芸術の意味です。どちらも、各々にその時代の人間の生命を燃焼させるものなのです。

スイスの画家パウル・クレーは、その『造形思考』の中で「芸術とは見えるものを再現するのではなく、見えないものを見えるようにするものである」(Die Kunst gibt nicht das Sichtbare wieder, sondern macht sichtbar.) と言っています。この作業こそが、現代の芸術であり、それを行なう者に苦悩と悲しみとをもたらすのです。中世の信仰に芸術の根源があることを理解していると、このクレーの言葉の意味がよくわかるのです。まさにこの言葉は、中世から繋がる現代芸術の本質を見事に言い当てています。

これは絵画や彫刻だけではなく音楽にも言えることです。ピアニストのグレン・グールドのバッハ解釈がまさにそうです。グールドは、楽譜の中の見えないものを、見えるようにしようとしているのです。つまり、それを現代人が耳で「見る」ことができるようにしようとしているのです。これは、途轍もない悲しみと苦悩を、その人物に課す事柄なのです。グールドが変人扱いされているのは、その悲しみを抱えた「悲痛」を我々が理解できないからです。それがわかれば、グールドの孤独がわかるのです。

そして、もちろんその芸術の核心がわかる。グールドが活躍し出した時代に流行っていたバッハの解釈は、見えるものを見える通りにやらなければ駄目だという考えでした。「病的」であったロマン派の反動としての「健全」です。つまり、理性的で科学的だった。だから、二十世紀前半にはアルトゥーロ・トスカニーニやワンダ・ランドフスカ等がもてはやされていたのです。ロマン派の時代に、悲劇性が行き過ぎたことは確かなことだったのです。それに対する是正です。

それが特にひどかった。グールドと会ったとき、私が「芸術とは精神を形にするものではないか」と言うと、グールドは、それこそが、自分の音楽に対する考え方のすべてだと答えてくれました。そして、「それは辛いことだ」と付け加えたのです。中世のヨーロッパでは、その辛く悲しいことが、すべて大伽藍の建造に向けられました。精神を形にして、神の前に己れの誠を示すためです。

文明の奴隷となるな

現代に通じる芸術は、ルネサンスの精神によって初めて日の目を見るようになった。ルネサンスになって芸術と信仰が分離することになったからです。その理由として、人間が真の孤独を知ったことが挙げられます。オランダの人文主義者エラスムスは「自分は孤独でありたい」(Solus esse volui.)という自我に基づく孤独感をヨーロッパで初めて宣言しました。現在の芸術はここから始まると言っても過言ではありません。西暦一五〇〇年を少し越えたくらいの時代です。

それ以前、孤独というものは自己の問題ではなかった。どちらかと言えば宗教的問題だった。ところが、エラスムスは一人の人間として「孤独でありたい」と言った。これは大変なことです。そしてこれがルネサンスの価値であり、現在の実存主義に通じるヒューマニズムの萌芽なのです。

どういうことかと言えば、中世を通じて営まれた大伽藍建造とその中での祈りを通して、人間は神を感じ、それと自己が繋がることができるようになった。大伽藍の奥行きと厚み、そして何よりも垂直の柱と塔が、人間に魂の尊厳性を実感せしめたのです。我々の魂が神と直結できることが実感できるようになって、人間は孤独というものをよい意味で実感したのです。その最初の人間がエラスムスだった。そして孤独に耐えることができるようになった人間が第三者的な見方で、初めてギリシャ・ローマの偉大な文化にも気づき始めたのです。それがルネサンスを生んだ。

真の孤独に耐えることのできる人間でないと、ギリシャ・ローマの偉大性にも気づくことができなかったのです。むしろ、「神」を知らぬ文明として軽蔑していた。孤独が、歴史の核心へ目をいかせたのです。つまり、孤独に耐えられる人間でなければ自己責任の判断はできないということです。それまではキリスト教だけにしか価値はなかった。しかし、孤独に耐えながら自己判断のできる人間が生まれ、初めて古代を含む種々の価値にも気づくようになったのです。この転換は大変なことです。

あらかじめ、ギリシャ・ローマの作品は芸術的価値があると教え込まれている我々が、この転換の意味に気づくのは難しい。逆に古代人が現代の芸術作品を見たら、「狂人」の作品と感じるかもしれません。

神と分離することによって、人間は孤独を知り、現代に通じる苦悩が生まれた。それが現代の芸術を生むのです。そして、近代を特徴づけることは、神との分離によって、神に対する認識はかえって深まっていったことなのです。十九世紀の末に、人類は神を「殺し」ますが、それまでは対立の懊悩が激しかった。それも、現代へ通じる芸術の特徴なのです。

つまり神を殺したのは、二十世紀に突入する頃で、現代に通じる芸術が確立した十六〜十九世紀は、かえって神と自己が対峙していたのです。ヨーロッパでは、大伽藍の出現によって、神を形として感ずることができるようになった。そして神と自己が直面した。神が形になった。それによって物を見る基準が与えられたのです。

その基準を、フランスの哲学者モーリス・メルロ＝ポンティは「垂直の存在」(l'être vertical)と呼びました。だから、神を失ったのではなく、本当は自己との関係において強く実感しだしたのです。垂直を感ずれば、奥行きが見えるようになる。まず神を垂直と感じられることによって、その奥行きも実感できるようになった。それが徐々に、我々の心を芸術の中に表現する力を与えるようになったのだと思います。

これが十九世紀までの四百年間の姿です。神を殺す前に、それより遡ること数百年は逆に激しく感じたということです。大伽藍は、中世人に「垂直の存在」を感じる力をつけた。そして垂直が立てば、人間は見えないものが見えるようになる。混沌とした「生《なま》の存在」(l'être brut)の中に奥行きと厚みを見ることができるようになる。そして、見えないものを見る力が芽生えてくる。強力な自己の確立です。そこに至って、先ほどのクレーの言葉の意味が生活の中に生きてくる。つまり、深淵な感覚を芸術として認識し表現することができるようになったのです。神の存在を形として感ずることによって、芸術が大きな意味を持ってきたということです。

大伽藍や中世的な信仰の形態が、神を形として感じさせ、それによって人類は新しい精神的な芸術を生み出すことができるようになりました。だから、現代の芸術は神を内包しているのです。その結果として、文明という人工の世界に生きる我々にとって芸術は不可欠なものになったのです。神か芸術か、両方でもよいし片方でもよい。だから、芸術がなくなれば、すでに神を失っている我々現代人は生命と文明との均衡を失い、文明と共に滅んでしまうのです。

法律と科学、つまり文明万能の時代である現在、その兆候はいたるところで感じられます。一方、イスラム圏ではまだ神が健在です。ですから、イスラム圏では芸術はそれほど必要とされていません。キリスト教圏では二十世紀に至って神を殺してしまったため、生命を燃焼させる対象は芸術しか残っていません。

したがって現代では芸術がわからなければ、文明の奴隷になるだけです。現代では、芸術に関心を持たない人々は、文明の奴隷なのです。我々人間は、いつの世も、自己の生命が持つ「暗さ」そして「悲しさ」というものを実感し、その認識によってそれを乗り越えていかなければならないのです。それを司ってきたのは神と芸術しかありません。

我々は神を失った

エラスムスの「孤独でありたい」から、ニーチェが「神は死んだ」と言い放つまでには四百年の時間があります。この間に、それまで一体だった信仰と芸術が徐々に分離を始め、十九世紀末に完全に分離したと理解すればいい。正確には、その認識を精神的に持てるようになったと言った方がいいかもしれません。そしてこの認識は現代の芸術を理解する上で、決定的に重要なことなのです。

十九世紀末に人間はそれまでの神を失い、新しい神を発見した。そしてその新しい神は、芸術の中に棲《す》んでいたのです。そこに生命の暗く悲しい叫びをたたきつけた。だから我々は生きてこられたのです。その最初の世代が、初めに挙げたベルトランであり、また詩人ボードレールです。ベルトランはその『夜のガスパール』の中で「芸術の中にある《サンチマン》こそが、私の苦しみを経て摑んだものなのだ」(Ce qui dans l'art est 〈sentiment〉 était ma douloureuse conquête.) と言っています。サンチマンとは、つまり意識された悲哀のことです。

また、ボードレールはその『パリの憂鬱』の中で「私だけの悲しみがあった。ひとにはわかり得ぬ悲しみがあった」(Moi seul j'étais triste, inconcevablement triste.) と認《したた》めているのです。これこそが、エラスムスの伝統を継いでいる言葉です。そして現代の芸術を貫く人間の苦悩から生まれる「真実」なのです。だから、現代では、苦悩のない人間には真の人生は拓かないとも言われているのです。

私はこのボードレールの言葉を思い出すことによって、いつでも「人生は一行のボオドレエルにも若《し》かない」と書いて死んだ芥川龍之介を偲ぶのです。この生命から湧き出ずる言葉がわからない人には、現代の芸術はわかりません。極論すれば、現代では明るく楽しい芸術というものは存在しない。あるとすれば中世以前の時代、ローマやギリシャの芸術です。それは現代で言う芸術とは違うものだということはすでに述べました。

ボードレールと同時代の詩人ランボーは「俺は地獄にいると思っている、だから地獄にいるんだ」(Je me crois en enfer, donc j'y suis.) と叫び、あの偉大な詩を書き続けたのです。ここには、神を失い、詩という言葉の芸術に己れの生命を燃焼させたランボーの呻きがあります。神が希薄になった文明の中で暮らす我々は、芸術の力を借りて己れの生命の中に秘められている暗さ、そして不条理や悲しみを実感することによって、自らの魂を救うのです。十九世紀以降の芸術とはそういうものです。森有正氏の言葉を繰り返しますが、「芸術とは愚かで悲しいもの」なのです。

「青の時代」のパブロ・ピカソは、「絵画とは、悲しみを表現するためにある」と言っていたそうです。私の親しい友人で、芸術を深く理解している人物と先日話したとき、その人は片眼が白濁した老女を描いた「ラ・セレスティーナ」に人間存在の悲しみを強烈に感じると言っていました。それはその人自身が、生命を愛し、何ものかを信仰しているからにほかならないのです。神が希薄になった現代の信仰心は、必ず芸術に向かうのです。

芸術とは、愚かで悲しいものである

我が友であった、今は亡き「魂の画家」戸嶋靖昌は生前、「愛がなければ、絵を描くことはできない。しかし、その愛を捨てなければキャンバスの上では形にならない」と言っていました。そして、そのために「私はある種の断念によって、自分の作品を支えているのだ」と語っていました。「断念」とは悲しみです。何かを断念する、捨て去ることによってしか芸術を支えることができない。ピカソの言葉と相通じるものがあります。そこに共通して感じられるものは、芸術家としての眼で生命を見つめ続ける苦悩です。つまり、生命に与えられた不条理と対峙する悲しみでしょう。

我々がバッハ以降の音楽を聴いているときは、音楽の中にその不条理を乗り越える現代の神を求めているのです。そのような意味で、バッハ以降が現代に通じる音楽なのです。バッハ以前の音楽は、宗教か舞踊そのものであり、ここで論じている芸術とは別のものです。それは、もっと直截な「実体」なのです。つまり現代的な意味の芸術ではありません。神との直結です。それに引き換え、現代の芸術は生の「実存」とも言えましょう。その分岐点にバッハはいます。だから、音楽はバッハによって現代に通じる芸術になったと言われているのです。

私は若い頃、バッハやベートーヴェンを聴くときは、いつも正装し、スピーカーの前の板の間に正座して聴いていました。その当時親しかった音楽好きの作家、五味康祐氏に「お前は、根っからの日本原人だな。愚かでなかなかよい」とからかわれたことがありました。いまから考えると、私にとっての音楽とは祈りだったのです。私は音楽を通じて神と対峙していたのです。芸術の中に神を見ていたのに違いありません。神なき時代を生きる我々は芸術によって、生命の暗さや悲しみと対峙することで勇気を体奥から絞り出しているのです。

フランスの作家アンドレ・マルローは「芸術とは反運命である」(L'art est un anti-destin.)と言っています。私の言う勇気とは、運命に抗う力です。芸術を理解する人は、運命に抗う力を得ることができる。つまり、芸術を通して悲しみを見つめる勇気をもつことができるようになり、それによって逆に生命の輝きに触れていくのです。

神なき時代には、芸術が神の代わりにもなっているということです。しかし、現代のわが国は芸術をも失ってしまったかのようです。音楽を例に取っても、いまわが国に鳴り響いている音楽は、限りなく空虚なものばかりです。これは、私が年を取ったから感じることではないと思います。魂の問題に年齢など関係ありません。事実いまの日本で、本当に芸術と呼べるものは、ほとんど生み出されていないと私は思います。むしろ芸術は蔑ろにされていると言った方がよい。本当の芸術とは「愚かで悲しいもの」なので、功利主義の現代的価値観に染まったいまの日本人には嫌われているのではないでしょうか。

人間は、芸術に向き合うことによって、初めて垂直軸が立つのです。つまり生命の屹立《きつりつ》です。それを嫌うために、いまの日本人は、限りなく平板になっています。だから、生命の雄叫びである苦悩と悲しみがない。危険を回避し保身しか考えていないように見受けられます。

私は、芸術に対する日本の現状を見ると、いつでも三島由紀夫の「このまま行ったら《日本》はなくなってしまうのではないか……日本はなくなって、その代わりに、無機的な、からっぽな、ニュートラルな、中間色の、富裕な、抜目がない、或る経済的大国が極東の一角に残るのであろう」という言葉を思い出します。三島の遺言とも言われている、あの有名な「果たし得ていない約束」（一九七〇年七月七日　産経新聞夕刊）です。

ただ、盛り返さないとは限りません。希望を感ずることも多々あるのです。それは、現代でもまだ、人間の中に「燃え尽きること」に向かう熱情があるからです。だから、もう駄目だと思っても、我々の思いもつかない芸術が現われ、滅びつつある文明を盛り返すかもしれません。

「大なる悲観は、大なる楽観」に通じるのです。それが現代の芸術から私が摑んだ哲学のひとつです。このことは詩歌随想集『友よ』に詳しく書きましたが、まさに藤村操という明治の青年が自らの命をかけて主張した哲学でした。

人間は運命を超越する

現代の芸術とは、神を失いつつあった文明の中における、人間の悲しみの表現と言ってもいいのです。その現代の芸術の本質を深く詩的に謳い上げているものがあります。それがフランスの詩人ポール・ヴァレリーの『若きパルク』なのです。

私がそう感じた謂われは、仏文学者で文芸批評家の村松剛氏との文学論でした。村松氏はヴァレリーの詩を強く愛しており、私とその『若きパルク』について議論したことがあったのです。その時、氏は「ヴァレリーとは運命の超越なのだ」と言っていたのです。私は、その氏の文学論を聞いたとき、神的な高貴なものをヴァレリーと村松氏自身に感じました。目の前に、芸術の山脈がそびえていた。そして、二十世紀の芸術の魂をその『若きパルク』の中に見出していったのです。

現代の芸術の真の価値は、人間の運命の超越なのです。それが『若きパルク』にはある。我々人間に与えられた生命、つまり、その運命とは暗く悲しいものです。しかし、だからこそ、その中に一片の輝きがあるのです。それを摑み取るには、生涯の中で「文明」というものを捨てなければならないときがあるのです。

自己の運命を認識して、それ自身を愛し、そして捨てる。生命の真の輝きに人生をゆだねるのです。つまり、詩の魂の実現。それが自己の運命の超越です。その力を、ヴァレリーの詩は確実に与えてくれるのです。その力は神と芸術にしかありません。そして、芸術の深淵のもっとも深い謎の部分を『若きパルク』は謳い上げていると私は思うのです。

ヴァレリーの墓碑銘は、まさに現代の芸術観を象徴したものです。それは「神々の静寂の上に長く視線を投げて、おお、思索の後の心地よいこの返礼」（O récompense après une pensée　Qu'un long regard sur le calme des dieux!）と刻まれています。ヴァレリー自身の詩「海辺の墓地」（Le cimetière marin.）の一節です。「神々の静寂」とは、我々が神々を失ったということです。神の不在をずっと見つめ続けながら、ヴァレリーは思索し、ついに芸術家として大成したのです。その『若きパルク』を読めば、この墓碑銘の意味、つまり現代芸術の意味がより深く理解できるのです。

これが、二十世紀の芸術観をもっともよく表わした詩なのです。その出だしはこうです。「泣くは誰《だれ》 彼処《かしこ》に、一陣の風にはあらで、この黎明《あさまだき》 ただひとり、究極の金剛石と共に在る時……」（鈴木信太郎訳）。ローマ神話の地獄の女神パルクに自らの憧れを託した五百十二行の壮大な詩です。ヴァレリーはここで、神を失った人間が、芸術を生み出すための苦しみを歌っているのです。

私はこの中にアンドレ・ジードの『地の糧』の強い影響を感じます。事実、この詩はジードに捧げられました。途中で「涙よ、迷宮の誇りなる霊魂《たましひ》の奥處《おくが》より汝は生ず」と叫びつつ、この詩は進行していきます。私の生命、そして運命とは何なのか。それに答えてくれるものがこの詩なのです。現代の神は芸術の内部に隠されているのです。村松氏に触発されて『若きパルク』を四十年かけて読んできた私は、「現代における芸術とは何か」と問われたなら、「芸術とは、死を見つめて生きるためのひとつの信仰である」と答えるでしょう。

つまり、有限な存在であることを知りながら、それでも永遠を志向して懊悩する人間のためにあるもの、それが現代の芸術なのです。

神に一任していた事柄を、中世と呼ばれる封建社会を通過した西欧と日本は、自らの魂の中で考え、そして解決しなければならなくなった。封建とは、固定された人間関係の社会です。その秩序は、利害関係だけではなく、社会に共通した「信仰」によって支えられていました。しかし、信仰が崩れ去った後、残された濃密な人間関係は、そのはけ口を失っているのです。その中で、人間は生命のもつ暗さや悲しさと否応《いやおう》なく対峙するのです。それが呻吟を生み、そして魂の芸術がそこからまた分化してきた。その結果、現代に通じる芸術が生み出されてきたのです。

生きるとは、呻吟する精神である

情熱と人生

善悪を振り切れ

情熱について語りたいと思います。特に、情熱と呼ばれているものと、我々人間の人生との関係について考えていきたいのです。まず初めに、情熱と言われている人間精神が、いかなるものであるのかを定義していきたいと思います。

情熱とは、人間を人間たらしめているものです。人間的な精神活動のすべてに関与し、人生の価値を決めるものと言っても過言ではありません。つまり、生命力そのものです。そして、情熱は人生を価値あるものにもしますが、また破滅させることもある。情熱には、善悪どちらに出るかわからない怖さがあるのです。平和に慣れた現代人は、それゆえに情熱を危険視しています。

そもそも現代の問題の多くは、生命の根源にある情熱を怖れる保証的な安全思想にあります。安全・安心が現代の価値観にさえなっています。情熱に突き動かされ、善悪どちらに転ぶかわからない人生など、大半の現代人は避けようとするでしょう。しかし、情熱は成功や安全、そして安定を保証しないからこそ価値があるのです。これは私の根本的な考え方ですが、人生においては、保証が与えられているものはすべて偽物です。社会保障などが、人間の情熱の敵として現代社会を覆いつつある現実を見れば、それは誰の眼にも明らかでしょう。

人類のもっとも古い英知に、古代ギリシャの「デルフォイの神託」があります。「汝自身を知れ」(グノーティ・セアウトン)というものが有名ですが、実際にはあと二つあります。「度を越すな」(メーデン・アガン)と「保証、その脇に災難あり」(エンギュエー・パラ・ド・アーテー)です。神託が三つあり、その中に保証を戒めたものがあることを、ホメーロスの『オデュッセイア』によって知ったのです。そしてそれは一般的には、ソクラテスを生み出した根源思想として広く知られています。

実に、人類はその文明の初期から、保証のもつ悪魔性に注意を促していたのです。これが、文明の歴史を動かすための、「約束」ごとの始まりであったのです。『オデュッセイア』が、人類の情熱を謳い上げた、最初期の叙事詩であることを踏まえれば、何か感無量のものが胸に込み上げてきます。つまり情熱は、文明的な保証の対極に位置していると言っても過言ではありません。

デルフォイの神託にある「保証」が出たところで、「保証」と「保障」の違いを簡単に話しておきたいと思います。この二つは根本概念はまったく同一のものです。一般的に、「保証」は個人同士の間で使用されるものであり、「保障」という表現は、それが制度として社会的に機能した場合を指しているのです。両者とも、一定の「条件」のもとに、いざという時の「手助け」を「約束」するという思想によって成り立っています。

さて、ヨーロッパの多くの言語では、情熱はパッション（passion）と言われています。この言語の使用の歴史の中に、情熱の本質が示されていると考えています。それが、『オデュッセイア』の中に早くも見られていたのではないでしょうか。パッションには、情熱のほかに受難という意味もあります。事実、『オデュッセイア』は英雄の受難の物語です。だから、文明の初期から、同じような意味で使用されていたのでしょう。情熱と受難は、日本語では印象がかなり違いますが、ヨーロッパ語だと同じになる。特に、定冠詞を付ければ、ずばり受難です。

なぜ、情熱と受難が同じ言葉で表わされるのか。誰でもそう考えてしまう。私も例外ではなく、そう思ったのです。そして、自分なりにわかったときがあった。しかも、それは文明の本質にかかわる事柄だったのです。つまり、情熱と保証は、それぞれに文明の表裏であり、明暗を表わすものであったのです。

言語は、不合理な人間存在の実存を表わしています。生命のもつ揺らぎです。生命とは、不合理きわまりないものなのです。すべてに表裏があります。そして、その表裏の矛盾の中にこそ、人間の真実が隠されているのです。キリストを思い出してください。「神の言葉をこの世に伝えたい」という情熱を抱かなかったら、十字架に架けられることはありませんでした。

つまり、キリストは情熱に突き動かされたがゆえに、受難を引き受けることになったのです。だから情熱と受難は等しい。また、ホメーロスの『オデュッセイア』の中でも、英雄オデュッセウスのもつ情熱があの受難の旅を招き入れたのです。これがパッションの中に隠されている最大の不合理でしょう。以来、キリスト教文明圏では、情熱と受難は不可分の概念なのです。そして、我々はその情熱と、それが招く受難に対して畏敬の念を抱き、また感動しているのです。

情熱を支えるのは希望

受難は、人間がもつ情熱によって引き起こされます。しかし、その情熱こそが、苦難に耐え、それを乗り越える力を我々に与えもするのです。苦難を乗り越える力というのは、もともとが、愛の力なのです。だから、情熱のもっとも崇高なものが愛なのです。愛と言うと日本人にはわかりにくいでしょうが、言い換えれば希望です。憧れであり、真の犠牲的精神を生み出すものです。宇宙と生命の根本においては、犠牲が愛の本質なのです。

したがって、犠牲を伴わぬ愛は存在しません。そして愛を伴わぬ希望も存在しないのです。苦難を乗り越えるのは、愛に裏打ちされた希望の力しかないのです。つまり、情熱の裏には希望の力が隠されている。だからこそ、人は情熱に突き動かされ、受難に遭うべきなのです。それが正しい生命観であり、また物理的な宇宙観にも裏打ちされた生き方の根源ともなるのです。受難を引き受けない人生は価値がない。それは希望のない人生が、人生ではないのと同じです。

これは厳しいことかもしれません。しかし、それが生命の哲理なのです。自己の生命を使い切る、価値のある人生を生きようとするなら、受難を恐れてはなりません。また、自己の生命が、真に他存在の役に立ちたいのなら、自己独自の情熱を抱き締めなければなりません。

情熱と受難について、その言葉の上での相関関係に気づいたのは、小学校五年のころでした。当時はパッションには情熱という意味しかないと思っていましたが、バッハの「マタイ受難曲」のレコードのジャケットを見ると「St. Matthew Passion」とあった。どうしてキリストの受難を描いた曲にパッションという言葉が使われているのか、とても驚いたことを覚えています。すぐに辞書を引きましたが、やはり情熱とあった。この疑問はかなり引っかかり大辞典に何冊もあたりました。そして、その理由を確認したのです。その結果、「マタイ受難曲」は私をパスカルの思想へと導いてくれたのです。

パスカルでは『パンセ』が有名ですが、私は『愛の情念について』という本を最初に読みました。パスカルは、その中で、受難というものを知れば、愛が生まれると書いています。そして、愛が認識を生み、認識が希望を生み出すということを言っているのです。これがパスカルの信仰の論理です。この思想によって、「マタイ受難曲」は私の生涯の友となったのです。後に、『パンセ』にも同じようなことが書かれていました。確かに、パスカルは受難を覚悟する生き方が情熱なのだと言っているのです。

パスカルは、情熱を知ることによって、人間は自己の生命と人生にかかわる「悲しみ」を見つめることが、初めてできるのだと語っています。自己の信仰から生まれた思想なのでしょう。つまり、自己の生命と人間の歴史の真実の中に隠された「悲しみ」を感知したとき、我々は真の情熱を認識することができるのです。これは、決して難しいことではない。文化の中にあって、自己の人生を何ものかに捧げる決意があれば、誰にでもわかる事柄です。情熱というと、日本人はすぐに恋愛に結び付けますが、恋愛など情熱のほんの一部にすぎません。それも、多くの場合、大したものではありません。単なるエゴイズムの場合が多い。

真の情熱とは、人生と生命そのものを「何ものか」に捧げ尽くすことなのです。だから、真の情熱は悲しみと直面するのです。そして「呻吟」しつつ、人間としての生き方を求め続けていくのです。パスカルは、この求道の人生を受難と捉え、その『パンセ』において、自己の信念を語っています。真の人間の生き方について、「私が是認するのは、ただ呻きつつ求める人だけである」(Je ne puis approuver que ceux qui cherchent en gémissant.) と語っています。それは情熱を育み、そして受難を受けるのです。だからこそ、情熱をもつ人生には覚悟が必要なのです。人生について、パスカルはそれを「最期の幕は、血みどろなのだ」(Le dernier acte est sanglant.) と結んでいることが、私に強い印象を残して長く記憶に留まっているのです。

航海王エンリケと『葉隠』

情熱を理解するには、それに突き動かされた歴史上の人物の例をみることがもっともわかりやすいと思います。まずは、エンリケを見ましょう。エンリケとは、大航海時代を拓いたポルトガルの航海王、エンリケ王子のことです。ポルトガルが世界に雄飛する基盤を創った人物です。私は探検家、本多勝一の著作に促されて読んだ、オーストリアの文学者シュテファン・ツヴァイクの『マゼラン』でエンリケのことを初めて知りました。

その本の最初に出てくるのが、マゼランの航海を可能にさせたエンリケ航海王の話です。この人の人生は「悲しみ」そのものです。つまり、情熱が生命のすべてであったのです。受難の人生です。エンリケのことは、涙なくしては語れません。人生すべてが情熱であったという代表的な人物なのです。エンリケについて私はすでに『生くる』の「養常記」の中に書いたことがあります。情熱的なことは、詩的で非日常的です。その非日常的なことを、常に行なうことによって、自分自身の日常的なものにする思想を私は「常《つね》を養《やしな》う」、つまり「養常《ようじょう》」という言葉で表わしています。その代表的な人物がエンリケなのです。

エンリケの何が偉大か。それは「航海をすることが必要なのだ。生きることは必要ではない」という言葉に尽きるでしょう。ラテン語で「Navigare necesse est, vivere non est necesse.」（ナヴィガーレ　ネケッセ　エスト、ヴィヴェーレ　ノン　エスト　ネケッセ）と言います。この言葉を体現したのがエンリケです。リスボンに建てられた、大航海時代の発見の記念碑にもこの言葉が刻まれているそうです。私は行ったことはありませんが、私の話に刺激されて、何十人もの人がそこを訪れ、私にその確認を伝えてくれています。だから、間違いないと思います。

このラテン語の出所は不明なのですが、ポルトガルの船乗りの間に伝えられていた言葉だそうです。エンリケが偉大なのは、この言葉を信じて自分の生き方とし、さらに、この言葉を国是、つまり現代で言えば憲法にまで持っていったというところです。この言葉が好きだとか、この思想が好きだという人は、世界中にいくらでもいます。ところが、このような不合理で情熱的な思想を、一国の国是にまで持っていったのはエンリケだけです。

もちろん時代的背景もありました。当時イベリア半島は、イスラム教徒との間に八百年に及ぶレコンキスタと呼ばれた国土回復戦争を戦い、それが終焉して、情熱のはけ口を求めていたのです。命を捧げる対象をさがしていた。それを海へ向かわせたのです。その政治的信念に私は驚かされるのです。人間の本質を知り抜いている。

その偉大さは、人類史上に輝くものです。「航海をすることが必要なのだ。生きることは必要ではない」という思想を、まさに生き抜いたのです。まさに情熱です。涙なくしては語れません。「血みどろの最期」を覚悟しなければできないことです。当時の、ポルトガルやスペインの歴史的状況を考えると、アフリカやアジアの国々の多くが、その植民地になった理由がよくわかるような気がします。

私は、エンリケの話を知ったとき、すぐに結び付いた思想は「武士道と云ふは死ぬ事と見付けたり」という『葉隠』の思想でした。まさに、エンリケと『葉隠』の思想はまったく同一です。ここには、日本とヨーロッパの封建制が生み出した真の情熱が躍動しています。非日常を常《つね》なるものにする思想です。非日常が常なるものになって初めて、真の情熱が生まれるのです。この情熱によってエンリケはポルトガルが世界に雄飛する基礎を創りあげたのです。

そして、未知の大海原に乗り出すには、何よりも愛の力が必要です。その先には、どんな過酷な運命が待ち受けているかわかりません。当時のポルトガル人は、八百年に及ぶ戦いのゆえに、心底から愛の力を知っていました。現代人から見ると逆に見えますが、事実はそうなのです。愛は、戦いによって育まれるのです。そして愛の力によって認識力が深まり、深まった認識力によって科学的な眼を持てるようになり、真の希望が生まれてきたのです。ポルトガルの航海術の飛躍的な発展の原動力は情熱の存在によって支えられていたのです。

不合理の極みとも言える情熱によって、科学的な眼を持てるようになったのです。面白い逆説です。ポルトガルの雄飛が、不合理の極みである情熱から生まれたということは、現代人がよくよく知っておくべきことです。「航海をすることが必要なのだ。生きることは必要ではない」などという思想は、いまの私たちにすれば「ふざけるな」と思うに違いありません。しかし、真の情熱だけが私たちを科学的真実に近づける力があるのです。その実例が当時のポルトガルとエンリケなのです。

エンリケの思想に後押しされたマゼランは、過去の船乗りが、アルゼンチンのラプラタ川を太平洋に抜ける海峡だと勘違いして作った海図を持っていました。マゼランはその海図を本当に信じ込み、ついに太平洋につながるマゼラン海峡を発見する。これを偶然だと人は言いますが、私は絶対に偶然だとは思いません。要は情熱です。情熱は、不合理を科学的真実に変える力があるのです。科学を、生命の哲理にしたがわせる力があると言い換えてもいいでしょう。

鑑真、ザビエル、そして神父ダミアン

日本の歴史では、鑑真和尚の来日にまつわる逸話が好きです。鑑真は仏教の理論である「律」を日本にもたらし、唐招提寺を造った人物です。つまり、日本を特徴づける仏教文化の基礎の多くは、鑑真にあるのです。鑑真については、我が思いを詩歌随想集『友よ』に書いたことがあります。

大《おほ》寺の　円《まろ》き柱の　月影を　土に踏みつつ　ものをこそ思へ

会津八一が唐招提寺を詠んだ有名な歌です。「ものをこそ思へ」というのは、鑑真とその歴史的使命のことを「思う」ことです。鑑真を「思う」ということは、日本の歴史を考えることに繋がっているのです。鑑真がいなかったら、奈良時代以後の日本史は大きく違ったものになっていたでしょう。この鑑真も、私は情熱だけで生きた人間だと思っています。つまり、悲哀を抱き締め、自らの信念に

殉じた涙の人物ということです。そして、その人生は「呻吟」に支配されていたのです。

私は、十二歳のときに井上靖の『天平の甍』を読みました。そしてそれが、鑑真に惚れた始まりとなったのです。鑑真は何度も日本への渡航に失敗し、ついには失明する。六度目の渡航でやっと成功し、東大寺別当の良弁《ろうべん》に迎えられます。この物語は映画にもなっています。映画の中の、その場面には涙が出ました。鑑真を演ずる田村高廣の演技は、目に焼き付いて離れぬ名演でした。日本という国の新しい船出の瞬間を、私はそこに見るのです。そして、その鑑真の存在に思いを馳《は》せているのが、井上靖であり、会津八一とその歌なのです。

鑑真は、当時の世界帝国「唐」で最も名誉ある地位にあった僧でした。欧州で言えば、ローマ法王やカンタベリー大司教のような存在です。その地位を捨て、日本という未知の国へ行くことを決意する。それも、日本の一留学僧であった普照が「法を伝えて欲しい」と願い出ただけで決めた。鑑真はそのときから全生涯をそれに賭けたのです。

唐にとっては宝のような人物ですから、皇帝は自ら、日本へ行かないよう鑑真に要請し、渡航を阻止するために捕えようとまでしました。皇帝自身がいちばん離したくない人物だったのです。どうしてそれほど日本に行きたいのかと問うても、「法のため」としか言わない。私はそこに情熱を感じるのです。鑑真は、すべての不合理を乗り越え、愛のゆえにすべてを犠牲にしても辞さない覚悟を固めているのです。これは、真の希望がなければできることではありません。

この鑑真に思いを馳せるとき、いつでもそれと重なって見えるのがザビエルの行なった日本への宣教です。鑑真とザビエルは、まったく同じ情熱です。十六世紀、フランシスコ・ザビエルとイグナチウス・デ・ロヨラは宗教改革に対抗するためにイエズス会を創り、世界中にカトリックを伝道しようとしました。ザビエルは宣教を引き受け、ロヨラが組織を引き受けた。

バスクの貴族であったザビエルが、ロヨラと別れて宣教に出発する場面は、ザビエルの手紙にも書かれていますが、あれは涙が滲みます。鑑真とザビエルは情熱という意味ではまったく同じですが、少し違うところがあるとしたら、鑑真は本国ですでに桁違いに偉い人だったということです。そして老人だった。そういう意味では鑑真のほうが、その勇気には感嘆するものがある。捨てたものがあまりにも大きいのです。何しろ、世界一の帝国であった唐で最高の地位にあった人物です。ザビエルは、貴族とはいえ、まだ青年で自分の人生そのものを神に捧げるだけでよかった。しかし二人とも、永遠を志向する「垂直の悲しみ」をいだく情熱の尊さでは、あくまでも同一なのです。

この二人が出れば、どうしても言わねばならぬ人物がいます。ハンセン病患者のために生涯を捧げた神父ダミアンです。ハンセン病の差別が大変であった時代でした。当時、ハワイ・モロカイ島に捨てられるように収容されていたハンセン病患者のために働き、自分も同じ病気にかかって四十九歳で亡くなる。亡くなる前に撮った、病のために激しく変形した顔の写真を見れば、その崇高さがよくわかります。モロカイ島に行ったときの心境は、家族に出した手紙などでうかがい知ることができます。その情熱は、ザビエルや鑑真とまったく同じです。神父ダミアンのもつ情熱は、情熱のひとつの典型であると思います。こう考えると宗教系の人が多いです。やはり情熱というのは受難なのです。

カミュの『異邦人』に見るムルソーの叫び

情熱とは、自分が持っている志のために、あえて困難に突入することを言います。だから、信念がなければできない。神父ダミアンは亡くなる直前に、「自分の人生は幸福だった」と言いました。自分も病に苦しむ人々と同じ病気になることによって、同じ苦しみを共有して死ねる。だから、その人たちの心が本当にわかることができるのではないか、という趣旨のことを言って死んでいったのです。

私はこのような事実を知ってこの五十年、精神的にはいつでも一体で生きてきたつもりなのですが、実際には近づくことすらできません。しかし、強く憧れている。だからいつでもこれらの人物たちに思いを馳せているのです。そうすると、フランスの哲学者アルベール・カミュの文学『異邦人』の主人公、ムルソーのことを思い出すのです。これは不思議なのですが、いつでもそうなのです。

ムルソーと言えば、情熱の反対のように見えます。人生の倦怠に翻弄された人間の典型と思えます。しかし、その中に深い「悲哀」を感じる人間でもある。その人間のもつ表裏それぞれの真理がそうさせるのではないか。多分、私の場合は自己の不甲斐なさを痛感することによって起きる現象なのでしょう。ムルソーは倦怠に飽きて殺人を犯し、死刑になりますが、最後に「それでも僕は幸福だったし、今もそうだ」(…j'ai senti que j'avais été heureux, et que je l'étais encore.) と叫んで死んでいく。このムルソーの姿と鑑真、ザビエル、ダミアンが重なってしまう。

カミュが、『異邦人』で探求したのは人間の「実存」についてです。そこにある、生命のもつ輝きと暗さの織りなす相互作用の探求とも言えるでしょう。だから、「実存」は「不条理」とされるのだと私は思っています。そして私は、情熱というのは実存に根ざしていると思うのです。先ほど言ったように、情熱に突き動かされたとき、うまく転がる場合もあれば、悪く転がる場合もあります。ムルソーはダミアンや鑑真の崇高さとは比べようのない人間ですが、情熱に突き動かされた人間という意味で、共通項を感じてしまうのです。

もちろん、ムルソーの人生の大半は、情熱を殺すために生きていた。しかし、完全に殺せば、それはまた本当に生かすことに繋がるのではないか。それをムルソーはもっとも悪い爆発によって悟った。悟れば「幸福」が訪れてくる。私はムルソーの叫びに涙します。情熱は、たとえ思いどおりにいかなくとも、それを知り、そのようになろうとするだけで、何か生命を躍動させる「何ものか」があると私は考えます。

ムルソーとは、若き日のカミュが抱えていた鬱勃《うつぼつ》たる、はけ口の見出せぬ情熱そのものではないかと考えているのです。しかし、生命の深淵である情熱を知れば、どちらにしても「幸福」なのです。だから、ムルソーは最後に「それでも僕は幸福だったし、今もそうだ」と叫んだのではないかと思っているわけです。情熱に突き動かされた人間は、その結果がどうであろうと、人間らしい人生を感ずることができるのです。

つまり、私はカミュの「不条理」と呼ばれる不合理の中に、煮《に》え滾《たぎ》る生命の希望を見出しているのです。ムルソーを生み出す前、カミュはその『結婚』において、「世界は美しい。そして、その外には救いはない」(Le monde est beau, et hors de lui, point de salut.)と言っていました。このカミュのもつ地中海的な明るさが、逆に生命と世界の暗い不条理を見つめる眼を養わせたのではないかと感ずるのです。だから、ムルソーはその深部を、世界は美しいと「信ずる」強烈な情熱によって支えられていたと私は思っているのです。

『人間喜劇』に見るバルザックの涙

これまで語ってきた人たちは、あまりに特別な存在です。そこで、もう少し一般的な人々の情熱を考えるうえで、参考になるのがバルザックの壮大な文学、『人間喜劇』なのです。この文学に登場する人々は、すべて実在のモデルがいたと言われています。そして人間のもつ情熱の裏表のすべてが、科学的に観察され描かれているのです。

『人間喜劇』は全部で十七巻あって、『谷間の百合』や『ゴリオ爺さん』あたりが日本では有名ですが、その他にも『ウジェニー・グランデ』『従妹ベット』『幻滅』それから『従兄ポンス』などが多く読まれています。これらは同じ主人公が繰り返し登場し、十九世紀のパリの下町の人情を絡ませながら、種々の人間の生き方が描かれています。ここで強く感じるのが、善悪を超越した、市井《しせい》の人々が奏でる情熱なのです。

バルザックは晩年、『人間喜劇』がまとまったところで総序文を付けています。その中で、「情熱こそは、人間性のすべてである」（La passion est toute l' humanité.）と書いたのです。つまり、普通に生きる一般の人たちであっても、情熱がなければ人間的ではないと言っている。そして、情熱というのは人間を高貴にすると同時に、破滅させるものであり、人間の人間らしさのすべてであると言っているのです。それを『人間喜劇』で描き切った。バルザックが偉大だと評価される所以です。

バルザックは人間のもつ情熱を描いた。特に、情熱がもつ神秘を描いたのです。それがわかれば、あの有名なロダンによるバルザックの彫刻の意味するものもわかるのです。つまり、その姿をほとんどマントによって覆っているその意味です。あの彫刻の芸術性は、バルザックの魂を伝えるために、あえてその容姿を刻さなかったことにあります。また、『人間喜劇』の代表作、『ゴリオ爺さん』は自分の娘のために破滅していく吝嗇《けち》な親父の話です。ある種、忍ぶ恋の物語です。忍ぶ恋は、人間の情熱がもつ、もっとも崇高な神秘なのです。

一言でいえば永遠の「憧れ」です。もっとも高貴な恋心であり、『葉隠』における武士道の真髄のひとつです。そして、ゲーテの『若きウェルテルの悩み』の本質です。つまり永遠の青春。そして、永遠のいのち。『ゴリオ爺さん』は、吝嗇で社会的には悪の権化のような親父ですが、自分の娘のことになるとすべてを犠牲にして、その結果、破滅していくのです。生きることの、あまりにも「悲しい」事実です。バルザックはそれを人間の情熱として捉え描いているのです。善悪ではありません。『人間喜劇』に影響を受けたのがフリードリッヒ・ニーチェ、アンドレ・ジード、マルセル・プルーストといった人たちです。私の考えでは、ニーチェは『人間喜劇』に発想を得て、情熱を主題にした『善悪の彼岸』を書いたと思っています。ここでニーチェは「愛によってなされることは、常に善悪の彼岸で起こる」(Was aus Liebe getan wird, geschieht immer jenseits von Gut und Böse.) と語っています。善悪の彼岸で起こるとは、善悪どちらに転ぶか解からないということです。情熱の本質を衝いた名言だと思います。

この情熱の本質に潜む魔性を取り挙げた名著が、アンドレ・ジードの『地の糧』です。『地の糧』は青春の情熱について書かれた「詩」と言うべき文学です。ナタナエルという架空の人物に、ジードが語りかけるように書いています。「ナタナエルよ、君に情熱を教えよう」という有名な言葉によって、その思想が紡ぎ出されていきます。そして、情熱を知るためには、善悪を判断することなくひたすら愛せよと語りかける。ここが重要なのです。ここのところが、情熱を理解できるか、できないかの瀬戸際だと思っています。

善悪を気にかける人間には情熱はわかりません。善悪は文明であり、情熱は生命そのものなのです。その均衡の上に真の人生があります。そして、本能から生まれる生命の雄叫びを輝くものとするためには、すべての根底に愛がなければならないのです。それが絶対条件と言えるでしょう。今まで書いた偉大な人々には、愛が溢れるほどあったのです。

愛とは、自己犠牲です。それによって、認識の眼が開かれ、真の希望が湧き出ずる。その希望によって、科学的な行動を取ることができるようになるのです。つまり人生の「悲しみ」をすべて自己の中に呑み込み、自己の生命を、他者や他の文化的価値の中に投げ入れていくのです。愛がなければ、情熱はすべて、そのままエゴイズムでしかありません。

死するまで、満たされてはならぬ

バルザックの影響を受けたもう一人の人物がプルーストです。『失われた時を求めて』の作者として日本では有名です。その『失われた時を求めて』の第五篇、「囚われの女」の中に情熱をめぐって、きわめて重要なことが書かれています。ここでプルーストは、情熱が、そのまま愛そのものであるということを前提として、次のように言っているのです。「人が愛するのは、そのすべてを所有していないものだけだ」(On n'aime que ce qu'on ne possède pas tout entier.) と。

つまり、満たされてしまえば情熱は失われてしまうのです。それが人間の性《さが》であるとも言っています。なぜなら、すべてが満たされてしまえば、情熱の根源である希望が失われてしまうからです。希望なきところに愛はなく、愛がなければ真の情熱はありません。こうしたことはバルザックに学んだと、プルーストはその手紙に書いています。

現代人が情熱を考える場合に、いちばん知っておかなくてはならないのが、このことなのです。プルーストが指摘するように、いかなる事柄でも満たされた瞬間に、それに対する情熱は失われてしまうのです。だから、人は死ぬまで満たされてはならないということです。「呻吟」することこそが、人生そのものだと知らなければなりません。

ただ、人間は満たされようとして懸命に努力をするものです。そして、それは尊いことです。満たされてはならないと考えてしまうと、どうやって生きていったらいいのかわからないというのが多くの人の本音ではないでしょうか。しかし一歩踏み込んで、自己の人生について考えなければならないのです。なぜ、そう思うのかということをです。

それは、自己のもつ憧れが小さいから思うことなのです。愛と憧れは、途轍もなく大きいものを目標にしなければなりません。もちろん、自己の人生では、その何分の一もできないかもしれません。だから人生は「悲しい」のです。それがわからねば希望は生まれず、その結果、真の情熱をもつことができません。

情熱は、人生を真に豊かにするものであると同時に、またもっとも激しい苦悩をもたらすのです。人生とは挑戦なのです。埴谷雄高は、その『死霊』において、宇宙の真理を「満たされざる魂」と喝破しました。その宇宙観の大きさが、あの偉大な文学と人生を生んだのです。

大きい憧れを持てば、少しの情熱を得ることができるかもしれないのです。そして、小さな満足感や目的は、結局、何ものも得られないで終わってしまうことになるでしょう。小さく満足したいという考え方こそが現代日本の病根なのです。小さな幸福を求めるものは、それすら得ることはできません。人生とは、自分のすべてを擲《なげう》って、何か一つのものを得るだけでも精一杯なのです。

私自身は、小学生の頃から情熱についてずっと考え続けているのですが、若き日に決定的な影響を受けたのが、ゲーテの『ヴィルヘルム・マイスターの修業時代』でした。その中に有名な「ミニヨンの歌」があります。私はその歌と、大学一年のとき「真の出会い」をしたのです。そして初めて先ほど挙げた『若きウェルテルの悩み』の本質を、自分なりに理解することもできたのです。私は「ミニヨンの歌」こそが情熱の歌だと思っています。ミニヨンが憧れについて歌ったものです。その中の一節にこうあります。「ただ憧れを知る人のみが、わが悩みを知り給う」(Nur wer die Sehnsucht kennt, weiß was ich leide.)と。

憧れが情熱を生み出すのか、情熱が憧れを生み出すのか、どちらが卵でどちらが鶏かというのはわかりませんが、憧れと情熱は相関関係にあると思います。普通に生きている人間が抱く情熱というのは、ちょっとした憧れが出発点となるのです。そして、その憧れを大切にし、大いなるものに結び付けるところまで持っていかなくてはなりません。そうならないものは、忘れ去ってしまいます。愛が裏打ちにあれば育つのです。そして育てば、それは大いなる苦悩を生み出します。憧れが苦悩を生み出し、その苦悩が愛によって生ずる認識と希望を手探りでたぐり寄せ、真の情熱を生み出していくのです。

人間らしい人間になろうと思って生きている普通の人間が抱く情熱を、私は『ヴィルヘルム・マイスターの修業時代』にある「ミニヨンの歌」によって初めて感じたのです。つまるところは、憧れなのです。「ただ憧れを知る人のみが、わが悩みを知り給う」。いい言葉です。私はこの言葉の原語であるドイツ語を、ある機会によって知ったのです。それは、大学一年の時に受けた、聖アウグスティヌスの『告白』の講義でした。忘れもしません。だから、私にとって「憧れ」という言葉は、いつの日もミニヨンの眼を通した聖アウグスティヌスの存在なのです。憧れを表わすディー・ゼーンズフトというドイツ語の響きが美しい。この高く清く悲しい響きの中に、憧れの本質があり、それはそのまま情熱を紡ぎ出していくのです。

情熱は、不滅性への渇望から生まれる

情熱の原点

愚者であらねばならぬ

情熱とは何か、ということを考えたいと思っています。そのために、人間の情熱がもつ、その思想的側面を見ていかなければなりません。つまり、その哲学です。情熱を思想として捉え、それを現代の実存哲学と融合した人物がいるのです。まずそれを知り、そこから情熱の哲学を展開していきたいと考えています。スペインの哲学者、ミゲル・デ・ウナムーノがその人です。ウナムーノは、情熱そのものを自身の哲学の根本に据え、本人も情熱に突き動かされて生きた哲学者でした。

ウナムーノの著作は、すべてが「涙の書」です。特に『ドン・キホーテとサンチョの生涯』は、まさに血の滴るような情熱の産物だと思います。あの中には、ドン・キホーテが呻吟した悲しみのすべてが、躍動する生命をもって描かれています。その他に『スペインの本質』。そして、『生の悲劇的感情』などが代表です。また、『人格の不滅性』も忘れることはできません。これらの書名を思い出せば、ウナムーノの涙がもう私の眼前に迫ってきます。

ただただ「涙の書」としか表現できぬウナムーノの著作の中で、「情熱の哲学的基礎」ならやはり『生の悲劇的感情』(Del sentimiento trágico de la vida.) になるでしょう。この書物こそが、情熱の哲学を世に問う、世界屈指の名著であると私は確信しています。この本の中で、ウナムーノは「不合理こそが、情熱を支えている唯一のものである」と言っているのです。

そう、「不合理」です。情熱というのは、不合理を自分の中に抱きかかえることのできる人間でないと、まったく理解することができないのです。情熱とは『生の悲劇的感情』という書物の表題そのものでもあり、その中の言葉を借りれば「不滅性への渇望」なのです。情熱が、なぜ悲劇的なのか。それは、情熱を抱けば苦悩が生まれ、その苦悩の底からしか新しい生は甦ってこないからです。悲しみの慟哭の中から真の生は頭をもたげてくるのです。つまり、情熱というものに内包されている受難です。情熱を抱くことによって我々は、苦悩を味わい、その結果として、真の慰めを得ることができるのです。

『生の悲劇的感情』において、ウナムーノはローマ帝国末期の哲学者テルトゥリアヌスの言葉も取り上げています。あの、「不合理ゆえにわれ信ず」(Credo, quia absurdum.) です。ウナムーノは、この言葉が情熱を理解するうえでもっとも重要であると言っているのです。また作家、埴谷雄高はこのテルトゥリアヌスの言葉に導かれて『死霊』を書きました。したがって、『死霊』は情熱を扱う書物でもあるのです。その中で埴谷は、理性を超越する「何ものか」が生を動かしているのだということを文学的に表現しています。それが、つまりは情熱です。『生の悲劇的感情』の中でも、要するに情熱とは、理性を超越する何ものかであり、それを理解するには、「不合理を許容する心」がいちばん重要だと語られています。

ウナムーノは本書で情熱を理解するには、「愚者であらねばならぬ」というパスカルの言葉を引用しています。情熱に接すれば、人は恐るべき生の深淵を覗くことになるのです。そして、それを乗り越えなければならない。突破するには勇気しかない。だから愚者にならねばならぬ、と言っているのです。パスカルは、それを信仰に結びつけています。愚者、つまり馬鹿です。有名な言葉らしいのですが、私は本書の中で初めて知りました。

フランス語では、「Il faut s'abetir.」（イル・フォー・サベティール）と書かれています。つまり情熱とは、生命の深奥に内在する、ひとつの「狂気」なのです。それが、いちばん人間にとって重要であり、現代文明にもっとも足りないものなのです。また狂は愚によって支えられています。維新の革命家である吉田松陰は、その詩において、物事を成すには、狂気と愚直こそがもっとも大切なものであると認めました。つまり、「狂は常に進取で鋭く、愚は常に逃げることを避ける」と言っている。「狂」と「愚」は、やむにやまれぬ思いを断行する力にほかならないのです。

覚悟がすべてである

このことについて、ひとつの思い出があります。ウナムーノの魂と格闘していた時期、私はシェークスピア俳優として名高い芥川比呂志氏とよく話をしていました。芥川氏は言うまでもなく芥川龍之介の長男です。ある時、人間の不滅性や情熱について語り合ったことがありました。シェークスピアの四大悲劇について議論したのです。その時、芥川氏は「情熱というのは不合理の中からしか生まれない。だから不合理を受け入れ、それを信じなければ情熱は出てこないのだ」と言いました。

そして、あの『ハムレット』の中で、ハムレットが死を目前にして言った言葉を口にしました。あの「The readiness is all.」です。「覚悟がすべてである」。これが、人生の不合理に呻吟したハムレットの結論なのです。「この言葉の中に情熱の本質が含まれている」と芥川比呂志は言ったのです。「覚悟がすべてである」は、パスカルの「愚者であらねばならぬ」と同一の言葉だと私は考えます。

さらに、芥川氏は「人生の最後に、ハムレットがそう言えたのは、ハムレットがもともと情熱を持って生きていたからだ」とも言っていました。私はわかるような気がします。覚悟というものは、その経緯が、いかに科学的で合理的なものであっても、最後は不合理で非科学的なものだと思うのです。だから勇気がいる。そして勇気は土台となる自らの生き方そのものからしか出てこないのです。

現代人はよく「覚悟がすべてだ」などと気楽に言っていますが、覚悟とは、本来は武士道の核心の言葉です。人生において、もともと自身が苦悩する情熱的な生き方をしていなければ出ないはずの言葉です。この言葉は、己れの命がけの情熱を持たぬ人間が気楽に使う言葉ではないのです。パスカルが人生について言った、あの「最期の幕は血みどろなのだ」(Le dernier acte est sanglant.) という言葉の意味を噛み締めた者にしか、使うことのできない言葉なのです。

ウナムーノは、また情熱の本質をドン・キホーテの生き方の中に見出しています。ドン・キホーテがもつ、あの狂気の生き方こそが、情熱そのものだと言っているのです。そして、スペイン精神のすべては、ドン・キホーテの存在とその実存の下にあるとも言っています。それはドン・キホーテの存在が情熱の対象となり、存在そのものが受難を導き出し、狂気の中に輝ける憧れを示しているからだとウナムーノは説明しているのです。

ドン・キホーテは、なぜ「情熱の騎士」になったのか。それは彼が徹底的に「絶望した人間」(El hombre desesperado: エル・オンブレ・デセスペラード)としての人生を歩んだからです。徹底的に絶望したからこそ、本当の希望が生まれたのです。そして、その希望こそが情熱の原動力となった。つまり、不可能性の中における可能性を見出したのです。不合理性の合理性ということにもなりましょう。

他人から嘲笑され、打ち負かされたことで、ドン・キホーテは偉大になりました。つまり、人生の勝利者になったのです。何が勝利なのか。彼が受難と呼ばれる苦悩に満ちた人生を、その情熱によって生き切ったからです。彼の勝利は、敗北によってもたらされました。彼の情熱は、いまなおスペイン的精神の中に息づいています。彼は永遠の生を享けたのです。

スペインが米西戦争に敗北し、その後、長い停頓《ていとん》に陥っていた頃、ウナムーノが残した言葉があります。そして、それは私の根本哲学となった思想でもあるのです。つまり、涙の哲学です。ウナムーノの骨髄であり内臓です。「自動車や飛行機などという、いい、あんなものは、イギリス人やアメリカ人に作らせておけばよい。我々スペイン人は魂の問題を考えているのだ。つまり、彼らとは格が違うのである」。血の哲学が屹立《きつりつ》している。

負け惜しみ、やせ我慢もあったのではないかという捉え方もできる。それも、もちろんあったと思います。しかし、負け惜しみややせ我慢の中に出てくるものが、本当のものです。情熱は、そこから生まれる。「英米何するものぞ」、そして「物質文明何するものぞ」です。要は、気概です。武士道の根源を支える精神とも言えましょう。つまり、生命の深奥に棲《す》む涙そのものです。

情熱とは、涙の哲学なのです。エミール・シオランは、「最後の審判のとき、人が吟味するものはただ涙だけであろう」(Au Jugement dernier on ne pèsera que les larmes.) と言っていました。そうなのです。人間にとって最後のものは、燃え尽きる生命の雄叫びしかないのです。つまり、情熱であり、その結果としての涙です。

『葉隠』の核心

ハムレットとドン・キホーテを語れば、それは、どうしても日本の武士道に直結してしまうのです。覚悟、負け惜しみ、やせ我慢と言えば、我が日本の武士道の真髄です。山本常朝はその『葉隠』において、武士道の本質を「死に狂ひ」と言い切りました。それが情熱の根源に横たわる思想なのです。その奥底に、深く沈んでいる涙そのものとも言えましょう。ここから覚悟もやせ我慢も生まれてくるのです。

つまり、ドン・キホーテとハムレットの中には、日本の武士道の魂が躍動している。武士道とは、「死の哲学」をそのまま「生の哲学」にしたものです。「死ぬために生きることが、本当に生きることに繋がる」という考え方が武士道の根本です。それが『葉隠』に書かれていることです。また、そう生きた武士たちの情熱的な物語は、歴史上枚挙にいとまがありません。

非日常を日常とすることが武士道の本質です。死を前提とした生き方の中にだけ、生の輝きがあり、そのとき初めて生は詩となり得るのです。死こそが非日常なのです。その死を、日々、自己の中でただひたすらに「行《ぎょう》ずる」のです。山本常朝が『葉隠』で言っていることは、死ぬ日まで、毎日死ぬ訓練を欠かすなということです。ハムレットの「覚悟がすべてである」とは、この謂《い》いなのです。武士道の思想とは、自己の生命をそれが粉々になるまで、使い尽くすための思想だと私は思っています。つまり、武士道は「情熱の哲学」なのです。

武士道は、恩のために己れを使い尽くして燃え尽き、最期は木端微塵《こっぱみじん》になるという思想です。そのために必要なことが『葉隠』には書かれているのです。そして武士道の哲学は、武士階級だけのものではなく、日本の文化そのものだということを忘れてはなりません。商道も茶道も華道も、すべて武士道です。日本においては、「道」と名の付くものはすべて武士道です。宗教的なものではないのです。商売が武士道の国などは、日本だけです。江戸時代の石田梅岩が説いた石門心学と呼ばれた『都鄙問答《といもんどう》』、『斉家論』や明治時代の渋沢栄一の諸著作を読むと、商道とは武士道そのものであることがよくわかります。

だから、アメリカ的ビジネスなどは日本人にもっとも合わないものなのです。日本が参考にすべき商売道徳ならば、ヨーロッパの伝統的な「ハンザ同盟」などの方が、古くてもかえって参考になります。北ドイツのリューベックの旧い商家に生まれた、トーマス・マンの文学などは、商業的に見ても非常に面白いものを含んでいるのです。旧い商家のことは、『ブッデンブローク家の人々』などに詳しいですが、それは紛う方なき「石門心学」です。そして、日本と同じくドイツにおいても、その伝統が「近代」によって崩壊していく「さま」が文学として謳い上げられているのです。その中に旧い魂の輝きを見る者は、未来へ向かう自己の生を燃焼させることができるでしょう。

さて、『葉隠』には大きく三つのことが書かれています。一つは「武士道と云ふは死ぬ事と見付けたり」。つまり、死と隣り合わせで生きろと言っているのです。非日常を日常にするということです。人生の中に詩の精神をもちこみ、それによって情熱を導き出すのです。まさに大航海時代のエンリケが信奉した「航海をすることが必要なのだ。生きることは必要ではない」と同じ思想です。

次は、忍ぶ恋です。これは満たされてはならないことを意味しています。満たされたら情熱は失せちすべてを含みます。もちろんここには恋愛も入りますが、それ以外の「何かを恋する」という気持るのです。このことは、埴谷雄高が宇宙の本質を「満たされざる魂」と表現し、マルセル・プルーストが『失われた時を求めて』の中で、愛は所有欲が満たされていない「もの」だけに感ずる、と表現していることに通じていると思います。情熱を持ち続けるためには、人間は生涯にわたり忍ぶ恋をしなくてはいけない。忍んで忍んで、憧れて憧れて、そして灰になるのです。それが、生命の奥深くにある「崇高なるもの」を生き返らせるのです。つまり、やせ我慢です。三島由紀夫の『奔馬』やゲーテの『若きウェルテルの悩み』に哭《な》いた人間には、この憧れは必ずわかります。

三番目は、何にも頼らないこと。頼れば、情熱は失われます。いかなるものにも、少しでも頼れば失われていくのです。だから武士道は、根本的に「無頼《ぶらい》の思想」なのです。つまり、何にも頼らない。いま無頼と言えば印象が悪いですが、もともとは武士道の言葉で、何にも頼らぬという意味です。独立自尊の武士に使った「悪党」と同じです。楠木正成も悪党と呼ばれましたが、現代の意味とはまったく違います。一切の権威に頼らない生き方をした武士を悪党と呼んだのです。もともと己れの力ひとつというのが武士道です。それを無頼の思想と言うのです。いつでも一人の人間として存在する。その存在する自己が自己の意志によって、何ものかのために生き、そして死ぬ。それが武士道です。

この三つ全部に共通しているのは、死を生とし、生を死とも思うことです。そして不合理を愛する思想です。その行動哲学を支えている思想的基盤は、生命の奥深くにうごめく情熱ただひとつなのです。強調しておきたいのが、武士道とは、文明を否定するための思想であるということです。文明を否定することによって、理性と野生の均衡をはかり、文明に本質的価値を与える思想です。理性の中に野蛮なる生、つまりメルロ＝ポンティの言う「生《なま》の存在」(l'être brut) を持ち込み、文明に活力を与え、真の情熱を育むのです。

全体主義が近づいてくる

私には、ひとつの信念があります。それは「人類の滅亡とは、人間から情熱がすべて失われた状態のことである」というものです。この信念は、若き日に読んだ英国の作家ジョージ・オーウェルとオルダス・ハクスリーによって培われたものです。もちろん、オーウェルと言えば『カタロニア讃歌』と『１９８４年』、ハクスリーと言えば『目的と手段』そして『すばらしい新世界』のことです。『カタロニア讃歌』は自由が謳い上げられ、『目的と手段』では、機械文明を突き抜ける方法論が模索されています。そして特に、いま言った情熱について考えさせられたものが『１９８４年』と『すばらしい新世界』です。この二冊は、ともに科学文明の行き着く先を描いた予言文学です。予言文学はたくさんありますが、海外では、私はこの二冊がもっとも秀れていると思っています。予言文学でありながら、また重厚な人間論となっているのです。そして何よりも「詩」がある。

オーウェルとハクスリーの内容に共通しているのは、民主主義と科学文明の末路は全体主義であり、その社会の特徴は、人間のもつ情熱が完全に失われてしまうということです。もちろん、二人の方法論は違いますが、人間の欲望を満たしてくれる権力が出現し、その命令にしたがっていれば安心して生きていける社会が出現するということで共通しています。そしてその社会が、いかに非人間的であるかを描いている。つまりは、自分の意識にものぼらぬほどの完全な全体主義です。それが技術と制度の発展の結果、得られることになるのです。いまの日本は、確実にこの二人が描いた全体主義社会に近づいています。

『すばらしい新世界』は、人間が試験管の中で作られるようになり、家族の絆や男女の愛すらが失われてしまう世界を描いています。人間は試験管の中でいろいろな調整を施され、情熱をもたないようにされてしまう。そうなると、権力者または権力をもつ組織はあらゆることが好き勝手にでき、人々は好き勝手にされていることもわからない。それでも自分たちは幸福であると感じている。

ここが重要なのです。誰が悪いのかわからない。表面上、悪者がいないのです。そして、何となく幸福を感じている。ハクスリーの中心思想に「進歩は必ず代償を伴う」というものがあるのですが、その代償が見えなくなる。その代償として失われているものが、情熱なのです。そして、そうなった時はもう気づくこともない。

ハクスリーはそこに「希望」とは何かも描きます。それが、文明から取り残された野蛮国です。野蛮国からきた人間が、人々が情熱を失ってしまった社会を壊そうとします。野蛮国の人間は「幸福は、苦悩と表裏一体なんだ」と言い、「生きがいとは、魂の震動なんだ」と叫びます。そして「魂の中には覗いてもわからない深淵がある」といったことを訴える。

しかし、情熱を失った人間にとっては愚者の言葉です。それどころか、狂人の言葉にしか聞こえない。自分たちこそが、幸福で科学的だと思っているからしかたがない。そして小説では、この野蛮国の人間は、その情熱のゆえに追いつめられ破滅していきます。しかしその言葉は、人間らしい社会を取り戻すためには絶対に必要なのです。

またオーウェルの『1984年』では、マスコミが真実省という大権力者になる。真実省はマスコミを通した操作によって人々を愚鈍化し、自分を幸福と思わせることによって社会を安定させようとします。その社会では言葉と表面上の優しさや平和が重視される。何よりもすごいのは、人々の語彙や思考を制限するために「ニュースピーク」という簡略化された言語を作り出し、それを国語化することです。

たとえば、「赤い」といってもいろいろな「赤い」がありますが、その表現法と意味するものを一つしか認めない。また否定語は肯定語に「UN」をつけるだけです。それによって言語のニュアンスは著しく制限される。しかし簡単で平等化ができるのです。今の日本語は、もうそうなりつつあります。あらゆる赤みがかった色は「赤い」という言葉ひとつで済まされるということです。そうなると、人間の情緒や思考は狭い枠に閉じ込められ、自由な発想ができなくなってしまうのです。

それによって情感が失われ、情熱を支えるものが崩れ去っていくのです。マスコミによる言語の簡略化と平和重視によって、人々は情熱を失い、その場しのぎの幸福と安定だけを望む社会が出現するのです。つまり、何よりも肉体の生命が大切であり、平和が大切であり、平等が良いことなのだと思い込んでいく。人間的な魂の奴隷化です。

いまの世界は、言葉を簡単にすることに一所懸命です。特に、現代日本の言葉に対する考え方はこの小説と同じです。平等で誰にでもわかる簡単な言葉を目指している。

つまり、人間を単純にして水平化していくやり方です。複雑な情感の中から生まれる情熱はすり減っていくに決まっています。『1984年』で描かれた社会が、この日本では半分はすでに現実のものになっているのです。重要なことは、マスコミの操作によって愚民化されていく人々は、何が「悪」なのかわからなくなることなのです。だから、ヒトラーやスターリンはかえって質《たち》がいいということになる。なぜなら、彼らは「悪」だとわかるからです。はっきり「認識」することができる。情熱を生み出す大切な要素のひとつに認識があります。認識が失われることが、もっとも恐いのです。

何もしたくない思想

『1984年』には、個人のもつ情熱が失われた社会のスローガンが紹介されています。これが興味深い。「戦争は平和である、自由は屈従である、無知は力である」(War is Peace, Freedom is Slavery, Ignorance is Strength.)。これらの言葉に表わされる思想は、現代そのものだと思います。「戦争は平和である」は、何が起ころうと問題ではないということを表わしています。戦争が戦争として認識されているときは、歯止めがかかり破滅から逃れることができます。戦争と平和それぞれが嘘によって入り混じっている。言葉遊びにすぎません。

何々の「平和利用」などというものが、それです。ごまかしが潜んでいます。最近では、原発問題がこの論理をもっとも用いているように見受けられます。本来、原爆と原発は同じ根をもつものです。しかし情熱のない人間にはその見分けがつかない。すぐに損得と言葉でごまかされるのです。原発は、原爆の製造を技術的経済的に支えるためにあるのです。そして、そこから出た廃棄物は人間の手には負えません。処理できないものを生み出すことは、悪魔の所業に決まっています。平和のための戦争が嘘なのと同じく、危険物の「絶対安全」も嘘に決まっているのです。

「自由は屈従である」は、屈折した表現ですが、要するに自由になどなると損ですよ、ということなのです。権力の言う通り生きていれば、豊かで幸福な人生を送ることができると言っているのです。自由になって、自己固有の情熱などを持つと「ひどい目」にあって、「みじめになります」ということです。今の日本人はあと一歩でそうなるでしょう。

国に社会保障を求めるのは、我々の人生を拘束してくださいということなのです。それが認識できなくてはならない。しかし現代人はそれがよくわかっていないように思えます。情熱を失って全体主義社会にもう突入しているのです。何でも保障の対象になれば安心する。私はそこに精神の倒錯を感じます。本来、自由とは自己責任に名誉を感ずる生き方なのです。しかし、いまの日本では、多くの人が自由を捨てて権力の囲い者になりたがっている。

「無知は力である」は、説明するまでもないでしょう。現代の日本は、すでに頭の悪いほうが威張っている社会になっている。難しいことを書いたり話したりする方が悪いというのが、いまの日本です。昔なら、「難しくてわからない」などと言ったら、「わかるまで勉強してこい」と言われるのが関の山でした。そして、何よりも無知は恥でした。しかし現代人は無知を恥じていません。

現代人は「無知は力」だと知っているのです。そういう社会になってしまった。いや、マスコミによってそういう社会が平等の美名のもとに創られたのです。無知な人間の方が威張るという倒錯した時代です。何でもかんでも「弱者」が正しいとされる社会をマスコミは創り出している。もちろん、その方が絶対人数からいって、人気が取れるという理由なのでしょう。ただ、もう少し「国家」と「人間」のあり方を考えてもらいたいものです。

オーウェルは『１９８４年』を一九四九年に発表しています。その予見力は本当にすごいと思います。オーウェルのもつ愛の量を感じます。愛と認識が情熱を生み出し、そこに真の希望が見えてくるのです。その希望の「質」が予見力ということでしょう。そもそもオーウェル自身が猛烈に情熱の人物でした。その情熱が予見力を生み出したのです。

『カタロニア讃歌』も、情熱の産物です。情熱に突き動かされて、わざわざ内戦のスペインへ戦争をしに行くのです。自由のために。まさに彼固有の情熱です。ただ、スペイン内戦は複雑な構図をもった内戦ゆえ、オーウェル自身、ずいぶん間違いを犯しています。それは仕方がないのです。情熱は、善悪どちらに転ぶかわかりません。

西洋の中世における、聖地巡礼や十字軍などは、善悪は別として、人類が抱いた情熱の歴史的なものですが、それは危険きわまりないものでした。まるで中世のヨーロッパ人は、不幸になるために立ち上がっていたようなものです。しかし人間として「魅力」がある。そのためでしょうか、私はもともとオーウェルの『１９８４年』の書き出しを読むと、いつでもあの古典中の古典であるチョーサーの『カンタベリー物語』を思い浮かべるのです。

理由がわからないので、ずっと不思議に思っていたのです。『１９８４年』は、「It was a bright cold day in April,…」という文で始まるのですが、ここにいつでも『カンタベリー物語』の冒頭にある巡礼に行く人々の情感がかぶさるのです。チョーサーとオーウェルには五百五十年の隔たりがあります。そしてこの年月は、科学文明とヒューマニズムの発展の歴史と重なるのです。多分、いまに至る我々の文明の始まりと終わりにおける、人間の情熱を描くことによって、この二人の文学者には深い繋がりがあるのではないでしょうか。

「保証」の心が魔物を生む

現代人のもつ情熱の喪失の問題と、未来への予言性を重んずれば、日本でオーウェルやハクスリーに比肩する作家は、やはり三島由紀夫と安部公房でしょう。この二人は、文学者としての力量は当然なのですが、その予言性において他を圧するものがあります。安部公房は『砂の女』、そして三島由紀夫は何と言っても『美しい星』。これらは『1984年』や『すばらしい新世界』と並ぶ二十世紀最大の社会問題の文学であり、また予言文学だと私は思います。そして、何よりも日本では数少ない形而上文学と考えています。

まず『砂の女』については、非日常の世界がいかにして日常と化するのかが問われています。そして、その逆もまたありきです。現代の惰性が、そのまま未来へ繋がっていく恐ろしさを、砂という物質を使って表現しています。砂に閉じ込められて自由を奪われた人間が、そこからの脱出を図り続けるが、そのうちに、その生活に言い訳とそれなりの価値を見出していくのです。つまり、情熱の喪失過程です。

その結果、自由を夢見る人間が、どのようにして現実の日常性に埋もれていくのか。その鍵を、安部は「保証」に求めているのです。この保証には生活と食糧、そして性欲までがとり込まれています。保証が自由や情熱を奪い、人間を日常性の中に取り込んでいくのです。その恐ろしさが「蟻地獄」のように我々の眼前に展開される。

そして、自由を求めていた主人公は、最後には「べつに、あわてて逃げだしたりする必要はないのだ。……逃げるてだては、またその翌日にでも考えればいいことである」と考えてこの小説は終わっている。我々が情熱を失う恐ろしい世界が実に芸術的に展開されているのです。現代社会に潜む、生命と情熱を奪う社会の仕組みを感じさせられる形而上文学がこの『砂の女』なのです。

そして次に、三島由紀夫の『美しい星』です。これはすごい本です。表面上は、空飛ぶ円盤や宇宙人というものに託して、人間が憧れている、真の情熱について語られているものです。生命に秘められた情熱の発露そのものです。そして放射能問題がもたらす、人間のもつ「原罪」についての考察です。

『美しい星』には、「水爆は最後の人間である」という言葉があります。正確には、「水素爆弾が、最後の人間として登場したわけです。」というものですが、私は三島思想をわかりやすく摑むために先の言い方で覚えています。三島由紀夫は昭和三十七年（一九六二年）にすでに、情熱を失いつつある人間の姿と、その結果、進歩を遂げる原子力というものについて深く考察している。そして、原子力を抱える文明が行き詰まることを予言しているのです。

三島は、物質に拘泥した近代文明の行き着いた先として原子力を位置づけています。つまり、それは物質的欲望の果てに辿り着いた、物質を超えた「悪魔」なのです。欲望のゆえに、愛と認識によって生まれる真の希望を失ったのです。わかりやすく言えば、情熱を失いつつある人間が、よりよい幸福を摑もうとして、誤って辿り着いたものです。つまり、「保証」を求める心とも言えるのではないでしょうか。

その保証が、とんでもない魔物を引き出した。しかし、その時点ではすでに、人間は真の情熱を失っているので、その悪魔性を認識することができないのです。原子力は人間界を超越した「力」ですから、「刻々の現在だけを生き、過去にも未来にも属さない」のです。『美しい星』の中で、三島はそう原子力の本質を文学的に表現しています。人間界の物質ではないのですから、我々に判断がつくわけが初めからないのです。原子力は、自然と生命からかけ離れた「化け物」以外の何ものでもないのです。

つまり後にも先にも、何ものもなく、ただ人間が創った「破壊の力」として存在する「最後の人間」なのです。最後の人間という詩的表現は、もちろん、人工放射能が人間によって創られたために、その本質の中に人間の欲望の魂が入っているという意味なのです。それは、擬似人間であり、我々の欲望が生んだ「子孫」なのです。そして確実に、人間を破壊するために存在している。我々は、原子力そのものによって滅びるのではありません。情熱の喪失によって陥る、原子力を制御できるという錯覚による「罪」によって滅びるのです。

「一粒の麦もし地に落ちて死なずば」

『美しい星』を初めて読んだのは十二歳のころです。その当時はまだよくわかりませんでしたが、後年、三島氏に会った時に、『美しい星』について話をしたら、「あの本は、五十年後に再び読んでほしい。そうすれば、あの文学の真意はわかる」と言われました。その「約束」を守って、本当に五十年経った六十一歳で読み返しました。そして私は三島氏の予言者性に驚愕したのです。初めて読んだ当時は、まだ原発はなく、原子力といえば原爆か水爆でした。つまりそれが人間と放射能の問題のすべてだったのです。

三島氏は、現代文明が人間から情熱を奪うことを多くの文学で語りました。特にこの『美しい星』においては、その結果として原子力という悪魔に対して、「認識の眼」を失い思考停止《エポケー》していく人間の悲劇を描き切ったのです。『美しい星』の三島由紀夫と、『砂の女』の安部公房は、その社会性の鋭さと予言性の高さにおいて、オーウェルやハクスリーと並んでいます。これらの文学はすべて、その著者の叫びだと思わなければなりません。

これらの文学に共通しているのは、情熱を失った社会がいかにおぞましいものになるのかということに尽きるでしょう。では、どうしたら我々は情熱を取り戻すことができるのか、です。

情熱を取り戻すには、野生を取り戻すことしかありません。それによって、文明と野蛮の均衡を取り戻すのです。そして、非日常を日常とするしかない。つまり、詩の魂を自己の人生に導入するのです。

私は「ヨハネ伝」の言葉を詩として大切にしています。「一粒の麦もし地に落ちて死なずば、ただ一つにてあらん、死なば多くの実を結ぶべし」。要するに、人は荒野に向かって叫ばなければならないということです。つまり、計算を度外視しろと言っているのです。それがわからなければなりません。そして人類の将来のために、自己の人生と運命を捧げるのです。それがこの詩の意味です。ここに人間の輝かしい情熱があるのです。

情熱を取り戻すためには、この精神を考えていくことが、いちばん重要です。この精神を考えていけば、情熱が取り戻せます。しかし、自分の人生には受難が訪れます。受難がくれば愛が生まれ、認識力が生まれ、それによって真の希望が自分の中に芽生えてきます。そして希望こそが、すべての困難を打ち砕く原動力となるでしょう。そうすれば、どういう人生になるかはわかりませんが、自分に与えられた運命に向かって情熱をもって生きられるのです。

その運命は、未来に向かって開かれていなければなりません。神と人間の関係を考え続けたドストエフスキーの大作、『カラマーゾフの兄弟』の中心課題は「一粒の麦」の精神を理解しようとする生き方と、関係ないとする生き方の拮抗でした。つまり、このことが当時のロシア青年の生き方の根源を決定する事柄であったのです。

そして、情熱が人生の主題であったアンドレ・ジードは、自伝小説の題名にすら、この『一粒の麦もし死なずば』を用いました。なぜならば、ジードにとっては、情熱が生命のすべてであったからにほかなりません。私は「一粒の麦」の精神こそが、人間の情熱の原点だと考えているのです。

一生とは、よく老いることにほかならない

老いの美学

死を直視しない現代人

今、わが国では、老いは「負」の印象しかありません。どこを見ても若さの礼讃です。もちろん、若さはすばらしいに決まっています。また、健康を維持することが大切なのは誰にでもわかっています。しかし現代社会は、人間を人間たらしめている、精神の成熟までを拒絶しているように私には見えるのです。その結果なのでしょう、確かに、以前よりも魅力的な老人は少なくなっていると思います。そして、大人になりきれない精神的な「子供」ばかりが、この世の春を謳歌しているように見受けられるのです。

では、なぜそう成ったかということです。それは、死を正面から見つめようとしないことから起こっているとしか思えません。つまり、「死生観」というものがないのです。死生観とは、つまりは、我々がどこから来てどのように生き、そしてどこへ向かって死ぬのかを明らかにすることを言います。それが無い。その死生観が、日常の生活そのものの問題となったとき、「老いの問題」が表面化してくるのです。

確かに、人は老い、死ぬことは誰にでもわかっています。しかし、いまの日本人はその準備のために、金銭と介護の問題だけを何とかしたいと思っているようにしか見えません。つまり、物質にかかわることだけです。ほとんどの人は、「自分はどこから来て、どのように生き、どこへ向かって死ぬのか」ということを考えたことがないとしか思えないのです。事実、そのようなことを考えている人は、変人だと言われています。

現代の日本人は、消費社会の影響により、物事を簡単に結論づけ、直視しないようにしています。ただ、西洋でも日本でも人生観とは、「どのように生き、どのように死ぬか」ということを考えることです。ですから「老いの問題」というのは、人生観そのものなのです。「老いたくない、死にたくない」と考える人には、ひとつの独立した、人間らしい人生はありません。

厳しいかもしれませんが、真の人生がなければ、動物と同じということです。自然の法則によって、生まれ、成長し、衰退し、死んでいく。それは、肉体と本能の問題であって、人間論ではありません。ただし、「動物」は「環境」の問題にはことのほかうるさいのです。なぜなら、それが「存在」のすべてだからです。そして、「若い」ほどすばらしい。そう思う感性しかない。何か、いまの社会を彷彿《ほうふつ》させるものがあります。

いまの日本人が憧れる若さとは、生物学的なものであって、人間的な若さではありません。つまり、苦悩する青春のことではない。何もしなくても、二十歳になるまでは、人間は自然の力によって成長していきます。これは文化でもなければ、魂の問題でもない。要するに生物学的に与えられただけのものです。

肉体の成長が止まったところから死ぬまでが本格的な人生なのです。したがって、老いを考えることは、死を見つめ、どう生きるべきか、それ自体を考えることに繋がっていくのです。死ぬまで、肉体をどう維持保存するかを考え、そして自己固有の魂の練成に向かう。だから、本当の人生を生きるためには十五、六歳、遅くとも二十歳の段階で、「自分はどう生き、どう老い、どう死ぬのか」ということを決める必要があります。

残念ながら、現代だけでなく昔から大半の人は決められません。青春の苦悩を苦しみ抜かないからです。孔子は、その『論語』において「吾《われ》、十有五にして学に志す」と言いました。これは、「学者になりたい」という意味ではなく、自己の生き方を決定したときの言葉なのです。だからこそ、この言葉に基づいて七十歳まで、けじめの年ごとにそれぞれ確信に満ちた信念の言葉が生まれるわけです。つまり、孔子のような偉大な人物になると、十五歳でその生き方が決まったということなのです。

実は、人生における儀式の多くは、人間に生き方を決めさせようとするものなのです。そのひとつに昔の「元服」がありました。元服にはやはり意味があった。元服は、孔子による儒教の教えと、肉体的な生理現象との接合点で行なわれた儀式でした。つまり、肉体が大人になった初期に、ひとりの人間として、どう生きどう死ぬかを決めさせようとする儀式なのです。

あの深淵な形而上文学『死霊』を書いた埴谷雄高は十五、六歳の頃に、家で「元服」の儀式があり、父親から埴谷家に伝わる短刀を渡されたそうです。埴谷雄高の父方の祖父は相馬藩の剣術指南役であり、母方は薩摩藩の漢学者でした。短刀を渡しながら父親は「お前も今日から一人前だ。私はもううるさいことは言わない。その代わり、何があってもすべてお前自身の責任である」と言ったうえで、「自分がしくじり、もう恥を雪《そそ》ぐことができないと思ったら、この短刀で腹を切れ」と言ったそうです。これが江戸時代の話ではないのです。一九二五年（大正十四年）頃です。埴谷家のように、士族としての誇りに生きた、戦前までの日本の健全な家庭では、こういうことが実際に行なわれていたのです。

また、埴谷雄高という人間があれほど人生を考え抜いたのは、ここに理由があると私は思います。埴谷は短刀を貰うことによって、自己固有の「老い」の過程に入ったのです。現代人はこれを極端だと感じるでしょうが、私はそうは思いません。要は、決意と覚悟の問題です。

覚悟とは、日常的なことでは容易には手に入りません。そこには必ず、非日常のロマンティシズムが必要なのです。つまり、精神的なひとつの衝撃です。本当の人生を生きるためにはそれが当たり前なのです。これを極端と感じる方がおかしい。西洋には「死を想え」(memento mori メメント・モリ）という言葉が残っています。キリスト教信仰に基づく、覚悟を決めた人生を歩ませるための中世思想です。常に死を意識して生きろということです。それによって生き方の根本が固まっていくのです。

死を意識して生きるとき、人間は初めて「崇高なるもの」を認識し始めるのです。日本における、「武士道と云ふは死ぬ事と見付けたり」と同じです。キリスト教も武士道も、崇高なるものを目指す非日常を、日常生活の中に落とし込んだ思想なのです。その非日常を、形に現わしているもののひとつが辞世の慣習です。自己の生き方と、その帰結としての死に様を歌や句として残しておくのです。武士だけでなく、格式のある商家や農家の人も辞世を詠んでいます。辞世を詠まないで死ぬことは恥だったのです。だからあらかじめ用意していました。

辞世は、三十代ぐらいから書き置いておくものなのです。辞世で有名なのは、西行の「願わくは花の下にて　春死なむ　その如月《きさらぎ》の　望月《もちづき》のころ」でしょう。これも西行がその人生の半ばにおいて詠んだものだと思います。具体的に自分はどう生き、どう死にたいのかを詠み込んでいる。その決意によって西行は自分らしく生き切り、流浪の歌人としての生涯を終えられたわけです。その『山家集』に歌われた哀しみの中に、私はいまに繫がる日本人の原点のひとつを見出します。つまり、老いそのものに美意識をもつ。そこに「もののあはれ」の存在を見るのです。

また良寛もいい。「うらを見せ　おもてを見せて　散るもみじ」の辞世の句は有名です。その他に、私が「辞世の文《ふみ》」と呼んでいる、手紙があるのです。その一節が「災難にあう時節《とき》は災難にあうがよく候《そうろう》、死ぬ時節《とき》は死ぬがよく候」です。良寛自身の生き方、死に方に対する覚悟が述べられています。そして、良寛自身はそのように生き、そのように死んだ。

良寛は、偶然性によって良寛になったのではないのです。そこには、悶《もだ》え苦しむひとりの人間の「老い」の道程があった。それそのものが良寛の価値なのです。その過程が、文献や歌を通して、残っていたということです。私自身も、自己の生きる覚悟が決まった三十歳の頃、高校生のときから好きだった「君看《み》よや双眼の色　語らざれば憂い無きに似たり」の詩が腑に落ち、何かすーっとはらわたに沁み込んだことをよく覚えています。この言葉は白隠禅師の偈を、良寛が流布したと伝えられているものです。良寛は白隠を尊敬し、この偈を自己の生き方としていた。つまり、良寛はこの詩に辞世の思いを込めて揮毫していたに違いありません。

「老」とは「秀」を言う

現代人の健康志向について、ぜひ知ってほしいことがあります。健康でいたいという願いは当たり前で、尊いことです。問題は、老いて死んでいくために健康はあるのだ、ということがわかっていないことです。良い死を迎えるためには健康でなければならないのです。しかし、現代日本では、若くありたい気持ちばかりが強く、老いや死をあえて意識しません。

若さにしがみ付くのは、若者コンプレックスです。これがいちばん性《たち》の悪い、老醜をさらす生き方になります。人間にとって必要なのは、死を見つめることによって自分の生き方を決め、そして自らの最期に向かってひたすらに突進することです。そうすれば、老いれば老いるほど、賢くなり、人間として成熟していく。

私は、そのような生き方を「老いの美学」と名づけています。老いの美学があると、老人中心の社会ができる。社会は老人中心のほうが安定します。そして歴史的にも「良い社会」なのです。若者が中心になるのは、軽薄な時代か、そうでなければ動乱の時代です。たとえば、歴史的価値としての明治維新は実に魅力がありますが、当時を生きていた庶民にとってはとんでもない時代です。

実際には、維新のような若者中心の社会は、何をしてよいかわからない「秩序の破壊」を意味しているのです。今日の眼で、他人事として科学的に見るから、明治維新はすばらしいのです。しかし、実際に明治維新を生きた人は、誰もいいとは思っていないはずです。もちろん、志士たちの情熱はすばらしく、私も大好きですが、時代として見た場合、それはいい時代ではありません。二十代の人間が中心にならなければいけない時代というのは狂っています。老いの美学が退けられ、若者が中心になっている社会は不幸な社会です。

ただし、いまの老人は駄目です。戦後、老いの美学が消滅したため、ほとんどが老醜をさらしています。かつての老人たちは、本当に立派な人間が多くいた。だから老人中心の社会を創ることができたのです。もともと、「老」とは、秀れた者という意味があるのです。つまり、老人は立派だったから社会の中枢にいて、尊敬を集めていた。しかし、悲しいことに現代ではいい大人がこぞって若さを望み、成熟することを忘れてしまいました。

若さなどは、知恵もなければ学問もない。ましてや成熟のかけらもありません。若さに憧れること自体が幼稚なのです。若さなど生物学の問題にすぎないのです。特に肉体に関してはそうです。人間は嫌でも成長して、身体は最高の状態になる。そこまでは動物と同じです。問題はそこからなのです。そこからが人生の「尊さ」なのです。

だから人間は、自分がどう生き、どう死ぬかを考えなければならないのです。どう死ぬかを決めたなら、それを実行するために生き方を決めなければならない。その思想のひとつが、「養生」の考え方です。養生は決して若さを保つためにあるのではありません。人間として成熟し、老いるための東洋的な身心の知恵なのです。養生は、老いるためにある。昔から人間的価値観においては、その見方が正しいのです。

若い時は、肉体的にはもっとも美しい状態にありますが、先ほども言ったように、誰もが生物学的にそうなるだけの話です。また、別の言い方をすれば、親を中心として、他者の力でそうなったにすぎません。自分の力ではない。まだまだ、魂を持った人間としての価値は未知数なのです。人はそこから本当の人生を自分自身で築かなければなりません。

だからこそ、元服に始まる、けじめの儀式が必要だったわけです。心懸けとしての「けじめ」です。けじめの時期に辞世に通ずる句や歌を詠んで、決意を新たにした。西洋ではカトリックの場合、洗礼があり、後に堅信式がある。そこで信仰を固め、神の前で、自分はどう生き、どう死にたいのかを誓います。それが「メメント・モリ」の始まりです。そして、週に一回の「告解」によってそれを支えながら生きるのです。そうしないと、一人前の人間にはなれなかったということです。

「耐えねばならぬ」

老いについて、忘れ得ぬ語らいが若い頃にありました。それは、芥川龍之介の長男でもあるシェークスピア俳優の芥川比呂志氏と老いについて語り合った思い出です。私と氏との交流は、福田恆存演出、芥川比呂志主演の『リア王』を見たのが始まりでした。その時に、知遇を得たのです。芥川氏からは、人間の生き方について、多くのことを学びました。ある時、情熱について話し、それがそのまま老いの問題に移行していったのです。

芥川氏は私に「人間は、死に向かって老いながら生きる。生きるとは老いなのだ」と言い、「それこそが『リア王』の魅力を創っているのだ」と語りました。そして、その核心には「Ripeness is all.」（成熟こそがすべてである）という台詞が『リア王』の中にあると教えてくれたのです。有名な『ハムレット』の中にある「The readiness is all.」（覚悟がすべてである）と対になる言葉です。

シェークスピアは、『ハムレット』の後、四年後に『リア王』を書いています。その作品の前後関係において、このような対になる思想を台詞の中に入れているのだから、やはりその人生哲学の深さは他の追随を許さぬものがあります。「覚悟」の後に、「成熟」がきちっときている。そして、この成熟という概念が、人間が老いるための中心課題になると芥川氏は言っていたのです。その後、あの深く響き渡る声で、「成熟に憧れ、そこに情熱を抱いて生きる者が、魅力ある老人となるのだ」と言っていたことが今も忘れられません。

人間が死ぬときに問われるのは、その魂がどの程度まで成熟したかということです。つまり、どのくらい「涙」について知っているか。それが人間の価値であり、人生の価値なのです。そのことをシェークスピアは「Ripeness is all.」と表現しました。周知のように『リア王』は、老いを見つめながら生きる、人間の生き方の原点が問われる作品です。「Ripeness is all.」は、グロスター伯の長男であるエドガーに託された言葉です。

「成熟こそがすべてである」と言う台詞の前には、「肌身に沁みて人生の哀しみを知る」(…, by the art of known and feeling sorrows, …) という台詞があります。これは根源的な言葉です。人間が成熟するためには、「肌身に沁みて哀しみを知る」ことが大前提になっていることを表わしているのです。日本人が大切にしている「もののあはれ」と同じ考え方です。つまり、人間は必ず死ぬということを受け止めることなのです。

『リア王』は、初心を貫いて老い、死と直面するその生き方が主題として深層を流れています。初心とは覚悟です。その、老いるために必要な初心を表わす台詞について、芥川氏と私は意見の一致を見たのです。その台詞が、リア王の語る「耐えねばならぬ。生まれ落ちたとき、わしらは泣いた。この世の空気を初めて嗅いで、泣き喚いたではないか」(Thou must be patient. We came crying hither. Thou know' st, the first time that we smell the air, We waul and cry.) という台詞です。

人生とは悲哀で幕を開けるのです。人間にとって完全で幸せな時間は母親の胎内にいるときだけです。そこから追い出された瞬間、人間は恐怖心で泣き喚くのです。そして、老化に向かう人生が始まります。老化とは、深いところでは生まれたときから始まりだすのです。

「耐えねばならぬ」(Thou must be patient.)。それが成熟し、老いていくための条件となるのです。人生とは、耐えることであり、それが老いの本質です。耐えることが、すなわち生きる力を支えているのです。耐えてこそ、その先に荘厳な死がある。つまり「耐える」とは、苦しみではなく、人生そのものなのです。それがわからなければ老いの美学は成り立ちません。よく老いた者は、またよく耐えた者です。

人生は、このように詩的な捉え方だけが「美学」を生み出します。科学では、人間はよく老いることはできません。ここに現代社会の問題が横たわっている。人間は年を取り死ぬために生まれてきます。少なくとも、二十歳前後でその恐怖と哀しみを受け止め、どう老い、どう死ぬかを決めれば、年を取れば取るほど人間は賢くなり、人格も高潔になっていくことができる。それが成熟です。成熟とは、自己を「詩」となしていくことなのです。現代人が考えるように、老いとは衰弱でもなければ惨めなことでもないのです。

いまの日本では、手本になる老人が少なくなりました。これがすでに社会問題化しています。欲張りで、情けない幼稚な老人ばかりです。これは工業文明と、その帰結である消費社会の影響も大きい。工業文明に侵されていない人々の生活の実態は、マックス・ウェーバーやエミール・デュルケーム、そしてクロード・レヴィ＝ストロースなどの研究によって明らかにされています。そこでは紛う方なき「長老文化」が息づいています。

これは、当たり前の話なのです。自然の中では、賢くなければ長生きはできません。長老は智恵が集積されているから、人々の尊敬を集めることができるのです。現実に、若者はさまざまな判断を仰ぐために長老を訪ねます。ところが、日本では工業文明の恩恵によって、智恵がなくとも肉体だけは長生きできる。こんな老人を若者が尊敬するはずがありません。それどころか、いまでは老人が若者を羨むようになっています。今の老人は、単に肉体の若さを保とうとするだけです。惨めとしか言えません。そこには人生の「高貴性」がない。

見るために生まれた

ここで歴史上の人物を見ながら、老いの問題を考えていきたいと思います。ゲーテと白隠禅師の人生は、いつの日も我々の手本となるものです。まずゲーテです。ゲーテは二十代で『ファウスト』の第一部を書き、八十代で第二部を書き上げました。完成するのに六十年の間があります。私はこういう生き方が理想だと思います。若いときに立てた初心を貫き、八十代で完成させる。それが人類の宝となるような名作なのですからすごいです。大人物です。

恋愛観においても、二十代の『若きウェルテルの悩み』に始まり、それが純粋に発展して七十代の『マリエンバード悲歌』に至りました。まさに老い行く生命の輝きを感じます。つまり、ゲーテは二十歳を過ぎた頃には、自分がどう死にたいのかを見定めていたのです。その老いの美学が憧れとして凝縮され、中年期に至って、『西東詩集』として結実したのです。その中に「至福の憧れ」という詩があります。以前、詩歌随想集『友よ』の中で自分の翻訳でこの詩を取り挙げたことがあります。その、最後の一節はこうです。

「滅びて甦れ！　これ、ついに会得せざれば　汝《なんじ》は悲しく解《げ》し難き地上の　悄然たる孤客なるを知れ」

ここで重要なのは「滅びて甦れ！」(Stirb und werde!) です。他の訳者は「死して成れ」としています。つまり、死んで甦ったところに、本当の自分があるということが歌われているのです。死を見つめ、覚悟を決めたところに、自己固有の人生が拓いてくることが詩的に表わされています。どう死ぬか、はっきり決めることによって自己の生命に輝きが現われてくるのです。それがわからなければ、人生とは、意味のない動物的なものでしかありません。滅びてもよいという気持ちがなければ、真の成長と成熟はない。そのことが若き日からゲーテにはわかっていた。ゲーテは生命を投げ出して生きていたのです。それが詩に結実している。生命は厳しいのです。

さらに、『ファウスト』第二部第五幕の中で、塔守リュンケウスの台詞を通して、ゲーテが、どうして素晴らしい「老い方」をすることができたのかが解き明かされています。この詩も『友よ』で扱いました。それはこう始まります。

「見るために生まれ来《こ》し我　見ることを命ぜられし我　塔に居《を》るを定めとなさば　げに、この世ぞ愉《た》快《の》しかりき」

「見るために生まれた」(Zum Sehen geboren.) の深遠なる詩行です。この詩が意味するものは、人間は生まれると同時に、宇宙や自然、そして人間の歴史や文化を「見る」ことが、人生の中心課題になるのだということです。それを成長、成熟と言うのです。これは簡単に思えるが、そうではない。現代人の生き方とは正反対です。現代人は自分のことしか見ません。自己固執と言っていいかもしれません。老いるためには、外部に対して目が開かれていなければならないのです。

つまり、人間とは認識する動物なのです。人間の文化はすべて認識から生まれます。認識が愛を実感し、それが希望を生み出すのです。そして希望が、真の成長と成熟を人間にもたらします。認識とは、耐えることによって生まれます。自己以外を「見る」とは、耐えることなのです。そして、その先に真の人生がある。

それは、勇気のいることでもある。自分が何ものであるのか、本当に知ることは辛いことです。周りを本当に見れば、真実の自己がわかります。自己の宿命をすべて認めなければ、他のものが見えるようにはなりません。自己の周りにある、「あらゆるもの」が、本当に見えるようになったとき、自己固有の真の成長と成熟の過程に入ることができるのです。これが、ゲーテをゲーテたらしめた生き方であり、それはそのまま死に方でもあるのです。つまり、真の「老い」です。

白隠の境地を踏む

さて、白隠です。言うまでもなく白隠は臨済宗の禅僧です。この人はゲーテとは違って、駄目人間が最高の人間に成熟していった例です。子供の頃、白隠は飛びきりの臆病者でした。ある日、誰かに地獄の話を聞き、地獄が怖くて眠ることができなくなった。こんなことでは生きていけないと、親が心配して寺に入れたのです。

寺に入ってからは、「地獄に落ちたくない、死にたくない」という思いだけで修行をしたそうです。龍吟社刊の『白隠和尚全集』によれば、二十代でノイローゼになり、これを克服したあとで死ぬ覚悟ができたと告白しています。つまり、若き白隠は自己固執に陥っていた。そこから出発して、中年期になってやっと普通の僧になり、五十代で高僧となり、八十四歳で亡くなるときには、歴史的な大人物になっていたのです。

白隠の師は、山奥にこもり一人で禅を実践していた慧端《えたん》という人でした。慧端の師は至道無難《しどうぶなん》で、この人も一人で禅を実践していました。白隠も師にならい、地位や名利を求めずひとりで禅の実践を行なった。そして七十歳を過ぎて初めて弟子と呼べるものを取り、その東嶺《とうれい》と遂翁《すいおう》の二人が白隠の教えを広めていったのです。いまの臨済宗は白隠派のみで、隆盛を誇っていた他の系列は江戸時代に潰れてしまいました。禅の伝統を守らず、酒色にふける生臭坊主たちが出て、寺を堕落させたからです。ところが白隠は、何も求めず、ただひとりで禅を実践していた。

私は白隠の「書」が好きで収集しています。何が素晴らしいかと言うと、「書」として書いていないところです。白隠は仏壇も持てない村人のために、ご本尊として「書」をお札の替わりに書いて与えたのです。そこには人々が、信仰によって幸せを得られるように、という思いしかありません。自分の楽しみとして書く「書」とはまったく違います。白隠の「書」は、「書」そのものが「祈り」なのです。だからこそ、我々はそこに「崇高なるもの」を見るのでしょう。つまり、「垂直の悲しみ」です。

自己固執のノイローゼを克服して、死ぬ覚悟のできた白隠の目は、自分ではなく外部に向き始めた。そして、世のため人のためだけに生きる人間へと成熟していった。外部を見ながら白隠は老い、ついに歴史的人物になったのです。自己固執を克服するには、「自分とは何か」を問うてはなりません。「何が自分なのか」と問わなければならないのです。つまり自己の外部に目を向けなければならないということです。

それが、どう老い、どう死ぬかを決めることに繋がるのです。そして、そうなるためには自己固執から解き放たれなければならないのです。自己に固執していれば、どうどうめぐりの迷路に迷い込み、利己主義かノイローゼになるだけです。「何が自分か」という問いを立てるためには、自己の外部にある歴史的なものや文化に目を向けるしかないのです。世の中が本当に見えてくれば、自分の存在の真実が見え、それによって自分の生き方がわかってくるのです。そうすれば真に老いられる。

現代人が幼稚なのは、自己固執から解放されていないからです。子供の頃から「自分の意見を持たなければいけない」などと躾けられているため、外部に目が向かないのです。常に「自分は、自分は」となって、老いることができなくなっています。

白隠は死ぬ三日前に、寺の廊下で主治医とすれ違い、「わしは健康かな」と聞きました。医者は「和尚様はいつもの如く健康ですよ」と答えると、白隠は「お主《ぬし》はかなりの藪《やぶ》医者だな。わしは三日後に死ぬ。それもわからないのか」と言って、本当に三日後に死んだそうです。地獄が怖くて、死ぬのが怖くて、泣き喚いていた子供が、この境地までできた。私が言いたいのは、これが本当の美しい老いであり、荘厳な素晴らしい死だということです。

白隠において特にわかるように、老いとは成熟にほかならないのです。だから老いとは、より秀れていくことであり、またより美しくなっていくことです。そもそも「老」という言葉は、歴史的にはいい意味でしか使いませんでした。大老、老中などの職制もありました。それから偉い人のことを老師、長老と言っていた。若くても賢い者は、ナポレオンがそう言われていたように「老成している」と言われていたのです。

現代のように、老いを悪い意味に捉えてしまうのは、物質文明、消費文明に侵された結果です。現代は使い捨ての文明なので、回転が速く新しいものほどよいものになってしまった。大量生産大量消費の文明の中では、そのような価値が都合がよいのです。しかし、それは、歴史的にも生命的にも間違っている。あろうことか、現代では、老人と言えば弱者のことを意味しているのです。

老人が弱者であるとすれば、それは老人ということではなく、その人の生き方の結果であるにすぎません。個人の問題です。老人自体は弱者ではありません。しかし、いまでは自分を弱者と思い込み、同情されて当然だと考える老人が増えています。多分、現代社会では弱者の方が得をするからでしょう。得をするものに、良いものはありません。得とは、権力が大衆に与える「えさ」なのです。知らないうちに、自分の人生が隷属化されるだけです。それにもかかわらず、現代日本では、老人自らも弱者になりたがっている。ここに戦後日本の病根のひとつがあるのです。

命《めい》は天に在り

老いの味わい

骨力という思想

人生とは、老いの道程である。そう私は確信しているのです。正しく老いるためには、人はその生命を燃焼させせなければなりません。老いるとは、力強く生きなければ達成できるものではないのです。この考え方が、いま蔑ろにされているように思えるのです。そのことについて、私の体験を語りたいと思います。人間の生命と老いについて私は人生の早い時期から、多くのことを考えさせられました。そのひとつの出来事が、社会人となったころにあったのです。それは忘れ得ぬ思い出となっています。

大学卒業後、私は三崎船舶工業株式会社という造船会社に勤めました。この会社を創設した平井顕《あきら》社長に可愛がられ、仕事観と人生の生き方を随分と教えられたのです。戦前、平井社長は東京帝国大学工学部を出た後、海軍艦政本部で造艦の技術将校をしていました。海軍大尉で終戦になった後、この関連によって日本の復興のために全身全霊で造船会社を創られたのです。平井社長が、その技術を磨いた海軍艦政本部というのは、海軍の軍艦を設計管理する中心部署でした。ここは日本の技術の至宝と呼ばれた人物たちを多く輩出したのです。

なかでも、平賀譲《ゆずる》氏が、日本の造艦技術を世界の最高水準まで引っ張っていった、中心人物であったと平井社長はいつも語っていました。平賀氏は、東京帝国大学の造船学科を首席で出て造艦の技術将校となり、ずっと軍艦の設計に携わった。最後は海軍中将となり、東大総長をも歴任したのです。

平賀氏が横須賀海軍工廠に着任したのは明治三十四年（一九〇一年）のことで、そのころ日本ではまだ軍艦をイギリスから買っていました。後に、平賀氏は「青葉」「高雄」など世界に冠たる重巡洋艦や、「長門」「陸奥」などの世界的な戦艦、また「大和」「武蔵」に至るこれも世界最大の戦艦の設計を中心になって手がけました。事実上、日本の海軍艦艇の設計思想をただひとりで築き上げたのです。日本の歴史にその名を刻む、不世出の技術者と言えるでしょう。

平井社長は平賀氏の下で軍艦の設計に携わっていました。つまり、平井社長は平賀氏の直弟子ということです。その平井社長が、「船というのはその骨力《こつりょく》ですべてが決まる」という言葉を私に教えてくれたのです。そして、この言葉こそが平賀氏から受けた最大の教えであったと言われたのです。船は最初に背骨にあたる竜骨を造ります。この竜骨から肋骨のような骨組を造っていく。この骨組の初期段階で、見る目のある人が見れば、骨力がどのくらいかわかるそうです。平賀氏は「骨力さえよければ事故も少なく、戦ってもなかなか沈まない軍艦ができる」と言っていたそうです。

私は、この骨力という言葉に込められた平賀氏の思想に大いなる興味を抱いたのです。そして、その思想を現実として継承しようとしている平井社長を尊敬せずにはいられなかった。最新の技術を、旧めかしい言葉で表現することに、詩的な面白味も感じました。

「骨力」という言葉は中国の古典の『晋書』に出てきます。中国史上、最大の書家と言えば王羲之《ぎし》と王献之《けんし》の親子です。書法も技術的には、息子の王献之のほうが王羲之よりもうまいと言われています。しかし、王献之も「骨力」において父の王羲之に敵わないということが『晋書』に書かれているのです。では骨力とは何か。それは見ることのできない生命力、魂の力、勢い、底力というものでしょう。だから、多分、経験知によって感じるものなのです。

その言葉を平賀氏は造船に使っていたわけです。その当時、最高水準の科学技術の結晶が軍艦でした。その軍艦建造に対して、平賀氏が古典の言葉を用いていたのは、何か技術の前提にあるものを深く洞察していたからに違いありません。私はそのような意味で、この話をよく記憶しているのです。

大東亜戦争が始まる以前に、平井社長は平賀氏に「骨力が特によかったのはどの軍艦だったのでしょう」と尋ねたそうです。すると平賀氏は「今でも夢に見るような、すばらしい骨力を現わしていた軍艦は、ヴィッカース造船所バロー・イン・ファーネス船渠にその身を横たえていた戦艦〈金剛〉と、呉海軍工廠で建造した戦艦〈長門〉、そして最近では、佐世保海軍工廠で建造された駆逐艦〈雪風〉だろう」と答えられたそうです。「金剛」は日本が英国から買った最後の戦艦であり、その骨力が特別にすばらしかった。

「金剛」は、世界一であった英国の建艦技術の粋《すい》を集めたものであり、この時期を境として英国の技術は衰退していきます。そして、日本が台頭してくるのですが、英国の技術の最後を飾る軍艦が、新しい生命をもった日本海軍にきたということに、何か不思議なものを感じざるを得ないのです。技術にも、生命の不可思議を私は感ずるのです。

以後、平賀氏は、「金剛」を凌駕する軍艦設計を目指し、辛苦の末にそれをなし遂げられたわけです。その目標が戦艦「金剛」の中でも、その「骨力」の意味であったことを知る人は少ない。そして戦艦「長門」に至り、その目標はある程度達成せられたのです。「長門」は、日本が独自の技術で創った世界最高水準の戦艦でした。それに加え科学的技術だけでなく、骨力においても他を圧していたそうです。だから「長門」は、後に連合艦隊の旗艦にもなっています。

「長門」は戦闘で沈められることなく、戦後、米軍に接収され、ビキニ環礁で行なわれた水爆実験の標的に使われました。ところが、この実験でも「長門」は沈まなかった。そこで、面目丸つぶれの米軍は秘密裏に魚雷で沈めたそうです。また「雪風」は激戦にほとんどすべて出撃し、最後は戦艦「大和」の沖縄水上特攻の護衛をしました。そして終戦まで沈まなかった幸運の艦として有名です。「金剛」は空母時代に、唯一の大活躍をした戦艦として戦史にその名を残しています。

つまり、「骨力」のある艦はみな、実戦においても、幸運で強力な艦でした。これを平賀氏は大戦前に予言していたわけです。単なる技術者を通り越した技術者であったことの証と言えるでしょう。技術は、技術以前の「何ものか」によって支えられているのです。

この骨力が、よく老いるための「力」なのです。骨力とは、人間で言えば生命力の根源であり、魂または精神を垂直に立てるためのエネルギーと見ることができます。人間というのは生命力と肉体の合体です。生命力を立てる力が骨力で、肉体はそれによって集められた材料なのです。だから人間の場合も、その人生は骨力で決まるのです。

ただし、人間は骨力を自分で増強することができる。それができるのは、意志をもつ人間だけです。その幸せを自覚すべきなのです。その成立の始めに骨力が決定してしまうが、人間は気力や気概という形で骨力を強化できる。まさに、気力や気概と呼ばれるエネルギーが、物質的に言えば骨力なのだと私は考えています。そして、その骨力を向上させていく過程が、私は老いだと思うのです。人間生活では気力、気概と呼ばれるような「骨力」としての生命力が、「老いの美学」にいかに大切なものであるかを科学的にも納得してもらいたいという思いで、私はこの造船技術の話を長々としているのです。

すべては祈りから始まる

また、この船の骨力の話を、私の親友でもあった魂の画家、戸嶋靖昌は特に好んでいました。骨力は芸術の本質と同じだと言うのです。秀れた芸術は運が強く、また粉々にしても、その一片一片にそれぞれ価値があるのだと言っていました。それは制作の初期にわかると言っていたのです。「よい絵は、最初からよい絵であり、悪い絵は、どんなに手直しをしても最後まで悪い。それを決めているものが骨力なのだろう」と言っていたのを思い出します。

そして、骨力があると思われる絵画の代表にベラスケスとエル・グレコそしてセザンヌを挙げていたのです。また音楽ではバッハとパーセルそしてシューベルトを挙げていました。つまり「骨力」は、その生命や形がいかに破壊されても、まだ価値を有している「何ものか」であるということです。私の語る「骨力の思想」を、特に好んでくれた戸嶋靖昌は、芸術における骨力の意味を示唆してくれたのだと思っています。

つまり、骨力という考え方を身につけると、老いを科学的にも芸術的にも捉えられるのです。そして宗教的にも捉えられるところが面白い。船の設計は、基本的には物理学の問題だと普通の人は考えるでしょう。ところが平賀讓氏は「設計とは、祈りである」と常々言っていたそうです。だから、「骨力」という東洋の古典にある言葉で自身の思想を表現したのでしょう。西洋の物理学と一線を画する、独自のものがあったに違いありません。造船力学の設計も最後は、生命力と魂の問題なのだと言っているのです。祈りによって、それらが立ち上がるのです。つまり、骨力とは宗教的でもあるのです。だからこそ、生命力の発露としての老いも宗教的に捉えることができるのです。

戦後、日本が世界一の造船大国になったのは、平賀氏の薫陶を受けた海軍艦政本部の若い人たちが、散らばって活躍したからだと思います。もちろん平井社長もその一人であったのです。その平井社長は「骨力とは、すべてのものに耐える力であり、特に人生においては何があろうとすべての困難を突破する力の源泉となるものだ」と言っていました。

先ほども言ったように、私は、老いとは人間の生命に与えられた骨力を磨く過程である、ということを伝えたいのです。目に見えない骨力が、真の老いを創り上げる原動力となるのです。そして、その骨力から湧き出ずる「耐える力」が「老いの美学」を支えるものとなるのです。この言葉を語るときの平井社長は、私の中で「リア王」と重なり合っていました。またそのとき、私の好きだったモンテーニュのもつ理知をも平井社長に感じたことを覚えています。

つまり老いとは、本当は、肉体の問題ではないのです。それはあくまでも精神の問題であり、心の現象であったのです。それが戦後、肉体の問題とすり替えられて、すべてが狂ってきた。その結果、大人たちの若者志向と幼稚化を招いたのです。

モンテーニュはその『随想録』の中で、「老いは、私たちの顔（肉体）よりも精神（心）に多くのしわを刻む」（La vieillesse nous attache plus de rides en l'esprit qu'au visage.）と言っています。今こそ、老いが精神の問題であることを悟る時期ではないでしょうか。骨力を磨くことができることこそが、人間に与えられた真の幸福なのです。

平賀氏が専門にしている船は、最初に骨力が決まってしまえば、後はどうにもならないのです。しかし、我々人間は、自己の力でそれを補強できる。動物の一生は、遺伝子だけで決まってしまいます。遺伝子以外の働きができるのは人間だけです。その人間のもつ特殊性が、人間の人間たる謂われなのです。

現代人は、そのありがたみがわかっていない。だからみじめな年寄りが多くなってしまうのです。そういう人たちは遺伝子通りにしか生きなかったということです。自分を物質化、動物化している。要するに犬猫と変わらないのです。人間らしく生きなければ、人間は動物でしかないということをわからなければなりません。

このことに関連していると思いますが、平井社長が骨力を磨く方法について面白いことを言っていました。『老子』の中に「その志《し》を弱くして、その骨を強くす」という言葉があります。平井社長はこの言葉を噛みしめろと言うのです。「志」とは、ここでは「自我」というような意味で使われています。要するに、自我を抑えれば骨力は磨かれるということです。自己以外の広い世界を見続けていく。つまり、希望の中に生きるのです。

希望が途絶えることこそが、骨力を衰退させ、悪い老化を招くのです。あのグスタフ・マーラーは、ジャン・パウルの『巨人』という文学の思想を、その交響曲第一番「巨人」として歌い上げました。『巨人』の中でパウルは、「老いの憂鬱とは、喜びを失うことではなく、希望が途絶えることである」(Das Alter ist nicht trübe, weil darin unsre Freuden, sondern weil unsre Hoffnungen aufhören.) と言っています。

これこそが、平賀氏の言っていた「祈り」なのです。祈りとは、希望を引き寄せることを言うのです。希望は、祈るものに与えられる恩寵なのです。私はそう捉えました。そのように平井社長に言うと、社長は「お前は、顔に似あわず、ごくたまに好いことを言うな」と言って笑っておられました。もう、三十五年も前の話ですが、そのときのことを思い出すと、今でも涙がにじむのです。

「野垂れ死に」を想う

よく老いるためには、「骨力の思想」を身につけることが大切です。しかし、それだけでは骨力の活用はできません。それをするには、自分の好きな歴史上の人物に「憧れる」ことが必要です。つまり、具体的な憧れを持たなければ、よく老いることはできません。具体的に、そのように生き、そのように死にたいと思える歴史上の人物を見つけることに尽きる。骨力ということから見れば、私は平家の武者、斎藤実盛に憧れを抱きます。私は実盛のように生き、そのように老い、そのように死にたいと思っています。

実盛は、ダンディズムの「実行者」です。それが憧れの理由です。彼は戦い続け、恩に生き、そして自己の美学の中に死にました。後年、松尾芭蕉が実盛を悼んで詠んだのが「むざんやな　甲《かぶと》の下のきりぎりす」です。実盛の甲を祀ってある石川県小松市の多太《ただ》神社で詠んだ有名な句です。この中に、骨力だけで生きた人間の悲しみのすべてがあります。骨力が創り上げた人生だと私は思うのです。「きりぎりす」とは、骨力だけで生きた人物を彷彿させる芭蕉ならではの言葉でしょう。つまり、骨の詩的イメージです。

もともと源為義・義朝に仕えていた坂東武者・実盛は、木曾義仲の命の恩人にもあたります。義朝が亡くなったあと、平宗盛に仕え、最後は平維盛にしたがって木曾義仲との篠原の戦いで討ち死にします。その辺のことは、『平家物語』の巻七に詳しい。また、実盛の人生を知り感動した世阿弥は謡曲『実盛』を作っています。芭蕉はこの謡曲に感動して、「むざんやな――」の句を詠んだのだと思います。

実盛は篠原の戦いのとき七十代でした。当時では相当な年寄りです。戦いに臨んで総白髪だった実盛は髪に墨を塗った。若者の真似をしたわけではなく、年寄りだと思われて同情されたら武士の恥だと思い、髪を黒く染めたのです。味方が総崩れとなるなか、実盛は一歩も退かず、ついに義仲の武将・手塚光盛に討たれ、首を取られてしまいます。

手塚光盛が義仲の前でその首を洗うと、髪に塗った墨が全部取れて、相当な年寄りだったということがわかる。そして義仲は命の恩人を自分が殺したということをそこで初めて知るのです。私は、絶対に他人《ひと》の同情を受けないという実盛の気概が好きなのです。これこそが「老いの美学」の中心だと思います。これを多分、「かたくな」だと思うのが現代流です。しかし、私はこのような人物が好きです。「かたくな」でない人間など、単なる「のっぺらぼう」です。

実盛の次に語りたいのが芭蕉です。芭蕉も、実盛に感応するものを持っていました。それが句を作らせたのだと思います。私はその芭蕉の死に様も、日本人として参考にしなくてはいけないと思っているのです。芭蕉がなぜ芭蕉になれたのか。その理由は、辞世の句「旅に病《や》んで夢は枯野をかけ廻《めぐ》る」にすべてがあるというのが、私の意見です。

芭蕉は辞世の句に詠み込まれているように、西行に憧れていました。つまり、旅で野垂れ死にしたいと思っていた。辞世の句というのは、死の直前に詠むのではなく、かなり前から用意しておくのが普通です。芭蕉もそうだと思います。西行に憧れていた芭蕉はこの句を詠み、野垂れ死にする覚悟で生きていた。

現代人は、野垂れ死にを不幸なことだと捉えてしまいがちですが、その覚悟が俳聖芭蕉を創ったということを忘れてはならないと思います。芭蕉の人生を思うとき、私はいつでも西行を思い、そしてあの中世のフランスに生きた吟遊詩人、フランソワ・ヴィヨンに思いを馳せるのです。ヴィヨンはその『バラード』に「泉のかたわらに立ちて 喉の渇きに私は死ぬ」(Je meurs de soif auprès de la fontaine.) と歌いました。その悲しいまでの骨力をもつ詩人の生き方に、やはり芭蕉と同じ「老いの美学」を強く感ずるのです。

しかし、思うようにいかないのが人生です。残念ながら芭蕉は多くの弟子に囲まれて畳の上で亡くなり、野垂れ死にすることはできませんでした。その芭蕉の不幸を感知したのが、物質文明を批判し続け、そして若くして死んだ芥川龍之介です。芥川は大正期に『枯野抄』という実に味わい深い短篇小説を書いています。

余談になりますが、芥川は、あれほど若くして死んだのに、人間の死んでいく姿を描くのがものすごくうまい。『枯野抄』以外にも『玄鶴山房』という小説では、玄鶴という篆刻師が死んでいく時の家族の姿を描いていますが、これもまた素晴らしい。三十五歳で死んだ芥川が、どうして年を取って老いて死んでいく人間の死に様をあんなにうまく書けるのか本当に不思議です。まさに天才としか言えません。

話を戻すと、『枯野抄』では弟子に囲まれて死んでいく芭蕉の姿が描かれていますが、ここには不幸が滲んでいます。一般的に言えば、弟子に囲まれて死んでいくのですから、幸福に決まっているはずです。ところが、芥川は弟子たちの駆け引きを克明に描くことによって、自分の思うような死に方ができない不幸な芭蕉の姿を間接的に描いたのです。

私は『枯野抄』を読んで、芭蕉が野垂れ死にできなかった不幸を、現代人はもう一度思い起こすべきではないかと思いました。野垂れ死にをすることが、実は人間にとって幸せな場合も多い、ということに気づかなければなりません。現代の我々が信じ込んでいる「幸福」とは、実はマスコミを中心にして創り上げられた、戦後似非《えせ》民主主義と消費文明が推進したひとつの考え方にすぎないのです。

現代人は、野垂れ死にを不幸だと決めつけています。しかし、そうでない場合もあるのです。幸・不幸は、自分が決めることであり、自己の生き方によってなされることなのです。最近では、マスコミは一人きりで死ねば、「孤独死」などと勝手な名称をつけて、さも不幸な死であったように報道する。しかし、事実はまったく的外れなことが多いことに気づかなければなりません。私は多くの人の死をかたわらで見てきたことで、それがよくわかったのです。あのような報道が、ますます日本人を臆病にしています。そして、煽り立てられた恐怖心により、「保障」を求める生き方を創り上げてしまうのです。

いまのマスコミの報道は、似非ヒューマニズムの極みにあると私は思います。事実を無視していることが実に多い。マスコミの本性は全体主義に見えます。歴史的にも、ラジオが誕生して初めて発展したのがナチズムでした。ラジオがなければ、ナチスの宣伝相だったゲッベルスも活躍のしようがなかった。ゲッベルスはラジオを利用してナチズムを広めたわけです。

そして、現代はナチスの頃よりも、もっともっと大衆操作が巧妙になりました。テレビの誕生でそれが加速されたことは確かです。つまり、操作する主体が見えづらく、操作されている人間にその認識をもたせない。そして人情に訴える「きれい事」だけ流し続ける。完璧な全体主義です。知らないうちに、生き方や死に方、そして好き嫌いまで操作されているのです。

一九九四年、アフリカのルワンダで、フツ族がツチ族百万人以上を虐殺したと言われています。あれも、ラジオの発達が虐殺を加速したと言われているのです。四六時中ラジオから「ツチ族を殺せ」という、正義を振りかざした扇動の言葉が流れ、フツ族のうち判断力を持たない一部の人々が鉈を手にツチ族狩りに奔走したそうです。実に、マスコミの責任は重大なのです。

ルワンダの民族対立は、カンボジアのポル・ポト政権と並ぶ悪魔の所業として歴史に残るでしょう。大衆心理の恐ろしさがあります。そして大衆を操作するものこそがマスコミなのです。その辺のことはテリー・ジョージ監督の「ホテル・ルワンダ」によく描かれていました。あの映画は、民族の対立による内乱を忠実に表わしています。

また、特にいま注意しなければならないのがテレビです。マスコミの巨大組織の統制のもとに、時代の社会思潮だけしか気にしていない番組によって、情緒的な似非ヒューマニズムにまみれた言葉が垂れ流されています。この点、活字というのは、自己の積極性と知性がなければ読むことができませんから、批判的に接することができる。そこが書物のよいところです。ところが、与えられる受動的な情報として目や耳から入ってくるテレビの情報は、無意識に誰にでも届きますから本当に怖いと思います。

論旨が少しわき道にそれてしまいました。もとに戻したいと思います。私が言いたかったことは、幸福や不幸はひとつひとつが個別であって、絶対的な正しいものなど無いということなのです。それを知ってほしいために、マスコミの例を話したのだと思ってください。

気概に生きる

さて、「老いの美学」では、芭蕉の次に触れたいのは、漢の高祖です。漢帝国をつくった劉邦のことです。私は昔から『史記』が好きで漢文で読んでいます。『史記』は漢文だと感動的です。少なくとも読み下し文で読んでもらいたい。その「高祖本紀」の中に「命《めい》は天に在り」という言葉が出てきます。劉邦は、戦いに出て怪我をして重い病気になる。呼ばれた名医が「きちんと治療をしたら必ず治ります」と言うと、劉邦は「別に治す必要はない」と答えたうえで、「命は天に在り」という言葉を吐き治療を断ったのです。

この「命」は運命の命です。つまり、自分は良くも悪くも自己の運命を信じているから、死ぬべきときがくれば死ぬ。それを悪いことだとは思っていないと言うのです。自分は剣ひと振りで天下を取った。それもすべて運命の為した業である。だから死ぬときも運命が決める。運命は、昔の伝説的な名医、扁鵲《へんじゃく》といえどもどうすることもできない、ということを言っているのです。

劉邦がなぜこの言葉を言えたのか、現代人は考えてみるべきだと思います。劉邦が成熟を目指す、

「老いの美学」に生きていた人間だからこそ言えたのだと私は思います。武士道のように常に、自分はどう死にたいのか、どう生きたいのかを、劉邦はずっと考えてきた人だということです。だから、いよいよという時に「命は天に在り」という言葉を口にすることができたのです。私はこの言葉に惚れました。人間は自分の運命を愛さなければ、よく老いることはできません。そして、自己固有の運命に生きた人間は、実にダンディーです。

参考として知っていた方がよいことがあります。十九世紀までは、多くのカトリックの神父は医者の治療を一切受けず、すべては神の思し召しだと言って死んでいきました。ところが、平均寿命を現代の神父と比べると変わりがないのです。使命感に生きている場合、医者の治療を受けようが受けまいが、人間の寿命に大きな違いはないということです。もちろん気候変動や食糧事情の影響はあります。温暖になれば寿命は長くなり、寒冷になれば短くなります。そして総食糧の多寡によっても変わることは事実です。しかしけっして医療によるものではないのです。

現代では、ローマ法王も自ら進んで医療や手術を受けるようになっています。すべてを神の意志に委ねた人生を歩んでいるはずの人間が、なぜ医療に頼ろうとするのか、私には理解できません。現代人は、「何ものか」を失っているのです。真実、人生はただ長く生きれば良いというものではない。何よりも、自分の運命を愛することが大切なのです。運命に任せて死ぬときは死ねばいい。生きるときは、生きます。

また、治療が必要なときは、自然とそのようになるのです。こんなことを言うと、「そんな乱暴な」と言われますが、乱暴でも何でもありません。そこを現代人はまったく理解していません。私は別に医療に反対しているのではないのです。そんなものよりも、自己の生きる気概の強化の方がずっと重要だということを言っているのです。医療を受けることを前提にした人生観を問題にしているのです。普通の人は、必要ならそのときに受ければよい。何も医療を受けるための人生を、自ら歩むことはないのです。

良寛は「死ぬべきときには死ぬのがよろしい」と言っていました。よく老いるとはそういうことなのです。繰り返しになりますが、現代人は劉邦の「命は天に在り」という言葉をしっかりと受け止め、考えてみるべきです。そうすれば、自己の中から「骨力」が湧き上がってきます。

矍鑠《かくしゃく》への歩み

現代日本における「老い」について、私がもっとも大きな問題だと思うのは、年寄りが若者の真似をすることです。そして、若き日に戻りたいと思っていることです。若者の価値は、生物的、動物的な価値であって、若者には人間的価値がないということを理解すべきです。人間の価値は、自己のもつ骨力を補強し続けていく過程、つまり「老いの美学」にこそあるのです。

私は、上手に老いていくには気概を維持することがいちばん大切だと思っています。気概の維持が希望の維持に繋がり、それが人生への情熱を生むのです。気概を持つには、孤高を保ち孤独を受け入れることです。つまり屹立《きつりつ》。一本立ちのことです。いい意味で、他人の援助や同情を一切受けない。そこに「骨力」の真骨頂があるのです。

もちろん、現代では屹立することは厳しいです。屹立とは、自己固有の垂直に立ち上がった人生を歩むということです。現代のような、平等の美名のもとに推進される水平化の時代には難しいことかもしれません。しかし、したければできる。これは個人の勇気の問題なのです。

現代は、社会保障が当たり前になっています。従来、個人同士の「請け合い」の約束ごとを表わす概念であった「保証」を制度化し、権利化して「保障」という新しい概念ができ上がってしまいました。テレビを見れば、年金だ、社会保障だ、保険だと騒いでいますが、実は社会保障など、普通の人生では問題にすべきことではないのです。あれは正しくは、不可抗力の事故にあったときのことだけのためにあるのです。

それを普通の人生に取り入れて権利化している。そして自己の運命を自ら殺していってしまう。ところが、その社会保障がマスコミの報道の中心になっているため、絶えず耳はそれにさらされ、それが人生の一大事であるとみな勘違いしているのです。それこそが老醜の始まりです。そんなことを考えるより、どうしたら屹立できるかを考えるべきなのです。

確かに、いまの日本人にそれが可能とは思えません。しかし、諦めるのはまだ早い。有史以来、少し前まで日本には社会保障とか年金といった概念はありませんでした。それでも、自分の責任で生きた人は大往生を遂げました。勤め人で定年になったら、入れ替えで子供が就職していない場合は、野垂れ死にだったのです。だからみんな計画的に貯金にはげみ、子供を生んでいました。自分が定年になる前に、子供が成人するようにしていたのです。それが普通の人生だったのです。

いまの日本人に言いたいのは、「社会保障など忘れなさい」、少なくとも「自分の人生設計に入れてはいけない」ということです。そんなものに頼らなくても、普通の人はみな人生をきちっと生き切ってきたのです。何百年何千年もそうだった。我々の祖先の生き方を信じなければなりません。社会保障が重大事であるかのような報道もいい加減にしてもらいたい。いまの報道は日本人を弱く臆病にしています。

『ガリヴァー旅行記』を書いたジョナサン・スウィフトの『エッセー』に「Every man desires to live long, but no man would be old.」という思想が出てきます。「誰でも長く生きたいと思うが、年を取りたいと思う人はいないだろう」という言葉です。つまり、「長く生きたい」のは成熟したいからであって、年を取りたいからではないということです。いかに長生きしても、年寄りにはならないという気概です。つまり、「成熟するために長く生きたい」と考えることが「老いの美学」を生み出すのです。これが人間本来の生き方です。それをスウィフトは知り抜いていた。だからあのように政治家としても、文筆家としても真の成功をしたのだと私は思います。

現代の日本人は、社会保障のことを考えることにより、知らず知らずに、早く年を取りたいとばかり思っているのです。それに気づくことが大切です。保障を考えたり、若者の真似をするのは、実は早く年を取りたがっているのです。過去には存在しない型の人間が出現してきた。そして、精神がますます老化していくのです。

我々は、肉体が朽ち果てるまで、自己の骨力としての気概をもって、ただひとりで立ち上がって生きなければなりません。それが、「老いの美学」です。この状態こそを、我々の祖先は「矍鑠《かくしゃく》」と呼んでいたのです。

魂に留まるものを見つめるのだ

文学とは何か

民族の根源を甦らせるもの

　文学とは何かを考えたいと思っています。まずは、文学というものを大きく捉えてみたい。私は、文学こそが人間の「教養」の中心を占めてきたという歴史的な認識の上に立っているのです。それが、現代ではかなり蔑ろにされているように思えます。現代に文学の精神を甦らせることは、私の悲願のひとつとも言えるのです。

　私自身の信念をまず言えば、「文学を失えば、その民族は滅びる」ということです。文学とは、それほどのものだと思っています。文学は、民族の本源の「記憶」につながっているものであり、本源の記憶を呼び戻す力を持ったものです。つまり、民族の根源的力を甦らせるものとも言えましょう。

だから、文学を失えば、その民族は滅びると言っているのです。もちろん私の言う文学とは、文字に表わされたものだけではなく、五感に対していま言ったような作用をもつ他の芸術をも含むものと思って下さい。

「民族の本源の記憶」と言えば、現代人はすぐに、スイスの心理学者カール・グスタフ・ユングの「集合的無意識」という概念を想起すると思います。確かに、私の言う「民族の本源の記憶」は、それに近い概念です。しかし、ユングのそれは科学的見方に偏重しすぎています。文学はもっと深い。だから、芸術的表現になる。

無意識を、人間の魂に作用させ、記憶に残る形で表現したものが芸術です。特に、その中でも体感的に「言語的表現」の力の秀れたものが文学と言えるでしょう。本源の記憶とは、歴史以前の、民族としての成り立ちを形創るための「神話」ということができます。神話は各民族によって、特に宗教的な概念として把握されています。ヘブライ的一神教が残した『聖書』などは特にわかりやすいです。

聖書は聖典である前に、ヘブライ民族の文学であったということを忘れてはなりません。日本では『古事記』『万葉集』でしょう。そしてギリシャ神話です。ホメーロスの叙事詩などもわかりやすい例と言えます。あの有名な『イリアス』『オデュッセイア』です。これらは、その民族に内在する、真の夢や希望を表わしているものなのです。だから、それ自身が文学であると同時に、あらゆる文学を生み出し続ける原因ともなり得るのです。

民族の本源は、歴史の彼方にあるため、何かよくわからぬ畏《おそ》れを我々に与えます。しかし、真の憧れは、畏れの心から生じるのです。民族の血に根差した「英知」を伝えるものこそが、真の文学と呼ばれるのです。ただし、それらは、我々の歴史の誤りや、自分自身の弱さを問うものでもある。だから、普段は敬して遠ざけているのです。

しかし、自己の「いのち」が震えたとき、我々はその本源の記憶に対して何か「崇高なるもの」を感じて「文学」を求めるのです。美ではない。崇高です。その「崇高なるもの」が文学の柱となり得るものなのです。美、だけでは真の文学とは言えません。それは何らかの芸術ではあっても文学ではありません。文学とは、もっと赤裸々で野蛮な、そして何よりも命がけのものでもあるのです。それを感じるところに「崇高」がある。

つまり「崇高なるもの」とは、一言で表現するなら「魂に留まるもの」です。心ではない。魂です。魂を捉えて離さぬもの。それのためならば、身も心も犠牲にして、何ら悔いることのないものを言うのです。ドイツの詩人ヘルダーリンは、その『追想』の中で、文学者の代表としての詩人を定義しています。「だが、留まるものをうち建てるのが詩人である」(Was bleibt aber, stiften die Dichter.) と。つまり、「魂に留まるもの」こそが「崇高なるもの」なのです。それがないものは文学ではありません。

そして、歴史的な崇高の定義なら、英国の政治家であり哲学者の、エドマンド・バークに『崇高と美の起源』という著書があります。あの『フランス革命の省察』であまりにも有名な人物です。もともと『フランス革命の省察』を著わすにあたって、バークがあのような確信に満ちた、すばらしい歴史観を自己の中心に確立していたのは、それに先立って、彼が文学の徒であったからにほかなりません。文学があったから、バークの政治哲学が生まれたのです。

バークは、もともと美学者であり文学者なのです。『崇高と美の起源』は彼が二十代のころに書いたものです。彼はここで「崇高なるもの」を次のように定義しています。「それは、ごつごつして荒々しく、直線的で暗く陰鬱である」と。そして「堅固で量感があり、人間に畏れを抱かしめるもの」であると言っているのです。私の考える「崇高なるもの」に対する見方も、これとほとんど変わりません。そして、人間が「崇高なるもの」に近づくためには、「それにふさわしい問いかけ」をしなければならないのです。

問いかけのないところに、文学は生まれません。また、問いかけを持たぬ人間に、文学を理解することもできません。それが文学の必須条件となるものなのです。具体的に言えば、「人間はどう生きるべきか」「生命とは何なのか」そして「宇宙とは自然とは何か、つまり神とは何なのか」、「国家とは何か」「文明とは何なのか」といった問いかけです。それらがないものは、文学とは言えないのです。文学とは、活字でもないし、書物でもない。ただにその問いが発する「呻吟《しんぎん》」なのです。

「それにふさわしい問いかけ」とは、つまりは自己を崇高なるものへと向かわせる問いかけのことです。その代表的な文学のひとつに、埴谷雄高の『死霊』を挙げることができます。『死霊』は、生命論であり宇宙論なのです。また国家論であり、文明論ともなっています。それは、埴谷が自分の「いのち」の本源を求めてさまよう永遠の旅路における叫びなのです。現代における『オデュッセイア』とも言えるでしょう。つまり、『死霊』は存在の形而上学なのです。

問いかけと言えば、エミール・シオランを思い浮かべます。シオランは「祖国とは国語である」(Une patrie, c'est une langue.)という名言を残しています。そして、この名言を発することので きた人生は、その前段に、祖国ルーマニアを捨て、パリに暮らしながらフランス語で著作活動をしていたシオランの「国家とは何か」「民族とは何か」という真摯な問いかけがあったのです。その答えを求める「生命活動」が、シオランの詩的文学を生み出し続ける原動力となっていたのです。シオランは、哲学者である前に、詩人であり文学者なのです。

「祖国とは国語である」とは、血と涙の奥底から湧き上がる、孤高の情熱だけが見すえることのできた真実だと私は思います。シオランが、あのように崇高な国家哲学を一言で述べることができたのは、彼の教養の根本が文学にあったからです。そう言い切るために必要な勇気を与えたものも文学です。そこには、真のロマンティシズムがあると言ってもいいでしょう。彼は、崇高を仰ぎ見ていたのです。

文学を問う

さて、それでは私の言う文学とは、どのような枠のものを言っているのかを具体的に述べたいと思います。日本人は、文学を詩や小説に限定して捉えていますが、私の考えはまったく異なります。詩や小説は当然として、あらゆる分野で、古典と言われている作品の根本には文学があり、その意味では哲学、歴史、音楽、宗教、自然科学もすべて文学なのです。もちろん、それらが生まれるための「精神」を表現しているものということです。つまり、「それにふさわしい問いかけ」を持つものは、すべて文学と言えるのです。我々を、崇高に向ける「何ものか」を有しているものは文学です。あらゆる学問や芸術そして歴史を、むしろ文学として読むことで、その真価を味わうことができると私は考えています。

ヨーロッパならば、まず挙げなくてはならないのは『聖書』です。これを文学として捉えることでヨーロッパの文学は発展しました。そして、そう捉えなければ西洋文学は何もわかりません。日本なら先に挙げた『古事記』『万葉集』は当然として、道元の『正法眼蔵』や親鸞の『歎異抄』でしょう。これを哲学書とか宗教書と捉えて読み始めると、教条主義に陥ります。文学として味わえばいい。その書物と自己の魂との対話を行なうのです。

音楽書では、音楽学者アルフレート・アインシュタインの『モーツァルト』や『音楽と文化』、ピアニストのアルフレッド・コルトーが書いた『フランスのピアノ音楽』や指揮者ウィルヘルム・フルトヴェングラーの『音と言葉』のようなものも文学なのです。美術書では、『芸術の意味』で知られるハーバート・リードの著作や、十六世紀イタリアで活躍したジョルジョ・ヴァザーリの『画家・彫刻家・建築家列伝』なども文学です。

もちろん、歴史書も文学です。司馬遷の『史記』やギボンの『ローマ帝国衰亡史』、アーノルド・トインビーの『歴史の研究』、ジョージ・トレヴェリアンの『英国社会史』、クリストファー・ドーソンの『中世ヨーロッパ文化史』など枚挙にいとまがありません。古典になった歴史書は文学として読めるし、また、そのように読まないとその真価はわからないのです。

かつて私は、政治学者の丸山眞男氏に「日本の歴史を本当に知りたかったら、新井白石の『読史余論』を、文学として読むといい」と言われたことがありました。史料ではなく文学として読めと言ったのです。その言葉に私は非常に感じ入りました。

同じことは、大学生の頃に仏文学者で文芸批評家の村松剛氏からも言われたことがあるのです。村松氏がかっていたのは山路愛山です。戦後、彼の史伝の多くが顧みられなくなりましたが、それが戦後日本人の大きな弱みになっています。日本人の精神を建て直すには『源頼朝』などの史伝を文学として読み、魂に留めることが必要なのです。また村松氏はフランスの歴史家ジョルジュ・デュビーの著作なども、文学として読むことをすすめてくれました。

西洋の歴史家は聖書やギリシャ・ローマの古典の引用をしながら筆を運ぶ。こうした叙述の仕方が歴史を文学として魂に入れるのに役立つからそうしているのです。いかなる学問書も、文学の味付けがなければ、人間の魂の糧にはなりません。もちろん、芸術もその生命力を文学によって支えられていなければ、現代の社会において、創造的活動を行なうことはできないでしょう。

自然科学ですらが、その本質は文学なのです。自然科学の理論の中心には、詩に通じるロマンティシズムが確かにある。量子力学を確立したドイツのウェルナー・ハイゼンベルクの『自然科学的世界像』や『部分と全体』などは、文学として面白く読めます。日本では、東大教授だった寺田寅彦が残した多くの随筆などは「科学文学」と言えるもののはしりでしょう。また科学の啓蒙書としては、アイザック・アシモフやジョージ・ガモフの著作群は、実に面白く科学的思考法が身につく文学と言えます。

ハイゼンベルクは、自然科学の研究には「詩の心」が必須だとはっきり言っています。この偉大な物理学者は、北海に浮かぶヘルゴラント島で、哲学を中心とするギリシャ文学の古典を読んでいるときに、量子力学の根本と不確定性原理を発想したと書いています。量子力学理論や不確定性原理が、本当に文学から生まれているのです。また、日本初のノーベル賞に輝く中間子理論で名高い湯川秀樹は、理論物理学における『荘子』的発想の重要性を説いていました。つまり、詩の心です。

伝記も、文学に昇華されているものは魂に留まります。アンドレ・モーロワの『フレミングの生涯』や『ディズレーリ伝』そして『シェリーの生涯』。またシュテファン・ツヴァイクの『マゼラン』や『マリー・アントワネット』そして『ジョゼフ・フーシェ』等々が挙げられます。こういう名著を読むと、その人物の生涯を文学として読むことになり、魂に留まるものができるのです。つまり、真の文学を読むと、自己の魂の中に死ぬまで忘れられぬものが定着するのです。

日本の伝記作家なら、先程挙げた山路愛山そして森鷗外もいい。鶴見祐輔なども見なおされていい。また、小林秀雄と村松剛そして桶谷秀昭が、文学的な伝記を書くことのできた最後となるのではないでしょうか。この三人の著わした「評伝」はすばらしい。なぜなら「問いかけ」があり、「魂に留まるもの」があるからです。その他にはあまりいません。現代人は根本的に文学的ではないのです。それは知識を求めすぎることと、非合理的なものを嫌っているからだと思います。

探検家では、楼蘭の遺跡を発見したスヴェン・ヘディンがいい。彼の著作は考古学でも探検記でもない。文学なのです。西域探検記のような体裁を取っているが、実は自己の「いのち」の淵源を探ろうとしている。自分が何ものであって、どこから来て、どこへ行くのか。それを求める旅路の行程を強く感じるのです。だからこそ、彼の作品のすべてを私は文学だと思うのです。ヘディンの精神を承け継いでいるのが、戦後の京都大学人文科学研究所の人々でしょう。今西錦司や梅棹忠夫です。だから彼らの著書も当然文学となっています。

それから、私が勝手につくった分野で「時事文学」というのがある。新聞も読み方によっては文学になるということです。「時事文学」の実践者として、私は幣原喜重郎を挙げたいと思います。幣原は戦後になって総理大臣をやりました。もともと外交官で英語の名手です。彼は「タイムズ」の社説を日本語に訳し、改めて英訳するという作業を毎日続けていました。自分が英訳したものが元の英文と合っているか、言語表現として正しいかどうかを毎日照合し、そのうえで暗誦したそうです。

この域に入ると、新聞の記事が「時事文学」という文学になる。つまり、魂に留まるのです。つまり、情報にすぎない新聞を、自己の中心に据《すわ》るものに変えたのです。そこに自己の存在の価値観を置いた。こうなれば新聞も「生きもの」です。最初は英語の勉強のためだったかもしれませんが、信念を持ってその作業を続けることで、幣原にとっては新聞記事が文学になった。そして、その文学が幣原を創ったのです。

また私は、日本の歴史が生み出した、日本的心性を支える武士道の思想を伝えるものも文学として捉えています。書物として残っているものとしては、山本常朝の『葉隠』や山鹿素行の『士道』などです。これらを「文学」と捉えることによって、自己の中で深いものが甦り、内容が自身に定着するのです。つまり、自己の信ずるものを「文学」として育て上げることも重要なのです。

それについて、私には一つの深い思い出があります。若き日に、私は哲学者で仏文学者の森有正氏と親しく接しました。森氏は、いつでもラテン語の原文でカルヴァンの『キリスト教綱要』という、途轍もなく難解で大冊の本を読んでいました。毎日毎日数頁ずつです。多分、死のその日まで続けられたと思います。私は、この難解な書物を毎日、楽しみとして読んでいると聞かされ驚いたことをよく覚えているのです。「この本が楽しいですか」と聞くと、森氏は「楽しいよ、私にとってこの本は文学だからね」と言ったのです。その時、私は文学というものの意味が、何か深く腑に落ちたのが今でも忘れられないのです。

文は気魄である

文学とは何かを考える上で、やはりどのような「文学論」があったかを知っておくことは大切です。特に日本人のものはそうでしょう。ここで、私は純粋の文学論として内村鑑三を、そしてその作品が文学の意味を表わしているものとして新渡戸稲造の二人を挙げたいと思います。

この二人について語る上で、まず面白いのは、二人とも武士の家に生まれ、英語に堪能であったということです。また、札幌農学校では『聖書』に親しみ、クリスチャンになったことも共通しているのです。これを見ても、武士道とキリスト教には驚くほどの親和性があることがわかります。仕える殿様の代わりに神を置けば、武士道はそのままキリスト教になるとまで内村鑑三は言っていました。そして、文学の出発点は『聖書』であり、人類の宝となるような文学作品の多くはヨーロッパで書かれています。

つまりクリスチャンの二人は、どの日本人よりも深く、本物の文学を受容できたのではないでしょうか。日本人の中で、誰よりも早く文学が何であるのかを知ったということです。日本では、古典が宗教的に強制されることがなかったので、真の文学に対する理解力が発達しなかった。今でも日常生活の記録や私小説のようなものだけを文学と思う考え方が蔓延しています。

内村と新渡戸は、明治の初めにキリスト教を受け入れ、それによって人間精神を支えている真の文学を知ったのだと私は思います。さらに、二人は札幌農学校で学ぶことで科学思想を身に付けることができた。この科学思想が、彼ら二人の文学的表現を豊かにし、多くの事柄を文学的に表わすことを可能にしたのです。だからこの二人の著作は、すべて明治人のものとしては、驚くほどわかりやすいのです。そして日本独自の思想を、海外の人々にもわかりやすく説明する力を二人ともに得たのでしょう。

内村鑑三は『何ゆえに大文学は出でざるか』『いかにして大文学を得んか』『文学局外観』という三篇の文学論を書いています。内村はここで「文学とは、理想の産なり」と言っています。つまり文学は、理想から生まれるということです。理想のないところには文学はないと、内村は言い切っている。私はこの文章に初めて接した中学生のとき、ただただ哭《な》きました。そしてこの言葉は、私の中で「文学とは理想である」と形を変え「わが文学」として、魂の奥深くに刻みつけられたのです。

この考え方はヨーロッパにも伝統的にあった考え方です。それを内村は日本で多分、初めて摑んだのではないでしょうか。そして、内村は「日本の地質に世界精神を注入することによって、大文学は生まれる」と言っているのです。「日本の地質」というのは武士道と禅と神話のことです。「世界精神」とは、おそらくキリスト教と科学文明、そして何よりも、それらの成果としての宇宙観、人間観、生命観のすべてのことを含んでいるのだと私は思います。それらが渾然一体となって、理想を生み、それが大文学を創っていくのだということです。

次いで、大文学を生むためには、精神的葛藤が必要なのだと言っています。これはすこぶる大切な考え方です。葛藤がなければ、文学どころか、自己固有の人生すら始まりません。そして葛藤とは、つまり宇宙や生命と対面すること、そして文明や文化と真正面から対峙することによって生まれてくるのです。それらと、自己の存在との摩擦とすり合わせの中に葛藤ができるのです。それこそが文学の土台だということです。

さて、内村の言う「大文学」とは、どのような概念なのでしょう。それはフランスの博物学者ジョルジュ・ビュフォンが言った「文は人そのものである」(Le style est l'homme même.)という考え方に近いのではないかと私は思います。人間として生きる、生き方の根源を知るということでしょう。そのために必要な事柄が「文学」となっていくのです。文学とならない知識は、多分、現代流に言う「情報」として流れ去っていくものではないでしょうか。

価値あるものを、自己の内部に留めなければならないのです。そのやり方が「文学」だと思います。文明を自己の血肉とするのは、辛いことなのです。従来の自己を壊さなければできないことも多いのです。しかし、その積み上げだけが自己に成長をもたらします。そして、人間は自分の「文学」を持つようになる。自己固有の生き方とは、その上で可能となってくるのです。だからこそ、内村は「大文学は気魄なり」とも言っているのです。

そう気魄です。大文学は、人間のもつ気魄によって書かれ、気魄によって読まれるのです。では、気魄とは何か。それは「正義」を実行する気力です。そのためには世論を聞くな、富を求めるな、地位を求めるな、人の評価を恐れるな、と内村は言っています。つまり、気魄とは、真の勇気の発動ということでしょう。これは、つまり不幸を受け入れ、悲しみを抱き締める人間にならなければならぬ、と言っているのです。したがって、自己の眼前に「崇高」が直立したことのない者には近づき得ないものです。涙と共に、その「垂直の悲しみ」を仰ぎ見た者にしか言えない「哲学」です。内村とは、そういう人物なのです。

世界精神を招き入れるのだ

内村の発言は、反民主主義的発言のように聞こえますが、民主主義を生み出したのは、キリスト教文明です。にもかかわらず、世界的クリスチャンの内村がこのように言っている。つまり、現代の日本人はキリスト教から生まれた民主主義を誤解しているのです。アメリカを開拓したピューリタンたちは「神とともにいれば、何も怖いものはない」と言っていたのです。その人たちが民主主義とジャーナリズムを創り上げたのですから面白いです。日本人は何かを見失っているのです。そして、上辺《うわべ》の文化だけを輸入した。「絶対的」なものを失っている民主主義などは、単なるわがまま主義になるに決まっています。つまり、似非《えせ》民主主義です。

内村の文学論は実に深い。内村はさらに、大文学を生む要素として、悲惨を知ることを挙げています。悲惨から悲哀が生まれ、悲哀の中から生まれた希望が文学を生み出すと言っているのです。英国の作家オスカー・ワイルドがその書簡において、「悲哀の中に聖地がある」（Where there is sorrow there is holy ground.）と言っていますが、それと同じことを理論的に語っているのです。悲哀が希望を生み、それが文学となると言っている。内村とオスカー・ワイルドの考えはまさに文学の根源を言い当てているものと私は思います。

内村の言っていることをまとめると、真の文学とは、〈永遠〉を志向するところから生まれてくるということでしょう。私は内村の文学論をそう捉えます。西欧において、「文学」が神学から独立した頃、英国の詩人であったジョン・ダンやヘンリー・ヴォーンは盛んに〈永遠〉を謳い上げました。私は神に対する人間の魂のあり方を〈永遠〉と見ているのです。同じ日本人である内村も、多分、私と同じ見方をしているのではないかと感じています。

次いで、新渡戸稲造です。新渡戸には、私の知る限り、理論的な文学論はありません。しかし、文学論と銘打ったものはありませんが、新渡戸は最初期に日本の思想を文学として表現できた希有な人物でした。それゆえに世界的なのです。彼が真の国際的日本人となった原因は、彼の文学的力量にその多くを負っています。

新渡戸の代表作は『武士道』です。これには「日本の魂」という副題がついています。私は原文の英文と日本訳の両方を読んでいますが、英文を読んで強く感じたのは、『武士道』は「文学」として秀れた作品であるということです。日本文化の核心を、あのような英語の名文に写せる人物は、人間そのものが「文学」なのです。そして、魂に留まるものを持っているから世界に受け入れられたのです。あれは、武士道の文学です。解説書だと思ってはいけません。文学だから魂に響く。『葉隠』と同じ強さで魂に響きます。

武士道を単に紹介しただけの本では、絶対に世界に受け入れられません。また現代人にも受け入れられないでしょう。何か得体の知れぬものに接したように、気持ち悪がられるだけです。ところが、新渡戸はそれを文学として表現する教養があった。その教養の根源は血としての武士道、そして『聖書』と科学思想です。もちろん、新渡戸自身がもつ「詩人の魂」があることは言うまでもありません。新渡戸は内村の文学論を『武士道』で実践してみせたと言っていいかもしれません。

もう一つ指摘しておきたいのは、英国の作家トーマス・カーライルの存在です。新渡戸は、カーライルを特別に尊敬していました。そして、カーライルこそは、十九世紀最大の「文学者」なのです。カーライルを尊敬するということは、その文学を咀嚼していることを意味します。新渡戸はカーライルの『衣装哲学』(Sartor Resartus) を原書で三十回以上読んだと言われています。それによって培われた文学的な感性が『武士道』の執筆に生きているのです。

新渡戸は、内村の言う「大文学」の核心を、カーライルの作品を読むことで自家薬籠中のものにしたのでしょう。新渡戸の『武士道』は、いまの日本人が思うよりもずっと価値のあるものです。いま、日本人が何とか世界に伍していけるのは、英文で著わされた新渡戸稲造の『武士道』と岡倉天心の『茶の本』、そして鈴木大拙の『禅と日本文化』があるからだと私は思います。

この三冊によって、日本と日本人は世界からそれなりに敬意を払われるようになったのです。そして、それ以後、日本の文化を世界に紹介するための基礎的な足がかりとなっているのです。これら三冊がなければ、日本人は、世界に対してまったく自己表現ができなかったでしょう。もちろん、この三冊は、すべてが「文学」だから、それだけの価値を持ったのです。もし、理屈や理論が優先していたら、まったく違った結果となっていたことは火を見るより明らかです。

荒々しい情感と内面的文体

大正時代、『武士道』の真価を理解し、それを生み出した新渡戸の苦しみを文学に昇華した作品があります。芥川龍之介の『手巾』（ハンケチ）という短篇です。これは新渡戸稲造をモデルにした作品なのです。芥川の多くの作品には、新渡戸から受けた数々の影響が見受けられます。この『手巾』は、その直接的な一篇ということです。そこにおいては、日本と西洋の狭間でもがく新渡戸の苦しみが、「一粒の涙」として表現されているのです。

このように、文学作品の題材となること自体が、新渡戸という存在の、秀れて文学的なところとも言えるでしょう。そして芥川の『手巾』は「内面的文体」（Внутренний Стиль：ヴヌートゥレンニー　スティーリ）が強い。また『武士道』『茶の本』『禅と日本文化』を原文である英文で読むと、やはり内面的文体が強く感じられます。

内面的文体とは、一言で表現すれば、深く激しい情熱によって支えられているが、それが目立たない文体のことです。ロシアの革命家トロツキーが、その『文学と革命』という本の中でそれを言っています。このことから見ても、革命にとって文学がどれほど大切であるかがわかるのです。さて、『手巾』はその内面的文体の強い芥川が、これまた内面的文体の強い新渡戸を描くという作品ですから、これは強烈です。つけ加えて言うと、芥川が短篇作家として特に秀れているのは、この内面的文体を何げなく使うことにたけているからだと言っても過言ではないのです。

『手巾』の内容を、少し見ていきたいと思います。主人公は新渡戸稲造をモデルにした長谷川謹造という人物です。ある日、東京帝国大学教授の長谷川のもとに、教え子の母親が訪ねてくるのです。それはその息子である教え子が病気で亡くなった報告をするためだった。そうであるのに、対面した母親の顔は穏やかで、口元にはほほえみさえ湛えているのです。息子が死んだのにです。

途中、長谷川が落とした団扇を拾おうとしてかがんだ時、机の下でハンケチを握り締めて震えている婦人の手を目にするのです。この光景に長谷川は感動する。つまり、その奥ゆかしさにということです。しかし、これに似たような場面がイプセンの芝居にもあり、長谷川がちょうど読んでいたストリンドベリの『演劇論』の中では、そうした演技は嫌味だと書いてあった。「ダス・メッヒェン」(das Mätzchen)、つまり嫌味であり、もったいぶった臭味のようなものだと書かれていたのです。内容はそのような話です。

日本人にとっての奥ゆかしさが、西洋人には嫌味となってしまう。そのくらい西洋人と日本人のものの見かたは違っていたのです。ところが新渡戸は『武士道』で、その埋めることが不可能と思えるほど彼我の差を難なく飛び越えてしまったのです。これは想像以上に大変なことです。現代の我々が想像しても、多分、わからないでしょう。『手巾』に描かれたように、一つの所作の評価を取っても噛み合うことのない民族に向けて『武士道』を書き、それで日本の文化としての武士道の価値を認めさせ、感動させたわけです。

私は新渡戸がなした跳躍を「死の跳躍」と言いたいのです。失敗すれば、自らが死ぬような無謀な仕事ということです。ラテン語で言えば「サルト・モルターレ」(salto mortale)です。これは、明治維新を成功させた日本人に対して、東京帝大教授であったドイツの医師エルヴィン・ベルツが使った表現です。勇気を讃える最大の言葉です。私はこれを新渡戸の『武士道』に捧げたい。新渡戸は著書だけでなく、本人そのものが武士道で生きたのです。そしてその生き方を「文学」となしたのです。

本来の文学の精神とは、荒々しい情熱と根源的な問いかけを持ったものなのです。だから、生き方そのものに「文学」がなければ、書くことも、読むこともできません。我々が一般に抱く、叙情的で感傷的なものが文学ということではないのです。それにしても、内村や新渡戸といった明治人の内面的文体というのはすごい。日本と西洋の狭間で苦しみ葛藤し呻吟し抜いた結果、文学的になっていったのでしょう。日本的心性と西洋文明との接点を模索する苦行は、明治人を真に文学的にしています。

面白いことに、内村や新渡戸について書こうとすると、対象に引きずられるように書き手も内面的文体になっていきます。その代表的な例が芥川の『手巾』です。ここには秘められた情熱がある。凝縮された文体で、凝縮された内容を描き切っているのです。宝石のような小品です。つまり、日本的心性と西洋文明の摩擦と葛藤が「一粒の涙」として描き切られているのです。まさに秘められた情熱です。これは芥川の個性でしょう。また同じ情熱でも内村の場合は炎の如く噴出し、新渡戸の場合は静かなる葛藤となる。

日本は面白い国で、小説家がもっとも文学的ではありません。特に自然主義や私小説などは、私に言わせたら趣味の箱庭のような世界です。そこには、私の考える人類的な意味における文学はありません。

崇高を仰ぎ見なければならない

文学の力

人物には言葉がある

文学が、人間にどのような力を与えているのかを考えてみたい。歴史における、人間の生き方と照らし合わせながら、文学のもつ人生的な価値を知ってほしいと思っています。それには、やはり具体例が一番いいと思われます。実は世界史とは、文学によって養われた人物たちによって、形創られてきたのだということを、ここにおいて知っていただきたいと考えているのです。

まず、初めに挙げたいのが、第一次世界大戦でフランスを勝利に導いたジョルジュ・クレマンソーです。当時のフランス首相です。もともと文学青年で医者、そしてジャーナリストを経て政治家になった人物です。フランス革命の信奉者で「パリ・コミューンの虎」と呼ばれていました。革命的な青春を経て、保守的な政治家へとなっていった典型的な大人物です。

クレマンソーは「Je fais la guerre.」（ジュ・フェ・ラ・ゲール：私は戦う）という言葉を怒号して、五年近くにわたるドイツとの戦争を指導し、フランスを勝利に導きました。クレマンソーの「Je fais la guerre.」という言葉には、文学に支えられた厚みがあったのです。簡単に言えば、その言葉が「詩」となっていたということです。クレマンソーがその言葉を発するとき、彼の周囲には、フランスの歴史とその魂が漂っていたと伝えられています。多分、その言葉の中に、クレマンソーが培った血と涙のすべてがそそぎ込まれていたのでしょう。

つまり、彼のフランス人としての赤裸々な人生が表われていた。文学と芸術を愛した「ひとりの男」そのものがあったのです。祖国フランスに対する愛国心が、文学の力によって支えられ、詩と化していた。詩だからこそ、他の人々の魂の奥深くに通じたのだと思います。そうでなければ、崩壊直前までに追い込まれていながら、死力を振り絞って立ち上がり、五百万人もの戦死傷者を出してもなお戦い抜いた、当時のフランスの状況を説明することはできません。

私は、手に入るクレマンソーの日記や書簡はほとんど読みました。そしてわかったことは、彼がギリシャ・ローマの古典を原典で毎晩読んでいたことでした。その文学に対する造詣の深さは幅と深度そのものが驚嘆に価するものでした。しかも日本美術の愛好家であり、茶道具のコレクターとして世界的に有名でした。愛読書の中には新渡戸稲造の『武士道』、岡倉天心の『茶の本』も入っていた。

美術そのものを愛好しており、画家のクロード・モネの親友で、クレマンソーの書いたモネの評伝は秀れた伝記文学として認められています。そのような人物が、能書きを何も言わずに「Je fais la guerre.」と怒号してドイツを倒し、歴史的には過酷と言われているヴェルサイユ条約の立役者となったのです。

戦後、このヴェルサイユ条約は、その過酷さにおいて批難の的となりました。なかには、これが原因であのヒトラーが生まれたと言っている人もいるのです。もちろん、結果論としてはその通りです。ただ、第一次大戦の塹壕戦の実態を知れば、あれでもすごく軽いものなのです。クレマンソーがいなければ、多分、フランス人はドイツを地上から抹殺していたでしょう。フランス人の怨念をかなり抑えたのはクレマンソーの人格にほかなりません。

私がここで言いたいのは、クレマンソーの言葉の底辺に文学があったから、国民を動かすことができたということです。同時にクレマンソーが厳しい戦いの先頭に立ち続けることができたのも、文学があったからです。彼は手紙にこう書いています。「第一次世界大戦を戦い続けることができたのは、古典文学の力に負うところが大きい。いかに疲れた日でも、ギリシャ・ローマの古典文学を読むと、その清らかさに心が癒される」と。特に、プラトンについて言っていたことが強い印象として残っています。こういう事実を知っておく必要がある。クレマンソーのような大政治家を生み出したものは、間違いなく文学であり、芸術だったということです。

政治家と文学と言うと、英国のウィンストン・チャーチルも有名です。クレマンソーが出れば、やはり次にチャーチルでしょう。チャーチルもジャーナリスト志望だった人物です。あの当時のジャーナリスト志望者はたいてい文学青年です。当時のジャーナリズムは、今日のマスコミとは質が違う。「個人の意見」、それも歴史と文学に裏打ちされた意見が何よりも重視されていたのです。

チャーチルの場合は、トーマス・マコーレーの信奉者でした。マコーレーは歴史家ですが、文学者と言うべき人物です。日本で言えば山路愛山や保田與重郎に近い。チャーチルの愛読書はマコーレーの代表作『英国史』です。この書は、秀れて文学的な歴史書です。チャーチルが書いた『第二次世界大戦』を英文で読むと、その文体にマコーレーの強い影響がうかがえます。

チャーチルは、『大戦回顧録』の中で、「ナチスと戦い続ける原動力を与えてくれたものは、文学以外の何ものでもない」という趣旨のことを書いています。ナチスと戦うに当たって、彼は演説で「I have nothing to offer but blood, toil, tears, and sweat.」と言いました。「私が捧げるべきものは、ただ血であり、労苦であり、涙であり、汗だけでしかない」と言ったのです。この発言を支えた力が、チャーチルのもつ文学的体質なのです。文学と歴史によって培われた教養だけが、ナチスに対する覚悟を決めさせました。

一九五三年には、チャーチルは『第二次世界大戦』でノーベル文学賞を受賞します。日本では、このような高い文学性をチャーチルが持っていたことが知られていません。ここで私は、第一次世界大戦を指導したクレマンソー、第二次世界大戦を指導したチャーチルが、ともに文学青年だったということを覚えておいてほしいのです。つまり、文学の素養のない人間には、あのような大変な仕事はできなかったのです。

大仕事は、巨大な魂を必要とします。良くも悪くもです。知識では、その覚悟を決めることはできない。「詩」、つまり文学だけがその心を決めさせているのです。二人の政治哲学は、文学で涵養されたものにほかなりません。そして、文学だけが、その苦難に満ちた孤独の道を歩む人生を支えることができたのです。

文学の力ということでは、欠かすことのできない人物に、七年戦争を耐え抜いたプロイセンの国王、フリードリヒ大王がいます。英国の哲学者トーマス・カーライルが『フリードリヒ大王伝』という評伝を書いていますが、これは私の座右の書の一つです。アンリ・ド・カットの『フリードリッヒ大王との談話』も名著です。また、あのヒトラーは毎日フリードリヒ大王の肖像を前に、瞑想して軍の作戦を練っていたと言われています。このフリードリヒ大王も、大の文学好き、音楽好きだったため、父親からは文弱な息子として嫌われていたのです。ところが、父親が亡くなり国王になるや、歴史上最も有名な戦う王になった。そして、ヨーロッパの文明を代表する人物となったのです。あのナポレオンもフリードリヒ大王をもっとも尊敬していたそうです。

大王自身は、フランスの哲学と文学を好み、十八世紀最大の文学者であり啓蒙思想家として知られるヴォルテールを心から尊敬していました。また、フルートの名手としても有名であり、演奏のほかに作曲も手がけていたことが伝えられています。バッハと非常に親しく、宮廷に何回も招いています。フリードリヒ大王が出した「ハ短調の主題」によって、バッハが作曲した組曲が『音楽の捧げ物』として、今日に残されたものです。これらはみな有名な逸話です。

文弱な人間と思われていたフリードリヒ大王ですが、国王になった時点ですでに、ヨーロッパ史上類例を見ない、絶対に屈しない精神を持った人物であったと言われています。大王の生涯にわたる戦いの歴史を見ると、一回も精神的に挫けたことがありません。その基礎を作ったのが、若いころから励んでいた文学修業だったのです。戦いの中で、フリードリヒ大王はヴォルテールや、コルネイユ、モリエール、モンテーニュを読み、フルートで疲れを癒した。これによって活力が生まれ、次の日の戦いができたのです。

ロマンティシズムが人を動かす

フリードリヒ大王は有名な言葉をたくさん残しています。しかし、それらは『プルターク英雄伝』やホメーロスの『イリアス』『オデュッセイア』をはじめとするギリシャ・ローマの古典から取られている言葉が多いのです。つまり、そういう言葉こそが、真に兵士や人を動かす言葉だと知っていたのです。現代の日本人は、そのことがわかっていません。過去の偉大な言葉だけが、真に人を動かすのです。

有名なコリーン高地の戦いにおいて、大王はオーストリア軍に敗れ逃げまどう兵に向かい、「者ども、永遠の誉れに生きよ！」という言葉を投げかけ叱咤激励しました。これは、大王の意気地を表わす、もっとも有名な言葉の一つですが、実際には『プルターク英雄伝』に伝えられるスパルタのレオニダスのものです。あの有名な「テルモピレーの戦い」において語られているものなのです。これを、ただの真似ではないかと言う人もいるでしょうが、そうではないのです。それを知識として身に付け、戦争のさなかに言えるということが、フリードリヒ大王の人格なのです。普通の人には絶対に言えません。

だから、それは文学によって支えられた、大王の個性そのものであり、大王自身なのです。そして敗北のあと、こうも言っています。先程の言葉に続き、やはりテルモピレーにおけるレオニダスの言葉と伝えられています。「不運に耐えられぬ者は、幸運を得ることはできない」。私はここに大王の詩的涙を見るのです。敗戦のさ中に、『プルターク英雄伝』そのものを生き続けた大王の心情こそが、騎士道そのものではないでしょうか。培った文学の力によってフリードリヒ大王は数々の苦難をその騎士道精神によって乗り越えたのです。

つまり、人を動かすには理屈ではなく、文学の力が必要だということなのです。革命家も元をただせば文学青年ばかりです。たとえば、エルネスト・チェ・ゲバラです。ゲバラは、キューバ革命を成就させ、最後はボリビアで米国CIAの陰謀によって殺されました。このゲバラの生き方を支えたのが、チリのパブロ・ネルーダとスペインのフェデリコ・ガルシア＝ロルカの詩でした。ゲバラは、それを自身の献身と犠牲的精神の生き方に結び付けていたのです。

だから、ゲバラは永遠の魅力を放っているのです。ゲバラの行動の基準には、この二人の詩がいつもあった。このことは、ゲバラ自身も言っているし、周りの人も証言しています。ゲバラには『日記』の他、『革命戦争の旅』や『ゲリラ戦争』そして『社会主義と人間』といった著作がありますが、これらはゲバラが培った文学の力から生まれているのです。

ロシア革命を生きたトロツキーの場合は、シェークスピアとプーシキンの文学によってマルクス・エンゲルスの思想を文学化しています。理屈では人は動きません。人を動かすのは文学の力なのです。トロツキーにはそのことがわかっていた。また、毛沢東も大の文学好きでした。『毛沢東語録』と『毛沢東詩集』は深い文学性に裏打ちされています。この人の愛読書は『水滸伝』と『三国志』そして『十八史略』です。毛沢東はマルクス・エンゲルスの思想を、中国の古典と混ぜこぜにして自分の思想を創り上げた。

一方、毛沢東と対峙していた国民党の蔣介石は、文学にほとんど関心のない人でした。科学の人であり、物質主義の人であり、合理主義の人でした。だからアメリカ人には理解されやすく、現実にアメリカと非常にうまく付き合った。にもかかわらず最終的には毛沢東に負けました。毛沢東が勝った力の源泉は、文学の力にその多くを負っているのです。

文学が人を動かしたのです。文学によって、革命からロマンティシズムを引き出したのです。蔣介石はアメリカの支援を受けながらも、人を動かす力が足りなかった。蔣介石には文学がなかったからです。彼は優等生であり、あまりにも頭が良すぎたのでしょう。それに反し、毛沢東は若き日に不良だったと伝えられています。毛沢東といえば非情な人物であり、蔣介石といえば、温かい人柄という印象があります。しかし明らかに毛沢東には文学の力があったのです。文学そのものに善悪はありません。

それでは、ここで、毛沢東と正反対の人格を有する人物について語りたいと思います。英国の医師、サー・ウィリアム・オスラーです。彼はアメリカのジョンズ・ホプキンズ大学医学部の創設に加わり、ベッドサイド・ティーチングと呼ばれている近代臨床医学教育を確立した人物です。聖路加国際病院名誉院長の日野原重明氏がオスラーを大変に尊敬していて、その『平静の心』という講演集を翻訳しています。また、『医学するこころ』という題でオスラーの評伝も書いています。二冊とも、感銘深い本です。医学の問題に興味のある人は、是非読んでほしい書物です。

オスラーは「真の医師になるには、文学を愛さなければならぬ」と言っています。文学に代表されるリベラルアーツ（自由学芸）だけが、人間を豊かにすることができるとはっきり言っているのです。そして、心の豊かな人間以外は医師の資格はないとも言っています。オスラー自身は、ゲーテ、セルバンテス、ダンテ、テニスン、ワーズワース、シェークスピアを自分自身の座右の文学として挙げています。

オスラーの本を読めば、その性格と篤い信仰心、そして何よりもまっすぐな心がよくわかります。オスラーは、これらの文学者の作品を読まない日はないと言っています。そのオスラーが、「人生でいちばん大切な事柄は出会いである」と言っている。出会いとはそのまま別れでもある。もちろん、個人的な人間関係によるものがその主であることは事実です。ただ、一人の人間が体験できる出会いと別れなどはたかが知れています。だからこそ、文学を通して、歴史的な出会い、歴史的な別れを経験しなければいけないと、オスラーは訴えているのです。

そしてオスラーは、文学を人生最大の恩恵であり、また出会いであると言っているのです。オスラーは、十七世紀英国の哲学者で医師、サー・トーマス・ブラウンを神のごとく尊敬し、その著作『医師の信仰』を知ったことを生涯最大の出会いと言っています。

またオスラーは、サー・アルフレッド・テニスンの「ユリシーズ」という詩の一節、「私は、私の出会ったものすべての一部である」を座右の銘に、医者としての務めをまっとうしたのです。この言葉は、私の座右銘の一つにもなりました。原文は「I am a part of all that I have met.」です。やはり原文の方が、何かこう、魂にぐっときます。近代医学を確立したもっとも偉大な医者が、人生でいちばん重要なのは文学の教養であると言っているのです。我々は、その深い意味を考えなくてはならないでしょう。

戸嶋芸術は正統から滴る涙

ここで、私のもっとも愛する画家である、今は亡き戸嶋靖昌について触れさせていただきたいと思います。戸嶋も大の文学好きで、ドストエフスキーの『カラマーゾフの兄弟』、プルーストの『失われた時を求めて』、三島由紀夫の『金閣寺』をめぐって私と熱い文学論を何度も戦わせたことがありました。戸嶋の言葉で強く記憶に残っているのは、「いまの日本の美術界は文学を失っている」というものです。現在の日本の美術界から、強く偉大な「何ものか」が抜け落ちてしまったのは、文学の心を失っているからではないかということを戸嶋はいつも言っていました。

戸嶋はある日、自分の好きな芸術家について、長く語り続けたことがありました。そのときに挙がった画家は、ベラスケス、レンブラント、エル・グレコ、ピカソ、山口長男《たけお》、そして安田靫彦《ゆきひこ》です。それから彫刻家としてはロダン、ブールデル、ジャコメッティです。そして戸嶋は、「彼らの作品には文学がある」と話していたのです。「彼らは文学によって、人生の孤独に耐える力を与えられたのだろう」とも語っていました。孤独に耐える力が、偉大な芸術を生みだすのです。

また、「文学だけが真の芸術を導き出す」という極端な意見を戸嶋は吐いたことがありました。内村鑑三のことは全然知らない人でしたが、内村とまったく同じことを言っていた。「なぜか」と私が問うと、「文学が、人間の希望から生まれたものだからだ」と戸嶋は答えました。希望があるからこそ、人間は孤独に耐えることができる。そして孤独に耐えなければ芸術は生まれないのだということです。戸嶋は、自分自身がすべての名誉と安楽を捨てて生きた人でした。だからこそ、この戸嶋の思想は私の魂を震わせたのだと思います。

また、戸嶋は音楽を死ぬほどに愛していました。そして、その生涯を通して、レコードによって音楽と向き合っていたのです。自分で楽器を演奏するわけでもなく、コンサート会場に足を運ぶわけでもない。レコードだけなのです。私も音楽と同じ向き合い方をしているので、この点でも話は合った。戸嶋は中世の音楽を愛し、またバッハとベートーヴェンそしてシューベルトに深く心を捧げていたのです。

あるとき戸嶋は、「レコードを通じて音楽と向き合ってきた我々にとって、音楽とは文学なんだよ」と言ったのです。私はこの言葉にすごく感じ入りました。確かに、私は読書をするように音楽を聴いてきた。特に若い頃、ベートーヴェンなどは背すじを伸ばし、スピーカーの前で正座して聴いていたのです。昔の書見台に向かう読書人のような姿だったに違いありません。

また、モダンアートや現代音楽について、激論を戦わせたことを懐しく思い出します。特に現代芸術と呼ばれているものの多くが「文学性」を排除していることを掲げて、それを新機軸として打ち出していることについて議論したのです。まさに、まず文学性とは何かということから議論は白熱しました。その話し合いのときに、戸嶋が非常に強く共感してくれた文学性についての私の見解を少し述べたいと思います。

まず、文学性とは何かということです。それは生命の輝きとその暗さを表現するものです。また人生の悲哀と喜びでしょう。その人間たちが文明を創り、歴史を営んだ。その壮大な物語が文学なのです。そして、生命を生み出し育む宇宙との対話に挑むものこそが文学です。その心性を愛することが文学性と言えるでしょう。

そこで、モダンアートと現代音楽の話になるのです。この両者は、極めて物質的であり、学問的、精神医学的なのです。つまり乾燥したものと、その反対の湿った病的なものを扱っている。そして何よりも機械論的なものです。もちろん、それが現代を代表する時代傾向だからそれらの芸術がある。その好き嫌いや、価値の上下は別として、現代の芸術はそのような傾向にあります。

それ自身は文学性の排除ではなく、文学性をもった従来の芸術に対する反抗としての芸術なのです。だから、それらの存在こそが、私に言わせれば、過去の芸術の中に文学性があったことの証左にもなっているのです。現代人はその心から、文学性を失いつつあります。だから現代に出現した芸術はそうなるに決まっているのです。しかし、私も戸嶋も、正統を重んずる人間です。だからモダンアートと現代音楽は一部の例外を除いて、あまり好きではありません。

私も戸嶋も、激しい反抗的人間として生きてきましたが、反抗のための反抗は好きになれない。文明社会の中において、人間の生命の本質と宇宙の実存そのものを尊ぶ生き方が、真の革命的反抗だと思っているのです。その心こそが文学性だと思うのです。だからこそ、私の人生は正統への憧れであり、戸嶋の芸術は正統から滴る涙なのです。文学をはさんだ、この戸嶋との芸術論は、私に文学のもつ重要さを再認識させてくれるものとなったのです。

文章は経国の大業

文学とは壮大なものです。それを表わす恰好の思想があります。羅貫中の『三国志演義』に登場する曹操の息子に、曹丕という人物がいます。その曹丕が『典論』という本にこんな言葉を残しているのです。「文章は経国の大業にして、不朽の盛事なり」。この「文章」は文学という意味です。つまり、文学は国家運営の要であり、如何なる困難があろうともやり遂げなければならない重大事だと言っているのです。もちろん、これは曹操の言葉を、息子として承け継いだものだと思います。しかし、こういう言葉を大切に守った曹丕だからこそ、曹操の大業を継承して「魏」を建国することができたのだと私は思っているのです。日本においては、山路愛山の「文章即ち事業なり」という言葉も同じ意味と言えましょう。

文学とは、国家の屋台骨にかかわる重大事なのです。文学が人生の大事業だと思っている人は、いまの日本にはいないと思います。日本人は文学を失いつつあるのです。つまり、希望を持てず何事かをなす気力を失っている。現代では、政治家や経済人だけでなく、文学者や芸術家ですらが、その言葉に文学性がありません。つまり精神に「詩」がないのです。だから他者に働きかける言葉を知らないのでしょう。

私は、いつの日も「文学とは、民族の本源の記憶につながっているものであり、その記憶を甦らせるもの」と文学を定義してきました。しかし近年の日本には、こうした作品はほとんど見かけなくなりました。夏目漱石の『こころ』や『明暗』を例に挙げるまでもなく、文学とは葛藤し、呻吟する心から生まれるものであることを忘れてしまったのです。欧米で文学が誕生し、偉大な作品が生まれたのは、信仰とヒューマニズム思想の狭間で四百年にわたって葛藤してきたからです。

言うまでもなく、欧米においては文学の淵源は『聖書』にあります。すべての命と希望を、神に委ねた一千年にわたる信仰の歴史が文学を生み出す土台になった。しかし、今日的な文学の誕生はルネサンス、つまりヒューマニズム思想の登場を待たなければなりませんでした。ヒューマニズム思想と信仰の葛藤によって現代に通ずる文学は誕生するのです。いま文学を失いつつある日本人は、森鷗外や夏目漱石、そして内村鑑三や新渡戸稲造の葛藤を知ると同時に、ヨーロッパにおいてどのようにして文学が生まれ、偉大な作品が書かれたかを知る必要があると思います。

ヒューマニズムの思想が勃興する時代、つまり価値観の重心が神から人間へ移行し始めた時代を代表するのが、形而上詩人と呼ばれている英国のジョン・ダンとヘンリー・ヴォーンであると私は考えています。この二人の生きた時代は、英国では千年に一度の大変革がその社会を襲っていました。そのような時代に、ダンとヴォーンは、それまで神にすべてお任せしていた死と永遠を、人間の問題として捉え始めたのです。

ダンの「聖なるソネット」(Holy Sonnets, X) という詩の中に「短い眠りが過ぎると、私たちは永遠に目覚め、もはや死はなくなる。死よ、お前は死ぬのだ」(One short sleep past, we wake eternally　And death shall be no more; Death, thou shalt die.) という一節があります。ここで何が重要なのかと言えば、死の問題を人間が自分の意志で取り扱い始めたということなのです。信仰深いダンにとって若い頃は、文学として死の問題を扱うことは考えられないような罪悪でした。それは神にお任せし、触れてはいけないことだったのです。

死は信仰の一環だった。ところが、ダンは人生の途中から死の問題を自分の「人生問題」として考え始めたのです。だからといって、ダンの信仰が薄くなったということではありません。キリスト教の信仰の中から、ヒューマニズムの思想が芽生え始めたことの証左なのです。この詩の終わりには、「死よ、お前は死ぬのだ」という詩句が置かれています。これは死を自分の意志で考える、という宣言です。ちょっと奇妙な表現でしょう。「死よ、お前は死ぬのだ」というのは、衝撃的でもあります。それもそのはずで、これは革命的な思想の変革によって出てきた言葉なのです。

この言葉は、死は神から与えられるものだという前提が深かったことを、よく理解しなければわからないのです。すでに捉えようによっては、ヒューマニズム宣言ともなっているのです。中世の根本思想は「メメント・モリ」(死を想え) です。これは死を神に委ねよという意味も含んでいる。自分の命は神から与えられたものであり、いつ神が奪うかもわからない。その奪われるときのことをいつも考えながら、片時この世を生きるのが人生だという考え方です。そして人生とは、信仰に生きそして死んだ後に、永遠のいのちを受けるためだけにあるのだということです。ダンはこういう死に対して「お前は死ぬのだ」と言ったのです。

死を神の手から奪おうとしていると捉えることができます。これは想像以上に画期的なことなのです。そして、ダンの衣鉢《いはつ》を継ぐ弟子でもあるヘンリー・ヴォーンには、「世界」(The World) という有名な詩があります。その中でヴォーンは、人類史上初めて、人間として永遠を見たと書く。「ある夜、私は永遠を見た」(I saw eternity the other night.)。これがヨーロッパの文学の夜明けです。永遠も神に帰属する観念であり、それまで、人間に見ることは許されなかったものだと言っていいでしょう。それを見た。つまりここにヒューマニズムに目覚めた文学的人間の誕生があるのです。

こうして、信仰とヒューマニズム思想の葛藤が始まり、それが四百年続きます。そうして十九世紀の終わりになって、ニーチェが「神は死んだ」(Gott ist tot.) と宣言する。西洋人はこの葛藤で四百年もの間のた打ち回って苦しんだのです。その中で文学は生まれ偉大な作品が書かれていった。ニーチェは宣言したものの、その煩悶のゆえに発狂しました。そして信仰とヒューマニズム思想の葛藤は二十世紀も続き、二十一世紀になったいま、やっと終わろうとしているように私には見えます。

この葛藤がなくなると、新しい文学が起こらない限り、文学は衰弱し、その国民も衰弱していきます。十九世紀の文学と現代の欧米文学を比べれば、その差は歴然としているでしょう。欧米の衰弱も始まっているのです。そして、欧米の影響を金科玉条のものとしている日本人の衰退はもっと激しいものとなるかもしれません。だからこそ、我々はいま、我が国独自の歩み、つまり垂直の歴史観に戻らなければならない時にきているのではないでしょうか。

武士道のギリシャ思想

現代人は、経済成長ばかりを重視する物質主義や、勝つことのみを目指す科学的合理主義から早く脱しなければなりません。そうしなければ、文学は滅びる。かつて、文学者の保田與重郎は「偉大な敗北を叙して、永劫を展望する」のが文学であると言っていました。偉大な敗北とは、理想が俗世間に敗れるということです。敗れることを恐れるような小心からは文学は決して生まれません。

私から見れば、文学と武士道にあまり違いはありません。武士道は詩です。それはそのまま文学となるものです。武士道に生きた三島由紀夫と埴谷雄高が、戦後日本最大の文学者であることを思えば、そのことはわかります。かつて、三島由紀夫は私にこう言ったことがあります。「日本の文学は滅びる。そうすれば、そのときには、日本は精神性の何もない国になるだろう。文学がなくなれば、国家の芯がなくなるのだ。だからこそ、私は文学の再生に命をかけたい」と。そしてその通りに死んだ。三島にとって切腹は、自らの文学の帰結なのです。

三島にとって切腹は、文学そのものであったと知る必要があります。そして切腹とともに三島の文学は現代に残り、かろうじて今の日本文学を支えているのです。三島にとって、武士道は文学であった。それが日本の精神だから、それを大切にしていた。そして三島文学は日本を乗り越え、世界精神と結び付いていたのです。三島のギリシャ古典に対する趣向です。三島はギリシャ文学の中に日本的霊性を見ていたのです。それが、三島のギリシャ文明と共振する日本精神を摑んでいました。

そこにおいて、埴谷雄高と三島由紀夫は結びつくのです。埴谷も武士道的な日本精神を重んじ、そしてギリシャ思想に憧れていました。この二人は、日本の精神にギリシャ精神を導入したのです。だからこそ、真の世界文学としての日本文学を樹立したのでしょう。この二人だけが、日本精神とギリシャ精神の融合から生まれた、真の形而上文学を確立したのです。

三島の『豊饒の海』『美しい星』、そして埴谷の『死霊』『準詩集』は、その哲学性と予言性において我が国の文学を代表しています。これからの日本文学の歩む道を示していると言えるでしょう。三島と埴谷が大切にした日本的心性、そして宇宙論的文明観と生命論的人間観からなるギリシャ精神を重んずれば、日本の文学の未来は、捨てたものではないと思っています。

罪は赦され、恥は雪がれる

罪と恥の構造

人間の「生存」と人間の「存在」

人間は、罪と恥を感ずる動物です。それが人間のもっとも大きな特徴のひとつと言えるでしょう。罪と恥について認識することは、人間の出発となるのです。だから、罪と恥それぞれの特徴の違いを認識することは、ことのほかに大切なのです。この二つは、それぞれにおいて人間を人間たらしめる価値ですが、また混同することによって、その認識をごまかすこともできるものです。人間の未来にもかかわる問題として、罪と恥を明らかにしていきたいと考えています。

一般的には、西洋が罪の文化であり、日本は恥の文化であると言われています。大雑把にはその通りだと思います。そう指摘したのは、アメリカの文化人類学者ルース・ベネディクトです。ベネディクトの著わした『菊と刀』は、その認識があまりにも表層的であると批判されていますが、このような大局的な分類は、学者にとってはすごく勇気の要ることなのです。だからこそ、その価値は高い。ベネディクトがこういう分類をしたからこそ、そこからいろいろな発想が出てきた。そういう意味で、私はベネディクトの仕事に高い価値を感じているのです。

実は、この仕分けでわかる重要なことは、罪と恥は、その文化の違いではないのだということです。罪と恥は、幾重にも重層的に重なり合っています。それをいろいろな角度で見ることを可能にしたことが、『菊と刀』のもつ初めての功績なのです。そして『菊と刀』の重要性は、秀れた民族は罪にしても恥にしても、それぞれの認識が強く現われている文化圏であるということの証明にあるのです。この書物においてベネディクトが、その代表的な国として欧米と日本を挙げていること自体が重要なのです。ベネディクトの業績によって、罪と恥それぞれの文化が深く浸透している国の代表が、欧米と日本なのだという認識を持つべきだと考えています。

罪と恥は、人間の文明と文化のもっとも深いところに根ざしているもので、人間の人間たる謂われがそこにあるのです。罪と恥は、人間のもつ宗教心と深くかかわっています。それは、人間の文明と文化を支える精神の中枢に宗教心があり、その宗教心の核を担っているもののひとつが罪と恥の概念だからなのです。人間の歴史を語る場合、どうしてもやり過ごすことのできない問題なのです。

したがって、すごく難しい問題です。すべての価値観の根底には罪と恥が横たわっていると言ってもよい。だから、ここにおいて、罪と恥に関する私なりの見解と、歴史的な考え方を検討しますが、それは罪と恥の一側面であることを忘れないようにしていただきたいと思います。また罪と恥は、あらゆる人間的価値観の中に多少なりとも含まれているものなので、その「強弱」の度合いによって、罪の文化なのか、恥の文化なのかが分けられていくと思ってください。そして、総じてその絶対量が多い文明や文化こそが人類的に秀れた文明であり文化であると言えるのです。

まず罪と恥それぞれの定義をしておきたいと思いますが、その前に、ここで私が言う罪と恥について限定をしておきたいと思います。罪には英語で言う「sin」と、その展開である「guilt」があります。「sin」は宗教的または人間的な意味合いが強く、「guilt」は文明的です。法律的と言ってもいい。恥には宗教的、人間的な意味合いの強い「shame」と、その展開である「humiliation」があります。私がここで罪と恥と言うとき、それは「sin」と「shame」に重きをおいていると理解してください。

まず、罪の定義です。罪とは「人間の生存にかかわる、その根本を支える文明的意志」のことです。生存とは、生きるための行動や行為と理解してください。そして意志とは、積極的な心の働きを言います。また恥とは「人間の存在にかかわる、その根本を支える文化的情感」です。存在とは、今ある自己ということです。そして情感とは、ありのままの本人の気持ちに近いものでしょう。つまり、罪は「生存」にかかわり、恥は「存在」にかかわるわけです。

この両者はもちろん違うものですが、重なり合う部分も大きい。簡単に言うと、人間の心のうち、罪が上辺にあって、恥がその底辺を支えていると理解してもらえればいいと思います。多くの哲学者が言っていることですが、人間の人間たる所以《ゆえん》は罪と恥を知っていることです。ただし、罪と恥はその実在の深さが違います。昔の人は恥を知らない人間を「人に非《あら》ず」と表現しました。それに対して罪を犯した人間については「人間のくず」と呼んだ。罪と恥の違いはここにあります。英国の哲学者トーマス・カーライルは、「恥はすべての道徳の土壌である」と述べています。つまり、恥の方が深い。

痛みからの解放

また両方に共通するものとして、罪も恥もそれを犯した場合、心に何らかの〈痛み〉を覚えます。これが人間と動物を分けていると言っても過言ではありません。その痛みが何らかの「けじめ」となって文明が生まれ、それが弁証法的な発展をしてきた。しかし、人間というのはその痛みを回避したがる。だから、禁忌《タブー》を設けるなどさまざまな努力を重ねてきた。それはすべて、人間の文明の発展を持続させるためであったと私は考えています。

それと同時に、罪と恥に抵触して心に〈痛み〉を覚えたとき、人間はそこから解放される道も考えたのです。実生活においては、それらからの解放の仕方を創り出さなくては、人間は潰《つぶ》れてしまいます。そして、それらは相まって文明を生み出し発展させてきた大きな原動力となったのです。解放のために行なった種々の事柄も、宗教を生み文明を発展させた大きな原因だったと思います。また、その解放の仕方の違いが、罪と恥の文化を創り上げてきたとも言えましょう。だから、そこを考えたいと思うのです。

まず、罪の痛みとは、行為や行動の間違いによってもたらされます。だから、意志によってもたらされる痛みとも言えるのです。英語で言うと「doing」の痛みです。何かをやってしまった痛みです。「過剰」な行為によって起こる痛みと言えます。これから解放されるには、他者からの「赦《ゆる》し」が必要となる。解放されるには、「何ものか」を改め、そのことによって他者から赦される必要があるのです。
他者とは神、掟、法律の三つと、それぞれの代行者を言います。罪を犯した人間は、この三つのいずれかから叩かれて痛みを感じ、それぞれ決められていた内容に基づいて罰せられることで痛みから解放される。人間はこれを繰り返すことで文明を営んできたと言うことができるのです。だから、法律的には刑事的なものとも言えるでしょう。刑事的なものとは、仲間同士の〈生存〉に必要なものという意味にもなります。

また、恥の痛みとは、自己の存在そのものからくる痛みです。英語で言えば「being」の痛みです。言い換えれば「不足」の痛み。至らなさからくる痛みと言ってもよい。ある集団の中で、仲間となるために、何ものかが欠けているときに感じるのが恥の痛みなのです。どうすれば良いというものではなく、どちらかと言えば、「受け入れ」てもらえる、つまり自己存在が「受容」されることによって解放されていく痛みです。そのようになるまで、自分を変えていく。この痛みから解放されるには、自分自身で欠落を埋めるしかありません。つまり、自ら成長していくしかない。他者から改めさせられるのではなく、自分の「心がけ」によって何ものかを変えていくのです。

恥によって、他者から強制的に責められたり罰せられたりすることはほとんどありません。すべては本人自身のもつ、「感覚」の問題です。つまり、恥は自ら感ずるものなのです。法律的に言えば、民事的ということに近いのではないでしょうか。また、ここが肝心なのですが、人間の成長と自立に不可欠なのは恥であって、罪よりも人間的価値はより大きいのです。つまり、恥からくる痛みこそが個としての人間の〈存在〉にかかわってくることになる。自己の存在理由《レゾン・デートル》ということです。恥ずべきことをなせば、ヘーゲル哲学で言う「エントフレムドゥンク」(Entfremdung)、つまり〈疎外〉が起きてくるということです。しかし、それこそが人を人たらしめているのです。

罪における刑罰主義は、文明社会を営む上で必要ですが、それ自身が人間を成長させることはほとんどありません。一方、恥のほうは他者による制裁がありませんから、己れを自ら変えていくしかない。つまり、内発的であり自立的なのです。人間としてどこまで成長するか、独立自尊の存在になれるかは、恥にかかわる問題なのです。恥をどこまで自己に課すことができるかの度合いが、人間力の高低を決めていると言ってもいいでしょう。

だから、現代人が幼稚化しているのは、恥を忘れたからにほかなりません。いまの日本社会は、一昔前の日本人と比べれば、全員が恥知らずになっています。ここで喚起しておきたいのは、構成員が恥を忘れると、何らかの権力が台頭してきて、その社会は刑罰や制裁、そして無責任な洗脳が渦巻く幼児性社会になっていくことです。つまり全体主義に陥っていくのです。その危険性をよく理解しなければなりません。恥によって己れを律することができなければ、刑罰や洗脳によって外面的な歯止めをかけるしかなくなってしまいます。

恥は、人間の存在そのものにかかわっています。生命の根源にかかわっていると言ってもよい。生命というのは根源的に暗いものです。決して明るいものではない。生命の本質は「悲哀」です。誰もが必ず死ぬことも、それを手伝っている。「メメント・モリ」(死を想え)です。豊かな時代になると、多くの人が恥知らずになるのは、死を忘れるか、その悲哀を直視しなくなるためです。

恥を重んずる社会と言えば、日本であれば江戸時代や明治時代、アメリカならプロテスタンティズムが力を持っていた時代です。いずれも社会の表層は暗いでしょう。少なくとも、暗さを受容している。つまり、崇高で荘重なものが尊ばれていました。森鷗外の『阿部一族』やナタニエル・ホーソンの『緋文字』を読めば、生命つまり生きることの暗さがひしひしと感じられるはずです。

また人間が生きるとは何かを、荘重に描き上げたものがドストエフスキーの文学ですが、あの暗さは何とも言えません。重く暗く、そして何よりも切ない。しかし、あの奥に生きることの輝きが遠く煌《きら》めいているのです。つまり希望です。私はそれを見つけたいと願って、ドストエフスキーを貪《むさぼ》るように読みました。恥ずべき自己にして、初めて真の希望を仰ぐことができる。だから、あの文学は「恥の文学」なのです。その恥の文学を読み了った後、多くの人が心に「凜《りん》」としたものを感ずるのではないでしょうか。それは多分、希望を紡ぎ出す「何ものか」を見つけたのです。

大家族制と恥の内面化

さて、初めに挙げたルース・ベネディクトの『菊と刀』に触れましょう。罪だけの社会、恥だけの社会は存在しません。それは均衡の問題ですが、ベネディクトが指摘したように、欧米は罪のほうが大きい文化圏です。つまり、罪が文化の中心を占め、恥はその補足として存在している。その意味で、欧米の文化は、私に言わせれば表層的な合理性が強い。逆に、日本では恥が中心で、罪の方が補足的です。つまり、日本文化は深層的なのです。だから、不合理が強い。原始を引きずっている。古代的であり本源的と言い換えてもいいでしょう。

その意味ではベネディクトの仕分けは正しい。ただし、罪の文化は高級であり、恥の文化は一段低いという結論は明らかに間違いです。『菊と刀』は、第二次世界大戦でアメリカが勝った直後に刊行された本ですから、その結論は致し方ないかもしれません。あの時代の白人なら誰でもそう思っていました。そして、当時の欧米人がキリスト教こそが高級な宗教で、他はすべて土俗的で低級な宗教と見ていたことも確かなことでした。

ベネディクトは当時の白人プロテスタントの人間として正直だったのです。私はどのような生き方にしろ、「正直」な人間はみな好きです。ただベネディクトの最大の業績は、先にも言いましたが、この世界の中で、欧米と日本を道徳的な文化の中心に据えたことです。つまり、それを浮彫りにしてくれたことなのです。

事実、ヨーロッパとその歴史を被《かぶ》る米国、そして日本以外の地域は、罪の文化も恥の文化もひどく浅いものに過ぎません。外面的であり、それが人間性を左右する深い文化にまでは醸成されていないのです。罪と恥という、この二つの文化は、長い封建時代を通して血の奥深くに打ち込まれ、醸成されなければならないものでした。封建時代の中でヨーロッパ人と日本人は、罪と恥を内面化させたのです。

ただ、気がかりなことは、現代の日本人が伝統的生き方を忘れつつあることです。罪と恥を内面化できた文化圏では、新渡戸稲造も言うように、若者が追求すべき目標は富や知識ではなく、名誉でした。かつての日本では、家を中心として自分の「名」を重んじていた。つまり名誉を重んじていたのです。しかし、いま追求しているのは富や知識、そして名声ばかりでしょう。

キリスト教を母胎に生まれた騎士道と、天皇を宗家とする大家族制から生まれた武士道があったからヨーロッパと日本は、罪と恥を内面化することができたのです。ヨーロッパでは、カトリック教会に始まるキリスト教の信仰のゆえに、罪と恥を内面化することに成功し、それがプロテスタンティズムを生み出すまでに成熟していったのです。このことは、マックス・ウェーバーの『プロテスタンテイズムの倫理と資本主義の精神』やフランソワ・ギゾーの『ヨーロッパ文明史』、そしてクリストファー・ドーソンの『ヨーロッパの形成』などに詳しく書かれています。罪と恥の内面化と武士道の関係については竹越與三郎の『二千五百年史』や保田與重郎の諸著作にわかりやすく書かれています。

『菊と刀』に話を戻します。ベネディクトは罪の文化については、「内的良心を意識する文化である」と定義し、恥の文化については、「他の人々の批判に対する反応である」と定義しています。だから、罪の文化は高級で、恥の文化は一段低いと結論づける。この結論は先ほども言ったように間違いです。ただし、誰もが恥を内面化できるわけではなく、多くの日本人が外面的な恥を重要視していたのは紛れもない事実です。

しかし、恥が大切なのだと認識する心が、日本人にはあったのです。それが、恥の内面化を正当なものとして促し、大家族制度を推進し、皇室を今日まで継続させてきた根源的力となっていたのです。そして、日本の支配階級は、日本の土壌の上で、恥を深く内面化していた。だから、富や知識や権力ではなく、連綿と続くものに敬意を払っていたのです。

日本では、強ければいいということはなかった。二千年にわたり、目上は目上であった。大家族制度への裏切りは、日本人のもっとも恥と感ずるものであったのです。それが二千年にわたって天皇家を宗家とする大家族制度を支えてきた謂われなのです。

ベネディクトの「日本人は人目ばかり気にしている」という指摘に反感をもつ人は多いですが、私は当たっていると思っています。しかし、それは恥の悪い出方だというだけのことです。また、この人目に対する恐れが、良い意味では日本の大家族制を支える原動力ともなっていたのです。それがわかれば、日本の権力者たちが「逆賊」と呼ばれるのを恐れて、天皇制を神聖なる「親」として敬ってきた真意もわかるのです。

つまり、古代から続く皇室を誰も葬ることができなかったこと自体に、日本人の強い恥の意識があるのです。日本人は逆賊となり恩知らずとなることを、死よりも恐れていた。これが恥を知るということなのです。だから私は、恥が大家族制度という日本固有の「宗教」を維持する根源的な力であったと見ているのです。

繰り返しますが、恥は罪よりも深いものです。人間存在の底辺にあり、暗いものです。日本ではキリスト教のような一神教が生まれなかったため、この深く暗い古代的な恥の文化が表層的にも温存されてきたのです。そこに私は日本人としての誇りを感じています。つまり、日本は古代と直結した国だということです。私はそこに、宇宙的な深遠と、生命的な悲哀を感ずるのです。このことについて、私は若き日より、民俗学者にして詩人の、あの折口信夫と精神的な対話をし続けてきました。

罪と恥は、その深さによって見なければなりません。そして、この罪と恥の認識が、宗教とか武士道というものだけではなく、あらゆる人々の実生活に浸透していったのが、ヨーロッパと日本の封建の歴史と言えるのです。その結果、罪や恥の否定的側面ではなく、かえって肯定的側面が歴史的には強くなった。つまり、罪や恥が、人間のもつ動物性や退廃性を押さえつけて、文明を無限弁証法的に発展させたのです。

それがキリスト教文明と日本の武士道的な文明を創り上げたのです。この歴史的事実を表わす、私の好きな言葉があります。ロシアの哲学者ニコライ・ベルジャーエフが使った「動力学的ダイナミズム」(Der Kinetische Dynamismus) という言葉です。これをベルジャーエフはキリスト教に使ったのですが、私はその内容がそのまま武士道にも当てはまることを確信しています。これこそがキリスト教と武士道を生み出し、それを持続発展させた原因となったものなのです。そしてこれが、人間の文明に無限の活力を与え続けることとなったのです。

根底にあるのは恥の文化

さて、罪と恥を考えるにあたって是非とも知らなければならないのが政治思想史の泰斗、丸山眞男の『日本の思想』です。この中に「〈である〉ことと〈する〉こと」という論文があります。ここで丸山は罪と恥という言葉を使わないで、一般概念で罪と恥が何かということを説明しているのです。丸山は、日本は「である」文化で、ヨーロッパは「する」文化だと言います。つまり日本は「being」(存在そのもの)の文化で、ヨーロッパは「doing」(生存のための行為)の文化だということです。それを文学的に説明している。だから魂に留まるのです。

「である」文化は、仲間を重視します。「空気を読まなければならない」という感覚は日本が「である」文化だからなのです。この社会の構成員は、付和雷同しやすく、人の意見に流されやすい気質を持っています。そして、この文化圏の特徴のひとつは、生存に対してことのほか安全であったことが、その前提として考えられるのです。また、人の意見に流されやすいのは、欠点に思われますが、実はそうではない。良く出れば、伝統を重視した古い型の人間なのです。

その代表が天皇陛下です。陛下はご自分の意見をお持ちにならない。根源的な慈愛をお持ちだからです。私の場合は、世代的に特に昭和帝にそれを感じます。昭和天皇の、ただひたすらに直立するお姿を拝見すれば、誰もが自分の意見ばかりを言い、それに固執する己れの程度の低さを思い知らされました。我々は「無私」を仰ぎ見ていたのです。天皇は、支配者ではない。まさに、全日本人の「親」そのものであったのです。

ただし、丸山は『日本の思想』で、「である」文化を批判的に書いています。それは多分、当時の知識人の常識が、そこにあったからでしょう。つまり、日本的なものをやはり少し低く見ていた。あの時代までの知識人は、みな西洋コンプレックスを持っています。丸山は一高と東京帝国大学の教育を受けてきた知識人です。だから、日本的なものを低く見ていたのは、当たり前のことなのです。その当時の学者として、西洋を基準に日本を批判する態度はむしろ正直だと私は思います。私が丸山を好きなのは、その中にあっても丸山が西洋かぶれにはならなかったからです。その証しとして、丸山の日本思想史の研究は、信じられないほどに深淵なものです。

丸山は『日本の思想』で、「である」文化とは、あらかじめ振る舞いが決められており、構成員はその期待を裏切らないように生きようとする文化だと書いています。これは性善説に立つ文化です。つまり家族主義。何かが足りなかったときには、足りないものを補えばいいという考えです。一方、「する」文化とは、行動を起こし、良い結果を出すことに価値を置く文化です。行動を起こさない者や、良い結果を出さない者には価値を認めない。

丸山は、「である」と「する」によって、ベネディクトとは違う角度から西洋と日本を仕分けて見せた。この丸山の思想は、罪と恥を理解するうえで極めて重要なものだと思います。ただ、ここでも大切なことは、「である」が「する」の底辺を支えているのだとわかることなのです。これは別々のときもあるが、実際には、重層的に重なっているのです。

さて次に、罪と恥と言えば、日本文化の中枢である武士道をはずすわけにはいきません。武士道については、『葉隠』などの原典を除けば、やはり新渡戸稲造の『武士道』を取り挙げるのがいちばんよいでしょう。私は、いつでもこの書物を語ってきました。なぜなら、これが、武士道の思想を明らめる「文学」だからです。つまり、そこには「詩」がある。武士道の詳しい解説書は、菅野覚明の著作など、多くの良書がありますが、それらは理論であり文学ではないのです。だから魂に響く量が少ない。そのことを私は常に問題にしているのです。

ここで、新渡戸の『武士道』の中から恥について見ていきたいと思います。新渡戸は、武士道の中でもっとも重要視されているものは恥だということを語っています。その恥の文化の根源にあるものが、名誉と誇りであると言っているのです。名誉と誇りは、武士の言葉で言うと「名を惜しむ」ということです。惜しむとは、重んずることです。名のためには命をも捨てる。つまり、名誉は命よりも重い。

ヨーロッパにおいて、日本の武士道と軌を一にするのがプロテスタンティズムです。本物のプロテスタントは本物の武士道同様に名誉と誇りのためなら命を捨てる。だから、アメリカ独立戦争のときに、熱心なプロテスタント信者であったパトリック・ヘンリーは魂の奥底から「自由か、しからずんば死か」(Give me liberty, or give me death.) という言葉を吐いたのです。

恥の文化の根源には名誉と誇りがある。ならば名誉と誇りの根源にあるものは何か、と『武士道』の中で新渡戸は問うています。新渡戸がたどり着いたのは強い家族意識です。つまり大家族主義です。家族といっても大家族のことですから、砕いて言えば仲間意識ということです。この仲間は、文化人類学上、エミール・デュルケームやクロード・レヴィ＝ストロースによって、「トーテム」としての「象徴」のようなものに分析された考え方を言います。

つまり恥の文化の淵源には強い仲間意識がある。それを証明するために新渡戸は、バルザックの「家族を喪失すれば、人は名誉心を失う」という言葉を援用しています。そして日本では、多分、この仲間意識というものが、縄文の一万年の歴史を含めて、ことのほか強くなってきたのだろうと私は思っています。

新渡戸自身はまた、「恥が存在の底辺を支え、罪が生存の善悪を決める」という趣旨の事柄を述べています。そして罪の基層には恥があり、恥があらゆる道徳の原点を成していると語っているのです。その部分で新渡戸が引用していた言葉が、私が始めの方に引用したカーライルの言葉なのです。

武士道は日本の「新約」である

さて、『武士道』のまえがきに「すべての社会には旧約があった」という趣旨のことを新渡戸は書いています。われわれは「旧約」と言うと、神との契約のことであり、キリスト教の前身であるヘブライ思想と捉えてしまいますが、新渡戸は、すべての民族は神から直接に旧約を与えられていると書いているのです。私はこの言葉を初めて見たとき、絶句しました。何か、日本の歴史の心臓の鼓動のようなものが聞こえたのです。そして私は、日本では「トーテム」の仲間意識が生み出した「大家族主義」を支える考え方が「日本の旧約」なのではないかと思い至ったのです。それから、私は日本の歴史を肌で感ずることができるようになったのです。

十九世紀に、レオポルト・フォン・ランケというドイツの歴史家が活躍していました。近代歴史学の父と言われている人物です。ランケの『世界史の流れ』の中に、「それぞれの時代はどれも神に直接つながっている」という言葉があります。ドイツ語では「Jede Epoche ist unmittelbar zu Gott.」と言います。新渡戸とランケの発想の同一性を考えるとき、私はここに、偉大な人物のもつ神秘をかいま見るのです。

旧約とは、文明を生み出すための人間の「掟」であり罪の文化です。また新約は、旧約の激しさからの赦しを含み、文明が継続発展するための原動力としての恥の文化です。簡単に言えば、旧約とは守るべき掟であり、新約とはその厳しさからの赦しなのです。新渡戸は日本にも旧約があり、そこから、その赦しとして生まれた生き方が武士道であったと考えたのではないか。これはすごい発想だと思います。

ヨーロッパでは、ヘブライ的な父なる神からの赦しを唱えるキリストが現われて新約が成り立ちました。多くの恥を、神に対する罪としてキリストが背負って死んでくれた。だからヨーロッパではキリストを信ずれば、恥を感ずることなく生きることができたのでしょう。罪の意識を支えている恥の部分を、弱くみじめな死に方をすることで、キリストが我々の身がわりとして雪《そそ》いでくれたのです。そのために厳しい旧約もかえって生き返ったのです。

わが日本では、天皇家を宗家とする大家族制度を守るために生まれた武士道が、旧約を生かすために成立したということになるのです。そして武士道の中に、恥を雪ぐ生き方が明示されたのではないか。こういう発想ができたから新渡戸の『武士道』は欧米に受け入れられたのだと思います。私は、新渡戸によって目を覚まされることにより、武士道を「日本の新約」と考えるようになったのです。つまり、日本においては、旧約としての大家族制度を守るための厳しい掟からの赦しとして武士道が生まれたということです。

私にとって、武士道が「赦しの教え」だというのは、とても新鮮な考え方でした。武士道は厳しい戒律のように見えますが、実は「赦し」にもなるのです。私は、この考え方を知ることによって、『葉隠』の思想を体得できたと自分では思っています。現代人には理解しにくいかもしれませんが、名誉と誇りを与えてくれるものは、赦しにもなるということです。これによって、大家族制度を守るために為す行為にはすべて、名誉と誇りが与えられるのです。つまり、「赦し」としての武士道の成立です。厳しいだけのものに、喜びと生きがいが与えられるようになったと言いかえればわかりやすいでしょう。

だから、切腹も赦しになる。切腹というのは罰ではなく赦しなのです。切腹すれば、どんな不名誉なこともすべて赦される。多くの日本人、特に武士にとって名誉を与えられることが何よりの赦しだったのです。切腹ができることは、名誉であり喜びでもあったのです。

私は学生時代に、乃木希典大将が指揮した日露戦争の旅順攻囲戦で戦死した兵士の遺族を訪ねて話を聞いて回ったことがありました。遺族のほとんどは、戦死した親族のことを誇りに思っていました。それはなぜか。乃木大将が名誉を与えてくれたからです。乃木大将を愚将と貶める知識人がいますが、名誉を与えられれば武人は喜んで死んでいったということを見落としています。乃木という人は、国のために死んだ者たちとその家族に、真の誇りと名誉を感じさせるだけの器量を備えていた人なのです。つまり、「将の器」です。

武士道とは、そういうものなのです。新渡戸はいち早くそのことに気づいていた。繰り返しますが、武士道とは名誉によって、すべての苦難に対して赦しを与えるものなのです。そこがプロテスタンティズムと同様だということです。新渡戸はそのことを文学的に謳い上げた。だからこそ『武士道』は大文学なのです。新渡戸の、日本の基層を日本の「旧約」と捉える見方が、そこから生まれた武士道を日本の「新約」と捉える考え方を私にもたらしてくれたのです。旧約とは、神と人間の契約です。それは文明を生むものであるが、また厳しい掟でもある。日本では、それは「トーテム」の仲間であった。そして、それこそが罪の文化の原点と言えるのです。だからその赦しとして武士道が生まれた。したがって、大家族制度と武士道とは表裏一体のものなのです。だから一方が崩れれば、また一方も崩れるのです。

新約の赦しは新しい価値観

アメリカの聖書学者に、ブルース・マリーナという人物がいます。マリーナは、キリスト教を生み出したのが、恥の文化であることを証明した人物です。もちろん、それは民族の底流にある潜在意識においてです。その底流を表層に表わした人がキリストだと言っているのです。マリーナはその著作である『共観福音書の社会科学的注解』の中で、古代ヘブライ民族が強度の恥の文化を持った民族であったということを、聖書の中の句から証明しています。

古代ヘブライ社会では、恥の文化が強度に鍛え上げられて、名誉と誇りのためには命も惜しまず、恥を雪ぐことにもっとも重い価値をおいていたことを明らかにしたのです。その古代ヘブライ社会が旧約聖書を生み出し、それを「聖典」としていた。だから「神」の陰に、恥は表面上は隠れてしまったのです。旧約聖書というと、罪の文化の代表にされてしまいますが、実は旧約聖書という罪の文化を生み出した社会の底辺には強烈な恥の文化があったのです。

そこはしっかりと押さえておくべきです。罪と恥は、必ず表裏の関係にある。そして、本質的に交互に勢いづくものであるが、それは重層的に重なっている。そして、それぞれの部分が強力でダイナミックなほど、次にくる文化も、質の高いものとなるのです。キリスト教が単なる、甘ったるい赦しでないことは、その後に騎士道を生み出し、またヨーロッパの世界支配の原動力になったことによってもよくわかります。

強い恥をもつ人間こそが、強い罪の意識をもつこともできるのです。それは、キリスト教を大宗教にした人物であるパウロが、ローマ書一章十六節で言っている「我れは福音を恥とせず」の言葉によく表われています。パウロは、自己のもつ恥に、ことのほか厳しい人物であったことがよくわかるのです。キリストの福音の真意を理解できなかった時期の自己を生涯にわたって恥じていた。また、キリスト教を信ずることによって、人々から蔑まれ続けた日々の自己を、決して忘れなかったことが、その後のパウロの世界的活動の原動力となっていたことは誰の目にも明らかです。

一方、日本の場合はキリスト教のようにヘブライ的と言える強力な一神教が生まれなかったため、恥の文化をずっと表面的にも維持し続けてきたのです。どちらにしても、罪と恥は交互に強弱を繰り返しながら、いつも重層的に重なっていたのです。その重層は厚いほど文明が進み、文化も深まっていったのです。そして、それはヨーロッパと日本において特に顕著な姿となって現われていたのです。

ヘブライには限りませんが、まずは、人類にとって恥の文化がその基層にあるのです。その恥が強力になってくると、文明を生み出すための罪の文化が生まれます。それが「旧約」という罪の文化だということです。ところが、その「旧約」は、掟としてあまりにも厳しいものであった。だから反動として、その中の恥と呼ばれた部分を「赦し」として大きく取り上げる時代があったのです。それが「新約」と呼ばれる時代を創った。

「新約」の「赦し」は、赦しと言っても、厳しさに新しい価値観を付与するものであり、単なる優しさではありません。その証拠にキリスト教を取り入れた西洋では、騎士道を生み出したことは述べました。そして、厳格なプロテスタンティズムへと続いたのです。また、日本では武士道を生み出しました。ここがわからなければならないのです。そして、この無限弁証法とも言える歴史を、もっともダイナミックに乗り切って今日を築いている国が、西洋諸国と日本なのです。その大きな要因としては、両者ともに長い封建制の歴史に成功したことは何度も取り上げました。

つまりは、罪の文化にしろ恥の文化にしろ、その特徴が大きいほど価値があるのです。どちらにしても重層構造ですから、大きいほど、その中身も濃い。そして、そこに歴史の堆積を感ずる感性こそが、未来を拓く鍵となるのです。

恥は、人間をどこへ連れていくのか

恥の社会学

不合理性の合理性

人類は、その基層に恥の文化をもっています。それに加えて罪の文化を築き上げることによって、文明を発展させてきました。罪の文化を創り上げた代表と見なされるキリスト教も、その基層には古代ヘブライ民族の恥の文化をもっているのです。つまり、罪の文化と言われているヨーロッパのキリスト教圏においても、その底辺には恥の文化があるということです。

それが明らかにされてきたのは、歴史的にはわりあいと新しいことです。ヨーロッパは、歴史的に見て、キリスト教の強烈な信仰のゆえに、恥の文化をすべてキリストに託し、人間は罪の文化に専念することができたと見るのがわかりやすいでしょう。つまり、キリストが背負った人類の「罪」とは、実は「恥」の概念に近いものだったのです。そこにキリスト教のもつ秘密があります。キリストがすべての恥を背負ったからこそ、キリスト教圏は罪の文化に集中できるようになった。

それを表わした言葉が、ローマ書一章十六節のパウロの言葉、「我れは福音を恥とせず」に象徴される思想なのです。ここでパウロは、キリスト教が秘める信仰の深奥を語っています。つまり、キリストが人間の恥をすべて引き受けてくれた。当時のキリスト教がおかれていた真実の状況がこの言葉に表わされているのです。そもそもキリストは弱々しく情けない存在です。戦うことをせず最期は磔《はりつけ》の刑で殺される。世界中のどの宗教を見ても、弱々しく情けない象徴などはいません。

ここに、キリスト教が恥を封じ込めた秘密があるのです。パウロの生きた時代は、多分、そのことを多く指摘されたのでしょう。パウロもそのために自己の名誉をさんざんに責められていたに違いありません。当時の常識では、「弱い神」などあり得ないのです。その慟哭《どうこく》から生まれた叫びが、ローマ書の冒頭を飾るこの歴史的な言葉となったのでしょう。これはパウロの「涙」なのです。ところが、歴史はキリスト教を取り入れ信じたヨーロッパが世界を制覇していくようになった。

これが、不合理のもつ、歴史的真実を浮彫りにする出来事となったのです。後年、ニコライ・ベルジャーエフが動力学的ダイナミズム（Der Kinetische Dynamismus）といった、文明の無限弁証法的展開です。つまり、キリスト教ではキリストが恥を全部背負ってくれた。したがってキリスト教さえ信じていれば、基層にある恥については考えずにすむわけです。人は文明的な罪だけを考えればいい。罪というのは法律です。現世において、人は法律にしたがって生きていればいいという考えがヨーロッパ文明を創っていったのです。

恥という、自己否定に直結する考え方を現世的には捨てることができた。そのかわりに、信仰における苦悩が生まれるわけです。信仰は、ひとつの哲学ですから、その苦悩はまた哲学的な人生を生み出しやすくなるのです。だから、ヨーロッパ人は苦悩を「力」に変えることができたのだと私は思います。

キリスト教は、実は世界中の宗教の中でもっとも不合理な宗教なのです。だからいい。その信仰は、すべてが現世の物質主義と反対です。そこがいいのです。キリスト教があればかえって現世的な均衡がとれる。その結果、安心して現世の物質主義に打ち込むことが精神的にできるのです。すべては、キリスト教によって赦される。キリスト教は、現世とすべて二項対立になっており、それは無限弁証法的な発展を可能にする機構をその内部にもっているのです。その核心をベルジャーエフが分析していたわけです。つまり、キリスト教は、不合理極まりない宗教だから合理的なものとの均衡がとりやすかったのです。

これは、あのカントがその『判断力批判』の中において言った「目的のない合目的性」(Zweck-mäßigkeit ohne Zweck.) という、人間生命のもつ神秘そのものと言えましょう。つまり、不合理性の合理性です。結果として、キリスト教は非常に合理的なものをもたらしたのです。つまり、不合理極まりないキリスト教を信じたからこそ、ヨーロッパ人は合理的になれた。これによって、ヨーロッパの文明史は、ヘーゲルがその『歴史哲学』によって概念化したような唯物論的に発展する文明を築き上げることができたと私は考えます。そして、それが科学と法律がすべてという、人類史上最強の物質文明を生み出したわけです。

現世のことは、法律に従っていればそれで「すべてよし」というのは、非常に楽です。ぐだぐだと悩む必要がない。その典型が現代のアメリカ人を生み出したと言っても過言ではありません。それがキリスト教徒の強さなのです。自分の弱さ、情けなさについて思い悩む必要がない。それらはすべて、キリストが背負ってくれたのです。一週間に一回、教会に行って懺悔すれば、それですべて水に流されてしまう。そういうキリスト教を築き上げた中心人物のひとりがパウロだったのです。

「我れは福音を恥とせず」と言うぐらい恥を気にしているのですから、パウロ自身は恥をもっとも重視する心性をもった人物でした。彼は人がもっと楽に生きていけるように、と考えたに違いありません。そして、キリストが恥を全部引き受けてくれるのだから、人は信仰にさえ従って生きればいいという教えを築いたのだと思います。

それは布教の戦略でもあったと言われています。これによって、パウロが史上最大の天才的戦略家だと評価する人もいるのです。しかし、私は戦略ではなく、パウロの人となりが生み出した教えだと思います。パウロの人格の清廉は、その高貴性において歴史的なものだと私は思います。いずれにしろ、結果的にはそれがヨーロッパの合理主義の出発点になったのです。

丸山眞男の『日本の思想』にある概念で言えば、古代ヘブライ文化は「である」文化であり、それを承け継いだキリスト教文明は「する」文化になるわけです。この文化の変換点にいたのが、パウロその人だったと言えるでしょう。そして、キリスト教はパウロを得たことによって、その変換にもっとも見事に成功し、世界宗教へと発展していったのです。

人間は羞恥する

恥のもたらす社会現象を考える場合、マックス・シェーラーの存在を忘れることはできません。シエーラーは二十世紀前半に活躍したドイツの哲学者で、恥というものについて、ヨーロッパでは初めてと言っていい哲学的思考を巡らせた代表的人物です。この業績によって、ヨーロッパの罪の文化もより浮彫りにされたと言われているのです。

参考までに言っておくと、シェーラーは「現象学」で有名なドイツの哲学者エドムント・フッサールの影響で自己の解釈学を組み立てました。そして、マルチン・ハイデッガーの親友としても有名な人物です。シェーラーが死んだときに、ハイデッガーが弔辞を残しています。「マックス・シェーラーはヴィルヘルム・ディルタイとマックス・ウェーバーが独自に成し遂げたものを、より根源的に問い直し、円熟させた人物である」と。ハイデッガーをして、こう言わしめたほどの人物であったわけです。

恥をめぐるシェーラーの業績は、『羞恥と羞恥心』と『宇宙における人間の地位』という二冊の著作にその根源的思想が述べられています。ここでシェーラーは羞恥の感情がなぜ起きるのかを「普遍的存在者としての自己」と「個別的存在者としての自己」という概念を使って哲学的に説明しています。

つまり、「普遍的存在者としての自己」は「人類の一員である自分」で、「個別的存在者としての自己」は「名前を持ったただひとりの自分」ということです。そしてシェーラーは、「人類の一員である自分」と「名前を持ったただひとりの自分」という存在に「ずれ」が生じたときに、人は恥を意識すると言っているのです。私はこれがヨーロッパにおけるもっとも深い恥の定義だと思います。

シェーラーの言う「普遍的存在者」の「普遍的」とは、人類の全体を指していう言葉です。もちろん、その中には自己以外のすべてが含まれています。世界もそうですし、国や企業とも捉えられます。そして歴史的な自己、つまり祖先も入るのです。それでは、二つの自己存在の間に「ずれ」が生ずるとは、一体どのようなことを言うのでしょうか。

まず、卑近な例をあげれば、海水浴に行ったときは裸になっても恥ずかしくありませんが、街の中では恥ずかしいでしょう。これが「ずれ」です。普遍的存在者の一員として、海水浴場では服を脱いだ姿がみんなに期待されている。だからそれでも恥ずかしくない。逆に背広を着て海水浴場を歩いていると恥ずかしい。そういうことです。また医者に行ったときの心情も、これと似たようなものです。人間の存在にはいつでも普遍的自己と個別的自己があるわけです。そしてそれぞれの自己にかけられている「他者からの期待」というものがある。存在は期待を生む。それがずれたとき、人間は恥を感ずるのです。

この普遍的自己と個別的自己の、ひとつのわかりやすい側面として、シェーラーは人間が精神と肉体の両面を持っているからこそ、恥の意識が生じるのだということを証明しています。もちろん、肉体が普遍的自己の代表であり、精神を個別的自己の代表として見ているのです。シェーラーの言葉を使うと、「神も動物も羞恥しない。しかし人間は羞恥する」。つまり精神だけの神も、肉体だけの動物も恥はないのです。この両者には普遍と個別の違いもない。

恥の意識は、人間の人間たる所以《ゆえん》なのです。だから実は、恥は「高貴なるもの」でもあるのです。シェーラーはこうも言っています。「人間は、生物学的目標よりも高次の目標を負っているため、恥の意識を持つのである」と。だから、羞恥心が強い人ほど志向も高く資質も秀れている。つまり「志が高いほど羞恥心が出る」ということです。ですから、恥を重んずれば、人間はどこまでも高みへと昇っていける。また恥を捨てれば人間は動物的にもなっていきます。だから、恥を忘れた人間は、高

み へ向かう人間であることをやめようとしているのです。つまり、人間は恥を知ることで、高貴な存在になっていくのです。

このシェーラーの恥の概念を考えるとき、私はいつでもひとつの読書体験を思い出します。それは、大学生のときに読んだ堀田善衛の『方丈記私記』です。ここに、ひとりの男が「普遍的自己」と「個別的自己」の間隙に苦悩した体験が赤裸々に語られているのです。それは堀田が体験した、昭和二十年三月十日の東京大空襲の話です。堀田は、大空襲のさ中にあって、火に焼かれ死にいく人々を見ながら、他人の不幸に対して何の責任もとれぬ自己に身震いしながらも、死ぬのは他者であって自分ではないという事実に安堵する自分を感じて愕然としているのです。

そして、堀田の言葉をそのままとれば、「人間存在というものの根源的な無責任さ」を痛感している。この堀田善衛のあり方に、私は強い恥の認識を感ずるのです。堀田の中で揺れ動き葛藤するものこそが、文明を推し進めてきた人間のもつ恥と罪の概念でしょう。それが堀田は人一倍に強かった。そこに私は堀田善衛のもつ真の人間性を感じます。そして、後に堀田が成し遂げた業績は、この人物がもつ「普遍的自己」と「個別的自己」の落差に涙する、その「人間的器《うつわ》」に由来していることを確信するのです。恥は人間を涙と共に立たせるのです。

自他の分化が間《ま》を促す

また、精神病理学に関心がある人なら内沼幸雄という人をご存じだと思います。内沼はシェーラーの影響を受けた精神病理学者であると私は思っています。その内沼が、『羞恥の構造』という著書の中で非常にうまく表現しています。「羞恥とは、我執と没我のあいだを漂う間《ま》の意識である」と。日本人ならシェーラーよりも内沼の方が理解しやすいかもしれません。表現が仏教的であり日本的心性を踏まえています。

「我執」とは、個人としてどう生きるのかという個別的自己であり、「没我」とは人間としてどう生きるのかという普遍的自己と考えてください。このあいだで「漂う間」の意識こそが羞恥ということなのです。「間」が恥との相互性の強いことは実感されている人が多いのではないでしょうか。この内沼の言葉は、仏教的な文化が強い日本人の意識に訴えかける、非常に良い言葉だと思っています。この内沼幸雄の理論の中に、私は強く真の「日本的科学」を感じているのです。内沼の思想に触れることによって、私は堀田善衛の魂を腑に落とすことができたと思っています。

また、あの有名なジグムント・フロイトが言った恥の概念の定義も知っておくと参考になるかもしれません。それは恥とは「理想的自己（超自我）と現実的自己（現実自我）との落差の葛藤から生ずるものである」というものです。これはわかりやすいのですが、キリスト教信仰のない日本では、この理想的自己を考える習慣がないので、必ず欲望を理想としてしまうのです。日本においては、理想と現実の落差に恥を感ずると思っている人は、実は恥ではなく、単なる僻《ひが》み か自惚《うぬぼ》れという場合が多い。だから、私はこの定義を日本人としては、あまり受け入れたくない。しかし、この考え方も知っておくのはよいでしょう。その上で、我々は日本的心性について考えなければなりません。

日本ではこの間《ま》の取り方のうまい人がいきで礼儀正しくスマートなのです。つまり、いきというものが恥と表裏の関係にある。恥の意識のない人間は無礼で野暮《やぼ》なのです。また恥は、その意識さえもっていれば、人間関係に支障をきたすことはありません。恥の意識をもつ人の失敗をなじる人は、ほとんどこの世にはいないのです。なじられる人は、恥の意識を「もっていない」のです。

　さて、いきとなれば九鬼周造の名著である『いきの構造』です。ここで九鬼はいきをハイデッガー的な解釈学的方法で分析しています。九鬼はここで「自他の分化」という概念を提示します。それは読んで字の如く、自分と他者を厳しくわける考え方です。自己とは何かを問い、他者とは何かを問い続ける生き方がこれを認識させます。ヨーロッパの場合は、キリスト教信仰によって知らず知らずにこの「自他の分化」をやっていたのだとも言えるわけです。

　キリスト教は、自己と神との関係ですから、いやが上にも自己が浮かび上がってきます。そして歴史的には、あの偉大な「西欧個人主義」を生み出す基盤ともなる考え方なのです。しかし、これは宗教的信仰心がないと、なかなかうまくいきません。信仰の不在の中でこれをやれば、たいていの場合は、エゴイズムか勝手気ままになってしまうのです。

　この自他の分化がうまくいったうえで、「人間の無欲の心が行動として昇華されたとき」その行動に気品と品格が備わり、垢抜けた状態になると九鬼は書いています。その垢抜けた状態をいきというのです。要するに、「自他の分化」は行き過ぎると、単なるエゴイズムになる。均衡をとるのが難しいのです。その均衡のとり方が日本文化のひとつとも言えるのです。

　だから、キリスト教信仰のない日本では難しいことになり、そのためにかえって乗り越えた人が、より秀れたいきという存在になるのでしょう。逆に自他の分化ができていない状態が「甘え」です。甘えについては精神医学者の土居健郎が有名な『甘えの構造』という本で見事な分析をしています。土居もシェーラーの影響を受けた人物だと思います。

　自他の分化がうまくできないと、間《ま》の取り方が総崩れして、自分と他人が一緒くたになる。これが恥の文化のもっとも悪い例です。恥の文化は間の取り方で、いきにもなれば甘ったれの野暮天にもなる。罪の文化が優先しているヨーロッパ人から見ると、自分と他人が一緒くたになった人間は、とても一人前には見えません。それゆえ、恥の文化は程度が低いと思ってしまうのです。

トーテム文化とタブー

人類の基層にある恥の文化とは、もともと「トーテム文化」(Totemism: トーテミズム)と呼ばれるものです。あのネイティブ・アメリカンで知られるトーテム・ポールのトーテムと同じです。トーテムとは、特定の部族集団に生命力と活力を与える自然物や英雄的祖先の霊と考えればいいと思います。象徴と言ってもよい。それは石であったり動物であったり植物であったりもします。また「旗」と呼ばれるものもその代表のひとつでしょう。

文化人類学者クロード・レヴィ゠ストロースは、その『野生の思考』を中心とする諸著作において、トーテムを部族団結の「装置」と見なしています。何やら、戦前の美濃部達吉の「天皇機関説」を彷彿させるものがあります。また、社会学者のエミール・デュルケームは『原始社会の宗教形態』の中で、トーテム文化がもっとも古い人間の文化形態であり、これが文明を生み出すもとになっているという理論を述べています。

トーテム文化で共通しているのは、いくつもの禁忌としてのタブーが存在していることです。絶対にやってはいけないことが多々ある。それを破ると罰せられる。そして、このタブーが文明を生み出していく原動力となったのです。まさにモーゼの十戒を想起させます。しかし、どうしてトーテム文化はタブーを必要とするようになったのでしょうか。

それは、集団生活を円滑に行なうための基本的な「心がけ」としてです。何と言っても集団生活ができなければ、文明も何もありません。「人間」にすらなれない。そのためには動物的な我欲を抑えるのが、集団を組めるか、組めないかの境目になります。そして集団を組むことによって、人間は仲間の死を悼み、その結果として宗教を生み出していく存在になる。また農業を生み出し、それが食糧の自給自足という革命をもたらした。その農業の統制のために権力が編み出され、その結果、今に続く人類の文明を進展させてきたわけです。

だから「してはならないこと」、つまりタブーを仲間の掟として認識し合うことが、集団の基本道徳となったのです。しかし、文明の初期にはそのタブーがあまりにも強かったため、後にこれを緩やかにしようとしたのが釈迦でありキリストであったのです。極端な厳しさの中で、優しさの大切さを説いたわけです。タブーの文化は恥の文化、つまり「である」の文化です。すべてが決められている文化。だから、必ず差別の固定化を生みます。なぜ、そうなのでしょうか。

文明が、その頂点に近づくほどの発展をしている現代の常識では、文明初期のことはよくわからないのです。実は、人間が人間となったのは、文化を生み出し、その文化を集団の力として発展させた文明を営むようになったことに、その淵源があるのです。まず文化そのものが、何らかの価値観の、他との差別化によって生まれました。文化とは、他との差別によって初めて認識できるものなのです。その差別化をより押し進めることによって文明を築き上げてきた。

そして、文明そのものも自他の差別化にほかならないのです。だから、文化とは何か、文明とは何かと言えば、それは差別そのものであるということにもなるのです。つまり、それは不断の「差別化」の推進とも言えます。差別化によって自分たち独自の価値が生まれるのです。価値とは、つまり文化です。もちろん現代の価値観で見てはいけません。現代において差別が間違いであることは自明の理です。

しかし、それは科学が発達した現代だから言えることなのです。厳しい自然との戦いの中で、文明を築く頃は違う。それを理解しなければなりません。生命力が強く能力が秀れていなければ、人類は生きのびることができなかったのです。また賢く力がなければ生活できませんでした。その強さ賢さを維持発展させるための選別が「差別」なのです。

そして、自分固有の価値観を他に押しつけて、前進することだけが文明を発展させてきたのです。その推進の旗印がトーテムだと思ってください。トーテム文化は部族集団重視で、部族の中では戦いませんが、トーテムを異にする部族とは争いになる。ネイティブ・アメリカンやオーストラリアのアボリジニはいまもトーテム文化を保存しています。実は、現代の日本もそのトーテム文化をそのまま引きずっている部分が多いのです。

二十一世紀の現代社会で、トーテム文化がまかり通っている先進国は、世界の中で日本だけだと思います。これには悪い面も当然ありますが、実は誇るべきことの方が多いのです。つまり、日本は古代から直結した文化を有する類い希な国だということです。憲法で天皇を象徴と言っているのも偶然ではないと思います。

天皇制は、日本民族にとって古代からのトーテムのひとつなのです。ＧＨＱが「シンボル」という言葉を提示し、それを「象徴」と訳したわけですが、アメリカはしっかりと日本文化を研究し、日本が古代から天皇を民族統合の象徴としていたことを理解していたのではないかとさえ思ってしまいます。あの当時の日本人は、天皇を絶対権力者だと勘違いしていたはずです。もし日本人が起草したら「象徴」という言葉は出てこなかったと思います。そして天皇は、権力者ではなく象徴が正しいのです。象徴とは崇めるものであり、民族統合の道しるべなのです。つまり親です。涙の源泉ということです。

日本は古代から、天皇家を宗家とする大家族主義を営んできました。それは、天皇をトーテムの頂点とする部族社会と言い換えることができるわけです。大家族とは、小さな部族でもあるのです。だからトーテム文化は、必然的に幾多のタブーと差別を生むことになるのです。そして、これを緩和するために広まったのが仏教やキリスト教であり、日本ではそれが武士道だったということです。

トーテム文化という恥の文化、「である」文化から出てきたのが「家」制度であり、武士道です。多くの人は驚くかもしれませんが、武士道はトーテムの中にいる人々を「平等」にしたのです。日本では、武士道がヨーロッパにおけるキリスト教に近い働きを行なった。武士道では、それに則った行動をとり、すべきことをきちんとすれば、平等に価値を認められます。武士道によって、人は身分に関係なく、自分で自分の価値を決めることができるようになったのです。

武士らしく生きた人間がすばらしい人間であり、たとえ将軍でも武士にあるまじき振る舞いをすれば蔑《さげす》まれました。大家族制という「家」制度を守るために武士道は発達しました。その大家族制が日本の宗教であったのです。だから武士道は、西洋のキリスト教を守る騎士道と同じ働きを日本の文明社会においてなしたわけです。

それ以前は、人の価値は生まれながらに決まっていたのです。しかし、武士道においては、人は「生き方」と「死に方」によってその価値が決められるのです。そして、何よりも私が嬉しいのは、たとえ間違った「生き方」をしても、武士道に則って死ねば、それは最後には赦されるということです。私が武士道を愛する理由のひとつはここにあります。

ここのところを、歴史作家の滝口康彦はうまく文学的に表現しています。滝口の代表作のひとつに『葉隠無残』という作品があります。武士道とは何かを知りたければぜひ読まれるといいです。森鷗外の『阿部一族』とともに武士道を描いた最高の文学の一つだと私は思います。

これらの書物には、苦しみ抜いた人間の武士道が描かれています。武士道とは、「敗北の哲学」でもあるのです。たとえ、人生において敗北しても、ひとりの人間としては必ず価値のある生《せい》を送るぞという気概が武士道なのです。どんな人生を送ろうとも、自分の生命には価値があるのだと認識する生き方が武士道を支えているのです。

荒涼とした法律万能の社会

人間とは、恥を知り罪を認識する動物なのです。これが人間の人間たる理由《いわれ》です。特に、恥が宗教と罪を生み出し、文化と文明を育んできた。恥と罪は、すべての人間社会に行きわたっていますが、ヨーロッパと日本においては、長い封建社会を経ることでそれを内面化することができました。この二つを内面化できていない国は、一言で表わせば下品です。高貴さがありません。

恥と罪の関係は、恥が底辺にあって罪がある。恥を知らない者には本当の罪を知ることはできないのです。その恥が、日本では日常性の中に浸透し、西洋ではキリスト教の信仰の中に生きつづけてきたわけです。ところが産業革命以降、近代に入って、世界的に恥の意識が希薄になってきました。恥の意識が薄くなると宗教的な罪の意識も薄くなります。それでは社会が維持できなくなるので、薄っぺらな法律が乱発され、人の行動基準は法律に触れるかどうかになっていく。つまり人間がきわめて単純で即物的になってきたのです。

私たちはいま、単純化の文明にさらされていることを認識しなければなりません。大衆化と単純化が混同されているのです。現代の論調を見ると、何を論じるにしても、判断の基準が法律だけという人が多いです。他者を批判するために重箱の隅をほじくるような作業をして悦に入っている人もいる。それと同根なのが、何か問題を起こした人物、特に政治家に多いのですが、「私は法律は犯していません」という言葉です。法律を犯さなければ何をしてもいいのか。恥の意識はどこへいってしまったのでしょうか。

この現象は、似非《えせ》民主主義の悪平等化によって推進されましたが、それは産業革命以降の、人間を固有の価値をもった存在ではなく、一つの労働価値と見るようになったことにその元凶があります。宗教や大家族制が生きていれば、人間は宗教的な罪や家族を思う名誉心のゆえに恥を意識しますが、近代化の過程で宗教や家族すら失ってしまいました。もちろん、現代の核家族化した家庭は、私のいう大家族制とは程遠い存在です。あれは「家」ではないのです。

そこに現われたのは、人間の疎外（Entfremdung）と人間の原子化、つまり肉体だけを持つ「種」としての人間という荒涼とした世界です。思想的には、ヘーゲルとマルクスが指摘した通りになっています。また社会的には、『１９８４年』のジョージ・オーウェルや『すばらしい新世界』のオルダス・ハクスリーの言う通りになってきました。まったく言葉に表わせぬものがあります。

このままでは薄っぺらな法律が乱発され、人間性と人間のもつ生命力を無視した全体主義社会である「すばらしい新世界」が待っているということになってしまいます。ただ、薄っぺらな法律を乱発することで人間を律していく社会は、名誉をもたぬ恥知らずな人間にとっては一番楽なのです。何しろ牢獄に入らない限り立派な人間として扱われるのですから驚きます。逆に、牢獄に入った人の悲しみを知ろうともしない。人類文化の多くが、実はその牢獄から生まれたことを感ずる力もない。

そして多くの人々が、このような社会でいいと思っている。倫理的動物としての人間存在から見れば、生まれただけで価値がある社会などは、人類誕生以来、現代が初めてです。自己に真の誇りのない人間にとっては、「良く見える社会」であることは間違いありません。キリスト教や武士道が生きていた社会では、立派な人間として認められるようになるのは、生半可なことではありませんでした。まさに現代は、何らかの全体主義に向かっているとしか思えません。ただにエーリッヒ・フロムの『自由からの逃走』を思い起こしながら慄然とした思いを持たざるを得ません。

さて、これまでの話によって恥が人間の存在の根底にある、ということは理解していただけたと思います。問題は、その恥を核にして、各人がどういう生き方をするかということです。現代は、平等をはき違えた結果、どんぐりの背くらべのような水平社会の極致に近づきつつあります。文明を築き上げてきた頃の価値観を、平等の名の下に蔑ろにしすぎているのです。このままでは、文明を持つ人間は崩壊し、生息する「種」の一種になってしまいます。

文明に根差した人間性を発展させるためには、垂直に向かわなければなりません。垂直とは、屹立《きつりつ》し自立するということです。永遠を志向し、死を想い、悲哀を受け入れ、他と隔絶した自己固有の生き方と価値観を求めて生きる。そして、固有の価値を持つ自己が、他の価値に対して自己を捧げる生き方をすることなのです。

もしそういう人間が人口の一〜二パーセントでも現われれば、恥の文化が作動しはじめて、その社会に動力学的ダイナミズムが生まれ、無限弁証法的に文明が次の文明段階に発展しはじめると思います。そうしなければ、現代の文明は行きづまり滅亡するしかありません。

もともと武士道やキリスト教倫理をきちんと摑んでいたのは人口の〇・一〜〇・二パーセントであり、それを理解し支援する人々の数を合わせても一〜二パーセントなのです。文明的な見方をすれば、これであとの九八パーセントと同価値の重さがあるのです。このことは文明史が証明していいます。大英帝国が世界を支配したときのジェントルマンの人口というのは二万人でした。これで世界に雄飛した大英帝国が築けたのです。

社会というのは、恥を重んずる自覚をもった人間の存在が支えてきたのです。そして、それは驚くほどの少人数で文明を支え、推進してきました。だから日本も、必ずできるのです。覚悟さえあれば、我々は新しい文明を築き上げることができるのです。我々が垂直の歴史を重んじ、真の生命の固有性を認識すれば、まったく不可能ではないのです。

一回性の恐るべき眼差しに見つめられている

出会いについて

人間の初源

人間の「出会い」について語りたいと思っています。出会いが、人生にとって、どのような意味があるかを考えたいのです。私は、生きることは出会いであるとも思っているのです。そして出会いこそが、我々のもつ固有の生命にもっとも崇高な意義をもたらすものだと信じて疑いません。出会いと、その結果としての「別れ」がすべての人の生命を生かす核心だと考えています。だからこそ、その概念を正しく把握しておかなければならないのです。

人間を中心とする、生命と宇宙そして文明の問題は、その出発のすべてが出会いと呼ばれるものにあります。出会いがなければ、人生はなく、また別れもありません。出会いは、それを求める魂を持つ者のみに訪れるものです。なぜなら、それは「機会」を捉え認識することと、その「持続発展」を自分の意志で行なわなければならないからです。出会いとは、単なる接触ではないのです。

人間の生命の意味は、「何ものか」を目指し、そのために「何ものか」と出会うことによって初めて意味が出てくるのです。我々の文明は、その初源から、人間をそのように創り上げてきました。「自己というもの」に、何らかの文明的な価値を付けることは、出会いによってしかもたらされません。それによって、我々は初めて人間的な自己を認識できるのです。我々の住む文明社会においては、単独の自己などは、もともと存在していないのです。すべての人の人生は出会いによってだけ築かれていくのです。

現在の自己は、未生《みしょう》からの出会いの結実とも言えるのです。出会いは、人間同士とは限りません。それは、生《いのち》と生の触れ合いですから、生命エネルギーの交感さえあれば、自己と「すべてのもの」との間に出会いが生じます。人間は「崇高」とも出会うが、「卑俗」とも出会う。またあらゆる「物」とも出会います。瞬間に、人生上の最大の出会いを得ることもあるが、家族と一生にわたって出会わぬ場合もある。それが、文明の織り成す「生命」であったのです。我々は、出会いと別れによって、自己の真の生命と文明社会との「関係」を認識してきたのだと言えましょう。

だから、出会いとは自己認識の道であり、また真の別れを経験するためにも必要となるのです。まず、真の出会いを経験するには「無限なるもの」「永遠なるもの」に通じる「何ものか」に繋がっていると思える出会いをしようとしなければなりません。これは、日常に流されて生きる我々にとっては、すべての者が心しなければできないことなのです。いま、私は自己の経験を通して、このわかりにくい事柄を説明していきたいと思っています。

出会いについて考え始めた端緒は、ドイツ系ユダヤ人の哲学者マルチン・ブーバーの『孤独と愛――我と汝の問題』に示された、真の出会いについての考察に触発されたときに遡ります。現在は別な人の訳として、岩波文庫から『我と汝・対話』という本も出ています。私は先の創文社版を元に、レクラム版の原書と照らし合わせながら読みました。そしてブーバーの思想は、私の生命観を形創った根源の一つとも言えるものになったのです。

それに加えて道元の『正法眼蔵』です。私は道元とブーバーによって、自身の中に出会いとその結果としての別れの本質が哲学的に構築されたと思っています。この二冊の書物は、四十年以上にわたって私に「崇高なるもの」「無限なるもの」の本質を放射し続けてくれているのです。二人との出会いが、私のもっとも大切な真の出会いそのものでもあったのです。この出会いは、フランスの哲学者モーリス・メルロ＝ポンティが「私は垂直のデカルトを学んでいるのだ」と言った、その出会いと同じものだと思っています。

普通は、身心分離による二元論の哲学を樹立したデカルトを学ぶのですが、メルロ＝ポンティは、その理論を創る前の、生身のデカルトと出会っているのだと言っているのです。彼はデカルトを慕い、魂の同一性を実感していたのでしょう。その結果、自己自身の中ではデカルトが生き続けていた。そして、それがメルロ＝ポンティの哲学の基礎を形創ったということです。それと近い意味において、私にとってのブーバーは「垂直のブーバー」であり、道元も「垂直の道元」なのです。つまり、その生命そのものから滴る何ものかと触れ合ってきたと私は思っているのです。まさに「垂直とは、永遠を志向する生命から放射される希望そのもの」と言えるのではないでしょうか。

我と汝の問題

まずは、ブーバーの「出会い」についての考え方を見ていきたいと思います。ブーバーは、この世でいちばん大切な「出会い」(Begegnung) は「われ―なんじ」(Ich-Du) の関係であると断言しています。これにもう一つ付け加えているのが「われ―それ」(Ich-Es) です。それは、また彼でもよく、彼女でもいい。何かの「物」でも当然いいわけです。この二つの「関係」(Beziehung) をブーバーは根源語 (Grundwort) と名付け、すべての人間的価値観の基礎としています。この二つは、また対応語になっており、「われ」や「なんじ」、または「それ」が単独で用いられることはありません。すべては二つの相互関係の上だけに存在しているのです。必ず「対《つい》」になっているということです。

それでは、「われ―なんじ」そして「われ―それ」の違いについて見ていきたいと思います。まず「われ―なんじ」は、真の体験 (Erleben) を育むものであり、全人格を傾けての出会いを招くものです。それはいのちの響き合いを持ち、その交感が存在する関係であり、相手の中の「永遠」につながるものを見る関係だと考えればいい。「われ―それ」は、単なる経験 (Erfahrung) であり、日常と言ってもいいでしょう。ただ、これも根源語ですから、人間生活にとって悪いものではありません。現代的な意味における、人間疎外が生まれる前のごく普通の生活と思えばいいのです。

根源語になっていない分離した「われ」「なんじ」「それ」は、非人間的存在であり、すでに人間疎外に陥ってしまっている現代の物質主義とも言えます。根源語は、人間の生命中心であり、物質主義の思想は扱っていません。したがって現代の物質文明は、人間生活の共通認識であった対応語による「関係」からすでに逸脱し、人間的意味をなさない「化け物」になっていると言えるのです。

ブーバーの言う「われ―なんじ」を考えるとき、日本では「永遠につながる」という概念で多くの人がつまずいてしまいます。これは、一神教の文化を持たぬ国では、しかたのないことだと思います。しかし、それで思考を停止させないことが何よりも大切な事柄なのです。私流に言えば、わからないなら、ブーバーという偉大な宗教哲学者を信ずればいいのです。ブーバーは、信ずるに足る人物だと私は断言できます。ヨーロッパの多くの大学者が、彼の哲学を仰ぎ見ているのです。物事を明らかにしようと思うとき、信ずることがいちばん大切であるとも知ってほしいと思います。

ともかく、「永遠」という概念は、確かに日本人にわかりにくい。しかし、世界の文明を考えるなら必ず自分なりに得心しなければなりません。「永遠」は、宗教的なのです。ただし生命とは、ブーバーに言わせれば神を志向し、永遠を考え目指すものだということです。自分もそうだし、相手の生命の中にもそれを見なければなりません。相手が永遠の中から出てきた崇高な生命の一つであると思うと、初めて「われ―なんじ」の関係になっていけるのです。そして、その出会いを自己に与えられた運命として捉えることが重要になります。

すべての出会いを、その善し悪しは別として、自己の運命の一環と捉えたとき、その出会いには初めて意味が見出されてくるのです。これが、この世に生まれそして何ものかに出会うための、最初の心がけと言えるでしょう。これは自然に思えるものではなく、そのように思わなくてはいけないことなのです。そう思えることを、昔は「素直」と言った。そのように思うことで、初めて出会いが訪れてくるのです。その思いがないならば、人間は生まれて死ぬまで、誰とも出会わず、誰とも別れず、何ものとも触れ合うことはありません。

ブーバーによれば、生命的な価値を有する人生においては、単独の「われ」とか、単独の「なんじ」、単独の「それ」は存在しません。すべてが「われ―なんじ」「われ―それ」の関係なのです。『孤独と愛――我と汝の問題』の第三篇の冒頭に、私がもっとも重要だと思うことが書かれています。「われとなんじの関係を無限に延長すれば、われは永遠のなんじと出会う」(Die verlängerten Linien der Beziehungen schneiden sich im ewigen Du.) というものです。逆に言うと、「永遠のなんじ」を感じなければ、初めから「われ―なんじ」の関係にはならないのです。

この「なんじ」なるものは、人の場合もあるし、物質でも思想でもいい。人間は、崇高とも高貴とも出会う。また神秘、悲哀、そして悲痛や苦悩とも出会います。それらの存在価値と自己のいのちが触れ合えば「出会い」なのです。生命というのは単独では存在しません。生命は必ず「われ―なんじ」の関係でしか触れ合わないのです。つまり、「われ―なんじ」の相互性が生命の出会いのすべてだということです。

それでは、孤独な人とはどういう存在なのでしょう。西欧的な真の孤独は、ブーバーに言わせると、神と自己の間における「われ―なんじ」の関係だということです。だから、本当は孤独ではない。ブーバーは、孤独を出会いの基礎においています。もちろん、人間疎外としての孤立は、ここでは問題としません。孤立は、間違った自己の存在により、何ものとも出会わぬ人生の結果にすぎません。

だから、生命には真の孤独はないということです。永遠と、その呼称とも言える神がある限り、絶対的な孤独はないのです。東ローマ帝国の神学者シメオン (Symeon) は「孤独なる神よ、孤独なる我れのもとに来たれ」と叫び、孤独の本質を説いていました。実は孤独は、すべてのものと「われ―なんじ」の関係を樹立する基本ともなる考え方なのです。ブーバーは、「人生は、その一回性（die Einmaligkeit: ディー・アインマーリヒカイト）の恐るべき眼差しにさらされなければならない」と言っています。孤独でなければ、一回性を見極めることはできないのです。

この一回性の恐るべき眼差しにさらされなければ、すべてのものに「われ―なんじ」を感じることはできません。人は永遠に向かう一回性の流れの中で、自己の生命の価値が試されているのです。だから、そのことを把握して、一回性の流れの中に身を捧げる覚悟が求められるのです。それを認識した人だけが自分の運命を信ずることができ、「何ものか」と出会うことができる。ブーバーが言っているのはそういうことです。

二つの運命の交叉

出会いについて、ブーバーは自分と他の「何ものか」との「出会い方」について「運命の交叉《こうさ》」という言葉を使っています。きょう私の身に起こっていることは、宇宙の中で今後二度と起きることがない自己の運命です。それがわかると、他者の運命というものもわかるようになる。つまり他者の尊厳がわかるようになる。そうすると、自己の運命と他者の運命が交叉する場所を見つけることができる。そこが出会いの場所なのです。「何ものか」と触れ合うとは、巨大な宇宙的実存の「悲しみ」を直視することなのです。

これに関しては、フランスの詩人、ポール・ヴァレリーも同じことを言っています。「自己の運命と他者の運命という二つの運命の交叉が出会いである」と。交叉は「キアスマ」(chiasma)と言います。そこから、真の自己が生ずるのだということを言っているのです。これは出会いを考える参考になる言葉だと思います。このキアスマという言葉を私は詩的にことのほか好きなのです。これはラテン語です。いまでは解剖学の専門用語として残っています。英語にも取り入れられています。

つまり、出会いとは、運命とも言えるのです。二つの生命がもつ運命が交叉し、出会いが生まれそれによって初めて真の自己となる。ここではっきり知っておかなければならないのは、運命の交叉によって出会いが生じても、それがそのまま幸福や成功につながるわけではないということです。価値があるのは出会いそのものなのです。そこに含まれる、生命的、宇宙的そして文明的価値観そのものです。だから、出会ってすぐに死んでしまってもかまわない。そう思わなければ真の出会いは生まれません。

運命の交叉で思い出すのが、ドイツの哲学者フリードリッヒ・ニーチェの有名な逸話です。一八八九年の一月三日に、ニーチェはイタリア・トリノのカルロ・アルベルト広場で、御者に鞭打たれ苦しみに喘《あえ》ぐ馬を見た。馬の悲痛なる運命に感応したニーチェは、御者を払いのけて馬の首筋に抱きついて哭《な》き続けたそうです。そのあとニーチェは発狂し、死ぬまでの十年間を薄明の中に生きた。ニーチェは生きたまま死に、「永遠のなんじ」との交感を続けていたに違いありません。

ニーチェはその『ツァラトゥストラかく語りき』の冒頭において、太陽へ向かってツァラトゥストラをして語らせています。ツァラトゥストラとはニーチェ自身のことです。「彼は暁の朱と共に起き、太陽の前に歩み出で、かく語りかけた。〈なんじ大いなる天体よ! もしなんじにして照らすべきものなかりせば、なんじの幸福はそもいかに?〉」(竹山道雄訳)と。ここに「われ―なんじ」の関係があるのです。

自己と太陽は、ツァラトゥストラにとって「われ―なんじ」であったのです。ニーチェはそのような志向を持った人間でしたから、トリノで悲痛なる叫びをあげていた馬のもつ生命の悲哀に感応し、そこに運命の交叉が生じたと私は思います。馬の悲痛を自己との関係における「なんじ」と捉えることができたのです。ニーチェのこの逸話が素晴らしいのは、成功例ではないからです。本当に素晴らしい出会いのあとで、ニーチェは発狂したからこそ、この逸話は輝いているのです。つまり、発狂することによってニーチェは永遠になったとも言えます。

発狂そのものが、歴史に衝撃を与えたのです。いまニーチェが読まれているのは、ニーチェが発狂したからです。あのままニーチェが幸せに暮らしたら、おそらくニーチェの哲学は捨てられていたと私は思います。現に『ツァラトゥストラかく語りき』が発表された時点では、四人しか読んでいません。ニーチェは、何度もそれを読み直し、いつでも涙を流していたそうです。ニーチェは、自己の著作との間にも「われ―なんじ」の関係を築いていたのです。

また、三島由紀夫が永遠になったのも、最後に切腹して果てたからです。切腹は三島の最後の文学です。あれが三島の文学だということがわからなければ、三島文学は永遠にわかりません。三島は、文学が失われつつある日本において、自己の文学に永遠性を与えるために切腹したのです。三島にとって、文学に殉ずることは、そのまま日本のためになることであった。つまり三島は、「文学」・「武士道」・「祖国」それぞれとの間に、「われ―なんじ」の関係を結んでいたと言うことです。

火を噴く今

日本文化との関係で見ても、ブーバーは面白いことを言っています。「われ―なんじ」「われ―それ」というように、ブーバーは人間の根源に「関係」(Beziehung) をおいています。この「関係」とともに、ブーバーは「距離」(Abstand) が大切だと言っているのです。これは、日本流に言うと「間《ま》」です。日本文化の価値を支える美学は「間」ですが、ブーバーも「間」が大切だと言う。「関係」が根源にあるが、真の出会いには「間」が大切で、必要以上に近づいてはいけないと言うのです。私はここにユダヤ思想と日本思想の近さを感じます。昔、「日ユ同祖論」などと言って騒がれたこともあるように、確かに日本とユダヤには親和性を感じるところが数々あります。

ブーバーは、「間」の感覚を持っているのは人間だけだと言っています。それは人間には、自分が固有の存在であるという認識に裏打ちされた「自己」があるからだと言っているのです。この自己があって初めて他と関係を結ぶことができる。「間」をわきまえる力がない人間は、「われ―なんじ」の関係は結べません。それが結べない人間は、人格もなく、自由もなく、尊厳もなく、愛もない肉の塊にすぎないと、ブーバーは書いています。つまり、日本流に表現すれば、甘えにどっぷり浸った人間には「われ―なんじ」の関係は結べないということです。

土居健郎の『甘えの構造』を持ち出すまでもなく、甘えに浸った人間には、他の生命との出会いは絶対に訪れません。これは現代社会の問題とも言えます。そして、出会いがなければ自分の人生も始まりません。出会いは、屹立《きつりつ》した精神が行なうものなのです。「出会いは生活を支える助けにはならない。永遠なるものを感ずるための助けとなるだけである」とブーバーは語っています。

改めてブーバーの「われ―なんじ」をまとめておきます。それは、「われ―なんじ」で一組であり、「われ―なんじ」という関係がわかることによって本当の「われ」が生まれ、「なんじ」も存在を始めるということです。そして、「永遠のなんじ」に行き着く存在が「われ―なんじ」のなんじなのです。「われ―それ」のそれは、なんじと成らぬ限りは合理的文明が生み出した仮構にすぎないのです。

どちらにしても、本当の「われ」がなければ、「なんじ」は存在しないのです。二十世紀最大の神学者といわれるカール・バルトの著作の中に「現実的人間」(der wirklichkeit mensch: デア・ヴィルクリヒカイト・メンシュ)という言葉が出てきます。そして、「永遠なるもの」に結び付いている真の自己認識を得ている人間以外は、「現実的人間」ではないとカール・バルトは書いているのです。現代では「現実的人間」と言えば物質主義の実務家という意味に捉えがちですが、実は永遠なるものを垣間見《かいまみ》た人間こそが、世の中を正しく見据えることのできる真の「現実的人間」なのです。永遠を志向しなければ、実は現実も正しくは見ることができないのです。

これは厳しい見方かもしれませんが、厳しくない真実はないのです。もともと生命は厳しく悲しいものです。その厳しさを受け入れると、ブーバーがぐっと身近な存在になってきます。また、ブーバーの思想によると、出会いにとって必要な自己の行動に、「本質行為」(wesenstat: ヴェーゼンシュタート)と言われるものがあります。これはブーバーが創った用語です。

本質行為とは、「永遠のなんじ」に向かう「われ―なんじ」の出会いとその相互関係です。全身全霊をあげて、我《われ》の生命と汝《なんじ》の生命の間に火花を散らすことなのです。ブーバーは精神の火花のことを

「フンケ」(funke)と言っています。そしてそれを、精神の聖なる煌《きらめ》きと呼んだのです。これが出会いを招く。その聖なる煌きが、垂直に燃え立ついのちの炎となって出会いを包み込むのです。これは道元の、「火を噴く今」と同じものだと私は思います。私はここにおいて、ブーバーの思想と道元思想の核心が交叉していると考えているのです。

そしてテオドール・リップスという美学者がいます。美学の神と呼ばれた人物です。彼には『美学』という著作があり、その中で「本当に芸術と出会いたいなら、その対象に対する自己の感情移入(die Einführung)が必要だ」と言っています。感情移入とは自己移入であり、自分をその中に入れなければ芸術はわからないと言っているのです。ブーバーに比べるとはるかにわかりやすいです。それはリップスが範囲をせばめているからなのです。しかし、ブーバーも同じ意味のことを言っているのです。リップスはあくまでも芸術について語っているだけです。それに引きかえブーバーは文明の本質、そして生命と宇宙の本質を語っているのです。

自己の運命という不合理を信じよ

ブーバーの『孤独と愛――我と汝の問題』とともに、私が出会いについて考える基準にしているのが道元の『正法眼蔵』です。この中の「有時」に、「我《われ》、人に逢《あ》うなり。人、人に逢うなり。我、我に逢うなり」という言葉があります。若き日に、この言葉に出会った私は衝撃を受けました。それから四十年以上この言葉について考え続け、この言葉の中に出会いのすべてがあると私は考えるようになったのです。

最初の「我《われ》」は我欲の自己です。その自己が人でもいいし、物でも何でもいいですが、何かに会う。これが一般の出会いで、日常性を出ることはありません。「経験」だけの世界です。その次に「人、人に逢うなり」は何かというと、もう我欲の自己を捨てた普遍的な自己認識のある人間が、生命の尊厳を感ずる人やものに会う。つまり、この「人、人に逢うなり」が「われ―なんじ」の関係になっていくのです。

最初の「我、人に逢うなり」のときは、「われ―それ」の関係を一歩も出ていないということです。次の「人、人に逢うなり」となって、初めて生命と生命が出会ったということになるのです。そして「我、我に逢うなり」が、「永遠のなんじ」に至る出会いを表わしています。ここでは自己の欲はすべて捨てられています。真の出会いによって真の自己を知り、真の自己に出会って初めて「永遠のなんじ」に出会うことができる。

「永遠のなんじ」とは、相手でもあるけれども自分でもあり、自分の命と相手の命が同じものから来ているのだということがわかることなのです。そして我々の生命は宇宙によって生かされ、そこに戻っていく存在なのだとわかり合える「関係」です。そのときには、当たり前ですが、我《が》による自己などはまったくありません。あるのはいのちを愛しその輝きに生きる「存在」があるだけです。

先ほども言いましたが、道元の根本思想は「火を噴く今」です。これは私が道元の思想を表現するために用いている言葉です。生命の煌きと出会いを大切にするブーバーの思想と同じであり、「火を噴く今」を大切にすることが真の出会いを生むということです。また、ヨーロッパの哲学に興味のある人ならば、実存主義の哲学で使う「Hic et nunc」（ヒック・エト・ヌンク：いま、ここで）というラテン語の思想もこれに近いものだと知っておくと面白くなります。

『正法眼蔵』の「現成公案」の中に、「火を噴く今」という思想を表す表現があります。それは「生も一時のくらゐなり、死も一時のくらゐなり」というものです。「位」というのは、瞬間という意味に近いのです。分離したときのことを言う。だから、生もいっときの瞬間であり、瞬間だから永遠につながっている。死も瞬間であり、瞬間だから死も永遠につながっている。われわれは生きていて死んでいるし、死んでいて生きているということです。すべてが「火花」なのです。

人間は、生きながら死に、死にながら生きる。つまり、すべてが瞬間であるから、それは永遠につながるというのが道元の思想です。これをブーバーの思想と絡め合わせると、「瞬間が永遠と交叉するとき、そこに出会いが生ずる」ということです。これは詩的な表現です。物事を深く理解しようとすれば、詩的な表現で思想を摑まなければなりません。

何かと出会うのにもっとも大切なことは、自己を捨てることです。だから、出会いとは詩そのものなのです。具体的に言うと、好き嫌いですべてを判断している自己をなくすということです。その自己を乗り越える。乗り越えること自体が「詩」なのです。

ありのままを悲しみ、ありのままを受け入れるのです。もちろん、ありのままを憎み、ありのままを嫌うということにもなる。そういう人だけが真の出会いを迎えることができる。「現成公案」の中に道元はこんな言葉も残しています。「花は愛惜《あいじやく》に散り、草は棄嫌《きけん》に生《お》ふるのみなり」。

花は散っても人が悲しんでくれるし、美しく見える。そして、惜しまれても散らなければならないのです。草はみなが忌み嫌っているけれど、どんどん生えてくる。どんなに好きなものでも散るものは散るし、どんなに嫌いなものでも生えるものは生える。そして、それはみな尊いいのちである。散るから悪いわけではないし、生えるから悪いわけでもない。だから人生の一回性に向かうには、好き嫌いをなくし、自己の運命を信じて、そこに身を投じなくてはならないのです。

好きなことばかりして生きたい人は、一回性に自分を投じることはできない。人生の一回性がわからなければ、永遠を理解することはできません。そして、一回性がわかり、そこに身を投じることができれば、人は自由と出会い、そして運命と出会う。そして崇高と出会い、悲哀と出会い、悲痛とも出会うのです。何と出会っても喜びそして悲しみ、その出会いを抱きしめる。そうすることで人は「永遠のなんじ」と出会うことになるのです。

この道元の思想の中に、私は不合理の極みを見ました。だから信じられる。ローマ帝国末期の哲学者テルトゥリアヌスの言った「不合理ゆえにわれ信ず」(Credo, quia absurdum)です。また丸山眞男は『日本の思想』の中で、「理性的、合法則的なものをどこまでも追求して行く根源の精神的エネルギーはかえってむしろ非合理的なものである」と述べています。

つまり、不合理なものの追求が、「永遠なるもの」「崇高なるもの」につながる。そして「永遠のなんじ」に出会うのです。自己の運命という不合理を信じなければ「永遠のなんじ」には出会えない。自己を信ずるには、この世の悲しみも不幸も、そして不合理も、そのすべてを受け入れなければならないのです。幸福にだけなりたい人、そして成功だけを望む人には、出会いという生命の哲理は永遠にわかりません。

三浦義一と「永遠のなんじ」

ブーバーと道元を理解するうえで、その手助けをしてくれたのが反骨と悲哀の歌人、三浦義一の歌でした。三浦義一には『悲天』という歌集があります。三浦義一と私は、我と汝の関係に生きる魂の親友です。我が親友である三浦義一の歌と格闘すること数十年にして、私は『正法眼蔵』と真に出会い、ブーバーの『孤独と愛——我と汝の問題』の全体的理解ができたのです。

『正法眼蔵』の理解に役立った義一の歌として、まず挙げたいのが「わが父と　思ふべからず　天地《あめつち》の　寂《さぶ》しきがなかに　我れを生《い》きしめ」です。私はこの歌の精神と、義一の悲しみによって幸福を求めない人生を受け入れることができました。

次に挙げたいのが「わが母と　思ふべからず　桜花　散りゆくなかに　われを生《う》ましめ」です。私は生命のもつ不合理に哭き続けたのです。我々は、死ぬために生まれた。私はそれと格闘したのです。それが私と歌そのものとの真の出会いを導いてくれました。その結果なのでしょう。ここにおいて私はすべての不合理を受け入れることができたのです。

そして、この二つの歌を吟味していくうちに、道元の「我、我に逢うなり」がすべて腑に落ちたのです。つまり私の中に、その「解《かい》」が立ち上がったのです。そうすると、ブーバーの「われ—なんじ」の全体的理解もできるようになった。私の中で、生命の躍動が有機的に結び付きを始めたのです。私は、永遠を垣間見たと、自分なりに思えるようになったのです。

この時期にもっとも感動したのが「現《うつ》し世に　また逢ふべしや　うつし世に　生きて寂《さぶ》しゑ　死にてさぶしゑ」という義一の歌でした。「生きて寂しえ　死にて寂しえ」がわからなければ、出会いはわからない。私は三浦義一のいのちと真に出会うことによって、自己のいのちとも出会ったのです。「我、我に逢うなり」です。真の出会いとは「悲しみ」そのものです。生命の悲しみを知らなければ真の出会いはこないということです。

生命の雄叫びに、我れが触れるのです。あらゆるいのちがかかえる悲しみを、我がうち深くに受け入れ、そして愛する。それが出会いなのです。生命の悲しみを抱える者同士が、お互いの生命がもつ尊厳を見つめ合うのです。出会いがなければ愛はなく、愛がなければ別れはありません。そして、別れがなければ死もありません。そうなのです。「永遠のなんじ」と出会わない人間には、死はありません。

もちろん、人間の死は、ということです。生物として腐り果てる死はいかなる動物にもあります。三浦義一の歌によって、私はブーバーと道元の思想を自分のものとすることができ、「永遠のなんじ」を自分なりに見ることができるようになった。そうなって初めて、この世の不条理に自分の人生を投げ込むことができるようになったのです。不条理の中に自分の人生を投げ込むことによって、いろいろな人との出会いが生まれるようになってきたと思っています。

これは、そのまま不条理の哲学者アルベール・カミュとの真の「出会い」を私に感じさせてくれたのです。カミュは面白いことを書いています。三島由紀夫が最後の電話で私に言った『シジフォスの神話』の言葉です。「幸福なシジフォスを思い描かねばならぬ」(Il faut imaginer Sisyphe heureux.)です。不条理の中に人生を投げ込むことができれば、いかに不幸に見える人生を送っても、最後には幸福を感ずることができるということです。

幸福を求める人間は、幸福を得ることができない。カミュが『シジフォスの神話』や『異邦人』で言っているのは、不条理こそが本当の幸福を生み出すということだと私は思います。それを三島由紀夫も感じ、自死の前の電話で私に語った。カミュが『シジフォスの神話』を「幸福なシジフォスを思い描かねばならぬ」という文で閉じたことの意味を強く抱き締めたいのです。

シジフォスの神話は、永遠の苦役を繰り返さなければならぬ運命を生きる不幸を描いた神話です。しかし、その物語が幸福の名の下に閉じられている。カミュはこのシジフォスの運命を愛することができる人だったのです。だから、カミュとシジフォスは出会うことができ、「われ―なんじ」の関係になることができたのだと思います。

私が三浦義一の歌やカミュの文学に出会えたのは、ドストエフスキーの『罪と罰』を読んだことによります。その中で、ラスコーリニコフの親友のラズーミヒンが、「自分たちはあまり物事がわかっていないけれど、どんなでたらめをやっても、心さえ歪んでいなければ、最後には必ず正しい道に到達すると思っている」という趣旨のことを語る場面があるのです。私はここにすごく感動を覚えました。このときから、私は「わからぬもの」「不合理」なものをも嫌ってはならないと思う心が芽生えてきたのを覚えています。文芸批評家の桶谷秀昭も、若いときにこの同じ箇所に感動したとどこかに書いていました。何か、嬉しいものを感じたので覚えているのです。

つまり、合理的に価値あることばかりを追いかけても、人間は決して高みに達することはできないのです。これが埴谷雄高の著書、『不合理ゆえに吾信ず』につながる考え方です。私はドストエフスキーとの出会いがあったから三浦義一やカミュに出会い、ブーバーや道元とも出会うことができたと思います。ドストエフスキーとの出会いを導いてくれたのは、ベートーヴェンでした。出会いにおいて何がもっとも重要かというと、それは自分のもつ運命を信ずることです。日本流の表現をすると縁を大切にするということです。

私はモンテーニュの『随想録』が好きでよく読むのですが、第一部の二十八章の中に出会いについての最高の言葉があります。それは、モンテーニュが親友であるラ・ボエシーとの友情を他人に尋ねられたときの言葉です。どうして、君たちはそんなに心が通じ合えるのかと他者に問われたのです。その時の答えです。

「それは彼であったから、それは私であったから」(Par ce que c'estoit luy, par ce que c'estoit moy.) というものです。これが史上最高の友情論として歴史に残っているのです。偉大な言葉だと私は心底から思います。

モンテーニュとラ・ボエシーが、二人とも自分を信じて生きていたからこそ出てきた言葉です。この言葉が残ったのは、「我と汝」につながるキリスト教文化があったからで、日本人が語ったとしても背景となる文化が違うので、残ることはなかったと思います。こういうところに私はヨーロッパの偉大さを感じます。こういう言葉を吐けたモンテーニュという人間は、間違いなく本気で不合理に立ち向かい、悲劇的で悲痛なる人生を送ったと思います。そうでなければ、こんな言葉は出ません。

私は、不合理を愛することによって、真の出会いを手に入れてきたと思っています。出会ったものの中に、いつでも別れの悲痛を感じながら生きてきたのです。それが私を出会いへ導いてくれた。わからぬものを愛することは、辛いことであった。しかし、それが私に出会いをもたらしたのです。

出会いとは、燃え上がる炎なのです。芯が、青く透き徹る涙のような炎です。出会いは、我が人類がもつ崇高なる神秘であり続けるでしょう。そして、我々の未来へ向かって、垂直に燃え立つ憧れを送り届けてくれるに違いありません。

そして、生命のもつ悲哀を知らなければならぬ

孤独ということ

魂を求め続けよ

人間が立ち上がるには、「孤独」がことのほか大切です。孤独の中にあってだけ、人間は自己の道を貫くことができるのです。そして、人間の絆も関係も、それぞれにおいて孤独な人間の間にしか成立しないのです。孤独でない人間の人間関係は、相互依存の関係にすぎないことは誰の眼にも明らかなことでしょう。私が培ってきた孤独の意義について述べてみたいと思っています。

まず、孤独について考え始めたのは、小学校六年のときにまで遡ります。その頃、高一だった兄の漢文の教科書に、柳宗元の「江雪」という五言絶句が載っており、それを遠目に見たのがきっかけとなりました。そこに添えられていた南画が醸し出す、何とも言えぬ幽玄と、その清冽な佇いに惹《ひ》きつけられました。その南面を謳《うた》うこの詩が、その状景をよく表わしていたので強い魅力を感じたのです。それは、崇高で孤高な哀しみを湛えた南面でした。そして詩は、高貴性の中に野蛮性を湛えていたのです。

千山鳥飛絶
萬逕人蹤滅
孤舟簑笠翁
独釣寒江雪

千山、鳥飛ぶこと絶え
万逕人蹤《ばんけいじんしょう》滅す
孤舟簑笠《こしゅうさりゅう》の翁、
独《ひと》り寒江の雪に釣る

（明治書院）

私は、この詩を何度も口誦した後、その意味と音韻に神秘的な崇高性を覚えざるを得ませんでした。すぐにこれをノートに写し記憶して、毎日口ずさんでいたのです。うちの近所に児童文学で高名であった坪田譲治さんが住んでいて、あるとき、目白駅に行く途中で出会いました。私は前々から、可愛がっていただいていたので、この詩の話をしたら、坪田さんは「それはおそらく孤独の語源になっている詩ではないか」ということを教えてくれたのです。

確かに、よく見ると転句と結句の冒頭の文字をつなぐと「孤独」になります。そのとき、孤独とはものすごく美しいものだという印象が私の中に打ち込まれたのです。もしかしたら、この詩について語る坪田譲治さんの魂に宿る、そのロマンティシズムの感化を受けたのかもしれません。そしてその翌日、たまたまある雑誌を見ていたら、ムンクの有名な「叫び」という絵が出ていたのです。私はそのときに、解説者が、この絵は孤独ではなく、疎外と孤立を表現していると説明していた。

孤立とは何とも気味の悪いものだという印象を受けました。この二日間で、孤独はものすごく美しく、そして孤立はいたって気持ちの悪いものだという印象が打ち込まれたわけです。それが、自己の生涯を決定するような思想に育っていく概念との出会いだった。だから、ただただ自己の運命の幸運を感ずるのです。

現実の社会において、孤独と孤立は混同して使われています。それが、孤独の印象を悪くしている。孤独を多くの人が嫌うのは、孤立と勘違いしているからなのです。孤独は人間形成の核になるものであり、孤立は人間性を喪失した状態を言うのです。実際には、この二つの概念は正反対なのです。だから、勘違いでは済まされません。

英語では一応使い分けられています。孤独は「solitude」、孤立は「loneliness」です。現代社会の人間の「疎外」をあつかった社会学の名著に、アメリカの社会学者デヴィッド・リースマンの『孤独な群衆』があります。この原題が『The Lonely Crowd』なのです。だから、本来はこの本は『孤立した群衆』と訳すべきです。孤立だから、疎外という社会問題を引き起こしているのです。孤独なら、社会の知的水準が高くなるだけで良いことずくめです。物事の本質を明らめようとするとき、言葉の使い方は何よりも大切になってくるのです。

さて、私は孤独を次のように定義しています。「自己固有の魂を求め続ける人生が招く生き方であり、それは必ず高貴さを伴う」と。ここにおいて、自己固有とは、ただ一つの生命である自己がどのように、普遍的な生命や遍満する宇宙と結び付いているかの探求と言えます。孤独の特徴は、その高貴性にあります。それは、崇高や孤高と言った概念に向かうものです。だから、ごつごつしていて他者をして畏敬の念を生ぜしめるものなのです。

それに引きかえ、私は孤立を「自己固有の魂の醸成を放棄した生き方の結果もたらされるもので、それは人間性の喪失を招く」と定義しています。魂の醸成を放棄すると、人間は必然的に孤立化していくのです。それは、普遍的価値観との交流を自らが放棄したからにほかなりません。ルーマニアの哲学者エミール・シオランは、孤立を「魂の喪失としての生《せい》」(La vie comme une perte d'âme.)と表現しています。そして動物のように、「集団」の一員として棲息していくことになるのです。シオランもやはり、孤立の特徴として、魂の喪失を挙げています。人間は魂を喪失すれば原子化した動物としての自己しかありません。また、ドイツの詩人ライナー・マリア・リルケの『新詩集』にも、「自らを失うものは、すべてに見放される」(Die sichverlierenden läßt alles los.) という言葉があります。自らを失うものになっていくのが孤立で、自らを創ろうとする行動が孤独なのです。つまり、この二つの対立概念が混同されているのだから、よくよく仕分けをしなければならないのです。

ただ一人の自己

孤独の思索を深めるために、ここで孤立についてもう少し考えておきたいと思います。それには、先ほど挙げたリースマンの理論が手助けになります。リースマンはその『The Lonely Crowd』の中で、「孤独は、個人の努力でなされるが、孤立は社会の圧力に負けることによってなされていく」という意味のことを語っています。だから孤立は、社会的な人間の「疎外」(英語で alienation/独語で Entfremdung) と名付けられているのです。

そして、孤立に向かう道筋に撒かれている餌が「保証」なのです。ここにおいても、我々は人類最古の英知である「デルフォイの神託」を思い出すべきでしょう。その一つは「保証、その脇に災難あり」と刻まれています。保証は、人間の生きる力を奪います。なお、個人の間の概念である「保証」が集団に拡大された場合に、「保障」という概念に変化していくことも知っておくと、考えるための基礎作りになると思います。そして、保証という考え方を人生に導入することによって、孤立が進んでいく。孤立とは個性ある「個人」を失った人間の末路なのです。

ただ、現代においては、「個人」を失うことがいたって楽に見えるのです。現代人は、理屈でものを考えるため、本能的な英知において昔の人よりも劣っています。理屈では、安全で便利なものは良いに決まっているのです。だからそちらに流されてしまう。この流されていく人間を、リースマンは「初期的減退」(Incipient Decline of Population) 社会独特の「他人志向型」(Other-directed Types) 人間という有名な概念にまとめています。

つまり、理屈を情緒的に使いこなすマスコミに操作される「大衆」です。この「個人」を失った「他人志向型」人間を待っているものが「疎外」なのです。現代人は、「群衆として孤立化」することによって「家庭の孤立化」を招き、その結果「個人の孤立化」に至る。そして、結果として「魂の喪失としての生」へと転落していくのです。

これを防ぐものこそが孤独なのです。孤独者は、社会的圧力による「群衆としての孤立化」を、独立自尊によってまぬがれることになるのです。孤独な過程を生き続けなければ、人間は絶対に自らを創ることはできません。それは、人類の文明が誕生して以来の鉄則なのです。

フランスの作家アンドレ・マルローは、その『人間の条件』の中で、「ただ一人の自己 (solus

ipse）という比類なき怪物（le monstre incomparable）」に絡めとられると、孤立が襲ってくるという意味のことを書いています。つまり「自己の限りなき肥大化」です。この「ただ一人の自己」というものを、宇宙や生命の哲理と繋がる孤独なる自己固有の魂と捉えるか、マルローの言うように動物的な「比類なき怪物」として野放しにするかで、生き方が正反対になってしまうのです。現代の社会は比類なき怪物である我欲や我執にまみれた水平社会です。水平とは、すべての人間が平等の名の下に、原子化されアトム化されて、動物的な生を送る結果になっていることを言います。

水平は、高く清いものを求めることのない生き方によって生まれるのです。その社会は、横並びで、自らの信念を持たない人々で構成されている。こういう社会で自己を確立するのはなかなか困難です。しかし、やる人はやる。この水平社会において、自己を確立しようとすれば垂直に生きるしかありません。垂直に生きるとはつまり、「絶対なるもの」「崇高なるもの」そして「永遠なるもの」を求めて生きるということです。

現代のような水平社会では、垂直に生きようとすると変わり者だと見られがちです。そういった非難に耐えながら垂直に生きていかなければ絶対に孤独にはなれないのです。そのためには、自己の運命を信じるしかありません。自己の運命を信じるには、運命への愛（amor fati: アモール・ファーティー）を持たなくてはならない。これがないと、孤独な人生には絶対に入っていくことはできません。孤独に生きるには、覚悟がいるのです。

それでは、運命への愛を持つとは、具体的にはどういうことでしょうか。それは、不運と不幸を受け入れることを言います。その気持ちがあれば、覚悟が据《す》わります。そうすれば、崇高なる何ものかが見えてくるのです。それが見えれば、自己は「永遠なるもの」と出会います。どのようなことがあっても、それがたとえ死であっても、自分に起こることは価値があると信じることです。自己に与えられているものをすべて、「よし」とする精神です。そして、自己の運命を信じ誇りに思わなければなりません。それは、自己に与えられているものすべてに「何らかの価値」を感じ「大いなるもの」に繋がっていることを感ずることなのです。

孤独の敵は我欲

私は彫刻家のロダンに、孤独のもつ崇高と永遠を感じます。ロダンは、孤独の中で生き、孤独なまま死んでいった代表的な芸術家です。その生涯は、あのリルケによって類い希な美しさで描かれています。リルケの『ロダン』は、それ自体がひとつの芸術です。その『ロダン』の冒頭にこうあります。

「ロダンは名声を得る前、孤独だった。だが、やがて訪れた名声は、彼をおそらくいっそう孤独にした」(Rodin war einsam vor seinem Ruhme. Und der Ruhm, der kam, hat ihn vielleicht noch einsamer gemacht.)。ここには「孤独の思想」が語られています。孤独の敵は我欲です。名声を得たい、成功したいという我欲に呑み込まれると、絶対に孤独にはなれません。孤立を招くだけです。ロダンは最初からそういうものを求めず、また有名になってからも求めなかった。

つまり、孤高がロダンを創ったのです。ロダンは、ダンテとボードレールを愛し、その文学の中に永遠を志向して生き続けた。その生涯を孤独の中で送り、名声を得た後も、無名だったころと同じ作業を、毎日毎日、死ぬまで繰り返しました。これは簡単そうで、なかなかできるものではありません。だからシオランは、ロダンのような孤独を「神の内なる孤独」(soledad en Dios)と表現したのです。ラテン語で「ソレダッド・エン・ディオス」。日本的に言うなら「求道」でしょう。

永遠との交叉《こうさ》(chiasma: キアスマ)を求め続ける生き方です。名声を得たあとも、ロダンは水平を見ることなく、自らの垂直を見続けた。名声を得ると周囲から拍手喝采を受けますから、つい周りを見てしまう。ところがロダンは見なかった。自分の求める芸術の先にある「永遠なるもの」を求め続けた。無限の成長過程を歩み続けたのです。つまり孤独な人生です。そして、それが歴史的なロダンを創った。ロダンは自らの生命の根源にある深淵を見つめ続けたのです。

それが生命の本質に繋がり、宇宙の実存を表現する力をロダンに与えたのでしょう。自らの深淵を形創る「思い出」と向き合い続けたのです。文芸評論家の小林秀雄は「歴史とは、思い出である」という意味のことを語りました。その思い出こそが、真の孤独の中でのみ醸成されるものなのです。そして、その「思い出」だけが「垂直の自己」を築くことの基礎となるのです。水平な生き方の中に、独自の思い出はありません。水平は、欲望の肥大化と不平不満しかもたらさないのです。

垂直が立ったとき、屹立《きつりつ》した自己が生まれるのです。その状態をリルケは、価値あるもののあるべき姿として「遠くから見られ得《う》るもの」(weithin sichtbar: ヴァイトヒン・ズィヒトバール)と表現しました。日常の中に、非日常が屹立していることを表わしているのです。リルケの『ロダン』を読むと、その内包された「神の内なる孤独」が、芸術家ロダンを創ったのだと実によく感ずることができます。

孤独のゆえに、ロダンは歴史的な成功を収めました。そこに孤独の真の価値が見えるのです。つまり、成功のための現実的能力がロダンにはあったのです。しかも、それは我欲から出たものではありませんでした。それは、多分、神学者カール・バルトの言う「現実的人間」(der wirkliche Mensch)から生まれた力でしょう。この言葉は、永遠を求める孤独の中からしか、「実際の知恵」は生まれないという意味で、バルトが呈示した「人間の力」です。現実の中にいる人間には、実際には現実は見えません。

ロダンは、バルトの言う現実的人間であった。だからこそ、求めずして成功したのです。つまり、孤独によって培われた「生きる力」そのものを内包していたのです。それによって、ロダンは「今」を生き続けたのでしょう。つまり「シジフォスの神話」を自ら生き続けたのです。道元の言う「火を噴く今」、そして実存主義の「いま、ここで」(Hic et nunc)をロダンは実践したのです。

寂寥《せきりょう》に生きる

ロダンは自由な身のまま孤独を生き抜きました。しかし牢獄に入れられること、つまり水平社会から遮断された、環境の強制力によって孤独と出会った歴史的人物も多いのです。もちろん別段、牢獄そのものに価値があるのではありません。そこにおいて、強制的に水平社会から遮断されたことに価値があるのです。

その代表のひとりにドストエフスキーがいます。彼は革命家と間違えられてシベリア流刑にされています。それ以前の彼は、変わり者で完全に孤立した人間でした。そんな人間がシベリア流刑によって、孤独な人間に変身した。知識偏重の人間であった彼は、流刑をきっかけに神と祖国を考えるようになった。牢獄という環境で彼は孤独と出会い、孤独の中から文学を生み出していったのです。つまり、自己自身の「垂直」を摑んだのです。

また、ヴァイオリン製作者のガルネリウスもそうです。ヴァイオリンと言えば、ストラディヴァリウスとガルネリウスが双璧です。ストラディヴァリウスは優等生、ガルネリウスは不良で有名でした。ガルネリウスはなかなか良いヴァイオリンを作ることができませんでしたが、事件を起こして牢獄に入れられることによって覚醒したのです。つまり孤独を知った。誰とも遊べない、酒も飲めないという環境で、ヴァイオリンづくりの奥義を手に入れたと言われています。

彼が牢獄で制作したヴァイオリンは現存し、幻の名器になっています。鬼神と呼ばれたヴァイオリニストのニコロ・パガニーニは「魔性の音を出すヴァイオリンはガルネリウスだけである」と言ったと伝えられています。パガニーニ自身も、悪魔に魂を売って演奏技術を手に入れたと言われています。だから、デーモン（魔人）であるパガニーニが、デーモンの音を出せるヴァイオリンはガルネリウスしかないと言ったわけです。まさに、「デーモンはデーモンを知る」ということです。

さて、次にセルバンテスです。彼はレパントの海戦に参加したこともあり、また地中海の海賊に捕まりアルジェで五年間も虜囚生活を送っています。その後も、無敵艦隊の食糧徴発の仕事をしているときに、教会から強引に物資を徴発したかどで投獄されたのです。さらには徴税吏をしていたときに、税金を預けていた銀行が潰れ、その責任を問われ再び投獄されたと伝えられています。

そうした体験があったからこそ、セルバンテスは孤独と孤高の悲哀を描いた『ドン・キホーテ』を書くことができたのです。私が敬愛するスペインの哲学者、ミゲル・デ・ウナムーノも世界文学の中で『ドン・キホーテ』をもっとも高く評価しています。セルバンテスは牢獄の中で孤独というものの価値を会得したのだと私は思います。『ドン・キホーテ』は、孤独の悲哀を描いた世界最高の「詩」

そのものです。

変わったところでは、アドルフ・ヒトラーもそうです。ヒトラーのもつ孤独は、孤独そのものに善悪はないということを理解するための参考になります。彼は一九二三年のミュンヘン一揆で投獄されます。単なる右翼の暴れん坊だった男が、牢獄の中で思索家に変わっていきました。牢獄の中で口述したのが『我が闘争』です。政治家の著作の中で、この本ほど本音が直截に書かれているものはありません。それゆえ『我が闘争』は、文学として高い価値があると私は考えます。歴史上、希な著作と言ってよいでしょう。これは、「戦争の世紀」を記念する歴史的な著作なのです。二十世紀を動かしたひとつの真実が語られているのです。

日本人では埴谷雄高が、孤独から生まれた代表的な文学者です。戦前、共産党の活動家だった埴谷は検挙されて豊多摩刑務所に収監されます。埴谷はここでカントを知り、そして孤独と出会うのです。その孤独の中で形而上文学『死霊』の発想を得ました。『死霊』は、真の孤独を知らなければ、書くことも読むこともできません。また、孤独の悲しみを語る『準詩集』に収められた「寂寥《せきりよう》」という詩にこうあります。

「太古の闇と、宇宙の涯から涯へ吹く風が触れあうところに、そいつはいた。そいつは石のように坐っていた」

「そいつ」が孤独のことです。埴谷は刑務所で「そいつ」に初めて出会ったわけです。ここから文学者・埴谷雄高が出現した。埴谷もこの刑務所体験がなければただの左翼くずれの青年で終わってしまったと私は思います。「寂寥」という詩を読むと、最初に挙げた柳宗元の詩、「江雪」と同じ情景を思い浮かべます。

孤独と言えば、三浦義一です。現代歌人の中で、私がいちばん好きな歌人です。確かに三浦義一は、歌人としてよりも頭山満の流れを汲む右翼として名を馳せ、戦後はＧＨＱと渡り合った政界の黒幕である「室町将軍」として有名でした。しかし、私にとっての三浦は芸術家であり歌人です。そして、何よりもひとりの「日本男児」として仰ぎ見ているのです。三浦の歌は素晴らしい。何十年読み続けても、新たなる涙が滴ります。三浦の歌がもつ悲哀は、文明をえぐり、そのまま生命そして宇宙と直結しています。つまり、永遠と交叉しているのです。その高く清く悲しい調べを一言で表現するなら「忍ぶ恋の呻吟《しんぎん》」です。

ますらをの　この悲しみを　いかにせん　ともしびのもとに　太刀《たち》をぬきつつ
悲しかる　子にしあれども　おほやまと　すめらみことの　赤子《せきし》ぞわれは
悲しかる　もろもろに耐えて　ますらをの　い行《ゆ》きしみちは　寂《さぶ》しきこの道

この歌の調べが奏でられるようになったのは、三浦が初めて牢獄に入ってからです。三浦は戦前、国家主義者としてさまざまな事件を引き起こし、たびたび収監されています。牢獄の中で三浦は孤独と対面し、文学を会得したと私は思います。彼は、打ち砕かれ続けながら生きた。そして、永遠に向かってだけ死のうとしていた。その悲しみが、私の魂と血を震撼させ続けているのです。三浦義一の歌は、どこまでも熱く、そして遠く悲しい。だからこそ、我が涙の源泉であり続けるのです。

神と武士道

私自身の体験から言うと、孤独は死生観ができ上がっていないと理解することはできません。パスカルの『パンセ』の中に「ただ独りで死ぬ」(On mourra seul: オン・ムラ・ソール)という思想があります。この言葉が理解できると孤独の真の意味がわかってきます。理解できなければ孤立の人生でしかありません。家族が何人いようが友人がいくらいようが、人間はただ独りで死ぬ。

日本では、一遍上人が「生ぜしも独りなり、死するも独りなり」と言っています。ただ独りで生まれ、ただ独りで死ぬ。それが人生の本質だということです。それがわかれば孤独がわかる。孤独がわかれば自分の中に垂直の価値観ができ上がってくるのです。そうすると永遠を見つめることができる。つまり、自己の生命が宇宙の息吹きと一体化してくるのです。

フランスの作家ジョルジュ・バタイユはその『聖なる神』(Divinus Deus)の中で、彼の体験した孤独について語っています。それは、真の孤独に入れば、現世のものはすべてが「過剰な」どうでもよいものであると気づくと語っているのです。そして、それを知ることが神を感ずることになり、永遠と交叉することなのだと言うのです。この状態をバタイユは「この孤独、これこそが〈神〉である」(Cette solitude, c'est DIEU.)と言っています。

孤独とは、崇高なるものに恋い焦がれることです。それは神と繋がることだとも言え、また永遠を志向することだとも言えるでしょう。どちらにしても、そのことによって水平から、屹立した垂直の人生を歩むようになるのです。垂直の人生を歩もうとすれば、必ず孤独になる。孤独でない垂直などはあり得ません。それを表わしたのがパスカルであり、一遍上人なのです。

ヨーロッパ人が「神の内なる孤独」と言っている神学的孤独を日本人流に言うなら「求道」であり、その文化である「武士道の孤独」です。『葉隠』の思想そのものが「孤独の哲学」とも言えるのです。「武士道と云ふは死ぬ事と見付けたり」そして「忍ぶ恋」です。この二つの思想が、ただひとりで死ぬ死の真実と、ただひとりで生きる生《せい》の悲哀を表わしています。

忍ぶ恋は、永遠の片思いのように考えられていますが、実は違います。それは、永遠の「憧れ」に生きる生き方そのものを言うのです。憧れ慕うことはすべて恋です。それは到達不可能な高みへと自己を導く指針ともなり得るものなのです。山本常朝は「恋の至極は忍恋と見立て申し候。逢ひてからは、恋の長《た》けが低し。一生忍びて思ひ死にするこそ、恋の本意なれ」と書いています。

『葉隠』を貫く「死に狂ひ」と「忍ぶ恋」の、この二つがわからなければ武士道という日本文化の背骨は理解できません。そして孤独もわからないでしょう。西洋は神、日本では武士道とつながるものが孤独であると理解してもらえばいいと思います。我々は「solitude」を「孤独」と訳していますが、武士道的に訳せば、「忠義」という意味に近いと思います。日本においては、忠義の魂ほど人間を孤高へと導くものはありません。

「何ものか」に忠義を尽くそうと考えると、孤独なる生き方になるのです。それは、他と隔絶し屹立した人生を現出します。つまり孤高です。「武士道と云ふは死ぬ事と見付けたり」と「忍ぶ恋」は二つとも、忠義のためにあるのです。孤独とは西洋では中世の信仰から生まれ、日本では武士道から生まれたというのが私の考えです。つまり封建の思想から孤独は生まれた。ですから、長い封建時代を持たない国に真の孤独は生まれません。

では、柳宗元の「江雪」はどう理解すればいいのでしょうか。柳宗元が生きた盛唐の時代は絶対君主制で、封建ではありませんでした。ここでは、柳宗元の出自を見なければなりません。彼は、科挙に受かっています。科挙は、古典の試験です。だから合格者は古典の世界だけに生きてきたのです。中国というのは、その古典を創った春秋戦国時代までは封建時代なのです。その時代までに成立した古典を柳宗元は勉強して科挙の試験に合格した。だから、彼の教養の根源はすべて封建思想なのです。そう理解すればいいと思います。私は古代中国の伝統は唐の時代で終わったと考えています。それ以降は徐々に別の国になっていった。「江雪」は、中国古代の封建思想が生み出した詩であることに間違いありません。

恋闕《れんけつ》の形而上学

孤独について考えるとき、どうしても抜かすわけにいかないのが絶望です。そして、その絶望から出発するものが武士道の孤独である忠義なのです。絶望と孤独はどう繋がるのでしょうか。それについて語るには、絶望的とも言える「忍ぶ恋」を扱った三島由紀夫の戯曲『朱雀家の滅亡』を取り挙げるのがいいかと思います。

日本では、武士道の「忠義」が、愛国心や家族への愛を養ったのです。そして、それが歴史への愛を生み、その結果として自己の「運命への愛」を生み出したのです。『葉隠』は、真の希望が絶望からしか生まれないことを語っています。そして、それを文学となしているのが三島由紀夫なのです。『朱雀家の滅亡』には、忍ぶ恋としての「滅びの忠節」が描かれています。それは忠義が生む孤独であり、狂気の孤独だと三島自身が語っています。完全に見返りを求めぬ、知られざる忠義、つまり忍ぶ恋です。

『朱雀家の滅亡』の主人公は、天皇に忠誠を誓って生きる朱雀経隆という侯爵です。彼は、天皇を遠くから見つめるだけで何もしません。天皇のためだけに滅びようとするのです。そこに滅びの美学、滅びの忠節としての忍ぶ恋を三島は描いている。真の悲しみです。なぜ三島がこの作品を描いたのか。それは、そこに真の武士道、真の忠義の精神があるからです。西洋の神を見つめる信仰心、永遠を求める心を、天皇を遠くから見つめる忍ぶ恋の中に三島は重ね合わせているのです。

忍ぶ恋とは、絶対に成就することのない恋、つまり、絶望を受け入れるということです。三島がこの戯曲で言いたかったことは、絶望を受け入れることが真の希望と真の忠節、真の孤独を生み、孤独から崇高が生まれるということだと私は考えます。忠義は、孤独の中でしか育成されないのです。絶望を受け入れる哲学というとウナムーノです。ウナムーノは『ドン・キホーテ』を「絶望の哲学」と称しています。絶望を受け入れることで孤独と出会い、孤独によって永遠と結びつく。そして、その永遠が希望を生み出すのです。

現象学の哲学者モーリス・メルロ＝ポンティは、価値あるものは「離れてある存在」(l'être à distance) であり、遠方の存在 (l'être des lointains) であると言っています。これは「仰ぎ見る存在」と言い換えてもいいと思います。「仰ぎ見る存在」であるがゆえに、垂直の生き方をしない限り、そこに届くことができないのです。そうです。価値あるもの、たとえば忠義や愛国心といった価値観には、垂直の生き方をしない限り到達できません。

三島は朱雀経隆の生き方を「狂気の孤忠」と表現しています。「孤忠」とはただ独りで尽くす忠義のことです。絶対に成就することのない恋であることを知りながら、相手のためにただ独りで想い続ける。それは狂気かもしれません。しかし、真の忠義はこの狂気に支えられているのです。私はこの「忍ぶ恋」に基づく思想を「恋闕《れんけつ》の形而上学」と呼び、武士道の根源を形創る思想だと思っているのです。

恋闕とは、「崇高なるもの」を慕う真の尊皇の心であり、武士道の目指すべきものです。そして、忍ぶ恋こそが本当の愛なのだと知らなければなりません。この考えは、ドイツの哲学者マックス・シェーラーが言った「愛は、愛しながらの献身を交えた不安なる注視である」という考えと通じています。孤独は、愛を失ったとき、そのまま孤立へと変化し、疎外された自己を生み出すのです。

ここで、孤独を支えるものとしての魂について話したいと思います。先ほど言ったように、孤立とはシオランの言葉を借りれば「魂の喪失としての生」です。一方、孤独とは人類の魂と自己の生命が感応し交叉して生ずるものです。ここで言う「人類の魂」とは、人間を人間たらしめている根源の価値のことです。それは、我々の肉体の中に宿り、宇宙や生命の本質と結び付いています。その根源の価値が、我々の肉体を通じて文明を創り、歴史を営み、永遠に向かって生きているのです。

そして、その価値は、太古以来、宇宙に遍満しています。その遍満する人間的価値と自己の心が結合したものが自己の「魂」です。人類の魂と自己の生命が感応しない状態が孤立です。感応しない場合は、「ただ一人の自己という比類なき怪物」に自己が呑み込まれていきます。魂を持つ者と持たぬ者の関係を表わす文学に、古代ギリシャのホメーロスの叙事詩があります。あの『イリアス』と『オデュッセイア』です。その『オデュッセイア』第九に一つ目の怪物「キュクロプス」という逸話が出てきます。

あの、一つ目の巨人の怪物です。主人公のオデュッセウス（英語名はユリシーズ）にキュクロプスが「おまえは誰なんだ」と聞く件《くだ》りがあります。そうするとオデュッセウスは「誰でもない者」と答えるのです。ギリシャ語では、あの有名な「ウーテイス」（OYTIΣ）です。この「誰でもない者」が、人類の文化や宇宙そして生命そのものを表わし、それと一体の「孤独者」を表わしているのです。またオデュッセウスの英雄性を暗示する場面にもなっています。

つまりオデュッセウスが英雄であり、歴史的な個性を持つ者であることを表現しているのです。「誰でもない者」だから、また何にでもなれる。その結果、「名を背負う者」になることもできるのです。「誰でもない者」という答えがオデュッセウスによって語られていることが重要なのです。オデュッセウスは神に愛でられた英雄の中の英雄です。それが「誰でもない者」と答える。つまり、英雄とは孤独者のことだと言っているに等しいのです。そして、その孤独こそが英雄を創り上げたということを表わしているのです。

現代において、この「誰でもない者」として生きようとしたのが、歌人の三浦義一だと私は思っています。歌集『悲天』の序文に三浦はこう書いています。

「命よりも名を惜しむ。これが士の本来かと聞いている。その名さえも泥土《でいど》に委《まか》して顧みない人間に至りたいと、このごろは願っている」。孤独者の強さと悲しみが滲んでいます。生命の哀しみが文章を支えているのです。

これが、「誰でもない者」の本体なのです。これが、孤独の根源そのものであると私は確信しているのです。

創世記は、初めにではなく終わりにある

希望の哲学

生命の神秘ゆえに

人間が生きるとは、希望を見つめることにほかなりません。もし希望がなければ、人間の生命はその方向性を失ってしまうでしょう。つまり、希望がなければ、人間は生きることができない。希望があるかないかが、動物と人間のいちばんの違いになる。希望とはそういうものです。

動物の死は、肉体の死と同じです。しかし人間の死は、希望を失ったとき、人間として死ぬのです。たとえ肉体があろうと、人間として死に果てるのです。人類は、希望を推進するために文明を創ってきました。西欧文明を築いたキリスト教から見れば、それが終末論です。人間が神から独立して文明を築いたときに、神との間に約束を交わしました。この約束が希望の淵源となるものです。そこから文明を築く基礎となる神話が生まれた。世界中の神話を分析すると、すべて希望が語られています。だから、希望は人間存在の中心課題なのです。

「希望とは、人類の文明に宿る高貴性の追求である」。これが、希望を私なりに定義したものです。希望だけが人間に神と永遠を志向させる。希望は、過去・現在・未来を貫いて人間存在を底辺で支える「崇高なるもの」です。だから、我々が崇高なるものについて語るときは、必ず希望について語っているのです。つまり、私はアンドレ・マルローがその『希望』の中で語っている「人間の運命がもつ無限の可能性」(La possibilité infinie de leur destin.) の中に、真の希望の実存を感じているのです。

では、希望は何によって支えられているのか。それは文明の初発のときから、不幸と悲哀と絶望によってです。これが人間の希望を支えている。これが神話を貫いている実存です。だから、不幸と悲哀と絶望の体験が多いほど、希望は生命の中で成長します。ここが希望の面白いところであり、希望がなければ人間は生きられない理由なのです。だから、成功したり、幸運や快楽を得たり、幸福になったりすると、希望は徐々になくなっていきます。これらは、むしろ希望を阻害する。つまり、希望は逆説の哲学を形創っている。だからこそ、希望は生命の弁証法なのです。

生命の弁証法とは何か。それは「不合理性の合理性」であり「不確実性の確実性」、そして「不可能性の可能性」のことです。この無限循環と、そこから生まれる謎に満ちた「何ものか」が生命と言えるのです。生命は、合理的にはわからないから希望があるのです。だから生命は、その悲哀の弁証法のゆえに希望を紡ぎ出すことが可能となってくるのです。これが生命の弁証法であり、希望の根源定理ともなっているのです。つまり、神秘の哲学化です。

ここに、埴谷雄高の「自同律の不快」の重要性があります。自同律とは、A＝Aというパルメニデス以来の同一原理です。その不快とは、A＝Aの否定です。科学と自同律を否定するものが希望なのです。科学と自同律を超越する「何ものか」が希望だと思ってください。だから私は希望を、生命のもつ永遠の神秘と呼んでいるのです。

また希望は、その生命の神秘のゆえに、生命の法則にのっとって絶えず我々に戦いを強いるものでもあるのです。だから希望は、安定を好まず、狂気の熱情を人間にもたらすのでしょう。希望に基づく狂気こそが、生命の活力そのものを生み出しています。ルーマニアの哲学者エミール・シオランは、その『涙と聖者』の中で「民族の凋落《ちょうらく》は、集団の正気《しょうき》が頂点に達した時に一致する」(Le déclin d'un peuple coïncide avec un maximum de lucidité collective.) と言っています。つまり、豊かで安定した気持ちになると、民族の凋落が始まるということです。

実例を挙げるとイギリスです。イギリスが発展したのは、海賊が英雄のときでした。しかし、一流の国になって海賊が海軍軍人となり、選良になったときにイギリスの衰退は始まった。海賊でもあったキャプテン・ドレークの時代に、イギリスが発展していたことは周知の事実です。つまり、イギリスの根源はキャプテン・ドレークなのです。シオランは続けてこうも言っています。「文明の黎明期はさまざまの理想を知ったが、文明の黄昏が知ったのは観念に過ぎず、気晴らしの必要性だけである」と。要するに人間は希望によって発展し、豊かさによって黄昏を迎える。

いまの日本は、まさに凋落の過程にあります。わかりやすく言うと、国民の中に狂気を持った人間が少なくなってきたのです。幕末の長州を思い起こしてください。吉田松陰、高杉晋作の二人を筆頭に狂気を持った人間を多く輩出しています。それゆえ、長州は明治維新を牽引することができたのです。狂気こそが、民族の興隆を促すのです。

つまり希望は、革命を呼び覚ますものでもあるのです。ここで、私が革命と言っているのは、文明の初心へ戻ろうとする戦いのことです。「失われた楽園」を求める「戦い」です。そこへ回帰しようとする願いです。革命は英語では「レボリューション」(revolution) ですが、中世思想を表わす中世のラテン語では「レボルチオ・テンポリス」(revolutio temporis)、つまり「時の回帰」です。現代に通じる革命の精神は、神の理想を求める中世に発展したのです。

また、文明の「初心」とは古代でも原始でもありません。ここがルソーの間違ったところです。ルソーは原始に帰れと言っています。だから彼は「革命家」ではありません。簡単に言えば「思想の遊び人」でしょう。つまり、文明の初心とは、文明ができたときの最初の心がけのことです。それを中世人は「失われた楽園」と言ったのです。

革命の狂気は、絶望から生まれます。だから、絶望が希望を生み出すことに繋がっていくのです。私は『ドン・キホーテ』と『葉隠』を絶望の哲学だと考えています。それらは絶望のゆえに、真の希望を人間に抱かせることができたと思っているのです。つまり、この二作品は絶望が生んだ希望の哲学と言ってもいい。また歴史的に、現にそうであった。

『ドン・キホーテ』を貫くのは騎士道であり、『葉隠』は武士道が貫いています。騎士道と武士道というのは悲哀の形而上学です。どちらも、自己の生命を「何ものか」に捧げるための理論と言っても過言ではないのです。だから、現代流に言うと不合理の哲学であり、不幸を許容する思想なのです。それがどうして人間に希望を与えるのか。そこに生命の弁証法の秘密があるのです。この逆説がわからなければなりません。

『葉隠』は狂気の哲学です。それは「死に狂ひ」であり、絶対にかなわぬ憧れである「忍ぶ恋」です。今流に考えると辛く不幸なことですが、それが人々に希望を与え、武士道の幸福を生み出していたのです。また『ドン・キホーテ』は、その悲哀のゆえにヨーロッパ文明の未来へ、期待と夢を与え続けました。現代の風潮は、まったく逆で、楽をさせよう楽をさせようとしている。だから、希望はますます失われていくのです。

あるべき姿を恋い慕う

希望のもっとも古い文献のひとつに、『旧約聖書』の中の「詩篇」一三七篇があります。いつごろ書かれたのか確定できませんが、西洋ではこれが希望の最初期の歌だと言われています。バビロン捕囚時代（紀元前五九七年〜紀元前五三八年）のユダヤ人の故郷を偲ぶ気持ちを歌ったものです。冒頭は、「われらはバビロンの川のほとりにすわり、シオンを思い出して涙を流した」と歌われた有名な詩です。哲学者の森有正が、そのエッセーに『バビロンの流れのほとりにて』という題として使っています。

この詩が希望の始まりだと言われています。この時代は、エルサレムを破壊されバビロンに連れ去られたユダヤ民族のもっとも不幸で、もっとも悲しい捕囚時代、つまり奴隷の時代なのです。その時代に、ユダヤ民族の歴史を貫く希望が生まれた。「シオン」というのはユダヤ民族の聖地のことです。

この時代に、ユダヤ教というキリスト教の基礎となる宗教が固められた。ユダヤ人も、バビロン捕囚がなければユダヤ教を生み出すことはなかった。古代のユダヤ教とは、つまり希望の哲学です。ユダヤ人のもつ希望は、歴史上最大の希望と言われています。それが民族の最大の不幸の時期にできたのです。近い将来に救い主がくる、我々は必ず神に救われるのだという希望です。

歴史的に見て、ユダヤ人の希望は確かにすごい。それがまた、多くの音楽家を生み出すことに繋がりました。希望とは、人間のあるべき姿を恋い慕うことです。だから、それは「失われた楽園」を求め、「理想の実現」を求めるのです。あるべき姿は「思い出」に繋がり、「過ぎ去った日々」への悔恨を人間に強いるのです。そこに、希望が「音楽」を生み出す根拠があります。つまり、希望の淵源には音楽的感性が存在するのです。また文明に音楽が必要なのは、それが人間の希望をつなぎ止める原動力となっているからでしょう。

だから、「音楽」は芸術の中心に位置すると言われてきたのです。英国の美学者ウォルター・ペイターは、その『ルネサンス』の中で「すべての芸術は、常に音楽の状態に憧れる」(All art constantly aspires towards the condition of music.) と言いました。もちろん、この音楽は、音の音楽だけではありません。秀れた文学や絵画・彫刻はすべて音楽的だということも含んでいるのです。言葉を換えれば、我々は秀れた「芸術」の中に音楽の「響き」を聴いているのです。つまり、秀れた芸術はその根底に音楽をもっているのです。そして、過ぎ去った楽園を悔恨し、明日への希望を生み出しているのです。

人間は、音楽性に富む芸術によって、希望を紡ぎ出します。音楽が、生命の根源にある哀しみを知らしめてくれるのです。音楽は、人間に過去の記憶を呼び戻させる働きがあるのです。そして、そこから真の希望が湧く。希望とは、理想を慕う悲しみの中から生まれるのです。理想が、初心にある限り、音楽は我々にとって永遠の芸術となるでしょう。

シオランは、音楽について「音楽的な一切のものは追憶にかかわる問題である」(Tout ce qui est musical est affaire de réminiscence.) と言い、「およそ真の音楽が、楽園への悔恨から生まれたものである以上、例外なく涙に由来する」(Toute vraie musique est issue de pleurs, étant née du regret du paradis.) と語っていました。私たちは体奥にすべての記憶をもち、それが涙の原因を作っている。そしてこの涙が、悲しみであり絶望なのです。それが希望を生み出す源泉となっているのです。

音楽によって、希望が紡ぎ出されるのは、音楽が時間の芸術だからです。つまり、希望は時間を貫くエネルギーだとも言えるのです。我々の生命が時間の係数である限り、音楽は過去と未来を貫いて、現在に希望をもたらす力を秘めているのです。つまり、音楽性に支えられた魂が芸術を生み、それが悲哀を包み込んで希望を生み出していくのです。

音楽は、時間の芸術です。そして、生命は時間の哲学なのです。時間を認識できるものはすべて音楽となります。たとえば、私は西脇順三郎の「ギリシャ的抒情詩」に深い音楽性を感じます。だから、この詩は音楽なのです。

(覆《くつがえ》された宝石)のような朝
何人《なんびと》か戸口にて誰かとささやく
それは神の生誕の日

(新潮文庫『西脇順三郎詩集』)

ここに、クロード・ドビュッシーやオリヴィエ・メシアンに代表される色彩の音楽を感ずれば、戸口に立つ人が「希望」なのだとわかるのです。

まだ意識されないもの

希望を哲学として扱った人物で、もっとも有名なのはエルンスト・ブロッホです。『ユートピアの精神』と『希望の原理』が面白い。ブロッホは東ドイツの哲学者で、西ドイツに亡命して一九七七年に亡くなりました。共産主義者としても有名で、ハンガリーの哲学者ジェルジ・ルカーチの親友でした。出世作となったものが『ユートピアの精神』で、集大成の哲学書が『希望の原理』です。『ユートピアの精神』は、出版社がつけた題で、本人が考えた題は『音楽と黙示録』、『黙示録的人間』の二つでした。ここでブロッホは、音楽こそが希望を育み、理想や憧れを伝えることができる芸術であると語っています。ブロッホが語る音楽の力とは何か。それは、我々に「原故郷」(die Heimat der primitiven) を思い起こさせる力があるということです。

この「原故郷」とは、失われた楽園と理解されることも多いようです。しかし、ブロッホが言う「原故郷」とは、もっと精神的なものです。ブロッホの思想の中で、希望の核心として定義されているものの一つが「まだ意識されないもの」(Das Noch-Nicht-Bewußte) という哲学概念です。このまだ意識されないものを、どのくらい意識することができるかということが、人間の希望にとってもっとも重要なのです。つまり、どのくらいその意識に近づくことができるかということです。そのためには潜在意識の奥深くにある「原故郷」を訪ねなければなりません。

つまり、文明の初心にいたころの、我々の「精神のあり方」と言えるようなものです。ブロッホは、我々が意識の奥底にある「原故郷」へと導かれたときに、「自己自身との出会い」(Die Selbstbegegnung)を体験することができると言っています。そこで人は初めて真の自己と出会い、本当の価値、つまり生命の哀しみを知ることができる。そこに至る「時間の垂直線」を音楽が認識させてくれるのだということです。

そして、そこへ行けば、この世界の中でそれまで大切だと考えていたことが、実は不要なのだということに気づき、それを投げ出すことができるようになる。つまり、あらゆる虚飾を取り去ったむき出しの実存になるのです。そうすることで人は「希望」をつかむことができると言うのです。ブロッホはそれを実存的な「被投性《ひとう》」(Geworfenheit)と表現しています。

この実存的な被投性が「時の回帰」でもあり、それ自体ひとつの革命となるのです。ブロッホは実存的な被投性を獲得できた人間の言葉として、「私はある。我々はある。それで十分だ。ともかく始めなければならない」(Ich bin. Wir sind. Das ist genug. Nun haben wir zu beginnen.)と書いています。これこそが希望を持った人間の言葉なのです。真の革命は不平不満から生まれるのではないのです。

さて、『希望の原理』です。ここには希望の哲学のすべてが書かれています。ブロッホは、希望の根源を「変革のパトス」(Pathos des Veränderns.)と表現しています。パトス、つまり激情に近い熱情です。そして、それは必然的に革命の精神を生み出していくのです。生命の悲哀を乗り越え、文明の初心を慕うには強い熱情が必要だということです。それを持たぬ場合、人間は人間にはなれないのです。

希望につながる「変革のパトス」を持つために必要なことは、「SはいまだPではない」ことを信じることだと、ブロッホは言っています。Sとは「Subjekt」、つまり主語です。Pとは「Prädikat」、すなわち述語です。「主語はいまだ述語ではない」ということを信じろと言うのです。先ほど言った自同律の不快と同じです。「A＝A」であるという自同律を疑うことが希望の根源だと言っているのです。

希望とは、つまりは革命なのです。「A＝A」という自同律は科学の基本です。しかし、自同律に従うのは人間が終末を迎えたときの姿であると、ブロッホは言っています。つまり、人は自同律に従う限り希望は持てないと言っているのです。「人間はいまだ人間ではなく、世界はいまだ世界ではない」と信じることで希望は生まれるのです。我々が「A＝A」だと思うようになったら希望は持てなくなる。「A＝A」が基礎になって生み出された科学の中には、人から希望を奪う悪魔がいるということです。だから、科学万能の時代には、人は希望を持ちづらくなるのです。現代がまさにそうなっていると思います。

そしてブロッホは、希望を持とうとする人間にとってもっとも重要な思想を、「Noch-Nicht」（ノッホ・ニヒト）という言葉に集約しています。「Noch-Nicht」とは「まだ、ない」ということです。人間はいまだ人間ではないし、世界はいまだ世界ではないのだから、まだ本当のものは何もないということです。「Noch-Nicht」こそが希望の根源思想なのです。世界をいまだ未完成の過程と理解しなければ希望は生まれない。簡単に言えば、この世界は何もかも不十分で、ろくでもないものだから、逆に人は希望に生きることができると言っているのです。前に私が言った不幸や悲哀が希望を生み出すことに近いと思います。

私がブロッホの思想に共鳴するのは、人類は完全なものになるのか、それとも破滅するのか、まったくわからないと彼が言っているからです。そして、希望とは裏切られることがあるから希望なのだとも言っているのです。現代では成功者や物知り顔の人間が「希望は必ずかなえられる」などと気楽に言いますが、私はまったく信用していません。人間とは、生命の哀しみを抱き締め、理想に憧れ続ける存在なのです。成就するかどうかは、まったくわからない。ただ、願って願って願ってそして死ぬ存在なのです。我々は憧れに生きることしかできない。そして憧れこそが、生命であり希望なのです。

ブロッホと同様の思想を持った日本人が、『死霊』の形而上文学者である埴谷雄高です。埴谷は宇宙を「満たされざる魂」と表現しています。ブロッホの『希望の原理』は、「満たされざる魂」だけが「希望の原動力である」と言っている。満足している人間は、すでに人間ではない。人間は憧れに生き、悩み苦しむ存在なのです。そして、かすかなる希望を見つめて生きるのです。

そしてブロッホの哲学では、この世界の存在物のすべては、「いまだ存在ではない」(Noch-Nicht-Sein) のであり、「いまだ持たない」(Noch-Nicht-haben) 状態なのです。それらは我々の努力で、どういうものにもなり得る。ここに希望がある。不安が希望の根源なのです。

ブロッホは、人類の代表的な「希望の文学」としてゲーテの『ファウスト』とセルバンテスの『ドン・キホーテ』を挙げています。『ファウスト』の求道の人生と『ドン・キホーテ』の狂気の人生です。求道と狂気が、希望を支える考え方として提示されている。そして、どちらか一つを取れと言われたら『ドン・キホーテ』を取るとブロッホは言っているのです。

つまり、求道より狂気を選ぶと言っている。この選択は希望を考えるうえで、特に現代の日本人にとって重要なことだと思います。『ドン・キホーテ』の狂気の中に、希望のもっとも深いものを見るということです。憂い顔の騎士ドン・キホーテは風車に突進します。それも、誤解に基づく幻影のゆえに突進するのです。つまり、無価値なものに向かって突進する。これが突進に値するものではだめなのです。無価値のゆえに、ドン・キホーテは崇高なのです。

価値あるものに突進するのは欲望です。風車に突進することには何の価値もありません。価値のない行為を、本気で「為す」という悲しみの中にこそ希望を見出すことができるのです。つまり、「価値そのもの」を人間の知恵で考えてはならないのです。人間の生命から生まれる真の希望とは、カントの言葉を借りれば「目的のない合目的性」(Zweckmäßigkeit ohne Zweck) です。つまり、合理的な目的を持たない方が、真実の目的に近づくことができるということなのです。

こう考えると、現代人の大半は、希望を持つことが困難になります。現代は合理主義の時代です。だから真の希望は持ちにくいのです。真の希望とは、人間の涙に根差すような、もっと泥臭いものなのです。つまり、敗北から生まれる尊い「何ものか」です。

『希望の原理』は、「現実の創世記は、初めにではなく終わりにある」(Die wirkliche Genesis ist nicht am Anfang, sondern am Ende.) という言葉で結ばれています。じつは我々が勝手に考える「天国のような楽園」などなかった。楽園そのものの再認識を我々に迫っている。そして真の楽園は、これからの人類がその存在のすべてを賭けて挑戦し決めるものだという意味です。私はこの言葉に強く打たれました。創世記はこれから起きる可能性があると言っている。真の終末論です。これこそが、我々の努力で創ることのできる真の「終末」です。

これが真の希望だと思います。『希望の原理』の締めくくりにふさわしい言葉です。創世記は起きないかもしれない。それはこれからの人間の生き方次第なのです。ブロッホは一人ひとりの人間が

「自己自身と出会う」ことでしか、創世記は実現しないとも言っているのです。そして、そのためには、一人ひとりが「原故郷」に帰らなければならない。『ユートピアの精神』と『希望の原理』を読んで、私が得た結論とは、満たされた人間は希望を持てないということです。そして、一人ひとりが理想を求め続け、自己自身に出会い、自己を根底から捉え直すときに、真の創世記が実現するのです。言い換えれば、未来に対し自己を開き、明け渡すことを意味していると捉えることもできるでしょう。

目的のない合目的性

また私は、北アイルランドのダブリンに生まれ、パリに活躍した作家サミュエル・ベケットの戯曲『ゴドーを待ちながら』の中に希望を見出します。あの不条理の演劇として有名なものです。ベケットは、悲哀と革命の詩人ジャコモ・レオパルディの「そして、世界は泥である」(E fango è il mondo.: エ・ファンゴ・エ・イル・モンド) という詩句を座右銘としていました。この詩句は、あの涙の詩集『カンティ』に載っている言葉です。私は、この詩句を愛したベケットの生命そのものに、希望の実存を感じているのです。

この劇を最初に見たのは十五歳のときで、宇野重吉がウラジーミルを演じていました。つまり、劇団民藝の舞台ということです。米倉斉加年がエストラゴン、大滝秀治がラッキー、下條正巳がポッツォを演じていた。いま思い返すと、すごい顔ぶれです。

『ゴドーを待ちながら』は、ひたすら「待つ」だけの演劇です。そして、この「待つ」に私は希望の本質を見ているのです。待つといっても、期待して待ってはいけない。『ゴドーを待ちながら』は、ものすごくくだらない待ち方をしている。ウラジーミルとエストラゴンというのはつまらない人間で、しがない人生を送っている。この二人が何かを期待するでもなく、ゴドーの来るのを、ただ待ちながら生きている。

ただ、生きる。しかし、待つことそのものが希望であり、人生であるということを私はこの演劇を観て感じたのです。「我々には待つことしかない。何を待つのか。それがわからないのだ。ただ待ち続けることが生きるということなのだ」。このゴドーの思想は、私に限りない希望を抱かせたのです。目的がわからないから希望を感じたのです。ここに、私は「不合理性の合理性」を体感したと思っているのです。

この劇は、始まりと終わりの言葉が印象的なのです。「どうにもならん」(Rien à faire.)、「いや、そうかもしれない」(Je commence à le croire.) という会話で始まり、「じゃあ、行くか」(Alors, on y va?)「ああ、行こう」(Allons-y.) という会話で終わる。そう言ったまま二人とも動かない。そこに私は実人生を感じ、希望があると感じるのです。人生とは、実は何もわからないのです。ただ生きる。将来を信ずる。つまり、生命の実存である「目的のない合目的性」。

第二幕の中にはウラジーミルのこんな台詞がありました。「そうだ、この広大なる混沌の中で、明らかなことはただ一つ、すなわち、我々はゴドーの来るのを待っているということだ」(Oui, dans cette immense confusion, une seule chose est claire: nous attendons que Godot vienne.) というものです。私はここに希望の根源を特に感じました。つまり、希望とはいいものでもないし、楽しいものでもない。それは、ただ生命の本質であるということです。待つことの中に生命の働きのすべてがあると言ってもよい。私はそれが形になったものが座禅だと思います。『ゴドーを待ちながら』と、ただひたすらに座る道元の只管打坐《しかんたざ》には通底するものを感ずるのです。

そして、このウラジーミルの言葉を思い出すと、いつもシェークスピアの『ハムレット』の第二幕に出てくるポローニアスの言葉も思い浮かべるのです。「これは狂気かもしれない。しかし、筋が通っている」(Though this be madness, yet there is method in't.) というものです。この二つの台詞はまさに不合理性の合理性です。苦しいときにこの二つの台詞を思い出すと、希望が湧き必ず自分の道が切り拓かれてきました。

私なりの、ゴドーとはいったい何者かを語りたいと思います。ゴドーは、フランス語では「Godot」です。そこから、ゴッド (God・神) ではないかと解釈する人が多いのですが、私は違うと思う。詩人の西脇順三郎が「幻影の人」「永劫の旅人」という言葉を詩集『旅人かへらず』の序文に書いています。「幻影の人」というのは何者か。西脇順三郎は、自分の中には近代人と原始人、そして幻影の人が棲《す》んでいると書いています。近代人というのは理知を表わし、原始人というのは自然を表わします。

「幻影の人」というのは原始人でもないし近代人でもない。原始人以前の追憶の存在で、「永劫の世界により近い人間の思ひ出であらう」と西脇は書いています。生命と宇宙の神秘と言えるものでしょう。私はゴドーというのは西脇が言う「幻影の人」ないし「永劫の旅人」ではないかと考えています。つまり、希望の根拠となる生命の実存です。

ゴドーにおける生命の実存は、よいものでも美しいものでもない。ただ「在るもの」です。しかし、それが大切なのです。幻影の人を見つめ続ければ、それは希望へと導かれていくのではないでしょうか。またこの幻影の人を考えるとき、私はいつでもジェイムス・ジョイスの文学『若き芸術家の肖像』と『ユリシーズ』の中に生きる人々の生活も思い浮かべているのです。多分、アイルランド人のもつ「希望」に感応しているのではないかと自分では思っています。

人間は人間の未来である

希望を表わす日本の文学では、椎名麟三の作品、特に『邂逅《かいこう》』が忘れられません。ここで椎名は「わかって欲しい時」、人間は虚無に陥りエゴイズムに走ることを描き、その結果、すべての希望を失うのだと説いています。そして「時代に対する責任を背負うとき」真の希望を得ると言っているのです。希望とは、そのようなものだから、戦いの中からしか生まれてこないと語っているのです。『邂逅』は、その最後を「さあ、愉快に、一緒にたたかおうぜ」という台詞で終わっています。主人公の古里安志は、「自己自身に出会った」からこそ、この言葉を言えたのです。つまり真の希望を垣間見たのでしょう。人間同士の、埋めることのできない溝を埋めるものは、はるか彼方にかすかに見える希望だけなのです。

この文学は、裏切りや挫折、そして死ととなり合わせの生《せい》から生まれた希望が描かれています。貧困と苦悩の中に、希望の根源と人間への愛、そして何よりも運命への愛が描き切られています。悲哀と苦悩の中から、希望は芽生えてくるのです。

ここに、私は椎名の理想を感ずるのです。それは、汚れ切ったままに、本当に死に果てる者はいないということです。呻吟《しんぎん》は、自動的に希望を生み出す働きがあるのです。人間の生命の奥深くには希望が隠されている。そして、それは神に通じているのだと椎名麟三は叫んでいるのです。

椎名は、マルチン・ブーバーの言う「神の蝕《しょく》」(Gottesfinsternis: ゴッテスフィンスタニス)、つまり神を見失った時代の暗やみにおける「希望」を描こうとしていると私は強く感じます。椎名文学は、暗さや苦悩の中から、真の希望が湧いてくることを現代に語りかけようとしているのです。つまり、不和対立を乗り越えての希望です。本物の希望は不満足の中からしか生まれない。明るい希望などはない。そして戦いの中からそれは形を現わしてくるに違いないということです。

対立こそが、希望を生み、それが「偉大なるもの」を創り上げていく。それが文明の仕組みであると『邂逅』は語っているのです。この文学は、希望を通しての、ひとつの文明論なのだと私は思っています。

椎名文学に接した後は、私はいつでも歌人・三浦義一の歌に思いを馳せていたのです。三浦義一は、歌集『悲天』において、椎名麟三とはまったく逆の立脚点に立ちながら、同じ希望について歌っていたのです。

くるしびを　わが耐えて来《こ》し　この太刀《たち》の　ほそき直刃《すぐは》を　見つつおもふも
いのちより　出づる言葉の　なき世とぞ　静かに思ふ　なほ生きにつつ

と、不和対立の絶えぬ世に持ち続ける、厳とした憧れを歌いました。そして、「往相《おうそう》はなほ一剣にして、還相《げんそう》はわが激情に尽くるか」と自ら記した通りに、一身を擲った激烈なる人生を送りました。私は、真の希望だけがその人生を支えたのだと思っています。

希望とは人生でもっとも尊いものであり、それは苦悩と不幸の中でますます増幅していくものです。そして、希望とは帰るべき故郷を指し示すことによって、人間に憧れを抱かせる。だから憧れが希望だとも言うことができるのです。その憧れは、時の回帰によって起きる。「レボルチオ・テンポリス」です。時の回帰とは現世的に言えば革命のことです。

革命とは、つまりは戦いそのものです。革命が生み出すものは、戦いであり、不幸であり、苦悩です。そして、その中から希望が芽生えてくる。だから革命の戦いにあって、不幸と苦悩を乗り越えた人にだけ、希望という恩寵がくるのです。つまり、希望とは革命の申し子なのです。だから、希望は満足と幸福に浸ると消滅していってしまうのです。

偉大な業績というのは、すべて使命（die Sendung）が創り出すものです。その使命は希望からしか生まれてきません。希望だけが、われわれを未来に向かって開かせる力があるのです。フランスの実存哲学者ジャン＝ポール・サルトルは、その『実存主義とは何か』の中で「希望だけが未来を創ることができる」と語っています。そして詩人フランシス・ポンジュの言葉を引用しているのです。「人間は来たるべき存在である。人間は人間の未来である」（L'homme est à venir. L'homme est l'avenir de l'homme.）。

つまり、人間とは未完結の存在であり、進化の途上にある生物だということです。人間は、出来上がってはいないし、その人間が創るこの世は混沌であり、何一つとしていいものはない。だからこそ希望があるということです。希望を摑むためには、勇気が必要である謂われは、ここに存するのです。

ところが、今の日本では、種々の統計を見てみると多くの人が「現状に満足している」という結果が出ています。「自分自身」も「社会」も変えたくないという傾向が強くなっている。特に若い人にその傾向が強い。つまりは、若い人が希望を失っているということです。希望があった頃は、みな革命的でした。

さて、最後は私の大好きなアポリネールの詩です。「希望」を考えたとき、私がいつも思い出すのは「ミラボー橋」という詩の一節です。何よりも音楽をもつ詩と言えるからです。

夜よ来い、時よ鳴れ。
日々は流れゆき、私は残る。

Vienne la nuit sonne l'heure.
Les jours s'en vont je demeure.

この詩を見るとき、私はブロッホが『ユートピアの精神』に書いた言葉を思い出します。「私はある。我々はある。それで十分だ。ともかく始めなければならない」です。「私は残る」と「私はある」。この部分こそ、希望の根本思想だと思うのです。この言葉を本当に言える人間になるためには、自己自身と出会う必要もあるし、時を回帰する必要もある。つまり、文明の初心に戻って自分の原点を見つめなくてはならないのです。

「夜よ来い、時よ鳴れ」というのは、時間の中に自己の存在を放擲している感じを受けます。そして「日々は流れゆき」という句の中には、不幸を抱き締めながら永遠を見つめようとしている悲しみを見出します。そのうえで、「私は残る」。自己自身と出会うことによって、希望という名の自己の生命が残るのです。

復活の息吹きを愛《かな》しまなければならぬ

別れに思う

まさに、無常を観ずべし

人生における、「別れ」について考えていきたいと思っています。人間は、その出生からして、「何ものか」と別れ続けて生きているのです。それを感ずる心があれば、別れが人生の核心を形創っているものの一つだと知ることになるでしょう。

まず、「別れ」の意義について考えたいと思います。別れとは、人生において出会いとともにもっとも大切なものです。別れがなければ出会いはなく、出会いがなければ別れはないのです。我々の生命は有限の時間を生きています。そのことを認識させてくれるものが別れだと私は確信しているのです。別れを知らなければ、人生の有限性がわからない。「別れとは何か」と問われたら、「有限な生命を認識するためのけじめである」と私は答えます。別れとは、けじめなのです。本当の別れと出会わない人は、けじめのない人生を送っていると言えましょう。

我々の人生は「時間」によって制約されているのです。そして、その時間は目で見ることも、手で触れることもできません。そのような宇宙的実存によって我々の生命は規定されているのです。その生命を、自らがどう把握するか。その手段ともなるべきものが、別れなのです。もちろん、出会いも同じなのですが、別れの方が強い衝撃として人生にけじめをつけることが多いのです。人生の有限性を認識するには、別れがもっとも認識しやすいと言えるのです。

別れによって、人生に起こるすべてのことは、マルチン・ブーバーが言う「形をもつ」ことができるようになる。つまり、自己の目の前に物質化され、可視化されるということです。このことによって、我々は人生のあらゆる事柄に何らかのけじめをつけながら生きることができるのです。したがって、出会いと別れ、それぞれを認識する力が強い人ほど、けじめのある個性に満ちた人生を築き上げることができると言ってもよいと思います。

もちろん、出会いと別れは人生の両輪を組み、どちらが欠けても人生は築けません。「出会い＋別れ＝いのち」という方程式も成り立ちます。この二つは、どちらを把握しても両者ともに理解することができます。二つは同じものだと言っても過言ではありません。「出会い」については、また別に論じているので、ここでは「別れ」について思索していきたいと考えています。しかし、この二つが、両輪として存在していることは、常に認識していなければなりません。

つまり、出会いと別れは、「生命の弁証法」を形成しているのです。どちらも人生にけじめをつけるものですが、別れの方がその衝撃が強い分だけわかりやすいと言うことです。人生において、出会いは「新生」を生み、別れは「復活」のみずみずしい息吹きを我々に与えてくれるのです。

古来、日本人は別れによって生命の有限性を認識し、それを「無常」と表現しました。無常の悲哀が、生命にみずみずしい再生の息吹きを送り込んでいたのです。この無常の哲学が、日本文化の中枢を占める「もののあはれ」という感性を創り上げたのです。ですから別れの認識のない人間には「もののあはれ」はわかりません。

道元の『正法眼蔵』に「当観《とうかん》無常」という言葉があります。「まさに、無常を観ずべし」と訓《よ》みます。道元は、これを日本人の根本的な心性と見ていました。つまり、無常を観じなければ、人生はわからないということです。人生がわからなければ、宗教そして生命も宇宙もわからないというのが道元の思想の根源です。

日本人は、別れを「無常」と理解してきました。その根本哲学は道元によって据えられたのです。また、無常を文学として後の世に伝えたものが『平家物語』です。いつの世も『平家物語』こそが、日本人の「別れ」がもつ悲哀を人々の中に響かせ続けてきたのです。つまり「無常」は、『平家物語』によって日本人の情感となり、道元によって哲学にまで高められたのです。

『平家物語』は、無常が生み出した文学の最高峰のひとつと言えます。私は『正法眼蔵』と『平家物語』、そして『山家集』が現代に至る日本的心性の根源を形創った古典だと考えています。若いころ小林秀雄氏と話したときに、『平家物語』は「日本人の思い出の原点である」と聞いたことがあります。「思い出」という言葉は、小林秀雄の思想の主題のひとつともなっています。「上手に思い出す事は非常に難しい」という日本的情感を、小林秀雄はことのほか大切にしていたのです。

まさに、この「上手に思い出す事は非常に難しい」という情感を、小林秀雄は自身の中心思想に確立していた。じつに日本的です。小林秀雄は、その思い出そのものが洗練されていたのです。小林氏の言う「思い出」とは、「無常の観念」を持ってはじめて築けるものです。だから現代人に「思い出」は少ないと私は思います。現代人は人生を無常だと思っていません。何か、もっと合理的で計算できるものであって、それこそ保障されているとさえ思っています。

『平家物語』の主題とは、一言で言えば、会うものは必ず別れる運命にあるということです。冒頭の「祇園精舎《ぎおんしょうじゃ》の鐘の声　諸行無常の響きあり　沙羅双樹《さらそうじゅ》の花の色　盛者必衰の理《ことわり》をあらわす――」にあるように、物語を貫くのは無常観です。それを凝縮した言葉が、巻十の維盛が入水する場面に出てくる「生者必滅《せいじゃひつめつ》、会者定離《えしゃじょうり》」です。生きているものは必ず死に、会ったものは別れる定めにあるということです。これが『平家物語』を貫く思想だと私は考えています。無常こそが別れの本質なのです。逆に言うと、別れがなければ無常を理解することはできない。『平家物語』が読み継がれてきたのは、無常を噛みしめる別れが、希望につながるからだと思います。

そうです。別れこそが希望を生み出してきたのです。ただの不幸な物語や、単なる悲哀なら読み継がれないと思います。『平家物語』が大切にされてきたのは、別れに由来する悲しみが真の希望をもたらすからです。現代の消費文明に生きる私たちにはここがわからない。それは喜びだけを望んでいるからです。明治時代は日本人がいちばん燃えた時期です。その時期に小学校でいちばん歌われたのは「青葉の笛」でした。

あの悲劇である一の谷のいくさを歌った歌です。「一の谷の軍《いくさ》破れ　討たれし平家の　公達《きんだち》あわれ――」。悲しい歌です。こういう悲しい歌を子供たちに教える意味が現代人にはわからないのです。真の憧れや希望は、悲しみの中から生まれるのです。日清日露の戦いという、もっとも燃えていた時期に、日本人は『平家物語』の精神を抱きしめていたのです。もう一つ挙げれば「荒城の月」です。この歌は、滅び行く武士の悲しみを歌った歌です。こういう歌を抱きしめながら、明治の人たちは人生の夢を語り、愛国心を持って奮い立ったのです。

そして、大東亜戦争で日本人を奮い立たせたのは、『万葉集』に歌われた大伴氏の言立てである「海ゆかば」と、大木惇夫《あつお》の歌集『海原にありて歌へる』に収められた「戦友別盃の歌」でした。これらも悲しみを湛えた別れの歌です。「海行《ゆ》かば　水漬《みづ》く屍《かばね》　山行かば　草生《む》す屍　大君の　辺《べ》にこそ死なめ　かへりみはせじ」。そして「言ふなかれ、君よ、わかれを、世の常を、また生き死にを、海ばらのはるけき果てに　今や、はた何をか言はん、――」です。私はこれらの歌を口ずさむと、いつも自己のもつ真のいのちが甦ってくるのを感じます。

まさに、悲しみを乗り越えた「復活」(ヴァスクレセーニエ：Воскресение)の喜びと言えましょう。この思想は、ギリシャ正教の中心思想でもあり、またトルストイが別れの真実を語り尽くした、あのカチューシャの悲恋を扱った名作『復活』において示したみずみずしい生命の息吹きです。苦しみと貧しさと悲しみの中から、真の「希望」と「明るさ」は生まれてくるのです。それが明治の日本の本質を形創っていたとも言えるのです。

ヨーロッパにおいても、中世の「明るさ」は「死を想え」(メメント・モリ：memento mori)の思想と、キリストの十字架への道を追体験する「悲しみの道」(ヴィア・ドロローサ：Via Dolorosa)の信仰の中から生まれ育ちました。もちろん、わが国の中世である鎌倉時代も、道元に代表される無常の悲しみの中から、真のいのちの希望を人々はその手に掴んでいったのです。

また、私は中学生の時に、血湧き肉躍る『十八史略』の中に、我が思う別れの詩を見出したのです。それは、ただ一人の刺客として秦の始皇帝暗殺に向かう、荊軻《けいか》の別れの悲しみを歌った「風蕭《しょう》々《しょう》として易水寒し、壮士ひとたび去りて復《ま》た還《かえ》らず」という漢詩文です。私はこの詩に、自己の生命の復活を見ていました。つまり、この別れの悲しみの状景が、私に限りない生命のひろがりを感じさせてくれたのです。

別れは、別れに出会わなければならない

別れを考えるときに絶対に忘れてはならないのは、「桜井の別れ」です。これは、歴史に残るもっとも崇高な別れの物語です。負けるとわかっている湊川《みなとがわ》の戦いに、楠木正成はその忠義のゆえに出陣しました。その直前、わが子正行《まさつら》と桜井の駅に訣別する。ここで、天皇から下賜された菊水の剣と呼ばれていた月山《がっさん》の刀を正行に渡しながら、楠木一族の最後の一人まで、忠義のために死するように教えさとす歴史の真実です。これも明治に落合直文の詩による「大楠公」という悲しい名曲として歌い継がれていました。まさに、日本人の永遠の魂そのものと言えましょう。

そして、この歴史的な別れが生んだ偉大な言葉が、あの湊川における、正成の最後の言葉なのです。「七生まで、ただ同じ人間に生まれて、朝敵を滅さばやとこそ存じ候へ」です。つまり、「七生報国」。関心のある人はぜひとも『太平記』を読んでもらいたいです。この逸話は頭で理解しようと思ってはだめです。その清らかさと崇高さを感じなければなりません。桜井の別れは「恋闕《れんけつ》の形而上学」の一つだと私は考えています。

「恋闕の形而上学」は、三島由紀夫の文学に対して、私が創った言葉です。三島の文学を貫く、忠義

の思想の言語化です。恋闕とは、天皇に対する忠義を表わす言葉です。その忠義が、人生の憧れと化し、それを恋い慕って生きる人生哲学を表わしています。

忠義と、それがもたらす崇高な別れを人生の哲学と化し、それを生きる核心にもちたいと私は思っているのです。そのためには、歴史上の恋闕の物語を知らなければなりません。そして、その物語を自己の夢と化して、自己の血肉と成すのです。つまり、思想をエネルギーの固まりとして把握する自分だけの形而上学へと昇華させるのです。人間は弱い。だから、歴史の事実を深く知らなければ、必ず砕け果ててしまうのです。

恋闕の形而上学は、忠義のために自己の一身を擲つことだけを大切にする思想です。だから、理屈は一切無い。不合理の極みを憧れとするのです。私は、西脇順三郎の「脳髄を破壊して、永遠の中へ溶けこむ他ない」という詩の言葉と共に、この思想を噛みしめているのです。つまり、それは「血の思想」ということに他なりません。

桜井の別れを語れば、やはり私の魂の友である三浦義一の歌を挙げざるを得ません。三浦には桜井の別れを詠った歌が数首あります。

全《また》けくし　仕えまつらく　父と子と　永久《とは》に別れき　泣かざらめやも
畏《かしこ》くも　たび賜《たま》ひたる　みつるぎを　しづかに執《と》りて　吾子《あこ》に継がしき

桜井の別れを詠った歌は多いですが、頭抜けた歌だと思います。最初の歌は日本武尊の「命の　全けむ人は――」という有名な辞世を見すえています。「全けく」とは、生命が充溢《じゅういつ》し潑剌としていることを言います。二首目の「たび賜ふ」は、賜うことへの二重の敬語です。また「みつるぎ」は一般には菊水の剣と言われている月山の刀のことです。

三浦義一は戦後、GHQと渡り合い、日本の「歴史」を残すために奮闘した人物です。三浦は、打ち砕かれ、あらゆるものと別れ続けて生きた人間です。だからこそ、その恋闕の詩歌は、高く清く悲しい響きを放っているのです。

「桜井の別れ」には別れの本質がある。昔の武士にとって家系は神に等しいものでした。だから子供というのは現代人の想像を超えた宝物なのです。その子供に「死ね」と言えるのは、死が悪いものだと思っている現代人とは、その考え方が違うということなのです。恩と義理に生きていた封建時代には、自分の命よりも大切なものがあったのです。自分の命が尊ければ尊いほど、その命を「崇高なるもの」に捧げ尽くそうとしていたのです。

桜井の別れから想起することは、一片のすがすがしさと、別れが生む人生の崇高性です。だからこそ、私は桜井の別れを考えるとき、『唐詩選』にある王維の「送別」という詩を思い出すのでしょう。それは湧き出ずる希望を歌っています。「ただ去つて、復《ま》た問ふことなかれ　白雲は尽くる時なからん」というものです。桜井の悲しみは、実にいのちの復活を生み出すのです。

人生において、我々の生命は別れを見つめ、その連続によって成り立っています。まさに井伏鱒二の言う「人生、別れに足る」です。それを桜井の別れは思い起こさせてくれる。そして、我が胸を去来するのはリルケの『ドゥイノの悲歌』にある「そのように我々は生き、常に別れをもつ」(So leben wir und nehmen immer Abschied.) なのです。

出会いについて、ドイツの哲学者マルチン・ブーバーは、「一回性」(Die Einmaligkeit) の重要さを語っています。そして、それはそのまま「別れ」にも言えることなのです。一回性とは、つまりは強烈な「けじめ」のことです。別れも、けじめそのものです。「一回性の恐るべき眼差し」に見つめられているものが別れなのです。

これを受け入れるには勇気しかない。勇気を振り絞ってけじめと対面すれば、そこからみずみずしい「復活」の息吹きが芽生えてくるに違いありません。あらゆる人生の出来事が、このけじめによって、形をもってきます。すべてブーバーの言うように「生《い》きた生《せい》は、一回性の流れの中においてのみ、試され成就される」のです。

じつは我々は、別れによってのみ、自己の人生を確認しているのです。「自己と別れる」ことが道元の言う、自己を捨てることに繋がっている。そこに仏道の本体があると道元は言っているのです。だからこそ、自己と別れるために、前もって自己と出会わなければならないと語っている哲学が『正法眼蔵』なのです。よい別れは永遠との繋がりを創り上げているのです。永遠とは、無限定な時間を言うのではありません。つまり、よい別れによって、我々は永遠を摑み取る生き方ができるようになるのです。

私自身は、自己の人生で出会いと別れを自分なりにもっとも大切に思ってきました。私は、あらゆるものとの出会いを認識するために、出会ったとき、すぐに別れを考える習慣を身につけています。それが、私の生を躍動させているのです。つまり私は、ミシェル・フーコーの「おそらく、その終焉《しゅうえん》は間近いのだ」（エ・プテートル・ラ・ファン・プロシェーンヌ：Et peut-être la fin prochaine.）という思想を大切にして生きてきたのです。その思想が、出会いを活かし、別れを受け入れさせてきたと思っています。

終わりのないものに「けじめ」はありません。終わりのあることを知ることが、人生ではもっとも大切な考え方なのです。私は、終わりを絶えず考えることによって、自分なりに自己を永遠の中に位置づけることができるようになったと思っています。運命とは、交叉し別れることによってその本質が成り立っているのです。

ここに、別れが出発に繋がる本質があるのです。別れは新しい出発を生み出します。そのことを詩として表現したのが、詩歌随筆集『友よ』にも書いた萩原朔太郎の詩「告別」です。この詩は、別れがそのまま新しい出発になることを謳い上げた最高の文学です。

「汽車は出発せんと欲し　汽罐《かま》に石炭は積まれたり。いま遠き信号燈《しぐなる》と鉄路の向ふへ　汽車は国境を越え行かんとす。　人のいかなる愛着もて　かくも機関車の火力されたる　烈しき熱情をなだめ得んや。　駅路に見送る人々よ　悲しみの底に歯がみしつつ　告別の傷みに破る勿れ。　汽車は出発せんと欲して　すさまじく蒸気を噴き出し　裂けたる如くに吠え叫び　汽笛を鳴らし吹き鳴らせり。」

この詩は、生命とは何かを表わしています。昔、仏文学者で文芸批評家の村松剛氏と、この詩について文学論をたたかわせたことがあります。その時、村松氏はこの詩を評して「朔太郎の内臓である」と言っていたのです。そして、村松氏は続けて「この詩には〈思い出〉というものがある。思い出がなければ別れることはできない。それが詩の内部にうごめいている」と語っていたのです。

もちろん、すべての別れにおいて、思い出だけが新しい出発の起点となることを知らなければなりません。思い出は、出会いによって生まれます。だから、別れは別れに出会わなければならないのです。別れは別れに出会うことによって永遠の中に溶け込むのです。

生命の弁証法を見つめよ

シェークスピアのソネット三十番に「I summon up remembrance of things past.」という詩句があります。「過ぎ去ったものの思い出を呼び出す」ということです。人生とは、過ぎ去ったものの思い出を呼び出して、それによって新しい人生に向かっていくとシェークスピアも謳っているのです。思い出を呼び醒ますことによって、我々は真の別れを摑むことができるのです。

付け加えると"remembrance of things past"という詩句は、プルーストの名作『失われた時を求めて』をC・K・スコット＝モンクリーフが英訳したときの題名にもなっています。『失われた時を求めて』は、新たな出発の足場となるのは思い出であるという思想がその全篇を貫いています。じつに当を得た「訳」だと感心します。

さてここで、その「思い出」を定義しておきたいと思います。これについては、モーリス・メルロ＝ポンティが素晴らしい定義をしています。自己が「それによって存在している」(en être: アン・エートル) ものという哲学概念を表わす言葉に集約しています。人は思い出によってしか存在できないということです。人は思い出によって存在し、思い出と別れることで新たに出発するのです。

三浦義一は、別れをつんざいて進む、その本質を穿《うが》つ歌を数多く残しています。

もののふの　かつ行《ゆ》きにけん　ひとすじの　荒涼のみちを　来《きた》りけるかも

苦しびを　静かに耐へし　ますらをの　いにしへびとを　思ひわが居《を》り

この「荒涼のみち」と「いにしへびと」の思い出が、三浦の「アン・エートル」になっているのです。

偉大な業績を残した人々はみな、その人生の中で悲しみを噛みしめています。その悲しみの代表が別れなのです。これは「生命の弁証法」であり、「不合理性の合理性」とも言うことができます。現代人の行き詰まりは、生命を弁証法的に捉えていないからです。

生命を弁証法的に捉えるとは何か。生命は二項対立で成り立っています。悲しみがあるから喜びがあり、不幸があるから幸福がある。悲しみや不幸を受け入れなければ人生は回転しません。だから幸福になりたいとのみ願っている者は絶対に幸福になれません。かえって不幸になりたいと考えている者の方が、幸福になれる可能性がある。別れを受け入れなければ出会いはない、貧しさを受け入れなければ豊かさはない、野蛮性を受け入れなければ高貴性はない。野性を受け入れなければ聖性はない。そして非日常を抱きしめなければ日常はないのです。

このことを現代人は理解しようとしません。ここから思い出という過去によって、未来が創り出されていることがわかるのです。つまり、不合理性の合理性です。それゆえ、世界でもっとも不合理な宗教でもあるキリスト教を受け入れた西洋が、世界でもっとも合理的な科学を生み出すことができた。合理的である仏教を受け入れた東洋は非科学的なままでした。じつに面白いです。これが生命の弁証法です。ですから不幸を嘆く必要などまったくないのです。不幸は幸福と何ら変わりません。日本にも「禍福はあざなえる縄のごとし」という諺がありますが、まさにその通りなのです。

モンテーニュは、その『随想録』において、「人生は、それ自体、幸福でも不幸でもない。それは用い方ひとつで、幸福の場所にも不幸の場所にもなる」と言っています。このように古典や諺には生命の弁証法が多いです。人類の英知は、そのほとんどが生命の弁証法になっているのです。先程の思い出が別れを創り、それが未来を創るというのも、いま言った生命の弁証法なのです。

私が身近に出会い、そして永久の別れをもった画家に戸嶋靖昌がいます。戸嶋は、金銭にも名声にも興味がありませんでした。そしてシューベルトの「冬の旅」とバッハの「マタイ受難曲」をことのほかに好んでいたのです。「マタイ受難曲」も別れを主題としていますが、「冬の旅」も別れそのものを歌い上げているのです。

「冬の旅」の詩は、ロマン派の詩人ヴィルヘルム・ミュラーによるものです。戸嶋はいつもこの歌を「Fremd bin ich eingezogen, Fremd zieh'ich wieder aus.」というドイツ語で歌っていました。日本語に翻訳すれば「よそ者として訪れ、よそ者として去り行く」という内容です。戸嶋は死ぬ直前までこれを歌っていました。

だから、これは戸嶋の本質なのだと思うのです。つまり、戸嶋は自分をこの世の客人、旅人だと思っていた。戸嶋の人生とは自己の人生と別れ続けることだったと私は考えます。別れ続けながら生きていたから、いつも新しいものに出会えたのではないでしょうか。私は、今は亡き我が友をそう思っているのです。

そして戸嶋は、病による余命宣告を受けた後、最後の力を振り絞り、一ヵ月をかけて五十号の「魅せられたる魂」と題した私の肖像画を描き、描き終わった日に倒れ、そのまま寝込みつつ死に行きました。最期の言葉は「あの画が、私の芸術の新しい出発になる」というものでした。つまり、絶筆が新たなる出発になったのです。認められることもなく、多くの人に誤解され、金もなく、素うどんを食べながら創作を続けた人生でした。しかし、死が新たな出発になったとは、幸福以外の何ものでもありません。戸嶋は、生命の弁証法を生き切ったのです。

別れ続けながら生きるという意味で、もっとも偉大な存在は松尾芭蕉です。芭蕉は物質や時間、あらゆるものと別れながら生きていたと私は考えます。そして、芭蕉の俳句のほとんどには、別れがその中心思想として存在しています。

名作『奥の細道』の冒頭に、その思想は見事に表現されています。「月日は百代の過客にして、行きかふ年も又旅人也」。道元に匹敵します。芭蕉にとっては自分だけでなく、木も石も空も時間もそれぞれが永遠の旅人です。『奥の細道』を読むと、芭蕉の俳句はそのほとんどが何物かとの別れを詠《よ》んでいると感じます。昔の旅は、それ自体、非日常そのものでした。

芭蕉を現代に移植したような詩人、西脇順三郎の詩集『えてるにたす』に、非日常を表わす「人間という時間から離れたい」という言葉があります。つまり、悲しみの極限の体験です。この感覚が持てないと、なかなか別れを実感することはできないのではないかと思います。逆説的になりますが、自分が人間らしくありたいと思っていると、「別れ」から「永遠につながる生命」を感知しづらいのではないかと私は思っています。私の場合は「人間でなくなりたい」と思うことによって、永遠の中に溶け込むことが少しはできるようになった気がしています。

「人間という時間から離れたい」という実感は、絶望に近いものかもしれません。たとえば、楠木正成が湊川へ赴くときに楚俊から与えられた言葉である「両頭ともに截断《せつだん》せば、一剣天に倚《よ》って寒《すさま》じ」が腑に落ちたのは、もう自分が人間でありたくないと思ったときなのです。そういう個人的な体験がありますから、別れが永遠の始まりだと感知するには「人間という時間から離れたい」という感覚を持つことが必要ではないかと思っているのです。

リルケの『ドゥイノの悲歌』の第八歌は、日常の生活を脱して、非日常を体験することの大切さを歌っています。リルケは日常を「世界」(die Welt) と表わし、非日常を「純粋な空間」(der reinen Raum) と表現しました。私は、この「純粋な空間」が永遠と自己が交叉するところだと思っています。そして、リルケはその場所を「ないのない、どこでもないところ」(Nirgends ohne Nicht.) と言っているのです。ここが非日常の世界であり、永遠と交叉する「別れ」の真の場所なのです。ここが「純粋な空間」であり、私が「人間という時間から離れたい」と思ったときに行けた、永遠と自分が交叉する場所なのです。つまり、真の別れを体験する場所です。

少し話がずれますが、リルケの「純粋な空間」こそが埴谷雄高の『死霊』の世界なのです。『死霊』の世界を現世だと思うと、この文学はまったく理解できなくなります。「ないのない、どこでもないところ」を描き、そこで書かれた文学だと思うと『死霊』の魂が腑に落ちるのです。

無関心という比類なき怪物

さて、ここで私が自己の人生で体験した、絶対的な「生命の敵」について語りたいと思います。つまり、人生における最大最高の「残酷」です。それは、「無関心」ということに尽きるのです。「生きるとは何か」に無関心であることが、生命の最大の敵なのです。この無関心には、「無為」と「無責任」という概念も含まれます。そして、無関心とは、「けじめ」としての「別れ」を知らないことによって生ずるのです。別れを知らなければ出会いもない。それによって生命に対する無関心が生ずる。私はこれが現代最大の問題だと考えています。現代では、別れを知らぬことが「生命の敵」を創り出す思想的温床となっているのです。

生きることに対する無関心によって生ずる思考の代表が、原子核兵器を中心とする大量破壊兵器の開発と、それを主軸とした都市への「無差別攻撃の思想」です。この思想は、二十世紀に「発明」されたものなのです。そして、それは地球上の生命の弁証法を破壊するゆえに絶対的な生命の敵となる思想なのです。

私が言う生命の弁証法とは、つまりは「別れ」は「出会い」を生み、その逆もまた真なりということです。不幸は幸福の原因となり、悲劇はあらゆる人間性の練磨の原因となっているのです。人生の因果応報は無限に回転します。それが一般の悲劇とも言えましょう。そして、それらは悲劇ですが、また人生を築く基ともなるものなのです。戦争ですら、人間の生きる力を高める働きも現実にあるのです。生命の弁証法では、不運を嘆き、悲しみに沈むことも尊いことに繋がっているのです。

しかし、この無常に包まれた生命の法則を覆す、純粋の悪が存在しています。人口密集地帯への「無差別攻撃の思想」です。それは、生命に与えられた善悪の彼岸とも言うべきすべての可能性を取り去ってしまいます。生命の悲喜劇すら起こらなくなってしまうのです。別れもなく出会いもない。そして、悲しむことも憎むことも消滅させてしまうのです。つまり、これを生命の弁証法の破壊と呼んでいるのです。これは、人間存在に対する無関心が生み出した現代の病巣であり、また思想なのです。

原水爆を例に挙げましょう。都市の上空で炸裂する原水爆は瞬間に生命を消滅させてしまいます。

これは殺人ですらありません。別れることも悲しむことも許しません。ここに生命の弁証法の破壊があるのです。

なぜこうしたものが作られ、実際に投下されたのか。それは生命に対する無関心からです。これが、アメリカを中心とした現代物質文明の病巣なのです。この世でもっとも残酷な悪人でも、原水爆を落とすことはできません。できるのは生命に対して無関心な善人だけです。いかなる人間も、生命に対する関心だけは持ち続けなければなりません。人間は、善人でも悪人でも、何でもかまわないのです。人生など、不幸でも何でもいいのです。ただ生命と、その「祈り」である「生きること」に関心をもたなければすべてがないのです。生命の弁証法を抱きしめることだけが、人生を生きるということに繋がるのです。

私は戦争すら否定しません。なぜならそこには別れや出会い、そしてあらゆる悲劇があるからです。しかし、原水爆を使った「戦争」はもはや戦争とは言えません。広島そして長崎への原爆投下を扱った、井伏鱒二の『黒い雨』や秋月辰一郎の『長崎原爆記』を読み強く感じたのは、これらの内容がすでに悲劇ですらないということです。それは人間の所業ではなく、生命に無関心な連中の殺戮の遊びとも言うべき、生命に対する冒瀆があるだけです。まさに原水爆は、アンドレ・マルローが言う「比類なき怪物」(ル・モンストル・アンコンパラブル：le monstre incomparable)にほかなりません。

この怪物が生まれた思想的背景を素晴らしい文学に仕立て上げたのが、三島由紀夫の『美しい星』です。この作品はぜひ読んでほしい。とにかく、原爆投下と比べれば、どんな虐殺も「人間らしい」とさえ言えます。虐殺というのは、人間が人間を殺しているのです。これは反省することもできれば悲しむこともできます。原水爆は違います。涙すら出ません。泣くことすらできない。我々の生のすべては、一瞬にして「無」になる。つまり、「人間の生命」の問題ではなくなってしまうのです。

我々の文明が、生命の弁証法を蔑ろにしてきたことによって、この無関心が生み出されました。つまり、現代物質文明の病です。不幸を嫌い、別れを嫌い、貧しさを嫌い、とにかく「楽」しか欲しくないというのが現代人です。これでは生命の弁証法が成り立ちません。そうなると、人は自分自身も含めて人間の生命や生きることに対して徐々に無関心になっていきます。生きることよりも、「楽」をすることの方が大切になってしまうのです。

「原子力の平和利用」などという詭弁《きべん》も、この「人間の生命に対する無関心」の延長線上にある考え方であると私は思っています。原子力は、生命の法則を犯すものです。そして、それは人間の力では解決できない物質なのです。人間が人間として「責任」を持つことが、物理的に不可能な代物です。原子力は経済の問題でも、電力の問題でも、環境の問題でもないのです。それは人間の内部に潜む魔性の問題であり、人類の終末論にかかわる問題なのだと認識しなければなりません。

生命の最大の敵が無関心であることに気づいた文学者に堀田善衛がいます。堀田は昭和二十年三月十日の東京大空襲の体験をその『方丈記私記』に書いています。この中で「人間存在というものの根源的な無責任さ」という言葉を使い、東京大空襲のありのままの姿と自分の心情を語っているのです。堀田は「死ぬのは、その他者であって自分ではない」と思う自分を認識し、「人間は、他の人間の不幸についてなんの責任もとれぬ」ということを実感したとも記しています。つまり、あの大空襲も、現代人がもつ生命に対する無関心が招いたのだと堀田は自分自身の現代人性をも凝視しながら描いているのです。

この東京大空襲をしのぐ惨禍が広島と長崎の原爆投下です。これらの惨禍は戦争の名に値しません。そこにあるのは生命に対する無関心だけです。私はここには「殺戮」という人間の言葉すら使いたくない。一般市民しか暮らしていないとわかっている都市に、爆弾をばらまいたり原爆を投下したりするというのは、戦争ではないし、人間の行為でもありません。そこには悲劇すら存在しません。一瞬の殲滅は、すべての人間の「思い出」を根こそぎにしてしまうのです。人間に別れることも、悲しむことも、不幸を噛みしめることをも許さない。つまり、生命の弁証法を破壊してしまうのです。

このような怪物的な「思想」を生み出した現代という時代を、我々はもっと真剣に考えなければなりません。それは安楽と保障だけを追求した結果、生まれた思想なのです。安楽と保障だけを求める考え方が、生命に対する無関心を生み出したのです。「楽」をして豊かになり、勝ちたいという思想そのものが、原子力のような化け物を生み出すまでになってしまったのです。生命の敵とは、「生命の悲哀」を見つめさせないものを言うのです。つまり、生命の全体を見て、それをそのまま受け入れることをしない。現代を覆う「物質文明」とその結果としての「経済成長至上主義」を問い直さなければならないのです。

エミール・シオランは、「最後の審判のとき、人が吟味するものはただ涙だけであろう」(Au Jugement dernier on ne pèsera que les larmes.)という言葉で生命の悲哀を語りました。この涙こそが「何と別れて来たのか」の証となるものです。つまり、どう生きて来たのか。そしてどこへ向かって死ぬのかということに尽きるのではないでしょうか。別れを経験していない人間に吟味すべき涙はありません。人生の価値とは、涙によってしか量れないのです。

あとがき

今は、本書を世に上梓できたことを何よりも喜んでいる。これは、ひとえに数多くの幸運が重なったことによるものである。望外の幸せとしか言いようがない。

私は文明の「魂」を慕いつつも、実存の「骨と肉」に苦しみ続けて来たひとりの男である。その男がもつ「思考の軌跡」というものを、ここに少しは辿ることができたのではないかと思っている。思考の軌跡とは、つまりは多くの人がそうであるような、生きるために呻吟する生《せい》の痕跡ということであろう。人生を考え続ける今生の旅人の、その思い出と言ってもよい。

それが、一切の虚飾を排して、ここに出来上がったことに誇りを感じている。つまり、説明的な解析を慎むことによって、自ずからなる「直」が現成しているものと成ったと自分では思っている。私はここにおいて、思索とその裏付けとしての読書の大切さを訴えたかった。過去の歴史と文化に根差した判断力を、各人がもつことの重みを問いかけているのである。

そのゆえに、多くの人名と書名、そして過去の人々の言葉を挙げた。その幾つかが、読者の魂に響く言葉や書物となれば嬉しい。思索とは、頭脳ではなく、魂の奥底から湧き上がる生命の涙と言えるものではないか。私はそう思っているのだ。

真の意見とは何かを問いたい。それを考え、それを持つことが、人の生きる上でもっとも大切なことだと思っている。つまり、各々の人が、人類の歴史と文化に自分自身で「何ものか」を問うことをしてもらいたいのだ。私は本書において、そのための一助となるであろうと信ずる、自己の体験を語り続けたつもりでいる。

未来は過去の堆積のもとにある。そして現存する人間の判断力だけが、人類の未来を創り上げる。だからこそ、我々は過去に学ばなくてはならない。祖先の魂に触れる必要があるのだ。我々の祖先が築き上げてきた、人類の憧れを引き継がなければならないのである。

私が他者に言い得ることはそれしかない。あとは、ただただ私の体験を語るだけである。自分が信ずることを語る以外、私には何もできない。信ずるとは、憧れを語り続けることに他ならない。つまり、自己のいのちを未来に捧げ尽くすことであろう。

私は未来を信ずる。だから、語り続けなければならないと思っているのだ。わが語りかけの拙さは、ただに読者の寛容の心のうちに、その恥を雪がせていただきたいと願っている。

さて、本書は産経新聞社の月刊誌「正論」に、月一回二年間、つまり二十四回にわたり連載されたインタビュー記事「根源へ――草舟立言」が元となっている。すべては「正論」編集長、桑原聡氏の導きによって語り続けたものである。桑原氏に、企画と題名そのものをいただき、私の考え方を世に問うための先導を行なっていただいたのだ。

桑原氏の導きがなければ、私自身に語り続ける能力はまったくなかったと言えるだろう。桑原氏のもつ歴史・哲学・文学の厖大な見識が、私の中から必要な知識を引き出してくれたのである。御礼の言葉も見つからない。いまはただ、月ごとに繰り広げた、桑原氏とのインタビューのやり取りと、その後の宴の楽しさだけが思い出される。

そして、インタビュー連載の途上にあって、講談社から出版の話が私に来た。単行本にするに当たり、その特徴を強めるために「ひとり語り」の形式に変えたいという依頼を受けたのだ。その時、桑原氏は「私の存在は一切気にかけないで下さい。執行さんがやり易いように、好きに書き直して結構です」という言葉を私に手向けてくれたのである。だから、この桑原氏の言葉によって、本書をまとめることができたと言えるのだ。その度量は、感謝の前に尊敬に値するものだと実感している。

そのような事情によって、「正論」のインタビュー記事を、私が「独白」の形に書き換え、またその折に加筆訂正をなしたものが本書なのである。元来が、独立した主題に基づく、二十四回のインタビューであったので、論旨や例題の重複や順逆がある。それに関しては、オリジナルのみずみずしさを残したいために、あまり手を加えなかった。何卒、その主旨を踏まえて御理解いただきたい。

また、本書の元となるインタビューが、一年半を迎えた頃、インタビューそのものを支えてくれた、我が事業の創業以来の友である上原安紀子が、病のゆえにその五十九年の生涯を閉じるという事態が起こった。私は、三十年来の右腕とも恃む人物を喪ったのだ。上原安紀子は、何よりも「正論」のインタビューを好み、その準備に奔走してくれた。そして、インタビューを共に楽しんでいた仲間であった。私は、続けることが困難なほどの悲しみと落胆を覚えたのである。

その時に、講談社の内藤裕之氏から本書の出版の話が来たのだ。これが、インタビューそのものを続けさせる気力を内部から甦らせてくれたように思っている。内藤氏とは、先に『生くる』『友よ』の出版以来の間柄であった。

そして、上原安紀子の葬儀の直後に、単行本への具体的な話がつめられていった。まさに本書は、何よりも「根源へ」のインタビューそのものを好きであった上原安紀子の位牌が立ち線香の漂う中で、その出版が決まった書物なのである。いま思うに、私と上原安紀子に対して抱いてくださった内藤氏とその奥様の想いには頭が下がるばかりである。私はこれらの運命に、何か本書がもつ社会的使命を感じているのだ。

最後に、本書の出版までには、多くの人たちの協力を得た。ここに一人ひとりの名を挙げることはできないが、心からの御礼を申し上げたい。

平成二十五年九月

柿ノ木坂　寓居にて

執行　草舟

初出一覧

本書は月刊誌「正論」（産経新聞社発行）誌上に、平成二十三年から二年間に亘り掲載されたインタビュー「根源へ ── 草舟立言」を基に加筆、改稿したものです。

平成二十三年
十月号　第一回「死生観について」
十一月号　第二回「不合理について」
十二月号　第三回「科学について」

平成二十四年
一月号　第四回「言葉について」
二月号　第五回「自死について」
三月号　第六回「名誉心について」
四月号　第七回「個性について」
五月号　第八回「運命について」
六月号　第九回「進化について」
七月号　第十回「宗教心について」
八月号　第十一回「自由について」
九月号　第十二回「芸術について」
十月号　第十三回「情熱について」（前篇）
十一月号　第十四回「情熱について」（後篇）
十二月号　第十五回「老いについて」（前篇）

平成二十五年
一月号　第十六回「老いについて」（後篇）
二月号　第十七回「文学について」（前篇）
三月号　第十八回「文学について」（後篇）
四月号　第十九回「罪と恥について」（前篇）
五月号　第二十回「罪と恥について」（後篇）
六月号　第二十一回「出会いについて」
七月号　第二十二回「孤独について」
八月号　第二十三回「希望について」
九月号　第二十四回「別れについて」

人名索引（日本）

あ

会津八一（一八八一―一九五六）大正・昭和の歌人・書家。日本美術復興に尽す。――246、247

秋月辰一郎（一九一六―二〇〇五）医師。『長崎原爆記』等。――466

芥川比呂志（一九二〇―一九八一）舞台俳優・演出家。芥川龍之介の長男。――84、260、261、285、286

芥川龍之介（一八九二―一九二七）大正時代の作家。『河童』『羅生門』等。――92、93、148、149、230、260、285、305、306、328―331

足利尊氏（一三〇五―一三五八）室町幕府初代将軍。北朝を立てる。――32

阿南惟幾（一八八七―一九四五）昭和の陸軍大将。最後の陸相。――97

安部公房（一九二四―一九九三）前衛の作家・劇作家。『砂の女』『燃えつきた地図』等。――89、272、275

天忍日命（あめのおしひのみこと）神代の神話。天孫降臨の先兵。大伴氏の祖神。――29

新井白石（一六五七―一七二五）江戸中期の儒学者・政治家。『読史余論』等。――319

飯沼勲　三島由紀夫『豊饒の海 第二巻「奔馬」』の主人公。――99

イザナギ（伊邪那岐）日本神話の国産みの神。イザナミの夫。――87、191

イザナミ（伊邪那美）日本神話の国産みの神。イザナギの妻。――87

石田梅岩（一六八五―一七四四）江戸中期の学者。石門心学の祖。『都鄙問答』『斉家論』等。――264

一遍（一二三九―一二八九）鎌倉時代の僧。伊予国出身。時宗開祖。――422、423

井上哲次郎（一八五五―一九四四）明治・大正の哲学者。『日本陽明学派之哲学』等。――128

井上靖（一九〇七―一九九一）作家。『天平の甍』『蒼き狼』等。――247

井伏鱒二（一八九八―一九九三）作家。『黒い雨』『遙拝隊長』等。――457、466

今西錦司（一九〇二―一九九二）生物学者・探検家。京大人文科学研究所。――321

今村昌平（一九二六―二〇〇六）映画監督。『楢山節考』等。――15

内沼幸雄（一九三五―）精神医学者。『羞恥の構造』等。――378、379

内村鑑三（一八六一―一九三〇）明治・大正のキリスト教の代表的指導者。『代表的日本人』等。――36、132、323―327、330、343、346

宇野重吉（一九一四―一九八八）舞台俳優・演出家。劇団民藝。――442

梅棹忠夫（一九二〇―二〇一〇）生態学者・民族学者。京大人文科学研究所。『文明の生態史観』等。――321

栄西（一一四一―一二一五）臨済宗の開祖。明庵栄西。『喫茶養生記』等。――55

慧端（えたん）（一六四二―一七二一）道鏡慧端（正受老人）。臨済宗の禅僧。白隠の師。――291

大木惇夫（一八九五―一九七七）詩人。『海原にありて歌へる』等。――454

大国主（おおくにぬし）出雲系日本神話の主神。スサノヲの子孫。――189

大滝秀治（一九二五―二〇一二）舞台俳優。東京出身。劇団民藝。――442

大伴家持（七一六？―七八五）奈良時代の貴族・万葉歌人。『万葉集』を編纂。――28、29、31、34、454

大西瀧治郎（一八九一―一九四五）海軍

中将。特攻の生みの親。――97
岡倉天心（一八六二―一九一三）明治時代の美術家・思想家。『茶の本』等。――328、335
桶谷秀昭（一九三二―）文芸批評家。『昭和精神史』『中世のこころ』等。――21、156、224、321、407
小澤征爾（一九三五―）指揮者。欧米において活躍。――195
織田信長（一五三四―一五八二）戦国・安土桃山時代の武将。――32、131
落合直文（一八六一―一九〇三）明治時代の国文学者・歌人。――455
折口信夫（一八八七―一九五三）大正・昭和の民俗学者・国文学者・歌人。『死者の書』『倭をぐな』等。――71、72、361

か

月山（がっさん）鎌倉時代から活躍する刀工とその一派。出羽国月山を拠点とした。――455、457
亀井勝一郎（一九〇七―一九六六）文芸評論家。『日本人の精神史』『大和古寺風物誌』等。――223
鴨長明（一一五五？―一二一六）鎌倉初期の歌人。『方丈記』『発心集』等。――223
川端康成（一八九九―一九七二）作家。日本初のノーベル文学賞受賞。『雪国』『伊豆の踊子』等。――92、100
菅野覚明（一九五六―）日本思想・日本倫理学者。『武士道の逆襲』等。――364
木曾義仲（一一五四―一一八四）平安後期の武将。源義仲。源為義の孫。304
北畠親房（一二九三―一三五四）南北朝時代の公卿。『神皇正統記』等。――32、97、119、176
木下恵介（一九一二―一九九八）映画監督・脚本家。『楢山節考』『二十四の瞳』等。――15
空海（七七四―八三五）平安初期の名僧。真言宗の開祖。弘法大師。―93
九鬼周造（一八八八―一九四一）大正―昭和の哲学者。『いきの構造』等。――380
楠木正成（一二九四―一三三六）南北朝時代の武将。南朝の忠臣。――32、97、132、152、265、455、463
楠木正行（一三二六―一三四八）南北朝時代の武将。楠木正成の子。――455
黒川紀章（一九三四―二〇〇七）国際的な建築家。『都市デザイン』等。―30
桑原聡（一九五七―）産経新聞社・月刊「正論」編集長。『酒とジャズの日々』等。――130、131、470、471
小林秀雄（一九〇二―一九八三）文芸評論家。『本居宣長』『無常といふ事』等。――33、34、176、223、321、417、452、453
五味康祐（一九二一―一九八〇）作家。『柳生武芸帳』『西方の音』等。―232

さ

西行（一一一八―一一九〇）平安後期から鎌倉前期の歌人。『山家集』等。――28、33―35、38、39、222、282、305
西郷隆盛（一八二七―一八七七）幕末・維新の政治家。薩摩藩士。――97
斎藤実盛（？―一一八三）平安後期の武将。『平家物語』で有名。――303、304
椎名麟三（一九一一―一九七三）作家。『邂逅』『永遠なる序章』等。――445、446
幣原喜重郎（一八七二―一九五一）大正・昭和の外交官・政治家。―321、322
至道無難（しどうぶなん）（一六〇三―

一六七六）江戸前期の臨済宗の禅僧。慧端（正受老人）の師。――291
篠山紀信（一九四〇―）写真家。女性のポートレートで有名。――94
司馬遼太郎（一九二三―一九九六）作家。『坂の上の雲』『街道をゆく』等。――34、43
渋沢栄一（一八四〇―一九三一）明治・大正の実業家。――264
下條正巳（一九一五―二〇〇四）舞台俳優。劇団民藝。――442
下村寅太郎（一九〇二―一九九五）哲学者・科学史家。『近代科学史論』等。――56
昭和帝（一九〇一―一九八九）第一二四代天皇。――362
親鸞（一一七三―一二六二）鎌倉前期の僧。浄土真宗の開祖。『歎異抄』。――136、222、319
遂翁（すいおう）（一七一七―一七八九）江戸中期臨済宗の禅僧。遂翁元盧。白隠の弟子。――291
スサノヲ（素戔男尊）日本神話の神。アマテラス、ツクヨミと共に三貴子の一柱。――186、189
鈴木信太郎（一八九五―一九七〇）仏文学者。『ヴィヨン雑考』等。――235
鈴木大拙（一八七〇―一九六六）明治・昭和の宗教家。『日本的霊性』『禅と日本文化』等。――328
諏訪大明神　諏訪大社の祭神。日本神話の建御名方神の別名。――189、190
世阿弥（一三六三？―一四四三？）室町時代の能楽者。能の大成者。観阿弥の子。『風姿花伝』等。――131、132、304
袖井林二郎（一九三二―）政治学者。『マッカーサーの二千日』等。――109

た

平敦盛（一一六九―一一八四）平安末期の武将。経盛の子。――131
平維盛（一一五七―一一八四？）平安後期の武将。重盛の長男。――304、453
平宗盛（一一四七―一一八五）平安後期の武将。清盛の三男。――304
高杉晋作（一八三九―一八六七）幕末の長州藩士。尊皇攘夷の志士。――432
滝口康彦（一九二四―二〇〇四）作家。『葉隠無残』等。――385
竹越與三郎（一八六五―一九五〇）明治・昭和の歴史家・政治家。『二千五百年史』等。――360
竹山道雄（一九〇三―一九八四）ドイツ文学者・作家。『ビルマの竪琴』等。――397
田村高廣（一九二八―二〇〇六）俳優。阪東妻三郎の長男。『天平の甍』等。――247
坪田譲治（一八九〇―一九八二）大正・昭和の児童文学作家。『魔法』等。――411
鶴見祐輔（一八八五―一九七三）著述家・政治家。『ナポレオン』等。―321
手塚光盛（？―一一八四）平安後期の武将。木曾義仲の家臣。――304
寺田寅彦（一八七八―一九三五）明治・昭和の物理学者・随筆家。――320
土居健郎（一九二〇―二〇〇九）精神科医。『甘えの構造』等。――201、380、399
道元（一二〇〇―一二五三）鎌倉中期の曹洞宗の開祖。永平道元。『正法眼蔵』等。――118、127、128、136、175、222、223、319、392、401-407、418、444、452、454、458、463
頭山満（一八五五―一九四四）国家主義者の草分け。玄洋社総帥。――421
東嶺（とうれい）（一七二一―一七九

二）江戸中期の臨済宗の禅僧。東嶺円慈。白隠の弟子。――291
徳川家康（一五四二―一六一六）江戸幕府初代将軍。――32、131
戸嶋靖昌（一九三四―二〇〇六）洋画家。スペイン在住が長かった。「魅せられたる魂」「夢の草舟」等。――134–137、231、300、342–345、462、463

な

中原南天棒（一八三九―一九二五）幕末・大正の臨済宗の禅僧。乃木希典も帰依。――153、154
中村錦之助（一九三二―一九九七）歌舞伎役者・俳優。後に萬屋錦之介。『徳川家康』等。――131
夏目漱石（一八六七―一九一六）明治の作家。『こころ』『草枕』等。――346
西田幾多郎（一八七〇―一九四五）明治・昭和の哲学者。『善の研究』等。――60、163
西脇順三郎（一八九四―一九八二）詩人。『旅人かへらず』『近代の寓話』等。――436、444、456、463
日蓮（一二二二―一二八二）鎌倉中期の僧。日蓮宗の開祖。――222
新渡戸稲造（一八六二―一九三三）明治・昭和の教育者・キリスト者。『武士道』等。――323、326–331、335、346、359、364–368
乃木希典（一八四九―一九一二）明治時代の陸軍大将。日露戦争、旅順攻略の司令官。――25、26、43、99、153、154、367

は

萩原朔太郎（一八八六―一九四二）大正・昭和の詩人。『氷島』『月に吠える』等。――459
白隠（一六八五―一七六八）江戸中期の臨済宗の禅僧。白隠慧鶴。臨済禅中興の祖。――282、288、290–292
橋岡一路（一九三一―）能面師。――130、131
橋田邦彦（一八八二―一九四五）大正・昭和の生理学者。「道元」の研究家。『碧潭集』『行としての科学』等。――65
羽仁五郎（一九〇一―一九八三）歴史家。マルクス主義者。『都市の論理』等。――30
埴谷雄高（一九一〇―一九九七）作家・評論家。『死霊』『準詩集』等。――39–41、91、92、166、171、195、206、254、259、265、280、281、317、349、350、407、420、432、440、464
日野原重明（一九一一―）医師・医学博士。聖路加病院名誉院長。――341
平井顕（一九一六―一九八八）造船技師・実業家。三崎船舶工業㈱創業者。――296–298、301–303
平泉澄（一八九五―一九八四）大正・昭和の歴史学者。『少年日本史』等。――64
平賀譲（一八七八―一九四三）大正・昭和の造船工学育ての親。――297–299、301–303
深沢七郎（一九一四―一九八七）作家。『楢山節考』等。――15
福田恆存（一九一二―一九九四）評論家・劇作家。『シェークスピア全集』『私の国語教室』等。――84、285
藤村操（一八八六―一九〇三）明治後期の哲学青年。「巌頭之感」を記す。――233
普照（生没年不詳）七三三年唐へ渡り、鑑真へ渡日を依頼。七五四年帰国。――247

法然（一一三三―一二一二）平安末期・鎌倉初期の僧。浄土宗の開祖。――222
堀田善衛（一九一八―一九九八）作家・評論家。『方丈記私記』『路上の人』等。――223、378、379、467
堀辰雄（一九〇四―一九五三）作家。『風立ちぬ』『聖家族』等。――188
本多勝一（一九三二―）ジャーナリスト。『冒険と日本人』『カナダ・エスキモー』等。――243

ま

松尾芭蕉（一六四四―一六九四）江戸前・中期の俳人。『奥の細道』等。――303―306、308、463
黛敏郎（一九二九―一九九七）国際的な作曲家。「涅槃」交響曲等。――194、195、213
丸山眞男（一九一四―一九九六）政治学者。『日本の思想』『忠誠と反逆』等。――319、362、363、375、404
三浦義一（一八九八―一九七一）歌人・国家主義者。「室町将軍」の異名。歌集『悲天』等。――404―407、421、427、446、456、457、460、461
三島由紀夫（一九二五―一九七〇）作家・劇作家。『豊饒の海』『金閣寺』等。――18―21、86―96、98―101、156、214、215、233、265、272―275、343、349、350、398、406、424、425、455、466
道臣命（みちのおみのみこと）大伴氏の祖。神武天皇東征の先鋒。建国の功臣。――29
源為義（一〇九六―一一五六）平安後期の武将。義家の孫。――304
源義朝（一一二三―一一六〇）平安後期の武将。為義の長男。――304
源頼朝（一一四七―一一九九）鎌倉幕府初代将軍。義朝の子。――35、319
美濃部達吉（一八七三―一九四八）明治・昭和の憲法学者。天皇機関説提唱。――381
宮本顕治（一九〇八―二〇〇七）日本共産党の政治家・批評家。『「敗北」の文学』等。――148、149
村松剛（一九二九―一九九四）仏文学者・文芸批評家。『死の日本文学史』『評伝ポール・ヴァレリー』等。――18、78、234、235、319―321、459
明治帝（一八五二―一九一二）第一二二代天皇。近代日本の指導者と仰がれた。――25、26
本居宣長（一七三〇―一八〇一）江戸後期の国学者。『古事記伝』等。――176
森有正（一九一一―一九七六）仏文学者・哲学者。『バビロンの流れのほとりにて』等。――75、136、161、162、223、230、322、434
森鷗外（一八六二―一九二二）明治・大正の作家・陸軍軍医総監。『阿部一族』『高瀬舟』等。――147、321、346、357、385

や

安田靫彦（一八八四―一九七八）明治・昭和の日本画家。「黄瀬川の陣」「生成」等。――343
保田與重郎（一九一〇―一九八一）評論家・歴史家・歌人。『万葉集の精神』等。――29、64、336、349、360
山鹿素行（一六二二―一六八五）江戸前期の儒学者。『士道』等。――322
山口長男（一九〇二―一九八三）洋画家。日本的な抽象画を確立。――343
山路愛山（一八六四―一九一七）明治・大正の史論家・評論家。『新井白

石』等。――319、321、336、346
日本武尊（やまとたけるのみこと）記紀伝承上の皇子将軍。白鳥伝説で有名。――456
山本常朝（一六五九―一七一九）江戸時代の佐賀藩士。『葉隠』等。――35、38-40、44、119、263、264、322、423
湯川秀樹（一九〇七―一九八一）物理学者。日本初のノーベル物理学賞受賞。――320
吉田兼好（一二八三？―一三五二？）鎌倉-南北朝の歌人・随筆家。『徒然草』等。――222
吉田茂（一八七八―一九六七）外交官・政治家。サンフランシスコ講和条約の立役者。――108、109
吉田松陰（一八三〇―一八五九）幕末の尊皇攘夷の志士。松下村塾設立。刑死。――260、432
米倉斉加年（一九三四―）舞台俳優。劇団民藝。――442

ら・わ

良寛（一七五八―一八三一）江戸後期の僧。書家・歌人。――110、112、282、310
良弁（六八九―七七三）奈良時代の僧。東大寺の初代別当。――247
和辻哲郎（一八八九―一九六〇）哲学者・文化史家。『鎖国』『古寺巡礼』等。――223

人名索引（海外）

ア

アインシュタイン〈アルフレート〉（一八八〇―一九五二）ドイツ系ユダヤ人の音楽学者。『モーツァルト』等。――319
アインシュタイン〈アルベルト〉（一八七九―一九五五）ドイツ系ユダヤ人の理論物理学者。相対性理論の確立者。――48、49、51、53、54、56、59-61、65
聖アウグスティヌス（三五四―四三〇）初期キリスト教会の教父。『神の国』『告白』等。――41、44、118、256
アシモフ〈アイザック〉（一九二〇―一九九二）ロシア系アメリカ人の作家。科学読本多数。――320
アダム『旧約聖書』「創世記」に記される、神によって創造された最初の人間。男性。――186
アーノルド〈トーマス〉（一七九五―一八四二）イギリスの教育家、聖職者。パブリック・スクールを再編。――202
アーノルド〈マシュー〉（一八二二―一八八八）イギリスの詩人・評論家。トーマス・アーノルドの長男。――202
アポリネール〈ギョーム〉（一八八〇―一九一八）フランスの詩人・作家。「ミラボー橋」等。――448
アラン（一八六八―一九五一）フランスの哲学者・評論家。『幸福論』『定義集』『プロポ』等。――144、161-167、170
アリストテレス（BC三八四―BC三二二）古代ギリシャの哲学者。プラトンの弟子。『形而上学』等。――166
イブ『旧約聖書』「創世記」に記される、アダムの肋骨から創られた女性。――186
イプセン〈ヘンリク〉（一八二八―一九〇六）ノルウェーの劇作家。『人形の家』等。――329
ヴァザーリ〈ジョルジョ〉（一五一一―一五七四）イタリアの画家・彫刻家・建築家・伝記作家。『画家・彫刻家・建築家列伝』

等。――319
ヴァレリー〈ポール〉（一八七一―一九四五）フランスの詩人・思想家・評論家。『若きパルク』等。――134、136、137、188、233-235、396
ヴィヨン〈フランソワ〉（一四三一？―一四六三？）フランス中世末期の詩人。『遺言詩集』等。――305
ウェーバー〈マックス〉（一八六四―一九二〇）ドイツの経済学者・社会学者。『プロテスタンティズムの倫理と資本主義の精神』等。――113、114、181、287、359、376
ウェルテル　ゲーテ『若きウェルテルの悩み』の主人公。叶わぬ恋に悩み自殺する。――252、255、265、288
ヴォルテール（一六九四―一七七八）フランスの文学者・啓蒙哲学者。『カンディード』等。――338
ヴォーン〈ヘンリー〉（一六二二―一六九五）イギリスの詩人。「世界」等。――326、347、348
ウナムーノ〈ミゲル・デ〉（一八六四―一九三六）スペインの思想家・詩人。『生の悲劇的感情』『ドン・キホーテとサンチョの生涯』等。――73、80、81、176、210、211、258-262、419、425
エドガー　シェークスピア『リア王』に登場するグロスター伯の嫡子。異母弟の姦計により勘当。――286
エラスムス〈デジデリウス〉（一四六六―一五三六）ルネサンス期のオランダの人文主義者・神学者。『痴愚神礼賛』等。――226、227、229、230
エリアーデ〈ミルチア〉（一九〇七―一九八六）ルーマニアの宗教学者。『世界宗教史』等。――181、183、190
エリザベス女王（II世）（一九二六―）イギリス女王。一九五二年即位。――116
エリオット〈トマス・スターンズ〉（一八八八―一九六五）イギリスの詩人・作家。『荒地』『四つの四重奏』等。――150
エル・グレコ（一五四一―一六一四）スペインの画家。近代スペイン画の祖。「聖母被昇天」等。――300、343
エンゲルス〈フリードリヒ〉（一八二〇―一八九五）ドイツの経済学者・思想家。『共産党宣言』等。――340
エンリケ（一三九四―一四六〇）ポルトガルの王子。航海王と称され、大航海時代を生んだ。――44、243-246、265
王維（おうい）（七〇一―七六一）中国唐中期の詩人・画家。南画の祖。『王右丞集』等。――457
オーウェル〈ジョージ〉（一九〇三―一九五〇）イギリスの作家。『カタロニア讃歌』『１９８４年』等。――205、266、268、271、272、275、386
王羲之（おうぎし）（三〇七？―三六五？）中国東晋の書家・政治家。書聖と称される。献之の父。――298
王献之（おうけんし）（三四四―三八八）中国東晋の書家。羲之の子。――298
オスラー〈サー・ウィリアム〉（一八四九―一九一九）カナダ出身のイギリスの医者。『平静の心』等。――341、342
オデュッセウス（ユリシーズ）　ギリシャ神話に記される英雄。ホメロスの叙事詩の主人公。――240、427
オーデン〈ウィスタン・ヒュー〉（一九〇七―一九七三）英国出身のアメリカの詩人。『不安の時代』等。――176
オルテガ・イ・ガセット〈ホセ〉（一八八三―一九五五）スペインの哲学者。『大衆の反逆』等。――224

カ

カイヨワ〈ロジェ〉（一九一三―一九七八）フランスの批評家・哲学者。『神話と人間』等。――145、183
カット〈アンリ・ド〉（一七二五―一七九五）スイスの哲学者。フリードリッヒ大王の伝記作家。――338
カトー〈マルクス・ポルキウス〉（BC二三四―BC一四九）古代ローマの政治家。ラテン散文詩の祖。――96
カミュ〈アルベール〉（一九一三―一九六〇）フランスの作家・劇作家・哲学者。『シジフォスの神話』『異邦人』等。――88、90、248―250、406、407
ガモフ〈ジョージ〉（一九〇四―一九六八）ロシア出身のアメリカの物理学者。科学読本多数。――320
カーライル〈トーマス〉（一七九五―一八八一）イギリスの評論家・歴史家・哲学者。『フランス革命史』等。――70、327、337、354、365
ガリレイ〈ガリレオ〉（一五六四―一六四二）イタリアの物理学者・天文学者。西洋科学の開拓者。――57
カルヴァン〈ジャン〉（一五〇九―一五六四）フランス出身の宗教改革者。『キリスト教綱要』等。――322
ガルネリウス（一六九八―一七四四）イタリアのヴァイオリン製作者。――419
カレル〈アレキシス〉（一八七三―一九四四）フランスの生理学者・外科医。『人間―この未知なるもの』等。――193、194
鑑真（がんじん）（六八八―七六三）中国唐の高僧。遣唐使普照らに請われ日本へ渡海。唐招提寺創建。――246―249
カント〈イマヌエル〉（一七二四―一八〇四）ドイツの哲学者。『純粋理性批判』『実践理性批判』等。――38、118、123、374、420、441
ギゾー〈フランソワ〉（一七八七―一八七四）フランスの歴史家・政治家。『ヨーロッパ文明史』等。――222、360
ギボン〈エドワード〉（一七三七―一七九四）イギリスの歴史家。『ローマ帝国衰亡史』等。――39、319
キャパ〈ロバート〉（一九一三―一九五四）ハンガリー出身の写真家。戦場・報道写真が有名。――205
キュクロプス　ギリシャ神話に記される一つ目の怪物。『オデュッセイア』にも登場。――426、427
キリスト〈イエス〉　キリスト教の開祖。三位一体の神の子。――181、186、191、205、206、240、242、366、368、369、372、373、375、382、454
ギルガメッシュ（BC二六〇〇頃？）古代メソポタミアの伝説的な王。『ギルガメッシュ叙事詩』に記載される。――105
屈原（くつげん）（BC三四三？―BC二七八？）中国戦国時代の楚の政治家・詩人。憂国の士。――149
グーデリアン〈ハインツ〉（一八八八―一九五四）ドイツの軍人。機甲部隊総司令官。電撃戦の立役者。――79
クーパー〈ゲーリー〉（一九〇一―一九六一）アメリカの俳優。「誰がために鐘は鳴る」等。――204
クープラン〈フランソワ〉（一六六八―一七三三）フランスの作曲家。「クラヴサン曲集」等。――220
クラウゼヴィッツ〈カール・フォン〉（一七八〇―一八三一）プロイセンの軍人・哲学者。『戦争論』等。

――78
グールド〈グレン〉（一九三二―一九八二）カナダのピアニスト。バッハ演奏が有名。――212―216、225、226
クレー〈パウル〉（一八七九―一九四〇）スイスの画家。独特の抽象画。著書『造形思考』等。――225、228
クレマンソー〈ジョルジュ〉（一八四一―一九二九）フランスの政治家。第一次世界大戦の立役者。――334―337
クーン〈トーマス〉（一九二二―一九九六）アメリカの科学史家・科学哲学者。『科学革命の構造』等。――56
荊軻（けいか）（?―BC二二七）中国戦国時代の刺客。始皇帝暗殺を試みたが果せなかった。――455
ゲッベルス〈ヨーゼフ〉（一八九七―一九四五）ドイツの政治家。ヒトラー政権下の宣伝大臣。――307
ゲーテ〈ヨハン・ヴォルフガング・フォン〉（一七四九―一八三二）ドイツの詩人・作家。『ファウスト』『若きウェルテルの悩み』等。
――125、151、252、255、265、288―290、341、440
ゲバラ〈エルネスト・チェ〉（一九二八―一九六七）南米の政治家・革命家。『ゲバラ日記』等。――340
孔子（BC五五一―BC四七九）中国春秋時代の思想家。『論語』等。
――138、280
五祖（ごそ）（一〇二四?―一一〇四）臨済宗中興の祖。法演禅師。
――152、154
ゴッホ〈ヴィンセント・ファン〉（一八五三―一八九〇）オランダの画家。「星月夜」「ひまわり」等。――211
ゴッホ〈テオドルス・ファン〉（一八五七―一八九一）ゴッホの弟。兄ゴッホの理解者で、その生活を支えた。通称テオ。――211
コッポラ〈フランシス・フォード〉（一九三九―）アメリカの映画監督。『地獄の黙示録』等。――107
コルトー〈アルフレッド〉（一八七七―一九六二）フランスのピアニスト・指揮者。『フランスのピアノ音楽』等。――319
コルネイユ〈ピエール〉（一六〇六―一六八四）フランスの劇作家。『ル・シッド』等。――338
コント〈オーギュスト〉（一七九八―一八五七）フランスの哲学者。実証主義の祖。『実証哲学講義』等。
――30、59

サ

ザビエル〈フランシスコ〉（一五〇六―一五五二）スペインの宣教師。イエズス会。日本への初布教。――246―249
サルトル〈ジャン＝ポール〉（一九〇五―一九八〇）フランスの哲学者・作家。『存在と無』等。―106、117、118、447
サロメ（一世紀頃）古代パレスチナ領主ヘロデの娘。洗礼者ヨハネの首を舞踏の褒美として求めた。――91
サン＝シモン〈アンリ・ド〉（一七六〇―一八二五）フランスの思想家。『産業者の政治的教理問答』等。
――30、59
シェークスピア〈ウィリアム〉（一五六四―一六一六）イギリスの劇作家。『リア王』『ハムレット』等。
――84、112、150、260、261、285、286、340、341、444、460
シェーラー〈マックス〉（一八七四―一九二八）ドイツ系ユダヤ人の哲学者。『宇宙における人間の地位』等。

――189、375–380、426
シェリー〈パーシー・ビッシュ〉（一七九二―一八二二）イギリスのロマン派詩人。『鎖を解かれたプロメテウス』等。――320
シオラン〈エミール〉（一九一一―一九九五）ルーマニア出身の思想家。『涙と聖者』『生誕の災厄』等。――40、74–76、213、221、263、317、318、413、417、426、432、436、468
始皇帝（しこうてい）（BC二五九―BC二一〇）中国史上最初に統一国家「秦」をなし、皇帝となった。――455
シジフォス　ギリシャ神話に登場する人物。神の怒りに触れ、永遠の苦行を課せられる。――90、406、407、418
ジード〈アンドレ〉（一八六九―一九五一）フランスの作家。『地の糧』『狭き門』等。――235、252、276
司馬遷（しばせん）（BC一三五?―BC八六?）中国前漢時代の歴史家。『史記』等。――319
シメオン（九四九―一〇二二）東ローマ帝国（ビザンチン）の神学者。――395
釈迦（BC四六三?―BC三八三?）仏教の開祖。ゴータマ・シッダールタ。――181、186、382
ジャコメッティ〈アルベルト〉（一九〇一―一九六六）スイスの彫刻家。「一本の線」に至った人間の立像が有名。――343
ジャン・パウル（一七六三―一八二五）ドイツの作家。『巨人』『彗星』等。――303
シューベルト〈フランツ〉（一七九七―一八二八）オーストリアの作曲家。「未完成」「冬の旅」等。――300、344、462
シュレディンガー〈エルヴィン〉（一八八七―一九六一）オーストリアの物理学者。波動力学を構築。――53
ジョイス〈ジェイムス〉（一八八二―一九四一）アイルランド出身の作家。『ユリシーズ』等。――445
ショウ〈バーナード〉（一八五六―一九五〇）イギリスの作家・評論家。『メトセラへ還れ』等。――204
蔣介石（しょうかいせき）（一八八七―一九七五）中国の政治家・軍人。初代中華民国総統。――340、341
趙州（じょうしゅう）（七七八―八九七）中国唐末の禅僧。趙州従諗（じゅうしん）。――152
ジョージ〈テリー〉（一九五二―）イギリスの映画監督。『父の祈りを』『ホテル・ルワンダ』等。――307
スウィフト〈ジョナサン〉（一六六七―一七四五）イギリスの作家。『ガリヴァー旅行記』等。――312
スコット＝モンクリーフ〈チャールズ・ケネス〉（一八八九―一九三〇）スコットランドの作家。『失われた時を求めて』（英訳）――460
スターリン〈ヨシフ〉（一八七九―一九五三）ソビエト連邦の政治家・軍人。第二代最高指導者。――269
ステッセル〈アナトーリイ〉（一八四八―一九一五）ロシア帝国の陸軍中将。旅順要塞司令官。――43
ストラディヴァリウス（一六四四―一七三七）イタリアのヴァイオリン製作者。――419
ストリクランド〈チャールズ〉モーム『月と六ペンス』の主人公。全てを画業に捧げ、南国で果てる。――135
ストリンドベリ〈アウグスト〉（一八四九―一九一二）スウェーデンの作家。『死の舞踏』等。――329
ゼウス　ギリシャ神話に記される、オリ

ンポス神の主神。————151
セザンヌ〈ポール〉（一八三九—一九〇六）フランスの画家。「サント・ヴィクトワール山」等。————300
セネカ〈ルキウス・アンナエウス〉（BC四頃—AD六五）古代ローマの哲学者・詩人。『人生の短さについて』等。————96
聖セバスチャン（三世紀頃）キリスト教の聖人。殉教者として有名。————93–95
セルバンテス〈ミゲル・デ〉（一五四七—一六一六）スペインの作家。『ドン・キホーテ』等。————341、419、440
荘子（そうし）（生没年不詳）老子と共に道家の先達。『荘子』（そうじ）。————320
曹操（そうそう）（一五五—二二〇）中国後漢末の武将・政治家・詩人。魏の武帝。————345
曹丕（そうひ）（一八七—二二六）曹操の子。曹操逝去後に魏を建国。『典論』等。文帝。————345
ソクラテス（BC四六九頃—BC三九九）古代ギリシャの哲学者。プラトンの師。————239
ソドマ（一四七七—一五四九）イタリアの画家。「聖セバスチャンの殉教」等。————95

タ

ダーウィン〈チャールズ〉（一八〇九—一八八二）イギリスの生物学者・進化論者。『種の起源』等。————166–168、171
ダヌンツィオ〈ガブリエル〉（一八六三—一九三八）イタリアの詩人・作家。『死の勝利』等。————95
ダミアン（一八四〇—一八八九）ベルギー出身のカトリック司祭。ハワイ・モロカイ島にてハンセン病の看護に努め、自らも病魔に斃れた。————246、248、249
ダヤン〈モーシェ〉（一九一五—一九八一）イスラエルの軍人・政治家。異名「独眼の将軍」。————79
ダライ・ラマ十四世（一九三五—）チベットの宗教家。中国の侵略によりインドへ亡命。————194
ダランベール〈ジャン・ル・ロン〉（一七一七—一七八三）フランスの数学者・哲学者。百科全書派。————59
ダン〈ジョン〉（一五七三頃—一六三一）イギリスの詩人・神学者。「この世の解剖」等。——57、59、326、347、348
ダンテ［アリギエリ］（一二六五—一三二一）イタリアの詩人。『神曲』等。————96、105、106、341、416
チャーチル〈ウィンストン〉（一八七四—一九六五）イギリスの政治家。『第二次世界大戦』等。————336、337
チョーサー〈ジェフリー〉（一三四〇頃—一四〇〇）イギリスの作家。『カンタベリー物語』等。————271
ツァラトゥストラ　ニーチェ『ツァラトゥストラかく語りき』の主人公。————13、96、397、398
ツヴァイク〈シュテファン〉（一八八一—一九四二）オーストリア系ユダヤ人作家。『マゼラン』等。————243、320
ディズレーリ〈ベンジャミン〉（一八〇四—一八八一）イギリスの政治家・作家。『カニングスビー』等。————320
ディドロ〈ドゥニ〉（一七一三—一七八四）フランスの哲学者。百科全書派。————59
テイヤール・ド・シャルダン〈ピエー

ル〉（一八八一—一九五五）フランスの思想家・司祭。『現象としての人間』等。————164
ディルタイ〈ヴィルヘルム〉（一八三三—一九一一）ドイツの哲学者。『精神科学序説』等。————91、376
デカルト〈ルネ〉（一五九六—一六五〇）フランスの哲学者・数学者。『方法序説』等。————9–11、13、52–54、57、134、392
テニスン〈サー・アルフレッド〉（一八〇九—一八九二）イギリスの詩人。「イン・メモリアム」等。————341、342
デュビー〈ジョルジュ〉（一九一九—一九九六）フランスの歴史家。『フランス文化史』等。————222、223、320
デュルケーム〈エミール〉（一八五八—一九一七）フランスの社会学者。『宗教生活の原初形態』等。————192、287、364、381
テルトゥリアヌス（一六〇?—二二二?）二~三世紀のキリスト教神学者。初期のラテン教父の一人。————39、41、259、404
トインビー〈アーノルド〉（一八八九—一九七五）イギリスの歴史家。『歴史の研究』等。————37、70、113、181、182、197、221、222、319
ドゥンス・スコトゥス〈ヨハネス〉（一二六五?—一三〇八）スコットランド出身の神学者。中世思想の大哲学者。————126
トスカニーニ〈アルトゥーロ〉（一八六七—一九五七）イタリア出身の指揮者。————226
ドストエフスキー〈フョードル〉（一八二一—一八八一）ロシアの作家。『罪と罰』『悪霊』『カラマーゾフの兄弟』等。————40、91、205、206、276、343、358、407、418
ドーソン〈クリストファー〉（一八八九—一九七〇）イギリスの歴史家。『中世ヨーロッパ文化史』等。————13、113、197、319、360
ドビュッシー〈クロード〉（一八六二—一九一八）フランスの作曲家。「ベルガマスク組曲」等。————94、95、436
聖トマス・アクィナス（一二二五—一二七四）イタリアの神学者。中世思想を集大成。『神学大全』等。————126
トルストイ〈レフ〉（一八二八—一九一〇）ロシアの作家。『復活』『戦争と平和』等。————454
トレヴェリアン〈ジョージ〉（一八七六—一九六二）イギリスの歴史学者。『イギリス史』等。————319
ドレーク〈フランシス〉（一五四三?—一五九六）イギリスの海賊・海軍提督。通称キャプテン・ドレーク。432
トロツキー〈レフ〉（一八七九—一九四〇）ソビエトの革命家・思想家。『永久革命論』等。————329、340
ドン・キホーテ　セルバンテスの小説の主人公。「愁い顔の騎士」。————210、258、261–263、419、425、433、434、440、441

ナ

ナポレオン〈ボナパルト〉（一七六九—一八二一）フランスの軍人・政治家・革命家。皇帝へ登った。————188、293、338
ニーヴン〈デヴィッド〉（一九一〇—一九八三）イギリスの俳優。「北京の55日」等。————203
ニーチェ〈フリードリッヒ〉（一八四四—一九〇〇）ドイツの哲学者。『ツ

アラトゥストラかく語りき』『悲劇の誕生』等。――13、96、147、196、229、252、348、397、398
ニュートン〈アイザック〉（一六四二―一七二七）イギリスの物理学者・神学者。万有引力を発見。――52、53、57、63、124
ネルーダ〈パブロ〉（一九〇四―一九七三）チリの詩人。『大いなる歌』等。――340
ノーフォーク公モーブレー　シェークスピア『リチャード二世』に登場し、王の廃位を予言。――112
ノーベル〈アルフレッド〉（一八三三―一八九六）スウェーデンの化学者。ダイナマイトを発明。ノーベル賞を創設。――100、193、320、337

ハ

ハイゼンベルク〈ウェルナー〉（一九〇一―一九七六）ドイツの理論物理学者。量子力学の確立者。『部分と全体』等。――53、61、320
ハイデッガー〈マルチン〉（一八八九―一九七六）ドイツの哲学者。『存在と時間』等。――76、376、380
パウロ（？―六二？）初期キリスト教の大伝道者。『新約聖書』記者の一人。――369、373、375
パガニーニ〈ニコロ〉（一七八二―一八四〇）イタリアのヴァイオリン奏者。超絶技巧の始祖。――419
バーク〈エドマンド〉（一七二九―一七九七）イギリスの政治家・思想家。『フランス革命の省察』等。――202、316
ハクスリー〈オルダス〉（一八九四―一九六三）イギリスの作家。『すばらしい新世界』等。――70、266、267、272、275、386
バークレー〈ジョージ〉（一六八五―一七五三）アイルランド出身の英国の哲学者。『人知原理論』等。――19
パスカル〈ブーレーズ〉（一六二三―一六六二）フランスの哲学者・聖職者。『パンセ』等。――136、225、242、243、260、261、422、423
パスツール〈ルイ〉（一八二二―一八九五）フランスの化学者・細菌学者。近代細菌学の祖。――49
パーセル〈ヘンリー〉（一六五九―一六九五）イギリスの作曲家。「ディドとアエネアス」等。――300
バタイユ〈ジョルジュ〉（一八九七―一九六二）フランスの哲学者・作家。『聖なる神』等。――422
バッハ〈ヨハン・セバスチャン〉（一六八五―一七五〇）ドイツの作曲家。近代音楽の父。『マタイ受難曲』『音楽の捧げ物』等。――123、124、212―215、225、231、232、242、300、338、344、462
ハムレット　シェークスピア『ハムレット』の主人公。父王の復讐を果たす。――261、263、264、285、286、444
パルク（女神）ローマ神話に記される運命の女神。ヴァレリー『若きパルク』において独白の主人公。――233―235
バルザック〈オノーレ・ド〉（一七九九―一八五〇）フランスの作家。『人間喜劇』等。――251―254、365
バルト〈カール〉（一八八六―一九六八）スイスの神学者。『教会教義学』等。――182、190、193、400、418
パルメニデス（BC五一五頃―BC四五〇頃）ギリシャの哲学者。『自然について』等。――41、166、432
パンゲ〈モーリス〉（一九二九―一九九

一）フランスの哲学者。『自死の日本史』等。――95、100
バーンスタイン〈レナード〉（一九一八―一九九〇）アメリカの作曲家・指揮者。クラシックと現代音楽の融合。――195、196、213
ハンチントン〈サミュエル〉（一九二七―二〇〇八）アメリカの国際政治学者。『文明の衝突』等。――37
ピカソ〈パブロ〉（一八八一―一九七三）スペイン出身の画家。「ゲルニカ」等。――132–137、205、231、343
ヒトラー〈アドルフ〉（一八八九―一九四五）ドイツの政治家。ナチス第三帝国総統。『我が闘争』等。――269、336、338、420
ヒポクラテス（BC四六〇頃―BC三七五頃）古代ギリシャの医学者・思想家。『誓い』等。――63
ビュフォン〈ジョルジュ〉（一七〇七―一七八八）フランスの博物学者。伯爵。『博物誌』。――324
ピルチャー〈サー・ジョン〉（一九一二―一九九〇）イギリスの外交官。駐日大使（一九六七―一九七二）。――222
ファウスト　ゲーテ『ファウスト』の主人公。悪魔メフィストフェレスと契約し、現世であらゆる体験をする。――288、289、440
フーコー〈ミシェル〉（一九二六―一九八四）フランスの哲学者。『狂気の歴史』等。――75、101、458
フーシェ〈ジョゼフ〉（一七五九―一八二〇）フランスの政治家。数々のクーデターに加担。――321
プーシキン〈アレクサンドル〉（一七九九―一八三七）ロシアの詩人・作家。『小悲劇』等。――340
ブゾーニ〈フェルッチョ〉（一八六六―一九二四）イタリアの作曲家・ピアニスト。「ファウスト博士」等。――213
フッサール〈エドムント〉（一八五九―一九三八）ドイツの哲学者。現象学を構築。『現象学の理念』等。――189、376
ブーバー〈マルチン〉（一八七八―一九六五）ドイツ系ユダヤ人の哲学者。『孤独と愛―我と汝の問題』等。――53、65、71、118、206、207、392–396、399–407、446、451、457、458
ブラウン〈サー・トーマス〉（一六〇五―一六八二）イギリスの医師・著述家。『医師の信仰』等。――342
プラトン（BC四二七―BC三四七）古代ギリシャの哲学者。ソクラテスの弟子。『ソクラテスの弁明』等。――52、336
プーランク〈マックス〉（一八五八―一九四七）ドイツの物理学者。量子論の創始者の一人。――53
聖フランシスコ（一一八一―一二二六）フランシスコ会の創設者。アッシジの聖フランシスコ。――135、136
フリードリヒ大王（一七一二―一七八六）プロイセン王。フリードリヒ・ヴィルヘルムII世。――337–340
ブルクハルト〈ヤコブ〉（一八一八―一八九七）スイスの歴史家。『イタリア・ルネサンスの文化』等。――222
プルースト〈マルセル〉（一八七一―一九二二）フランスの作家。『失われた時を求めて』等。――165、187、252–254、265、343、460
プルタルコス（プルターク）（四六頃―一二〇？）帝政ローマ時代のギリシャ人伝記作家。『プルターク英雄伝』――339

ブールデル〈アントワーヌ〉（一八六一—一九二九）フランスの彫刻家。ロダンに師事。「ベートーヴェン」等。——343
フルトヴェングラー〈ヴィルヘルム〉（一八八六—一九五四）ドイツの指揮者・作曲家。『音と言葉』等。——319
フレミング〈サー・アレクサンダー〉（一八八一—一九五五）イギリスの細菌学者。ペニシリンを発見。——320
フロイト〈ジグムント〉（一八五六—一九三九）オーストリアの精神分析学者。『精神分析入門』等。——59、61、379
ブロッホ〈エルンスト〉（一八八五—一九七七）ドイツの哲学者。『ユートピアの精神』『希望の原理』等。——437-441、448
ブローデル〈フェルナン〉（一九〇二—一九八五）フランスの歴史学者。『地中海』等。——13
フロム〈エーリッヒ〉（一九〇〇—一九八〇）ドイツ系ユダヤ人の社会学者。『自由からの逃走』等。——206、207、387
プロメテウス　ギリシャ神話の神。人間に火を与えたことで、重い罰を受ける。——151
ペイター〈ウォルター〉（一八三九—一八九四）イギリスの美学者・評論家。『ルネサンス』等。——222、435
ベケット〈サミュエル〉（一九〇六—一九八九）フランスの劇作家。『ゴドーを待ちながら』等。——442
ヘーゲル〈ゲオルク・フリードリッヒ〉（一七七〇—一八三一）ドイツの哲学者。『精神現象学』『法哲学』『美学』等。——38、39、91、118、123-125、127、185、356、374、386
ヘディン〈スヴェン〉（一八六五—一九五二）スウェーデンの地理学者・探検家。『さまよえる湖』等。——321
ベートーヴェン〈ルートヴィヒ・ヴァン〉（一七七〇—一八二七）ドイツの作曲家。「交響曲第五番」（運命）等。——149、150、213、232、344、407
ベネディクト〈ルース〉（一八八七—一九四八）アメリカの文化人類学者。『菊と刀』等。——189、352、353、358-360、363
ヘミングウェイ〈アーネスト〉（一八九九—一九六一）アメリカの作家。『老人と海』『誰がために鐘は鳴る』等。——17、204
ベラスケス〈ディエゴ〉（一五九九—一六六〇）スペインの画家。「ブレダの開城」等。——300、343
ベルグソン〈アンリ〉（一八五九—一九四一）フランスの哲学者。『創造的進化』等。——164-166、170、173-176、187
ベルジャーエフ〈ニコライ〉（一八七四—一九四八）ロシアの哲学者。パリで活躍。『歴史の意味』等。——32、39、184、361、373、374
ヘルダーリン〈フリードリヒ〉（一七七〇—一八四三）ドイツの詩人・思想家。「ヒューペリオン」等。——151、195、316
ベルツ〈エルヴィン〉（一八四九—一九一三）ドイツの医学者。来日し帝大教授となった。『ベルツの日記』等。——177、330
ベルトラン〈アロイジウス〉（一八〇七—一八四一）フランスの詩人。『夜のガスパール』等。——219、229
聖ベルナール［クレルヴォーの］（一〇九〇—一一五三）フランス中世の修

道者・神学者。シトー会。――12、219
ベルナール〈クロード〉（一八一三―一八七八）フランスの生理学者。『実験医学序説』等。――56
ヘルメス・トリスメギストス「三重に偉大なヘルメス」の意。錬金術の祖とされる。――54
扁鵲（へんじゃく）（生没年不詳）古代中国（漢以前）の伝説的な医師。『韓非子』『史記』に逸話が記載されている。――308
ヘンリー〈パトリック〉（一七三六―一七九九）アメリカの政治家。イギリスとの開戦を主張した。――204、364
ペンローズ〈ローランド〉（一九〇〇―一九八四）イギリスの美術学者。『ピカソ―その生涯と作品』等。――133
ボーア〈ニールス〉（一八八五―一九六二）デンマークの量子物理学者。『因果性と相補性』等。――53
ポアンカレ〈アンリ〉（一八五四―一九一二）フランスの数学者。トポロジーの構築。『科学と仮説』等。――56
ホイジンガー〈ヨハン〉（一八七二―一九四五）オランダの歴史学者。『中世の秋』等。――13、223
ホイットマン〈ウォルト〉（一八一九―一八九二）アメリカの詩人。『草の葉』等。――205
ボイド〈ウィリアム〉（一九五二―）イギリスの作家・脚本家・映画監督。『ザ・トレンチ』等。――44
ホーソン〈ナタニエル〉（一八〇四―一八六四）アメリカの作家。『緋文字』等。――357
ボードレール〈シャルル〉（一八二一―一八六七）フランスの詩人。『パリの憂鬱』『悪の華』等。――148、173、219、229、230、416
ホメーロス（生没年不詳）古代ギリシャの詩人。『イリアス』『オデュッセイア』等。――105、239、240、315、339、426
ポル・ポト（一九二八―一九九八）カンボジアの独裁者。クメール・ルージュの軍を率いた。――188、307
ポローニアス　シェークスピア『ハムレット』に登場する、デンマーク国の侍従長。――444
ポンジュ〈フランシス〉（一八九九―一九八八）フランスの詩人。『物の味方』等。サルトルが引用。――447

マ

マクドナルド〈サー・クロード〉（一八五二―一九一五）イギリスの軍人・外交官。北京及び日本公使。――203
マコーレー〈トーマス〉（一八〇〇―一八五九）イギリスの歴史家・政治家。『イングランド史』等。――336、337
マゼラン〈フェルディナンド〉（一四八〇頃―一五二一）ポルトガルの航海者。史上初の世界一周を達成。――243、246、320
マタイ（生没年不詳）『新約聖書』「マタイによる福音書」記者。――242、462
マッカーサー〈ダグラス〉（一八八〇―一九六四）アメリカの陸軍元帥。連合国軍最高司令官。――108、109
マホメット（五七〇?―六三二）イスラム教の開祖。『コーラン』の口述者。――181、186
マーラー〈グスタフ〉（一八六〇―一九一一）オーストリアの作曲家。「大地の歌」等。――302
マリー・アントワネット（一七五五―一七九三）フランス国王ルイ十六世の

王妃。フランス革命中に処刑。——321
マリーナ〈ブルース〉（一九三三—）アメリカの聖書学者。『共観福音書の社会科学的注解』等。——368
マルクス・アウレリウス〈アントニウス〉（一二一—一八〇）第十六代ローマ皇帝。『自省録』等。——96
マルクス〈カール〉（一八一八—一八八三）ドイツの社会主義思想家。『資本論』等。——39、59、61、184、185、196、340、386
マルロー〈アンドレ〉（一九〇一—一九七六）フランスの作家・政治家。『人間の条件』等。——148、204、232、414、415、431、466
マン〈トーマス〉（一八七五—一九五五）ドイツの作家。『魔の山』『ブッデンブローク家の人々』等。——264
ミュラー〈ヴィルヘルム〉（一七九四—一八二七）ドイツの詩人。シューベルト「冬の旅」の原詩。——462
明極楚俊（みんきそしゅん）（一二六二—一三三六）鎌倉末期に来日した中国・元の禅僧（臨済宗）。——152
無門慧開（むもんえかい）（一一八三—一二六〇）中国南宋の臨済宗の禅僧。『無門関』。——152
ムルソー　カミュ『異邦人』の主人公。殺人を犯し、裁判にかけられる。不条理に満ちた存在。——90、248—250
ムンク〈エドヴァルド〉（一八六三—一九四四）ノルウェーの画家。「叫び」等。——411
メシアン〈オリヴィエ〉（一九〇八—一九九二）フランスの作曲家。「トゥランガリラ交響曲」等。——436
メルロ＝ポンティ〈モーリス〉（一九〇八—一九六一）フランスの哲学者。『知覚の現象学』等。——211、215、228、266、392、425、460
孟子（BC三七二—BC二八九）中国戦国時代の儒学者。『孟子』等。——138
毛沢東（もうたくとう）（一八九三—一九七六）中華人民共和国を建国し最高指導者のまま死去。『毛沢東語録』等。——340、341
モーゼ（紀元前十三世紀頃）宗教家。ヘブライ人を率いてエジプトを脱出。十戒を得る。——381
モーツァルト〈ヴォルフガング・アマデウス〉（一七五六—一七九一）オーストリアの作曲家。「レクイエム」等。——319
モネ〈クロード〉（一八四〇—一九二六）フランスの画家。睡蓮の連作等。——335
モーム〈サマセット〉（一八七四—一九六五）イギリスの作家。『人間の絆』『月と六ペンス』等。——135
モリエール（一六二二—一六七三）フランスの劇作家。『町人貴族』等。——338
モーロワ〈アンドレ〉（一八八五—一九六七）フランスの作家。『フレミングの生涯』等。——320
モンテーニュ〈ミシェル・ド〉（一五三三—一五九二）フランスの哲学者・モラリスト。『随想録』等。——89、161、214、215、301、302、338、407、408、462

ヤ・ラ・ワ

ユング〈カール・グスタフ〉（一八七五—一九六一）スイスの心理学者。潜在意識の提唱者。『アイオーン』等。——315
洗礼者ヨハネ（生没年不詳）イエスに先

立ち神の国を説き、イエスらに洗礼を施す。サロメの讒言で斬首。――21、91、191
福音記者ヨハネ（生没年不詳）『新約聖書』「ヨハネによる福音書」記者。――69、75、275
ライプニッツ〈ゴッドフリート〉（一六四六―一七一六）ドイツの哲学者。『モナドロジー』（単子論）等。――124
ラヴェル〈モーリス〉（一八七五―一九三七）フランスの作曲家。「夜のガスパール」等。――219
ラスコーリニコフ　ドストエフスキー『罪と罰』の主人公。独自の論理で殺人を犯す。――407
ラズーミヒン　ドストエフスキー『罪と罰』に登場する、ラスコーリニコフの友人。――407
羅貫中（らかんちゅう）（生没年不詳）中国元末、明初の作家。『三国志演義』等。――345
ラディゲ〈レイモン〉（一九〇三―一九二三）フランスの作家。『ドルジェル伯の舞踏会』等。――88
ラ・ボエシー〈エチエンヌ・ド〉（一五三〇―一五六三）フランス最高法院評定官。モンテーニュの親友。――407、408
ラマルク〈ジャン・バティスト〉（一七四四―一八二九）フランスの博物学者。「用不用説」の進化論で有名。――168
ランケ〈レオポルト・フォン〉（一七九五―一八八六）ドイツの歴史家。『世界史の流れ』等。――72、365、366
ランドフスカ〈ワンダ〉（一八七九―一九五九）ポーランドのピアニスト。チェンバロを復興させた。――226
ランボー〈アルチュール〉（一八五四―一八九一）フランスの詩人。『地獄の季節』等。――88、230
リア王　シェークスピア『リア王』の主人公。娘たちに国を追われ、再び取り戻そうと闘う。――150、285、286、301
リースマン〈デヴィッド〉（一九〇九―二〇〇二）アメリカの社会学者。『孤独な群集』等。――412―414
リチャード二世　シェークスピア『リチャード二世』の主人公。貴族たちの反感を買い、破滅する。――112
リップス〈テオドール〉（一八五一―一九一四）ドイツの美学者。『美学』等。――401
リード〈ハーバート〉（一八九三―一九六八）イギリスの美術評論家。『芸術の意味』等。――319
柳宗元（りゅうそうげん）（七七三―八一九）中国唐の政治家・詩人。『唐詩選』に載る。――410、420、424
劉邦（りゅうほう）（BC二四七―BC一九五）中国前漢の初代皇帝。項羽との戦いが有名。――308―310
リルケ〈ライナー・マリア〉（一八七五―一九二六）ドイツの詩人。『ドゥイノの悲歌』等。――413、416、417、457、464
リンカーン〈エイブラハム〉（一八〇九―一八六五）第十六代アメリカ大統領。南北戦争を戦う。奴隷解放。――129
ルオー〈ジョルジュ〉（一八七一―一九五八）フランスの画家。「郊外のキリスト」等。――136、137
ルカーチ〈ジェルジ〉（一八八五―一九七一）ハンガリーの哲学者。『魂と形式』等。――437
ルコント・デュ・ヌイ〈ピエール〉（一八八三―一九四七）フランスの科学

者・思想家。『人間の運命』等。——170
ルソー〈ジャン＝ジャック〉（一七一二—一七七八）フランスの哲学者。『社会契約論』等。——30、59、187、188、433
ルター〈マルチン〉（一四八三—一五四六）ドイツの宗教改革者。——147、196
レヴィ＝ストロース〈クロード〉（一九〇八—二〇〇九）フランスの哲学者・文化人類学者。『野生の思考』『構造人類学』等。——71、145、288、364、381
レオニダス（?—BC四八〇）スパルタ王。テルモピレーの戦いにて戦死。——339
レオパルディ〈ジャコモ〉（一七九八—一八三七）イタリアの詩人・哲学者。『カンティ』等。——442
レーニ〈グイド〉（一五七五—一六四二）イタリアの画家。「アウローラ」等。——95
レンブラント［ファン・レイン］（一六〇六—一六六九）オランダの画家。「夜警」等。——343
ローラン　十一世紀フランスで記された『ローランの歌』で語り継がれるシャルルマーニュの聖騎士。——105
老子（生没年不詳）中国春秋時代の思想家。道家の祖。『老子』。——302
ロダン〈オーギュスト〉（一八四〇—一九一七）フランスの彫刻家。「バルザック」等、著書『フランスの聖堂』等。——223、251、343、416—418
ロヨラ〈イグナチウス・デ〉（一四九一—一五五六）スペインの宗教者。イエズス会創始者の一人。——247、248
ロルカ〈フェデリコ・ガルシア〉（一八九八—一九三六）スペインの詩人。『ジプシー歌集』等。——205、340
ワイルド〈オスカー〉（一八五四—一九〇〇）アイルランド出身の詩人・作家。『サロメ』『獄中記』等。——91、326
ワーズワース〈ウィリアム〉（一七七〇—一八五〇）イギリスの詩人。『抒情民謡集』等。——341
ワルター〈ブルーノ〉（一八七六—一九六二）ドイツ系ユダヤ人の指揮者・作曲家。——149、196

総計４５０名

戸嶋靖昌記念館　学芸員・安倍三﨑　作成

執行草舟（しぎょう・そうしゅう）

昭和25年東京生まれ。本名・祐輔。立教大学法学部卒。実業家、著述家、歌人。現代消費文明の在り方に疑義を呈する。個人個人が、自らの垂直の生命燃焼に信頼を置く新しい生き方を提唱する。真実の生《いのち》とは何かを追求し続ける生命論研究者。また、独自の観点に立つ美術の蒐集家として知られている。安田靫彦、山口長男、平野遼、白隠、東郷平八郎、南天棒などの作品を多く所蔵する。魂の画家・戸嶋靖昌との親交は特に篤かった。画伯亡き後、戸嶋靖昌記念館を設立し、その業績を後世に伝えることを使命としている。
著書に、『生くる』（講談社）、『友よ』（講談社）、『見よ銀幕に』（バイオテック社）、『生命の理念』（講談社エディトリアル）等がある。

根源《こんげん》へ

第１刷発行　2013年10月29日
第８刷発行　2025年３月21日

著者　執行草舟《しぎょうそうしゅう》
発行者　篠木和久
発行所　株式会社　講談社
東京都文京区音羽２－12－21
郵便番号　112－8001
電話　出版　03－5395－3505
販売　03－5395－5817
業務　03－5395－3615

KODANSHA

本文データ制作／講談社デジタル製作
印刷所／株式会社ＫＰＳプロダクツ
製本所／株式会社若林製本工場

ISBN 978-4-06-218647-6　N. D. C. 914 492p 20cm